ABBY LEE

Zieh! Mich! Aus!

GOLDMANN
Lesen erleben

Buch

Sie ist Anfang dreißig. Und lange Zeit ahnte niemand, dass sie die Autorin des populärsten Sexblogs in Großbritannien ist. Familie, Freunde, Kollegen und Liebhaber – in ihr geheimes Doppelleben hatte Abby Lee niemanden eingeweiht. Mit gutem Grund. Denn in ihrem Tagebuch der Lust nimmt sie kein Blatt vor den Mund. Sinnenfreudig berichtet sie über spontane Liebschaften, aufregende Entdeckungen und die triebhafte Suche nach immer neuen erotischen Abenteuern. Ihr glühendes Verlangen nach sexueller Befriedigung ist witzig, ehrlich und einfach geil. Das Blog wird mehrfach ausgezeichnet. Als eines Tages ihre wahre Identität entlarvt wird, zögert sie. Dann schreibt sie weiter. Mit viel Humor und Selbstironie schildert Abby Lee die Blüten ihrer ungezügelten Lust und erzählt von der wilden Jagd nach erotischer Erfüllung. Das ist mutig und herzerfrischend schamlos.

Autorin

Mit ihrem ersten Bestseller »Immer nur das eine« sorgte Abby Lee, alias Zoe Margolis, für Schlagzeilen. Die Autorin berichtet darin freizügig über ihre sexuellen Sehnsüchte, Experimente und Erfahrungen. Ihr Online-Sex-Tagebuch hat bereits mehr als sieben Millionen Leser. Auf den Bloggies 2006 wurde es als bestes englisch/irisches Blog ausgezeichnet. Seit ihrem »Outing« engagiert sich Zoe Margolis ehrenamtlich für Sexualberatung für junge Menschen. Sie lebt in London und schreibt regelmäßig Beiträge unter anderem für die renommierte britische Tageszeitung *The Guardian* und das Wochenblatt *The Observer*.

Im Goldmann Verlag ist von Abby Lee außerdem erschienen:

Immer nur das eine (15450)

Abby Lee

Zieh! Mich! Aus!

Aus dem Englischen
von Christiane Burkhardt

GOLDMANN

Die Originalausgabe erschien 2010 unter dem Titel
»Girl with a One Track Mind – Exposed«
bei Pan Books, an imprint of Pan Macmillan,
a division of Macmillan Publishers Limited, London.

MIX
Papier aus verantwortungsvollen Quellen
FSC® C014496

Verlagsgruppe Random House FSC-DEU-0100
Das FSC®-zertifizierte Papier *München Super* für dieses Buch
liefert Arctic Paper Mochenwangen GmbH.

1. Auflage
Deutsche Erstausgabe Mai 2011

Umschlaggestaltung: UNO Werbeagentur, München
Redaktion: Antje Steinhäuser
KF · Herstellung: Str.
Druck und Bindung: GGP Media GmbH, Pößneck
Printed in Germany
ISBN: 978-3-442-15662-7

www.goldmann-verlag.de

»Ich habe eine Nachricht für Zoe Margolis«, sagte eine Frauenstimme. »Ich bin Reporterin bei der *Sunday Times*, und wir bringen eine Geschichte darüber, dass Sie Abby Lee, die Autorin des anonymen Sexblogs und des Buches ›Immer nur das eine‹, sind.«

Ich schaffte es gerade noch auf die Toilette, bevor ich mich übergab.

@

Wenige Monate zuvor ...

MÄRZ

Freitag, 17. März

Ich habe heute bei Tim übernachtet, nachdem wir im Pub waren. Tim und ich sind alte Studienfreunde. Es ist schon ein paar Jahre her, seit wir das letzte Mal im Bett gelandet sind und herausfanden, dass wir besser Freunde bleiben sollten. Heute reden wir lieber über unsere Dates und alles, was damit zusammenhängt, als unseren Worten Taten folgen zu lassen. Das ist praktisch, bekomme ich doch auf diese Weise einen tabulosen Einblick in das Sexleben von Männern – etwas, das sich vermutlich jede Hetero-Frau wünscht. Es ist einfach toll, einen Freund wie Tim zu haben, den ich unverblümt alles zum Thema Sex fragen kann, ohne dass es unsere Freundschaft auch nur im Geringsten gefährdet.

Ich wachte mitten in der Nacht auf und musste aufs Klo. Auf dem Weg ins Bad bot sich mir ein erstaunlicher Anblick: Tim saß im Dunkeln nackt auf dem Wohnzimmersofa und schaute fern.

»Ich hab mir bloß das Spiel angesehen«, sagte er entschuldigend, während er nach einem Kissen griff und damit seine Blöße bedeckte. Nicht ohne schnell umzuschalten, als ich ins Zimmer kam.

Ich lachte und zeigte auf das Kissen. »Du schaust also immer nackt Fußball?«

Peinlich berührt presste er es noch fester an seinen Unterleib. »Ich weiß, was du jetzt denkst, aber ich habe mir nur das Spiel angesehen, ehrlich.«

Ich zog die Brauen hoch. »Wie lange kennen wir uns jetzt, Tim?

Komm schon, du brauchst wirklich nicht schüchtern zu sein! Wenn du dir einen runtergeholt hast, habe ich damit keine Probleme. Von mir aus kannst du gern weitermachen!«

Bei diesen Worten fiel mir wieder ein, wie er einmal neben mir im Bett seinen Schwanz liebkost hatte. Ich weiß noch, wie er mit der Linken den Penisschaft hielt und mit der Rechten sanft an seinen Eiern zog. Ob er diese Technik zehn Jahre später auch noch benutzte?

Ich sah zu, wie er rot anlief, und merkte, dass meine Gedanken unangebracht waren. Wir waren einfach bloß Freunde, und unsere Zeit sexuellen Experimentierens war lange vorbei. Ich musste dieses Bild schleunigst wieder aus dem Kopf kriegen.

»Ich geh nur kurz aufs Klo – tu, was du nicht lassen kannst«, sagte ich und unterdrückte ein Kichern.

»Ich hab mir keinen runtergeholt. Ehrlich nicht!«, rief er.

»Ja, ja, ist schon gut«, prustete ich.

Ich ging aufs Klo und ließ ihn allein. Aber insgeheim fragte ich mich schon, wie es wohl wäre, ihm noch einmal beim Wichsen zuzusehen.

Samstag, 18. März

Es ist nicht leicht, wenn man immer nur das eine im Kopf hat. Ich bin nicht nur sexbesessen und habe eine Libido, die die der meisten Männer, die ich kenne, übersteigt. Ich bin auch noch die anonyme Autorin eines beliebten Blogs über mein Sexleben, und das ist echt heftig. Es ist einfach anstrengend, die Fassade aufrechtzuerhalten, damit mein Blog anonym bleibt.

Ich begann mein Blog vor mehreren Jahren, weil er mir die Möglichkeit bietet, mich ohne Tabus aufrichtig zu äußern. Mit seiner Hilfe kann ich als Frau über Sex reden, ohne dafür verurteilt zu werden. Das bedeutet nicht, dass ich keine schrecklichen, hasserfüllten Reaktionen auf mein Blog bekomme; davon gibt es genug. Aber indem ich anonym bleibe, kann ich wenigstens vermeiden, dass man mich persönlich angreift. Angesichts des Gifts, das gegen mich verspritzt wird, bin ich für diesen Schutzschild äußerst dankbar. Nicht alle E-Mails und Kommentare sind bösartig: Die meisten unterstützen mich bei dem, was ich tue. Die Leute scheinen ein ernsthaftes Interesse daran zu haben, sich Gedanken über Sex zu machen und darüber zu diskutieren, anstatt sich nur daran aufzugeilen. Das Schönste sind die ermutigenden E-Mails, die ich von Frauen bekomme: So wie es aussieht, gibt es durchaus einige, die auch immer nur das eine im Kopf haben.

Manchmal würde ich meinen Freunden gern erzählen, was ich da zu Hause so treibe, nachdem ich mich mit ihnen getroffen habe. Ich frage mich, was sie wohl mehr verblüffen würde: mein sofortiges Einloggen im Internet, um einen neuen Blog-Eintrag zu verfassen, oder meine ständige Post-Martini-Masturbation. Wahrscheinlich fänden sie Ersteres schockierender, aber was sie über Letzteres denken, möchte ich lieber gar nicht wissen. Ich schäme mich zwar nicht für das, was ich getan oder geschrieben habe, aber deshalb müssen meine engsten Freunde und Verwandten noch längst nicht meine intimsten Gedanken und Gefühle zum Thema Sex kennen ... und erst recht nicht sämtliche saftigen Details. Genauso wenig möchte ich, dass mich meine Kollegen wegen meines Lebenswandels verurteilen: Dann würde mich bei der Arbeit bestimmt niemand mehr ernst nehmen, und in der Filmindustrie, wo jeder jeden kennt, käme das mehr oder weniger einem Berufsverbot gleich.

Also erhalte ich die Fassade vor meinen Freunden aufrecht. Ich belüge meine Familie und halte mich auch am Arbeitsplatz bedeckt, damit niemand auf die Idee kommt, ich könnte ein äußerst umtriebiges, geheimes, anonymes Online-Leben führen. Aber ich liebe dieses Leben: Ich genieße die Reaktionen auf mein Blog, mir gefallen die Beiträge und Kommentare der Leute zu meinen Texten, und ich empfinde es als durchaus befreiend, über meine sexuellen

Abenteuer schreiben zu können. Doch je beliebter mein Blog wird und je größer das Interesse an ihm wird – in wenigen Monaten wird er sogar als Buch erscheinen! -, desto mehr Angst habe ich davor, enttarnt zu werden. In meinem Blog mit dem Titel »Immer nur das eine« kann ich mein Innerstes nach außen kehren, aber hinter Abby Lee, der Sexbloggerin, stecke ich, Zoe, eine ganz normale Frau von Anfang dreißig, die einfach nur ihr Leben leben, Erfolg in ihrem Traumberuf, eine erfüllte Beziehung und tollen Sex will.

Letzterer beschäftigt mich allerdings am meisten, zumindest im Moment.

@

»Ich finde es toll, dass wir keinen Sex mehr haben«, sagte ich beiläufig und nippte an meinem Bier.

Inmitten des Gewühls eines gut besuchten Pubs im Norden Londons nahm Blog Boy einen kleinen Schluck von seinem Pint und lehnte sich amüsiert zurück. Ich sah ihn forschend an und wartete auf die mir vertrauten Lachfältchen rund um seine knallblauen Augen, die jedoch ausblieben. Plötzlich schien es um uns herum mucksmäuschenstill zu werden.

»Was ich eigentlich sagen wollte«, stotterte ich, »ist, dass wir es in den letzten Jahren nach alldem geschafft haben, keinen Sex zu haben und trotzdem Freunde zu bleiben.«

Und das war mein voller Ernst. Da er alles über mein Blog wusste – schließlich ist er ebenfalls ein anonymer Blogger, und wir haben uns natürlich online kennengelernt –, war ich in seiner Gegenwart stets entspannt. Wahrscheinlich musste ich mich einfach in ihn verknallen – und das tat ich auch, und wie! Wir sahen uns mehrere Monate regelmäßig, in denen ich tiefere Gefühle für ihn entwickelte, sodass ich mir eine Beziehung mit ihm gewünscht hätte. Leider beruhte das nicht auf Gegenseitigkeit, anscheinend passten wir nicht zusammen. Aber ich konnte gut damit leben, da wir trotz meiner enttäuschten Gefühle in Kontakt blieben. Und ich war wirklich froh darüber, dass wir jetzt befreundet waren. Ganz zu schweigen davon, dass wir einfach gern zusammen waren. Deshalb waren wir auch heute Abend ausgegangen, um ein Live-Konzert zu hören.

»Trotzdem glaube ich«, fuhr ich, bereits vorsichtiger geworden, fort, »dass es zwischen uns immer diese sexuelle Anziehung geben wird. Ich werde dich wahrscheinlich immer attraktiv finden.«

Endlich lächelte mich Blog Boy an. »Ja, ich dich auch. So was lässt sich eben nicht so leicht abstellen ...«

Ich entspannte mich und lächelte zurück. »Wir müssen bloß darauf achten, unserer Begierde nicht nachzugeben. Dann kann unserer Freundschaft nichts passieren.«

Blog Boy grinste zustimmend, und wir stießen mit unserem Bier an. Genau in diesem Moment kam eine hübsche Blondine von Anfang dreißig auf uns zu. Sie war schon etwas beschwipst, hielt sich am Tisch fest, um nicht das Gleichgewicht zu verlieren, und beugte sich zu mir.

»Ist das dein Freund?«, fragte sie leise und zwinkerte mir vielsagend zu.

Ich sah zu Blog Boy hinüber. Unsere Blicke trafen sich, und wir lächelten beide ironisch. Daraufhin erwiderte ich: »Vielleicht, wer weiß« und lächelte die Frau verführerisch an.

»Wie lange seid ihr schon zusammen?«

Ich schwieg und suchte nach einer passenden Antwort. »Wir kennen uns schon seit mehreren Jahren ...«

»Du siehst sehr glücklich aus«, sagte sie und schwankte ein wenig auf ihren High Heels hin und her.

»Es geht uns gut, danke«, erwiderte ich, unterdrückte ein Lachen und sah Blog Boy vielsagend an.

»Na gut, dann möchte ich nicht weiter stören«, sagte sie lächelnd. »Aber habt ihr vielleicht eine Zigarette für mich? Ich zahle auch dafür, egal, was sie kostet. Sagt einfach, was ihr dafür haben wollt, und ihr bekommt es.« Sie schwankte ein wenig auf Blog

Boy zu, und ich sah ihn stirnrunzelnd an und wartete auf seine Reaktion.

Weil er im Gegensatz zu mir ein netter Kerl ist, stellte er keine Forderungen, sondern zog einfach eine Zigarette aus seiner Packung. »Bitte schön!«, sagte er. »Genieße sie.«

»Oh, die ist nicht für mich, sondern für eine Freundin,« erwiderte sie, während sie die Zigarette entgegennahm. Sie strich uns beiden über den Arm und bedankte sich vielmals. Dann verabschiedete sie sich und wünschte uns noch einen schönen Abend, wobei sie unsere Schultern tätschelte. Daraufhin wechselten Blog Boy und ich einen erstaunten Blick, und ich wusste instinktiv, dass wir dasselbe dachten.

Ich drehte mich sofort um und sah, wie sich die gut gebaute Frau entfernte. Mir schoss das Blut in den Kopf, und ich bekam Herzklopfen. Ich weiß nicht, ob es an meiner Erregung lag oder daran, dass ich vor etwa einer halben Stunde eine Live-Performance der Band *The Bravery* gesehen hatte. Vielleicht lag es auch an den Unmengen Bier, die ich getrunken hatte, oder daran, dass ich mich einer sinnlich-erotischen Frau gegenübersah, die eindeutig mit uns beiden flirtete. Was auch immer der Grund dafür war – ich musste einfach handeln.

»Ist dir klar, dass du sie im Tausch gegen die Zigarette um fast alles hättest bitten können? Und dass sie wahrscheinlich damit einverstanden gewesen wäre?«, sage ich und grinste Blog Boy provozierend an.

Blog Boy grinste verblüfft. »Ja, wahrscheinlich schon …«

»Jetzt mal ganz im Ernst: Die würde bestimmt mitmachen.«

Blog Boy grinste erneut, diesmal allerdings deutlich zögerlicher.

»Da bin ich mir ganz sicher.«

Ich drehte mich um, um einen erneuten Blick auf die Frau zu werfen, und wandte mich dann wieder an Blog Boy. »Meine Güte!«, flüsterte ich ihm verschwörerisch zu. »Wenn mir aufgefallen wäre, welch tolle Brüste sie hat, als sie neben uns stand, hätte ich sie gebeten, sie mir als Gegenleistung für die Zigarette ins Gesicht zu pressen.« Ich drehte mich noch einmal nach ihr um.

»Ehrlich gesagt hätte ich sie sogar gebeten, sie an deinem Gesicht zu reiben«, fuhr ich zunehmend begeistert fort. »Sie hat geile Brüste, schau nur!«

Wir starrten die Frau an: Sie hatte wirklich geile Brüste. Ehrlich gesagt war alles an ihr geil: Sie war genau mein Typ und besaß die reinste Rubensfigur mit einem üppigen Hintern und üppigen Brüsten: genau die Art Frau, auf die ich stehe. (Da ich höchstens in zwei Prozent aller Fälle lesbische Neigungen verspüre, bin ich äußerst wählerisch und lege großen Wert auf Äußerlichkeiten. Ich war unfähig, mich von ihrem Anblick loszureißen. Wie bei einer sabbernden Comicfigur schossen mir allerhand schweinische Gedanken durch den Kopf, und mein Herzklopfen wurde beinahe unerträglich.)

»Ich kann sie überreden mitzumachen«, sagte ich wild entschlossen und absolut selbstbewusst zu Blog Boy. »Da bin ich mir absolut sicher. Wenn du willst, mach ich es. Ehrlich, wenn du ihre Titten in deinem Gesicht spüren willst – und ich hätte wirklich nichts dagegen, mir das anzusehen –, würde sie es bestimmt tun, wenn ich sie darum bäte.«

Blog Boy rutschte nervös auf seinem Stuhl hin und her. »Nein, aber das will ich nicht. Das wäre mir peinlich.«

»Ich soll sie also nicht fragen? Findest du sie denn nicht sexy?«

»Darum geht es nicht. Ich meine, sie sieht echt gut aus, das schon. Es ist nur so, dass ... na ja, ich weiß eben nicht, ob ...« Er verstummte, und ich wusste, dass die einzigartige Gelegenheit vorüber wäre, wenn ich nicht sofort etwas unternahm.

»Ich werde dich nicht blamieren, das versprech ich dir!«, beruhigte ich ihn. »Weißt du was? Wie wär's stattdessen mit einem Kuss? Würde dir das gefallen? Sie wäre dazu bereit, da bin ich mir sicher.«

Er lächelte mich schüchtern an und biss sich auf die Unterlippe. »Na gut, ich glaube ...«

Noch bevor er seinen Satz beenden konnte, hatte ich mich nach der Blondine umgedreht, die nur wenige Meter von unserem Tisch entfernt stand. Ich sah, wie sie sich mit ihrer Freundin unterhielt, und versuchte, einen klaren Gedanken zu fassen. Aber ich war wie betäubt vor Adrenalin und Aufregung. Wenige Sekunden später sah sie, dass ich sie anstarrte, und lächelte mich an. Ich gab ihr sofort ein Zeichen, zu uns zu kommen. Und als ich sah, wie sie mit wiegendem Gang in unsere Richtung lief, holte ich tief Luft und hoffte das Beste.

Als sie an unserem Tisch stand, beugte sie sich vor und legte ihre Hand auf meine Schulter. Sie kam mir so nahe, dass ihre seidigen blonden Locken mein Gesicht berührten und ich den erregenden Duft ihrer Haut wahrnahm. Ihre großen aufreizenden Brüste waren nur wenige Zentimeter von meinem Gesicht entfernt, und ich konnte mich gerade noch beherrschen, sie nicht sanft zu umfassen.

»Da bin ich wieder!«, sagte sie und beugte sich noch weiter vor, sodass sich ihr Ohr direkt vor meinem Mund befand. Ich war wie elektrisiert. Merkte sie denn gar nicht, welche Wirkung sie auf mich hatte? So als könnte sie Gedanken lesen, wanderte ihre Hand, die immer noch auf meiner Schulter lag, sanft zu meinem Nacken. Ich spürte jeden ihrer Finger, die sich sanft in meine Haut gruben. Ich interpretierte das so, dass ich sie ebenfalls berühren durfte: Ich legte meine Hand auf ihre Hüfte und begann, ihr etwas ins Ohr zu flüstern, wobei meine Fingerspitzen kleine Kreise auf dem nackten Stück Haut über dem Bund ihrer Jeans beschrieben.

»Weißt du noch, wie du vorhin gesagt hast, dass du alles für eine Zigarette geben würdest?«

»Ja?«

»Nun, da ist etwas, das ich gern von dir hätte.«

»Was denn?«

»Mein Freund, er mag dich.«

Sie wich ein wenig vor mir zurück und sah mir direkt in die Augen, als versuchte sie, in meinem Gesicht zu lesen. »Ich dachte, er wäre dein Freund?«

Ich schüttelte den Kopf. »Nein. Wir sind einfach nur Freunde – gute Freunde.«

»Oh, verstehe.« Sie wirkte erleichtert und näherte sich mir erneut, sodass ich wieder ihren Duft atmen konnte.

»Ja, und na ja ... Er findet dich echt sexy.«

Sie kicherte. »Echt?«

»Echt. Und ich finde dich auch sehr sexy.«

»Ich dich auch.«

Ich schwieg und verarbeitete, was sie gesagt hatte. »Äh, danke ... Würdest du ihn küssen?«

»Ihn küssen?«

»Ja.«

»Bloß küssen?«

»Ja, das würde ihm gefallen.«

»Aber mehr möchte ich nicht tun.«

»Nein, natürlich nicht. Nur ein Kuss, mehr nicht.«

»Na gut ...« Sie zog sich zurück und hypnotisierte mich mit ihrem Lächeln. »Vorausgesetzt, ich darf dich auch küssen.«

»Das versteht sich doch von selbst.«

Das war mir einfach so herausgerutscht. Es dauerte nur den Bruchteil einer Sekunde, und ihre Lippen berührten die meinen, während ihre Fingerspitzen mein Gesicht liebkosten. Die Zeit blieb stehen, und ich spürte nichts außer den Nachgeschmack von Pfefferminz, den ihr Mund hinterließ.

Fuck!, dachte ich. Ich küsse sie tatsächlich! So einfach ist das. So schnell schafft man es, ein sexy Mädchen zu küssen. Man muss es ihm nur vorschlagen! Aus den Augenwinkeln kontrollierte ich, ob mich jemand in dem Pub beobachtete. Doch niemand zuckte auch nur mit der Wimper. Andererseits war das die Stammkneipe von Amy Winehouse – insofern dürfte man daran gewöhnt sein, dass Betrunkene hier öffentlich rumknutschen.

Während sie ihre Lippen fest auf die meinen presste, überschlugen sich meine Gedanken. Was genau wollte ich von ihr? Natürlich kannte ich meine Motivation. Aber jetzt, wo sie es tatsächlich tat, hinterfragte ich sie. Ich stand zweifellos auf sie, aber warum um alles in der Welt hatte ich ihr vorgeschlagen, Blog Boy zu küssen? Bloß weil er mein Kumpel war und ich ihm einen Gefallen tun wollte? Oder weil mein früheres Selbst – das, das sich in ihn verknallt hatte – seiner Lust beiwohnen wollte, um selbst einen Lustgewinn daraus zu ziehen? Oder aber weil ich, die ich immer nur das eine im Kopf habe, von allem besessen bin, was auch nur entfernt mit Sex zu tun hat?

Mein Gewissen meldete sich. Ich kam mir vor, als benutzte ich sie. Als nutzte ich ihre Beschwipstheit aus, damit wir uns daran aufgeilen und etwas für Blog Boy einfädeln konnten. Und das ist ein Pornoklischee, das ich wirklich auf keinen Fall bedienen will!

Während mir das alles durch den Kopf ging, löste sie sich von mir und ging zu Blog Boy, dem sie einen dicken Schmatzer auf den amüsiert grinsenden Mund gab. Ich sah ähnlich verwirrt und erregt zu.

Plötzlich stand sie wieder vor mir und beugte sich schnell nach vorn, um mich erneut intensiv zu küssen. Alle Ängste und Sorgen, die ich bis dahin verspürt hatte, wurden sofort von einem heftigen Pochen zwischen meinen Beinen verdrängt. Hier ging es nicht um Ausbeutung oder darum, jemanden sexistisch zum Objekt zu machen. Ja, nicht einmal darum, Blog Boy einen Gefallen zu tun. Hier ging es einzig und allein um mich und sie, darum, wie erregt ich war. In diesem Moment war mir alles um mich herum vollkommen egal, ich hätte sie die ganze Nacht küssen können.

Aber der Kuss endete, wie er begonnen hatte, nämlich abrupt. Grinsend und mit einem Funkeln in den Augen drehte sich die Blondine um und verließ unseren Tisch. Ich stand wie unter Schock und sah zu Blog Boy hinüber, der genauso verdattert war wie ich.

»Was war denn das?«, fragte er.

Ich schüttelte den Kopf. »Keine Ahnung, ehrlich nicht.«

Er lachte. »Du hast gerade ein Mädchen dazu gebracht, mich zu küssen!«

Ich nickte langsam.

»Und dich!«

»So wie es aussieht ...«

Blog Boy und ich sannen weiterhin über den Vorfall nach und tranken Bier bis zur Sperrstunde. Dann verabschiedeten wir uns mit einem Lächeln: der perfekte Abschluss eines Abends mit dem Ex-Lover. Ganz besonders wenn man bedenkt, wie schmerzlich es für mich gewesen war, als es nicht so lief, wie ich mir das vorstellte.

Aber erst viel später überkam mich ein frustrierender Gedanke: Vielleicht war an diesem Abend noch etwas anderes passiert – wenn auch nicht mit Blog Boy. Ich kann mich schon bei Männern ziemlich blöd anstellen, aber bei Frauen noch tausend Mal blöder: Wenn ich nicht so eine beschissene Antenne für Lesben hätte, hätte ich den Heimweg vielleicht nicht allein antreten müssen ... Schön blöd!

Sonntag, 19. März

Wahrscheinlich gehen viele Blog-Leser davon aus, dass ich mit gleichgeschlechtlicher Liebe bestens vertraut bin: Eine Frau, die ein Sex-Tagebuch führt, sollte sich schließlich auf jedem Gebiet auskennen. Doch da muss ich sie leider enttäuschen. Ich mag zwar immer nur das eine im Kopf haben, hatte aber auch schon jede Menge schlechten Sex. Während die Erlebnisse von gestern Abend noch in meinem verkaterten Kopf herumspuken, muss ich wieder an meine erste lesbische Erfahrung überhaupt denken, und die war der reinste Albtraum!

Ich war schon immer nach beiden Seiten hin aufgeschlossen, verfolgte diesen Teil meiner Sexualität allerdings nur äußerst zögerlich. Zunächst einmal, weil ich einfach lieber mit Männern ficke. Außerdem falle ich weder in die Kategorie »Mannweib« noch in die der »Lippenstift-Lesbe« und war insofern stets sehr skeptisch, wenn es darum ging, andere Frauen sexuell zu erkunden.

Aber der Wunsch zu experimentieren war da, und als Claire, eine Freundin aus dem *Creative-Writing*-Seminar, das ich mit Anfang zwanzig belegt hatte, vorschlug, in eine Lesbenkneipe zu gehen, und mir anbot, mir beim Aufreißen behilflich zu sein, packte ich die Gelegenheit beim Schopf. Claire war lesbisch, kannte sich also hoffentlich aus und würde mir den Weg weisen. Sie versprach, mir Tipps zu geben, wie man eine Frau anmacht – »Einfach mit ihr reden!« –, und mir zu zeigen, wie man im richtigen Moment die richtigen Schritte unternimmt. Da meine bisherigen Bemühungen, eine Frau anzumachen, einzig und allein darin bestanden hatten, ein hübsches Mädchen aus der Ferne anzulächeln, konnte ich eindeutig etwas Nachhilfe im Aufreißen von Frauen gebrauchen.

Nachdem ich mich in einer Lesbenkneipe in Soho optimal postiert hatte, hoffte ich, jemand Attraktives zu entdecken. Es war komisch, ausschließlich von Frauen umgeben zu sein: Ich kam mir merkwürdig vor, ja, es war mir fast unangenehm, Frauen mit denselben Augen zu betrachten wie Männer. Aber Claire und ich tranken Unmengen Wein, was mir eindeutig half, mich zu entspannen. Doch ehe ich mich's versah, war ich in eine angeregte Unterhaltung übers Schreiben verstrickt. Ich war natürlich aufgeregt, dort zu sein, und wollte mich umsehen, die Blicke einiger Mädels einfangen. Gleichzeitig wollte ich nicht unhöflich sein und Claire ignorieren: Sie war schließlich eine gute Freundin und hatte sich großzügigerweise angeboten, mir zu helfen. Da war das Mindeste, was ich tun konnte: Blickkontakt zu halten und mich mit ihr zu unterhalten.

Im Lauf des Abends bis in die frühen Morgenstunden war ich meinem Ziel, ein Mädchen ins Auge zu fassen, geschweige denn, es anzumachen, noch keinen Schritt nähergekommen. Ich merkte, wie ich immer betrunkener und frustrierter wurde. Warum wollte mich Claire unbedingt in eine Diskussion übers Schreiben verwickeln?

Sie wollte mir doch Tipps geben, wie man hübsche Mädchen aufreißt? Sie war doch hier, um mir dabei zu helfen, eine Frau anzumachen oder etwa nicht?

Fehlanzeige.

Ich tat mich zunehmend schwerer, zu ignorieren, dass Claires Blicke sich immer öfter zu meinen Brüsten verirrten, während ich redete. Ich schob das darauf, dass meine Brüste wirklich groß sind, und dass es ihr bestimmt schwerfiel, sie zu ignorieren. Aber ich mag es nicht, wenn mir die Leute auf den Busen starren, während ich rede. Und angesichts der Tatsache, dass wir uns in einer Lesbenbar befanden, gefiel es mir ganz und gar nicht, wie Claires Blicke daran klebten. Sie sah mir kaum noch in die Augen, so magnetisch fühlte sie sich von meinen Brustwarzen angezogen. Gut, ihr gefielen meine Brüste, damit konnte ich leben. Aber irgendwann beugte sie sich vor, packte meinen Arm, strich von der Schulter bis hinunter zu meiner Hand, verschränkte ihre Finger mit den meinen und sagte: »Du bist so verdammt sexy! Meine Güte, ich stehe dermaßen auf dich, ich will dich!« Als Nächstes zog sie mich an sich und küsste mich fordernd auf den Mund.

Ich war dermaßen schockiert, dass ich gar nicht wusste, was ich tun sollte. Das kam völlig unerwartet. Wir waren bereits seit einem Jahr befreundet, ich hatte nicht die leiseste Ahnung, dass sie auf mich stand. Aber in diesem Moment war es nutzlos, das zu analysieren: Claire hatte mir ihre Zunge bereits tief in den Hals geschoben.

Andererseits war es nun mal so, dass ich nicht auf sie stand. Obwohl Claire sehr hübsch war – glatte, kupferrote Haare, intensive grüne Augen, eine durchtrainierte, schlanke Figur –, war sie einfach nicht mein Typ. Da saß ich nun und wurde von einem Mädchen niedergeknutscht, das ich nicht sexy fand, und das noch dazu meine Freundin war. Spätestens da hätte ich mich losreißen und ein ernstes Wörtchen mit ihr reden müssen, von wegen, dass wir nichts miteinander anfangen dürfen. Spätestens da hätte ich ihr gute Nacht wünschen und gehen sollen.

Aber inzwischen strichen ihre Hände bereits über meine Brüste – und das in aller Öffentlichkeit! – und ließen meine Brustwarzen hart werden. Während ihre flinken Finger meine Brüste liebkosten und zärtlich umfassten, spürte ich, wie mein Körper auf ihre Berührungen reagierte. Ich spürte ein Ziehen zwischen meinen Beinen und bekam Sehnsucht nach etwas, das diese Anspannung lindern konnte. Ich spürte, wie sich meine Atmung beschleunigte, betrachtete diese schlanke, zierliche Frau, die ich nicht besonders anziehend fand, und versuchte, einen klaren Gedanken zu fassen.

Die ungute Kombination aus Alkohol und der Hitze zwischen meinen Beinen hatte zur Folge, dass ich dem Spuk aus rein egoistischen Gründen kein sofortiges Ende bereitete. Na gut, sie hat zwar so gut wie keinen Busen, ist dürr und hat keinen Arsch, ganz zu schweigen davon, dass sie meine Freundin ist, dachte ich. Aber sie ist eine Frau, und sie will mich. Ich selbst bin schon ganz feucht und brauche dringend Zuwendung, außerdem bin ich betrunken. Wenn ich die Augen schließe und mich ganz fest konzentriere, kann ich mir vielleicht einbilden, dass sie Selma Hayek ist.

So gesehen muss ich zu meiner Schande gestehen, dass ich sie an mich zog, intensiv küsste und ebenfalls begann, ihre Brüste zu liebkosen und ihre Brustwarzen zu stimulieren. Als sie anschließend vorschlug, Sex auf einer der Toiletten zu haben, folgte ich ihr begeistert ins Untergeschoss.

Es dauerte nicht lange, bis wir uns nackt gegenüberstanden. Ihre zierliche Gestalt wirkte geradezu winzig im Vergleich zu mir. Da wusste ich auf einmal, warum ich es nicht mag, wenn meine Sexualpartner dünn sind: Ich brauche jemanden, der eine ähnliche körperliche Präsenz hat wie ich, sonst fühle ich mich zu dominant. Und da ich im Bett gern die Rollen tausche und sowohl hingebungsvoll als auch dominant sein kann, finde ich es besser, wenn man eine ähnliche Figur und Größe hat.

Oder anders gesagt: Ich will nicht das Gefühl haben, ein Riesentrampel von Milchkuh zu sein, die Sex mit einem zarten Blümchen hat – denn so etwas macht mich einfach nicht an.

Aber ich versuchte, das alles zu ignorieren. Schließlich war ich spitz wie Nachbars Lumpi, ein hübsches Mädchen stand splitterfasernackt vor mir, und ich sollte endlich mit einer anderen Frau intim werden. Oberflächlich und egoistisch wie ich bin, konzentrierte ich mich stattdessen auf das, was vor mir lag: nämlich darauf, auf sie zuzugehen, damit sie ihre Brüste gegen meine pressen konnte.

In diesem Punkt haben Pornofilme wirklich recht: Es fühlt sich genauso gut an, wie es aussieht!

Ich rieb meine Nippel an ihren und spürte, wie das Pochen zwischen meinen Beinen stärker wurde. Ihr Oberschenkel glitt zwischen meine Beine, und unsere Hüften verkeilten sich. Es fühlte sich herrlich an – auch wenn ich es etwas frustrierend fand, da ich lieber einen Schwanz statt ihres Oberschenkels zwischen meinen Beinen gehabt hätte.

Kurz darauf verspürte ich dennoch so etwas wie Erleichterung: Ihre Finger glitten zwischen meine Beine, und ich tat es ihr gleich. Das war ein kurzer, feierlicher Moment für mich, denn es war das erste Mal, dass ich die Vagina einer anderen Frau spürte. Ich staunte, wie feucht, heiß und eng sie war – es ist einfach etwas anderes, als wenn man sich selbst berührt.

Während ihre Finger mich wie wild rieben und ich auf den Orgasmus zusteuerte, beugte ich mich vor, um sie zu küssen. In diesem Moment murmelte sie die magischen Worte: »Ich bin so verliebt in dich. Ich will dich. Komm mit mir nach Hause, ich möchte dich die ganze Nacht lieben.«

Woraufhin sich mein Höhepunkt natürlich sofort in Luft auflöste.

Da stand ich nun und genoss es aus egoistischen Gründen, in betrunkenem Zustand Sex mit einer Frau zu haben, auf die ich nicht stand, die eine enge Freundin von mir war und noch dazu die Unverschämtheit besaß, in mich verliebt zu sein. Na, toll! Eine bessere Einführung in die lesbische Liebe ist wirklich kaum vorstellbar.

Wie in den Pornos war das ganz bestimmt nicht.

Meine Lust legte sich wie eine Erektion infolge eines geplatzten Kondoms. Ich zog meine Finger aus ihr heraus und versuchte ihr zu erklären, dass ich einfach nur mit ihr befreundet sein wollte – was etwas widersprüchlich war, wenn man bedenkt, dass meine Finger immer noch ganz feucht von ihren Körpersäften waren. Aber ich war es ihr einfach schuldig, ehrlich zu sein. Und obwohl sie es gar nicht toll fand, dass unsere leidenschaftliche Umarmung ein abruptes Ende gefunden hatte, wusste ich, dass es besser war, die Sache im Keim zu ersticken, als sie völlig aus dem Ruder laufen zu lassen.

In betrunkenem Zustand Sex mit einem Mann zu haben, ist eine Sache. Aber wenn jemand in einen verliebt ist, ändert das alles: Der Sex lädt sich mit Aggressionen auf, man verletzt den anderen, Freundschaften werden zerstört. Claire und ich trennten uns kurz nach unserer Liebelei, und ich habe sie bestimmt seit zehn Jahren nicht mehr gesehen. Sex mit einer Freundin ist nichts, was ich so bald wieder erleben möchte.

Ich freue mich aber, dass ich mit den meisten meiner Ex-Lover noch heute befreundet bin. Wir haben erkannt, dass wir einfach besser harmonieren, wenn wir keinen Sex mehr haben. Obwohl das zugegebenermaßen manchmal etwas frustrierend sein kann, wenn beide scharf sind.

Aber Gott sei Dank gibt es Vibratoren, kann ich dazu nur sagen!

Mittwoch, 22. März

Als ich an den Abend mit Blog Boy und der Knutscherei mit diesem fantastischen Mädchen zurückdachte, wurde mir etwas klar: Ich glaube nicht an Glück.

Ich glaube nicht daran, dass man Glück erzwingen kann, genauso wenig daran, dass manche Leute einfach Glück haben und andere nicht. Nein, ich glaube an Gelegenheiten und daran, dass man sie beim Schopf ergreifen sollte. Man sollte sich in eine Lage bringen, in der die Chancen für Sieg oder Niederlage gerecht verteilt sind, und akzeptieren, was sich daraus ergibt.

Ich mache das regelmäßig, auch wenn mir das oft erst viel später bewusst wird. Leute, die mich kennen, fragen, woher ich bloß den Mut nehme …

… mein Kinoeintrittsgeld zurückzuverlangen, weil die Filmkopie so schlecht ist.
… mein Essen zurückgehen zu lassen, wenn ich nicht genau das bekomme, was ich bestellt habe.
… Ken Loach zu begrüßen, als wäre er ein alter Kumpel von mir (ist er das etwa nicht?).
… jemanden um einen Job zu bitten, den ich gerade erst kennengelernt habe.
… einen Wildfremden anzusprechen und ihn auf einen Drink einzuladen.

Wenn ich in Ruhe darüber nachdenke, weiß ich es selbst nicht. Nicht, dass ich keine Angst davor hätte. Ich reagiere nur äußerst zeitverzögert, sodass mich die Angst erst wieder auf dem Heimweg packt. Dann denke ich: Was zum Teufel habe ich da soeben getan? So auch bei dieser Frau und Blog Boy.

Ich kann verstehen, dass mich andere für superselbstbewusst, für extrovertiert und für eine wahre Flirtkanone halten. Aber insgeheim habe ich genauso die Hosen voll wie alle anderen auch.

Ich habe einfach die Veranlagung, extrovertiert und selbstbewusst zu sein, außerdem gefällt es mir, Chancen beim Schopf zu ergreifen und mich aus dem Fenster zu lehnen, vor allem wenn es um Männer geht. Vielleicht gefällt mir das Aufregende daran. Schließlich gibt es nicht nur die Möglichkeit zu versagen, sondern auch die, Erfolg zu haben, und beides macht mir Herzklopfen. Hier ein paar Beispiele aus dem letzten Jahr:

@ Den Verkäufer, der mir beim Aussuchen einer Skihose half, fragen, ob er mit mir was trinken geht (er hatte eine Freundin).
@ Einen Typen ansprechen, den ich aus dem Filmstudio kenne, für das ich arbeite, und ihn zum Abendessen einladen (er hatte eine Freundin).
@ Einen meiner Fitnesstrainer anmachen (er hatte Frau und Kind).
@ Einen Typen über eine Kontaktanzeige treffen (wir landeten zusammen im Bett).
@ Einen süßen Typen im Supermarkt verfolgen (er hatte einen Freund).
@ Mit einem Typen in meinem Zeitschriftenladen flirten (wir beide kauften den *Guardian*, er lächelte, und ich hatte es eilig – ich habe ihn seitdem nie wiedergesehen).
@ Einen Wildfremden auf ein Bier einladen (ich habe nie mehr etwas von ihm gehört).

Alle diese Situationen machten mir Herzklopfen, und das war Balsam für meine Seele, wenn nicht für meine Nerven. Auch wenn ich fix und fertig war, wenn es nicht klappte (und das ist noch untertrieben), habe ich zumindest meine Chance genutzt und mich aus der Deckung gewagt. Wie heißt es so schön? *No risk, no fun* – mal ganz abgesehen davon, dass das Leben doch sonst unglaublich langweilig wäre. Und ein langweiliges Leben ist es nicht wert, überhaupt gelebt zu werden, zumindest ist das meine Meinung.

Obwohl ich regelmäßig zusammenzucke und mir wünsche, nicht ganz so direkt gewesen zu sein …

APRIL

Samstag, 2. April

In meinem Blog erzähle ich nichts über meinen Job, aus Angst, enttarnt zu werden, auch wenn er ein unglaublich wichtiger Teil meines Lebens ist – neben dem Sex, natürlich. Ich liebe es, als Set-Runner, sprich als dritte Regieassistenz bei Spielfilmen zu arbeiten. Das mag die unterste Stufe in der Hierarchie dieser Abteilung sein, aber wenn man am Set ist, ist man ein »Regieassistent« wie alle anderen auch. Die Leute kommen und fragen nach der Liste für die aktuelle Drehfolge. Ich kümmere mich hauptsächlich um die Darsteller (und ihre Egos) und koordiniere das Geschehen am Set. Dabei bemühe ich mich, während einer mehr als Siebzigstundenwoche nicht vor Erschöpfung zusammenzubrechen – und das Monat für Monat. Das klingt heftig und ist es auch, aber ich liebe es: Wenn man einmal Filmblut geleckt hat, kommt man einfach nicht mehr davon los.

Ich habe jedoch damit zu kämpfen, eine der wenigen Frauen am Set zu sein, ja sogar die einzige in meiner Abteilung.

Aber das hat auch Vorteile:

@ Niemand vergisst meinen Namen, nicht einmal bei einem Filmteam, das aus über hundert Leuten besteht.

@ Viele Teamkollegen behandeln mich fürsorglich und kümmern sich um mich, als wäre ich ihre Schwester oder Tochter.

@ Bei Bedarf erledigen Männer alle möglichen Gefälligkeiten für mich (z. B. wenn etwas Schweres gehoben werden muss).

- Es gibt extrem starken schwarzen Tee mit Milch und Zucker.
- Man legt mir immer ein Stück Kuchen von der nachmittäglichen Drehpause zurück.
- Ich bekomme viel Aufmerksamkeit von den anderen Teamkollegen.
- Alle Männer flirten mit mir, und das hilft gegen die Langeweile am Set.
- Ich werde von verschiedenen Teamkollegen angebaggert. Und da viele Typen beim Film jung, fit und gut gebaut sind, kann das äußerst angenehm sein.
- Von Männern umgeben zu sein, bedeutet, ihnen ständig auf Po oder Schritt starren und der Fantasie freien Lauf lassen zu können.
- Während die Bemerkungen der Männer derb und voller sexueller Anspielungen sein können, verfüge ich über einen endlosen Vorrat an Erwiderungen, die ihnen schleunigst das Maul stopfen.

Aber es hat auch Nachteile, die einzige Frau am Set zu sein:

- Sobald eine hübsche Schauspielerin auftaucht, haben die Kerle nur noch Augen für sie und ignorieren mich – nicht gerade hilfreich, wenn der Job davon abhängt, ihnen Befehle zu erteilen.
- Viele Teamkollegen empfinden mich als Bedrohung und schießen bei jeder Gelegenheit quer.
- Manche Typen hindern mich daran, meine Aufgaben zu erledigen – nur um zu beweisen, dass ich nicht so kompetent bin wie sie.
- Alle fünf Minuten bekomme ich zu hören: »Mach uns doch bitte eine Tasse Tee, Schätzchen« – und das wirklich von jedem einzelnen Typen am Set (s. S. 29)
- Ich esse nur selten Kuchen (oder andere Dickmacher, die es

am Set gibt), sodass ich die netten Männer, die versuchen, mich zur Teezeit zu mästen, zwangsläufig enttäuschen muss.

- @ Man steht nicht immer gern im Mittelpunkt: Wenn man ganz fertig aussieht, weil man so viele Stunden gearbeitet hat oder deprimiert ist, fällt es schwer, immer gute Laune zu verbreiten. Von Frauen wird in meiner Branche erwartet, dass sie gut aussehen, und wenn dem nicht so ist, ist man mehr oder weniger nicht vorhanden.
- @ Ständig flirten zu müssen, hält mich von der Arbeit ab, außerdem macht es die Beziehungen zu Kollegen weniger professionell.
- @ Ich mag es nicht, von verheirateten Männern mittleren Alters angebaggert zu werden, und habe kein Interesse daran, ihre Geliebte zu werden (was in der Branche häufig vorkommt). Leider überwiegen sie am Set.
- @ Den ganzen Tag von fitten Typen umgeben zu sein, ist auch frustrierend, weil man keine Zeit hat, dem Jucken zwischen den Beinen nachzugeben.
- @ Ständig auf sexuelle Anspielungen und Belästigungen reagieren zu müssen, kann anstrengend sein, und ich muss mich regelmäßig gegen persönliche Angriffe zur Wehr setzen.

Aber im Grunde wäre ich überglücklich und vollauf zufrieden mit meiner Arbeit, wenn …

… ich weniger arbeiten müsste.
… ich im Allgemeinen mit mehr Respekt behandelt würde.
… ich einen Freund hätte, der ab und an auftauchen würde, wenn ich gerade meine zehnminütige Mittagspause habe und mich mit einem Quickie auf der Toilette beglücken würde.

Morgen muss ich wieder arbeiten. Irgendwie habe ich so meine Zweifel, dass sich einer der oben genannten Wünsche erfüllen wird – aber man darf die Hoffnung nie aufgeben.

Dienstag, 11. April

Über die Jahre habe ich einige schräge E-Mails von Lesern meines Blogs bekommen. Viele davon sind nett – die meisten E-Mails, die ich bekomme, sind aufmunternd und wohlwollend –, aber ein paar sind richtig verstörend. Entweder, weil sie an sexuellen Missbrauch grenzen, oder weil sie zu explizit sind oder einfach nur daneben sind. Ich nehme an, das hat etwas mit meinem Thema zu tun – damit, dass ich so offen über mein Sex- und Liebesleben schreibe. Dass ich das als Frau tue, ist auch nicht gerade hilfreich: Männliche Sexblogger bekommen bestimmt keine E-Mails von Leuten, die ihnen damit drohen, sie zu vergewaltigen.

Heute Abend bekam ich wieder so eine Mail und musste weinen. Zu gern hätte ich meinen engsten Freunden davon erzählt – meiner alten Studienfreundin Fiona, meiner Freundin Kathy aus Schulzeiten, ja sogar Tim, meinem Verbündeten in Sachen Sex-Klatsch –, aber dann müsste ich meine Anonymität aufgeben.

Dann würde ich mich nicht mehr sicher genug fühlen und mich nicht mehr so unverblümt äußern können, wie es für meine Schreibe typisch ist. Keine Ahnung, was sie davon halten würden, wenn sie wüssten, dass ich mein Sexleben en détail im Internet ausbreite. Schon beim Gedanken daran, sie könnten mein Blog lesen, bekomme ich Gänsehaut. Nicht, dass sie prüde wären, aber es ist so persönlich, als würden sie mein Tagebuch lesen.

Es ist schon komisch, dass es mir nichts ausmacht, dass Millionen mein Blog lesen – ganz einfach, weil sie nicht wissen, wer ich bin. Aber ich wäre am Boden zerstört, wenn es meine Freunde und Verwandten täten. Ich hoffe, das wird nie passieren.

Montag, 24. April

Ich bin mehrere Wochen mit einem Spielfilm beschäftigt, und das bedeutet Folgendes: Hier geht's weder um das frühe Aufstehen noch um die pampigen Darsteller mit Diva-Allüren, die ständig eine Tasse Tee von mir wollen. Und auch nicht um all die banalen Aufgaben, die ich für meinen Boss erledigen muss. Sondern darum, dass ich die süßen Jungs im neuen Team anmachen kann – denn das ist einer der (wenigen) Höhepunkte meines Jobs.

Insofern war ich entzückt, dass mein Flirt mit einem sexy Mann für Spezialeffekte – nennen wir ihn Adam – ebenfalls Teil der Zusammenarbeit mit dem neuen Filmteam ist. Unsere Anspielungen wurden immer eindeutiger – so wie das in keinem Drehbuch der Welt stehen würde –, und ich habe unsere Wortgeplänkel wirklich sehr genossen ... bis er sich heute in der Mittagspause mit mir anlegte.

»Der größte Vorteil, ein Mann zu sein«, so Adam, »besteht darin, dass ich meinen Werkzeuggürtel nicht abnehmen muss, wenn ich pinkeln gehen will.« Er zupfte an seiner Walkie-Talkie-Tasche, um seine Worte zu unterstreichen.

Ich konnte ihm da schlecht widersprechen: Unsere Werkzeuggürtel sind schwer und unpraktisch – vor allem dann, wenn man aufs Klo muss. Wenn man sich auf die Klobrille setzen will, muss man schon über einen guten Gleichgewichtssinn verfügen, damit einem das Walkie-Talkie nicht reinfällt. Und wenn man geil ist und sich Erleichterung verschaffen will, muss man fünf Minuten an seinem Gürtel rumfummeln, bevor man zur Sache kommen kann: Und das ist gar nicht gut, wenn man dringend masturbieren muss.

Er hatte recht – als Frau Mitglied eines Filmteams zu sein, ist ziemlich unpraktisch. Ich nickte und zuckte zustimmend mit den Achseln. »Außerdem«, fuhr er fort, »bekommen wir weder unsere Tage noch Kinder. Da hast du als Frau wirklich die Arschkarte gezogen.« Er sah mich triumphierend an, und ich konnte mich gerade noch beherrschen, ihm keine zu kleben. Dummerweise hatte er recht: Man muss ganz schön kämpfen, nicht diskriminiert zu werden und keinen Auftrag zu bekommen, nur weil man vielleicht schwanger werden könnte. Selbst wenn man einen Auftrag bekommt, wird man als Frau schlechter bezahlt, schlechter behandelt und regelmäßig am Set sexuell belästigt. Frauen scheinen einfach keine Chance zu haben.

Doch dann fiel sie mir ein: Die eine weibliche Eigenschaft, die alles wieder wettmacht, was Männer haben. Die eine Fähigkeit, für die Männer alles geben würden, nur um einen Tag lang mal eine Frau zu sein.

»Na ja«, sagte ich und sah ihm tief in die Augen. »Auf einem Gebiet sind Frauen durchaus im Vorteil. Und nichts, was Männer haben, reicht auch nur ansatzweise daran heran.«

Er starrte mich verblüfft an. »Und was soll das sein?«

»Zwei Worte: Eines davon lautet *multipler.*«

»Ein multipler was?«

»Wenn du das fragen musst, hast du wirklich was verpasst«, sagte ich nüchtern.

Als ihm dämmerte, worauf ich anspielte, starrte er mich an. »Na gut, auch ich habe zwei Worte für dich.«

»Ach ja? Welche denn?«, erwiderte ich und erwartete schon, dass er »*Fuck you!*« sagte.

Er sah mich triumphierend an. »*Jedes Mal.*« Er schenkte mir ein sarkastisches Grinsen.

Ich musste lachen.

»Was ist so komisch daran?«, fragte er. »Hier verpasst du etwas: Männer kommen wenigstens jedes Mal.«

Ich musste das einfach sagen: »Wenn es nur das eine Mal ist, bist du derjenige, der hier etwas verpasst, mein Lieber.« Ich lachte immer noch, als ich ins Büro zurückkehrte, und als ich mich umdrehte, sah ich, dass er mich immer noch anstarrte, und zwar noch verblüffter als vorher.

Den ganzen Tag über begleitete mich ein sattes Grinsen. Wenn er wüsste, wie oft ich beim Sex komme, dachte ich, würde er seine Worte sofort zurücknehmen.

Und nicht nur deswegen – aber die Chance hat er ein für alle Mal verspielt: Für mich gibt es nichts Abtörnenderes als Chauvis.

@

Ich möchte über Orgasmen reden.

Das ist bestimmt nicht das erste Mal, aber ich finde das Thema einfach wichtig. Ganz einfach, weil ich regelmäßig E-Mails (von Frauen und Männern) bekomme, in denen ich gefragt werde, wie Frauen bessere oder überhaupt Orgasmen haben können. Wenn ich höre, das geschätzte 25 Prozent aller Frauen beim Sex nie zum Höhepunkt kommen, macht mich das traurig, aber auch wütend: Hat eine Frau etwa nicht das Recht, jedes Mal zu kommen? Ich für meinen Teil bestehe darauf, so viel steht fest!

Aber ich bin keine Sexualtherapeutin und werde mich folglich hüten, Techniken vorzuschlagen, mit denen Frauen zum Höhepunkt kommen. Da ich es jedoch gewohnt bin, so um die fünf Mal hintereinander zu kommen, versuche ich meinen bescheidenen Beitrag zu leisten.

Ich habe nicht immer multiple Orgasmen gehabt – im Gegenteil! In den ersten Jahren, in denen ich Sex hatte, kam ich überhaupt nicht zum Höhepunkt. Die Männer, mit denen ich zusammen war, waren deutlich geschickter darin, sich selbst zum Höhepunkt zu verhelfen als mir. Während sie drauflosvögelten wie die Karnickel, war nach zwei Minuten bereits alles vorbei. Und ich blieb unbefriedigt zurück und wusste nicht recht, was ich machen sollte.

Ich weiß noch, wie ich mich damals bei einer älteren Freundin beschwerte, dass ich nicht wisse, wie sich ein Orgasmus anfühlt. Sie erwiderte ziemlich fassungslos, dass ich auf diesem Gebiet immer Schwierigkeiten haben würde, wenn ich mich nicht selbst masturbierend erkundete – und zwar ganz unabhängig davon, wie gut mein Partner im Bett wäre. »Mami weiß, wie's geht«, sagte sie augenzwinkernd und schlug mir vor, mich untenrum besser kennenzulernen – entweder mithilfe meines Fingers oder mit einem Vibrator.

Also tat ich wie geheißen. Wenn ich vorher masturbiert hatte, dann eher halbherzig, und ohne jemals einen Orgasmus zu erleben. Aber jetzt hatte ich ein Ziel vor Augen. Ich beherzigte den Rat meiner Freundin und versuchte, die Kunst der Selbsterkundung zu erlernen – und ich war eine gelehrige Schülerin. Ich lernte viel, während ich ununterbrochen an mir herumspielte:

@ Dass ich leicht zum Höhepunkt komme.
@ Dass ich bei bestimmten Arten der Stimulation in Fahrt gerate.
@ Dass ich Orgasmen liebe.

Als ich entdeckte, wie einfach es war, mir Lust zu verschaffen, fühlte ich mich betrogen: um all die Male, in denen ich Sex, aber keinen Orgasmus gehabt hatte und nicht das göttliche Gefühl eines Höhepunkts erlebt hatte, während der Typ jedes Mal gekommen war. War das nicht unfair?

Der Typ konnte allerdings nichts dafür. Es ist zu einfach, den Männern die Schuld am Ausbleiben eines Orgasmus zu geben. Sex ist (normalerweise) eine Interaktion zwischen zwei Menschen. Es geht nicht darum, dass einer dem anderen Lust bereitet. Aber das heißt nicht, dass Männer nichts für langweiligen Sex können (und langweilige Liebhaber hatte ich weiß Gott genug!). Meiner Meinung nach kommen Frauen deswegen nicht zum Höhepunkt, weil ...

... sie im Bett nicht genügend Selbstvertrauen haben.
... sie sich in ihrem Körper nicht wohlfühlen.

... sie sich irgendwie »schmutzig« fühlen, wenn sie den Sex genießen.
... sie Probleme damit haben, zu sagen, was sie wollen.
... sie ihren Körper nicht kennen.

Vor allem auf Letzteres möchte ich heute eingehen: Wie kann eine Frau erwarten, zum Höhepunkt zu kommen, wenn nicht einmal sie ihren Körper kennt? Man kann von den Männern nicht erwarten, dass sie wissen, was uns scharf macht, wenn wir es nicht einmal selber wissen.

Es macht mich traurig, die Kommentare von Frauen zu meinem Blog zu lesen, die sich darüber beschweren, dass sie sich »einfach nur hinlegen«, weil sie ohnehin wissen, dass sie nicht kommen werden. Oder die schreiben, dass ihnen der Gedanke einfach unangenehm ist, sich in Gegenwart des Partners die Hand zwischen die Beine zu schieben, um sich selbst zum Höhepunkt zu verhelfen. Oder noch schlimmer, dass sie einen Orgasmus vortäuschen, damit sich ihr Partner nicht »wie ein Versager« vorkommt. Es deprimiert mich wahnsinnig, das von Frauen zu hören: Nicht nur sie verpassen etwas, sondern auch ihr Partner – welcher Mann möchte nicht spüren, dass die Frau kommt (sei es nun um seinen Schwanz, über seinen Fingern oder unter seiner Zunge)?

Ich sage den Frauen mit Orgasmusschwierigkeiten Folgendes: Los, spiel an dir herum, und zwar sofort! Entdecke, wie sich deine Vulva anfühlt und wie sie aussieht! Mache dich mit deiner Erregung und mit dem, was dich erregt, vertraut. Konzentriere dich auf deine Lust. Jede Frau ist anders: Während es bei der einen funktioniert, wenn sie die Klitoris stimuliert, ist es bei der anderen der G-Punkt. Vielleicht möchte sie auch ihre Schamlippen reiben oder penetriert werden. Egal, was es ist: Man weiß es erst, wenn man es ausprobiert hat. Also schnappt euch ein Sexspielzeug und legt los! Im schlimmsten Fall amüsiert man sich dabei, also warum nicht hinein ins Vergnügen?

Wenn Frauen ihren eigenen Körper kennen, können sie auch aktiver und selbstbewusster im Bett sein: Eine aufgeklärte Frau, die öfter masturbiert, wird eher nach Hand/Kopf/Schwanz ihres Lovers greifen und diese(n) an die richtige Stelle zwischen ihre Beine schieben als eine, die nicht regelmäßig masturbiert und selten (wenn überhaupt) zum Höhepunkt kommt. Und eine Frau, die Kontakt zu ihrem Körper aufgenommen und ausreichend Selbstbewusstsein entwickelt hat, wird auch keine Probleme damit haben, sich zwischen die Beine zu fassen, während sie mit ihrem Partner im Bett liegt. Ob sie das tut, weil das beide anmacht, oder weil sie so ihren Orgasmus sicherstellt – was nie schaden kann, wenn der Typ nicht dazu in der Lage ist –, spielt dabei gar keine Rolle.

Ich finde, es ist höchste Zeit, dass Frauen den Männern diese Last abnehmen, sie von der Verantwortung befreien, uns einen Orgasmus zu »schenken«. Stattdessen sollten wir aktiv unseren eigenen Lustgewinn suchen und selbst dafür sorgen, dass wir kommen. Dadurch würden Frauen den Sex viel mehr genießen und sich entsprechend entspannt fühlen, und auch die Männer können nur dabei gewinnen.

Also, Ladys, ran an die Arbeit: Macht euch die Finger schmutzig!

Dienstag, 25. April

Vielleicht bin ich ein bisschen paranoid, aber nach unserem gestrigen Gespräch sieht mich Adam so komisch an. Hat er das Blog gelesen? Das ist zwar nicht sehr wahrscheinlich, aber da er immer beliebter wird, ist es nur eine Frage der Zeit, bis meine Kollegen darauf stoßen und sich fragen, ob sie das Mädchen, das immer nur das eine im Kopf hat, vielleicht kennen. Ich habe versucht, online vorsichtig zu sein, und nie etwas über meine Aufgaben am Set verraten. Ich habe auch nie Klarnamen benutzt oder erzählt, mit welchen Schauspielern ich zusammenarbeite. Aber es kann schon vorkommen, dass ich bei der Arbeit über Sex rede und dann in meinem Blog darüber schreibe. Wenn da jemand zwei und zwei zusammenzählt, könnte er schon darauf kommen, dass ich, Zoe, Abby Lee bin.

Aber vielleicht hat mich Adam auch nur so komisch angesehen, weil ich ihn seit seiner blöden »Frauen können nicht kommen«-Bemerkung ignoriert habe. Vielleicht bilde ich mir das auch alles bloß ein. Aber jetzt, wo bald das Buch erscheint, darf ich keinerlei Risiko eingehen: Ich sollte bei der Arbeit lieber den Mund halten, wenn es um Sex geht.

Andererseits würde ich ihn sofort wieder aufreißen, wenn ich die Chance bekäme, dem neuen Kamera-Assistenten den Schwanz zu lutschen. Der ist echt sexy, und es ist schon eine Ewigkeit her, dass ich einen Fick hatte, verdammt noch mal! Im Moment bin ich nicht gerade das, was man eine »aktive« Sexbloggerin nennt ...

Mittwoch, 26. April

Heute Morgen unterhielt ich mich ausführlich mit einem der Grips – nennen wir ihn Alex. Im Gegensatz zu Adam zeigte er mir eine ganz andere Seite von sich, als es das Klischee von männlichen Kollegen so vorsieht.

Wir hatten zugesehen, wie für eine Szene ein wunderbares Baby gefilmt worden war, und ich hatte bemerkt, wie süß es sei, und dass ich bei seinem Anblick regelrecht dahinschmelze.

»Ich hätte auch Lust auf ein Kind«, gestand Alex und sah mich traurig an.

Ich erwiderte seinen Blick und zog mitfühlend die Brauen hoch. »Klaro, mit 24 weißt du bestimmt genauestens über den unerfüllten Kinderwunsch Bescheid.« Ich schüttelte leicht genervt den Kopf.

»Ehrlich gesagt wünsche ich mir Kinder, seit ich neunzehn bin«, sagte er. »So gesehen waren die letzten fünf Jahre ziemlich frustrierend, da ich immer noch Single bin und so.«

Ich musterte ihn und versuchte den üblichen Sarkasmus hinter seinen Worten zu erspüren. Doch seine Miene war ernst, zu ernst. Ich wusste nicht recht, ob ich ihm glauben sollte.

Er sprach weiter: »Ich weiß, dass das jetzt bestimmt alles andere als cool klingt, aber ich wünsche mir Kinder. Ich wünsche mir eine Familie. Ich möchte die Richtige finden und mein Leben mit ihr teilen. Ich werde schließlich auch nicht jünger«, fügte er noch hinzu.

Dann versetz dich doch mal in eine Frau, deren biologische Uhr tickt, hätte ich am liebsten erwidert. Ich habe nur noch wenige Jahre, bevor meine Eierstöcke streiken. Und wenn ich meine Eier nicht bald befruchten lasse, sind sie genauso nutzlos wie eine Legehenne, aus der man Katzenfutter macht.

»Na ja«, erwiderte ich, »du hast ja noch jede Menge Zeit. Bis du ein alter, unfähiger Vater bist, der nicht mehr mit seinen Kindern Fußball spielen kann, ist es noch eine Ewigkeit hin. Also hör auf, dir Sorgen zu machen, du könntest keine mehr kennenlernen. Das passiert schon noch, wart's ab.«

Er lächelte mich an, und ich fragte mich, wie er wohl nackt aussah. Er war natürlich noch sehr jung, und ich würde sein kindliches Gemüt bestimmt bald leid sein. Aber vielleicht sollte ich lieber mit jemandem wie ihm ins Bett gehen anstatt mit den Männern, in die ich mich im Lauf der Jahre verknallt habe und die nie etwas von einer festen Beziehung und Kindern wissen wollten. Ich ehrlich gesagt auch nicht, trotzdem fühlte ich mich früher immer wieder von jenem Typ Mann angezogen, den man nur als Mistkerl bezeichnen kann.

Er riss mich aus meinen Gedanken. »Die Mädels bei diesem Film sind ein bisschen jung, findest du nicht?« Er zeigte auf die paar weiblichen Wesen am Set, bei denen die Maske dick Make-up und Mascara aufgetragen hatte, auf ihre engen Jeans und High Heels (aus der Kostümabteilung). Anschließend sah er mich an, und mir wurde schmerzlich bewusst, dass meine Hose nach wie vor schlammbespritzt von den Außenaufnahmen war und mein T-Shirt auf Brusthöhe Ölflecken von einer Rauchmaschine aufwies, die ich mir geschickterweise zugezogen hatte, als ich dabei geholfen hatte, sie zu tragen. Plötzlich fühlte ich mich unter den Blicken dieses jungen Mannes unwohl und furchtbar verlegen.

Er lächelte mich erneut an, und ich merkte, dass er mir damit vielleicht etwas sagen wollte, nämlich, dass ich mich zu einer selbstbewussten Frau entwickelt hatte, die mit jedem gut auskam und sich ihrer Sexualität nicht dadurch versichern muss, dass sie sich zu Tode schminkt und für die Arbeit aufbrezelt. Inzwischen wünsche ich mir mehr als nur eine Reihe von belanglosen Ficks. Und genau das machte mich für ihn so attraktiv.

Kurz stellte ich mir vor, wie es wohl wäre, wenn wir ein Paar wären. Worüber würden wir reden? Welche Gemeinsamkeiten hätten wir? Wie würden wir unsere Freizeit verbringen? Wie wäre der Sex mit ihm? Und wie würden unsere Kinder aussehen?

Als ich sah, wie er mich angrinste und sich verlegen durch die Haare fuhr, hätte ich ihm gern über die Wange gestrichen und gesagt, dass schon noch alles gut würde.

Fick ein bisschen durch die Gegend!, hätte ich ihm am liebsten gesagt. Genieße deine Jugend, experimentiere, entdecke, was du magst, erkunde, welche Möglichkeiten du hast. Und wenn du das getan hast und weißt, dass du endlich so weit bist, wirst du auch jemanden wie mich kennenlernen.

Ich musterte ihn und sein faltenloses Lächeln und erkannte mein früheres Ich in seinem Gesicht wieder. Früher wäre ich eifersüchtig auf seine Jugend gewesen und hätte mir mein faltenfreies Gesicht zurückgewünscht. Aber jetzt bin ich es nicht mehr. Ich möchte nicht mehr zurückschauen, ich bin bereit für die Zukunft.

»Er ist geeignet.« *Und ob er geeignet ist!*

»Er ist groß und muskulös.« *Einverstanden.*

»Ein hübscher Arsch: schön knackig.« *Stimmt.*

»Ein markantes Gesicht und volles Haar.« *Ja, genau.*

»Du willst ihn.« *Nun, ich würde nicht nein sagen.*

»Und ob du ihn willst! Sieh ihn dir doch nur an: Er ist perfekt.« *Er ist ... okay, ja.*

»Du und er, das wäre doch toll.« *Man soll keine voreiligen Schlüsse ziehen ...*

»Der wäre ideal – und das weißt du auch.« *Ich glaube nicht ...*

»Los, pflücke den Tag!« *Hört mal, ich kenne ihn nicht mal!*

»Schnell, bevor es zu spät ist!« *Jetzt reicht's aber endgültig.*

»Ticktack.« *Seid ruhig.*

»Dir läuft die Zeit davon.« *Ich höre schon gar nicht mehr zu.*

»Und ob du das tust. Sogar ziemlich oft in letzter Zeit.« *Auf jeden Fall nicht jetzt. Lalalalala.*

»Komm schon, du bist reif dafür. Tu es!« *Seidruhigseidruhigseidruhig.*

»Komm schon, du hast es selbst gesagt: Deine Tage kamen noch nie so regelmäßig wie jetzt, alle achtundzwanzigeinhalb Tage – du bist im Gleichklang mit dem Mond, verdammt noch mal, und es wäre genau der richtige Moment dafür!« *Ich bin noch nicht so weit.*

»Wer sagt denn das? Du bist Mitte dreißig und hast deinen Platz im Leben gefunden. Jetzt ist der richtige Moment dafür!« *Nein, das stimmt nicht, ich bin noch nicht so weit.*

»Und warum siehst du dir dann Männer an und stellst dir eine Kombination aus euren Merkmalen vor? Sag nicht, das hätte nichts zu bedeuten.« *Das hat nichts zu bedeuten.*

»Aha, aber du schaust dir Babys auf der Straße an, und es versetzt deinem Herzen einen Stich.« *Hört mal, wenn ihr mir auch nur ansatzweise sagen wollt, dass ich mir ein Kind wünsche ...*

»Da, jetzt ist es heraus!« *Lasst mich in Ruhe, verstanden?*

»Los, lass dich befruchten! Du weißt, dass du es willst.« *So einfach ist das nicht. Außerdem bin ich noch nicht bereit für Kinder.*

»Aber du willst ihn, stimmt's? Schau nur, du starrst ihm auf den Schritt und stellst dir vor, wie sich sein Schwanz wohl anfühlen mag – das ist doch ein eindeutiges Zeichen.« *Ja, aber nur dafür, dass ich nichts dagegen hätte, ihn zu ficken.*

»Nein, das ist ein Zeichen dafür, dass du Kinder von ihm willst!« *Oh nein, verdammt noch mal, das stimmt nicht, ich bin einfach nur geil.*

»Du bist geil, weil du sein Sperma willst!!!« *Nein. Nur weil ich mir einen Orgasmus wünsche, heißt das noch lange nicht, dass ich Kinder von ihm will! Das heißt nur, dass ich geil bin und mir gern etwas Erleichterung verschaffen würde. Wie dem auch sei, ich kenne nicht mal seinen Namen, verdammt noch mal – warum sollte ich da Kinder von ihm wollen?*

»Weil du dir Kinder wünschst.« *Das kann schon sein, aber nicht von ihm. Außerdem wünsche ich mir zuerst mal eine Beziehung.*

»Aha! Du willst also doch Kinder?« *Ja und?*

»Das erklärt, warum du ständig geil bist!« *Wieso denn das?*

»Weil du Kinder willst!« *Ach du meine Güte! Erzählt mir nicht, dass ich von Natur aus dazu vorherbestimmt bin. Ihr wisst genau, was ich davon halte!*

»Aber es stimmt doch oder etwa nicht?« *Was? Mein Sexualtrieb soll ein Instrument der Evolution sein, mit dem einzigen Zweck, dass ich mich fortpflanze?*

»Ganz genau: Das würde alles erklären.« *Nein, das würde es nicht, das ist zu kurz gedacht, und das wisst ihr ganz genau.*

»Wie dem auch sei – sieh ihn dir doch nur an: Du willst ihn!« *Seid endlich ruhig, bitte!*

»Los, hol dir sein Sperma! Schnell! Bevor wir hier vertrocknen und keine gesunden Eier mehr übrig sind!« *Jetzt hört mir mal gut zu, ihr lieben Eierstöcke, mir reicht's! Ich gehe jetzt nach Hause, um mir einen runterzuholen. Und wenn ich meinen Höhepunkt hat-*

te, wird der Wunsch, von diesem Typen Kinder zu haben, längst der Vergangenheit angehören. Also vergesst es endlich!

»Na gut. Vielleicht ist er nicht der Richtige ... Lass uns nächsten Monat noch mal reden.« *Ja, das wird sich wohl leider nicht vermeiden lassen ...*

Donnerstag, 27. April

Wenn ich an meine Unterhaltung mit Adam zurückdenke, fällt mir auf, dass ich schon seit ewigen Zeiten nichts mehr mit jemandem vom Set hatte. Hauptsächlich deswegen, weil wir so lange arbeiten und einfach keine Zeit haben, mit jemandem intim zu werden. Außerdem sollte man Arbeit und Privatleben trennen – erst recht wenn man in seinem Blog darüber schreiben möchte.

Als ich das letzte Mal einen Kollegen gefickt habe, den ich mochte – einen Tonmann, den ich vor Jahren bei einem Low-Budget-Film kennenlernte –, war das, bevor ich mit meinem Blog begann.

Es war ein kurzer Arbeitstag von höchstens zwölf Stunden gewesen, und wir hatten vor Ort gedreht. Nachdem wir einige Wochen geflirtet hatten, landeten wir an jenem Abend auf meinem Hotelzimmer. Wir fingen wild an zu knutschen, und es dauerte nicht lange, bis wir uns unserer Kleidung entledigten. Ich war spitz wie selten und konnte es kaum erwarten, ihn zu ficken. Während ich an seinem Körper hinunterglitt, meinen Finger in das Bündchen seiner Unterhose steckte und vorhatte, »ihm« mit meinen Zähnen aus seiner Hose zu helfen, roch ich etwas. Etwas von ihm, genauer gesagt. Das war kein frisches männliches Aroma, es roch nicht nach sauberem Schweiß oder nach einem langen Arbeitstag und erst recht nicht nach köstlicher, sexueller Erregung. Es war ein beißender, scharfer Gestank – ranzig wäre noch untertrieben gewesen. Er stank, und ich musste beinahe würgen.

Inzwischen hatten meine Finger bereits begonnen, kleine kreisende Bewegungen um seinen Schwanz zu beschreiben, und ich steckte in einer Zwickmühle: Sollte ich weitermachen und riskieren, in hohem Bogen zu kotzen, wenn ich seinen stinkenden Schwanz in den Mund nahm? Vielleicht wäre es am höflichsten, ihm innerhalb seiner Hose einen runterzuholen, in der Hoffnung, so dem furchtbaren Gestank seiner Lendengegend zu entkommen? Oder sollte ich meinen Ekel lieber zeigen, aufhören, seinen Schwanz zu stimulieren, und ihm befehlen, ihn zu waschen, und zwar ein bisschen dalli?

Ich tat nichts von beidem. Ehrlich gesagt bin ich schon ein wenig stolz auf das, was ich als Nächstes tat: Ich zog die Hand aus seiner Unterhose, warf ihn auf den Rücken, setzte mich auf ihn und rutschte so lange auf seinem nach wie vor bekleideten Schwanz herum, bis ich einen Orgasmus hatte.

Danach warf ich ihn aus meinem Hotelzimmer, samt Erektion und allem Drum und Dran.

Das mag egoistisch sein, aber wenn ich eines nicht ausstehen kann, dann Männer ohne die nötige Intimhygiene: Es gibt keine Entschuldigung für einen Mann, der es nicht schafft, seinen Schwanz sauber zu halten – auch nicht, wenn er viele Stunden am Set gearbeitet hat. Wenn ich es schaffe, sauber zu bleiben und gut zu riechen, kann er das auch. Wenn ein Kerl also glaubt, sein Stinkepimmel kann mit einem Mädel interagieren, kommt es zu etwas ganz anderem, nämlich dazu, dass bloß ich komme.

Samstag, 29. April

Als ich gestern Abend nach der Arbeit im Stau steckte, hatte ich ein Déjà-vu-Erlebnis. Doch nicht nur die Umgebung kam mir bekannt vor – Grünflächen, schicke Villen und Wichser in Geländewagen gibt es in diesem Teil von Südwestlondon zur Genüge –: Dieser Ort besaß noch etwas, das meine Synapsen feuern ließ.

Dann wusste ich plötzlich, was es war: Ein Typ, den ich vor ewigen Zeiten mal gefickt hatte, wohnte gleich um die Ecke. Das warf die Frage auf, wie gut ich meine Stadt eigentlich kenne. Wen habe ich in dieser Metropole gefickt und wo? Ein kurzer Rückblick ergab Folgendes:

@ Vor vielen Jahren gab es mal einen Typen in Croydon: Was für ein mieses Viertel! Insofern ist es nicht weiter verwunderlich, dass auch er ein totales Arschloch war.
@ Der Typ in Tottenham war nett: Wir fickten in meinem Büro, ich klammerte mich an den Schreibtisch meines Chefs und stellte mir vor, wie er wohl reagieren würde, wenn er wüsste, dass ich hier von hinten genommen wurde.
@ Dann war da dieser Typ aus Morden. Er stand auf Cunnilingus, und ich hatte nichts dagegen.
@ Der aus Twickenham war echt ausdauernd, aber seine Angewohnheit, mir ständig den Finger in den Arsch zu stecken, ging mir auf die Nerven.
@ Der Mann aus Acton gab sich redlich Mühe, langweilte mich aber zu Tode. Langeweile und Sex passen einfach nicht zusammen.
@ Der aus Kensington hielt mich wohl angesichts seiner Kohle und seines riesigen Penthouse-Appartements für eine ganz Wilde. Also fickte ich ihn so wild, bis sein Schwanz schmerzte.
@ Der Typ aus Wembley verglich seinen Schwanz mit einem Fahrradreifen. »Feste pumpen ...«, befahl er mir, als ich danach griff, »... und dann aufsteigen.« Ich tat wie geheißen.
@ Der aus Harrow war sehr sinnlich. Er liebte es, mich zu ficken, wenn ich meine Tage hatte. »Dann bist du noch geiler«, versicherte er mir. Er täuschte sich nicht.
@ Der Typ in Cricklewood glaubte, Songs von R. Kelly könnten mich in die richtige Stimmung bringen. Da hatte er sich aber gründlich getäuscht!

- @ Der aus Highgate war süß, nett und konnte fantastisch küssen. Das machte die Tatsache wieder wett, dass ich bei ihm nie zum Höhepunkt kam.
- @ Der Typ aus Euston fickte erst meine Freundin und dann mich. Als wir das kurz darauf herausfanden, redete keine von uns je wieder mit ihm. Außerdem war er öde im Bett.
- @ Der Typ aus Finsbury Park blieb allein mit seinem Steifen zurück, als ich seine Wohnung verließ. Keine Angst, ich hatte dafür gesorgt, dass ich selbst zum Höhepunkt kam. Er war es nicht wert, dass ich mich dafür erkenntlich zeigte.
- @ Der Mann aus Brixton liebte meinen Hintern. Obwohl ich es genieße, wenn man sich auf meinen Po konzentriert, ist es manchmal auch ganz schön, sich beim Ficken anzusehen.
- @ Der Typ aus Woolwich war zu betrunken für Sex. Nachdem wir eine ganze Packung Kondome verschwendet hatten, ohne dass er es schaffte, mich erfolgreich zu penetrieren, gaben wir auf.

Komisch, dass ich mich kaum noch an die Namen einiger dieser Typen erinnern kann. Aber wo und in welchem Teil Londons sie wohnten und wir fickten, weiß ich noch ganz genau, ganz so als hätte ich eine Art Stadtplan davon im Kopf. Das kann bestimmt nicht schaden, falls ich mich mal verlaufe. (Trotzdem habe ich nicht vor, eine Karte aufzuhängen und die Orte, an denen ich gefickt habe, mit Stecknadeln zu markieren. Das wäre wirklich zu albern, außerdem hätte ich bestimmt nicht genügend Stecknadeln.)

Der Ort in London, an dem ich nur selten Sex habe? Meine eigene Wohnung. Dafür gibt es gleich mehrere Gründe: Zunächst einmal lebe ich sehr zurückgezogen. Ich lasse die Typen nicht gern in meine Räumlichkeiten – nur wenn ich sie wirklich sehr mag, ihnen vertraue und sie gern näher kennenlernen würde. Wenn es bloß unverbindlicher Sex sein soll, gehe ich lieber mit zu ihm, in ein

Hotel, oder wenn es denn unbedingt sein muss, auf eine öffentliche Toilette.

Außerdem ist meine Wohnung die reinste Müllhalde – nicht, dass man mir das ansieht: Ich achte sehr auf Körperhygiene und bemühe mich, gut auszusehen. Aber bei mir zu Hause herrscht ein ständiges Chaos. Wenn ich schon einem Kerl zeigen muss, wie viele Höschen bei mir auf dem Boden herumliegen, dann bestimmt nicht gleich bei unserer ersten Verabredung: Ich will ihn schließlich nicht gleich von Anfang an vergraulen.

Und *last not least*: Wenn jemand frühmorgens mit einem Kopfnicken und einem verlegen gemurmelten »Danke« verschwindet, bin ich das!

Ich werde nie zu den Frauen gehören, die traurig sind, weil der Kerl schon im Morgengrauen verschwindet (das war ich nämlich oft genug, und das wird mir nie wieder passieren). Genauso wenig will ich einen Typen an mir kleben haben, der lieber gehen sollte (und auch das kenne ich – und das ist wirklich nicht lustig!). Das heißt nicht, dass man unverbindlichen Sex zwangsläufig bereuen und sich wünschen muss, schnellstmöglich wieder allein zu sein. Aber es ist deutlich einfacher, diejenige zu sein, die kommt und geht, wann *sie* will.

Die Hin- und Herfahrerei hat mich über die Jahre zugegebenermaßen ein ziemliches Vermögen an U-Bahn, S-Bahn-Tickets und Taxifahrten gekostet. Sie hat mich aber auch auf höchst vergnügliche Weise verschiedene Teile dieser großen Stadt erkunden lassen. Das Geld war also gut angelegt – selbst wenn der Sex ein-, zweimal ziemlich bescheiden ausfiel.

MAI

Montag, 1. Mai

Heute musste ich schon wieder um sechs Uhr früh bei der Arbeit sein, würg! Wenn ich Filme nicht so lieben würde, wäre ich nie in der Lage, so früh aufzustehen: Von meinem Biorhythmus her bin ich nämlich definitiv eine Nachteule.

Während ich dumm rumstand und einer besonders langen und langweiligen *Visual-Effects*-Probe beiwohnte, die den ganzen verdammten Vormittag zu dauern schien, musste ich natürlich an Sex denken und kam zu folgendem Schluss: Was das Ficken und meine Arbeit anbelangt, halte ich mich an eine wichtige Regel (neben kleineren Regeln wie heftige Sexsessions aufs Wochenende zu beschränken, damit ich am nächsten Tag am Set nicht zu kaputt bin; sexuell draufgängerischer zu sein als meine männlichen Kollegen, damit sie wissen, dass ich mir nichts bieten lasse; und mich nie beim Masturbieren auf der Toilette erwischen zu lassen). Es ist die wichtigste Regel, an die ich mich halte, und sie lautet ganz einfach: Niemals Schauspieler ficken.

Warum nicht? Eine Frau, die nur das eine im Kopf hat, sollte doch eigentlich sofort zugreifen, wenn sie die Chance hat, jemand Talentierten/Berühmten/gut Aussehenden zu ficken, oder etwa nicht? Ich sehe das anders, denn mit Schauspielern gibt es nichts als Ärger.

In all den Jahren, in denen ich beim Film arbeite, wurde ich von einigen Schauspielern angemacht, die mir an die Wäsche wollten. Bestimmt dachten sie, jemand, der in der Hierarchie so weit unten steht, ist besonders geeignet für einen schnellen Fick. Vom Hollywoodstar bis zu namenlosen Nebendarstellern haben, es alle probiert: Angefangen damit, dass sie mir an den Po gefasst haben bis dahin, dass sie mir ihre Telefonnummer gaben. Und bei jedem habe ich freundlich gelächelt und die Avancen abgelehnt.

Denn egal, wie talentiert sie auf der Leinwand auch sein mögen: Wenn sie gerade nicht im Bild sind, sind Schauspieler eindeutig oberflächlich, narzisstisch und voller Selbsthass – nicht gerade Eigenschaften, die ich bewundere. Eine Bühne oder einen Filmset zu betreten und in der Lage zu sein, die Welt da draußen völlig auszublenden und dabei realistische Gefühle und Gedanken zu transportieren, erfordert ein Geschick, sich zu verstellen. Denn letztlich ist es die Fähigkeit, andere von der eigenen Aufrichtigkeit zu überzeugen, die den Auftritt eines Schauspielers glaubwürdig macht. Aber jeder Schauspieler, den ich kennengelernt habe, besitzt die soeben erwähnte Fähigkeit, sich zu verstellen, auch noch, nachdem das Scheinwerferlicht längst erloschen ist. Und ich für meinen Teil habe null Interesse daran, mit so jemandem ins Bett zu gehen.

Es ist jedoch nicht weiter verwunderlich, dass Schauspieler so sind. Ständig schlägt ihnen die gespielte Bewunderung von Leuten entgegen, die so tun, als wären sie etwas Besonderes und völlig anders als der Rest der Bevölkerung. Dadurch verlieren Schauspieler jeden Bezug zur Realität. Ich wundere mich immer, warum die Leute nach Zeitschriften und Zeitungen lechzen, die Titelgeschichten über irgendeinen Promi bringen oder schreiben, mit welchem neuen Lover, mit welcher neuen Diät oder mit welcher neuen Tragödie sie es gerade zu tun haben. So etwas langweilt mich.

Wenn mich also einer von diesen oberflächlichen Kerlen anmacht, werfe ich mich ihnen nicht zu Füßen – nicht einmal, wenn sie absolut fantastisch aussehen. Stattdessen ist mir bewusst, wie leicht sie ihre Position missbrauchen können: Bei ihrem Status und bei ihrer Macht können sie jede Frau am Set anmachen, ohne Konsequenzen befürchten zu müssen. Das weibliche Filmteammitglied dagegen riskiert es, seinen Job zu verlieren, wenn der Schauspieler es leid wird. Ich habe das oft genug erlebt und habe nicht vor, in nächster Zeit aus meinem Job zu fliegen.

Die Vorstellung genügt, dass ich wieder einen klaren Kopf bekomme. Ich kann in der Arbeit noch so geil sein und mich von einem gut aussehenden Schauspieler noch so angezogen fühlen – doch es reicht schon der kleinste Fehler, ein Moment der Schwäche, der dazu führt, dass er seinen Schwanz in mich hineinsteckt, und ich habe meine Zukunft verspielt. Insofern werde ich mich nicht so bald mit einem Schauspieler ins Bett oder in seine Garderobe begeben.

Obwohl es manchmal ganz schön frustrierend sein kann, wenn ich beruflich mit einem heißen Typen im Superheldenkostüm zu tun habe – und keine Zeit finde, mich kurz selbst zu befriedigen.

Freitag, 12. Mai

Es ist Freitagabend, und ich habe etwas Freizeit, während der harte Kern der Filmcrew im Ausland dreht. Es ist schon eine Ewigkeit her, dass ich etwas von meiner Freundin Fiona gehört habe. Wir sind schon seit Studienzeiten befreundet, und obwohl wir ein recht unterschiedliches Leben führen, fühlt es sich an, als wäre keine Zeit vergangen, wenn wir uns treffen: Wir können stets offen miteinander reden. Trotzdem gibt es ein Thema, das nie mehr angeschnitten wird, nämlich der Abend, an dem sie mir ihre professionellen Qualitäten als Domina vorführte und wir beide mit einem bemitleidenswerten Kerl im Bett landeten, der anschließend bestimmt eine Woche nicht mehr sitzen konnte. (Sie war sehr geschickt im Umgang mit seinem Gürtel, so viel muss man ihr lassen!) Sie hat diesen Job aufgegeben, und keiner von uns bringt diese Nacht jemals zur Sprache: Manche Dinge bleiben eben lieber ungesagt.

Aber wenn Fiona und ich zusammen sind, bedeutet das zwangsläufig Cocktails. Und über Sex reden natürlich, denn beides geht Hand in Hand.

»Es gibt genau zwei Arten von Männern«, verkündete ich leicht betrunken und hob einen weiteren Martini an meine Lippen.

»Und zwar?«, erwiderte Fiona und schlürfte laut an ihrem Mojito.

Ich nahm einen großen Schluck. »Jene, welche die Klitoris noch nicht entdeckt haben, und jene, die sie entdeckt haben.«

Fiona lachte und stellte ihr Glas ab. »Stimmt genau.«

»Zum Glück sind Erstere in der Minderheit«, fuhr ich fort. »In letzter Zeit ist es nur noch selten vorgekommen, dass ich einem Typen begegnet bin, der mich sofort penetriert und dann das alte Rein-Raus-Spiel betreibt, ohne meine Klitoris zu stimulieren.« Ich schwieg, um meinen Worten mehr Gewicht zu verleihen. »Sosehr ich auch manchmal einen wilden Quickie genieße, ist dann und wann nichts gegen ein nettes Vorspiel einzuwenden.«

»Zum Glück wissen die meisten Männer, dass eine Frau mehr braucht, um richtig in Fahrt zu geraten«, pflichtete mir Fiona bei.

Ich nickte. »Trotzdem weiß ich nicht, ob die Typen, die schon mal was von der Klitoris gehört haben, so viel besser sind.«

Fiona sah mich neugierig an. »Wie meinst du das?«

Ich beugte mich verschwörerisch vor und sagte leise: »Nur weil sie wissen, wo sie sitzt, bedeutete das noch lange nicht, dass sie auch mit ihr umgehen können.«

Fiona lachte laut auf und tätschelte mir freundschaftlich den Arm.

Doch ich war noch lange nicht fertig: »Zu viele Männer glauben, sie hätten eine Medaille verdient, nur weil sie schon mal was von der Klitoris gehört haben: ›Schau, Liebling, ich habe sie gefunden!‹ Ich finde nicht, dass man ihnen dazu gratulieren muss – erst recht nicht, wenn sie so grob damit umgehen, als würden sie Flecken aus einem Teppich reiben.«

Fiona grölte und verschluckte sich an ihrem Drink. »Und ob! Was ist bloß mit denen los? Haben die denn gar kein Feingefühl?«

»Offensichtlich nicht«, erwiderte ich. »Die besorgen es sich selbst dermaßen heftig, dass sie glauben, bei uns funktioniere das genauso.«

Fiona schüttelte den Kopf. »Von wegen!«

»So als könnten sie, nachdem sie den Zauberknopf erst einmal gefunden haben, an gar nichts anderes mehr denken, als darauf herumzudrücken, daran zu zerren und wie wild daran herumzurubbeln. Sie scheinen gar nicht mitzukriegen, wie sensibel der sein kann.«

Fiona nickte erneut zustimmend und flüsterte: »Meine darf man nicht mal anfassen. Das ist einfach zu viel für mich.«

»Mir geht es ganz genauso«, entgegnete ich flüsternd. »Wird sie zu heftig stimuliert, wird sie ganz taub, und dann kann ich meinen Orgasmus vergessen.«

Wir seufzten beide und nahmen einen großen Schluck von unseren Drinks. Dann besserte sich meine Laune schlagartig: »So schlimm ist es auch wieder nicht«, sagte ich. »Ich glaube, es gibt noch einen dritten Typ Mann – auch wenn dieser äußerst selten vorkommt.«

»Ach wirklich?«

»Ja. Ich habe Männer erlebt, die nicht nur wussten, wo sich die Klitoris befindet, sondern auch, wie sensibel sie ist: Sie haben sie kein einziges Mal berührt, verschafften mir aber trotzdem einen Höhepunkt nach dem anderen.«

Fiona hob fragend die Brauen. »Wie haben sie denn das angestellt?«

»Sie haben mich eine Ewigkeit heiß gemacht, indem sie mich ganz in ihrer Nähe berührten oder sie mit der Zunge umkreisten, aber nie direkt stimulierten. Das hat mich echt wahnsinnig gemacht, sodass ich mir nichts sehnlicher wünschte, als sofort ihren Schwanz in mir zu spüren.«

Fiona lachte. »Genau so muss es sein. Ich wünschte, das würden mehr Männer tun. He, vielleicht sollten wir eine Infogruppe gründen, die Männern beibringt, Frauen richtig zu erregen?«

Ich kicherte. »Gute Idee! Wir könnten ihnen alles über die Vorteile einer indirekten Klitoris-Stimulation beibringen. Daraufhin würden ihre Frauen alle ganz feucht und würden sie ständig anflehen, sie zu ficken. Die Männer könnten wunderbar ficken, und die Frauen würden schon vor der Penetration einen Orgasmus nach dem anderen erleben. Eine eindeutige Win-win-Situation: fantastisch.«

Fiona grinste, und wir leerten unsere Gläser.

Ich dachte noch weiter darüber nach. »Diese Gruppe ist eine tolle Idee: Ich finde, wir sollten das wirklich machen. Ich schlage vor, dass wir sie ›Der dritte Weg‹ nennen, aber dabei muss ich an Politik und New Labour denken – nicht gerade ein Aphrodisiakum!«

Ich stand auf, um uns neue Drinks zu holen. Auf dem Weg zur Bar fiel mir ein gut aussehender Typ im Anzug auf. Ich überlegte, wie ich ihn in ein Gespräch über Gleichberechtigung im Bett verwickeln könnte, ohne mich so anzuhören, als wäre ich notgeil. Obwohl das natürlich der Fall war. Aber da es schon Wochen her war, seit ich mich das letzte Mal mit Fiona getroffen hatte, wollte ich unsere kostbare Zeit nicht damit verschwenden, einem scharfen Typen hinterherzulaufen. Auch wenn ich schon eine ganze Weile Single bin und einen Fick gut gebrauchen könnte.

Samstag, 13. Mai

Da ich mit einem Wahnsinnskater aufgewacht bin und mich kaum aufraffen konnte, aufzustehen, schaffte ich es heute Morgen nur, nach meinem Laptop auf dem Nachtisch zu greifen und ins Internet zu gehen. Tja, eine streberhafte Sexbloggerin wie ich hat nun mal ihre Prioritäten, außerdem kann man nie wissen, was einen online alles Tolles erwartet. Meine Entscheidung zahlte sich aus: Zu meiner Überraschung fand ich eine E-Mail vor, mit der ich nun wirklich nicht gerechnet hatte.

»Rate mal, wer da schreibt?«, lautete die Botschaft. »Lange nicht gesehen! Hast du sehr viel zu tun? Ich bin Morgen für ein paar Tage in der Stadt und würde mich freuen, dich zu sehen – hast du Lust auf ein bisschen Spaß?«

Sie stammte von Derek, einem Typen, mit dem ich letztes Jahr mal eine kurze Affäre hatte. Mir fiel unser letztes Treffen wieder ein: Er hatte mich gebeten, mich den überwiegenden Teil der Nacht auf sein Gesicht zu setzen. Ich muss sagen, dass mir das ausgezeichnet gefallen hat. Was für ein Zufall nach meinem Gespräch über das Vorspiel mit Fiona gestern Abend: Derek gehört eindeutig in die Kategorie »Dritter Weg«: Er weiß, wie man mich in Stimmung bringt.

Da ich immer nur das eine im Kopf habe, dauerte es keine Minute, bis mir auch wieder einfiel, wie sich sein Schwanz in meinem Mund angefühlt hatte. Bei dem Gedanken daran wurde ich sofort ganz feucht und mailte zurück: »He, was für eine nette Überraschung! Ich habe dieses Wochenende tatsächlich frei – wir können uns gern treffen!«

Ich hoffe, er ruft bald an.

Sonntag, 14. Mai

Ich war entzückt, als mich Derek schließlich gestern Abend anrief und mir vorschlug, sich heute Nachmittag zu treffen. Ich freute mich ehrlich gesagt sehr drauf, gefickt zu werden, und konnte es kaum erwarten, ihn wiederzusehen. Also verließ ich in voller Montur das Haus: frisch geduscht, in einem süßen Kleid und mit einer Auswahl an Kondomen und einer Tube Vaseline in meiner Handtasche.

Da wir uns seit fast einem Jahr nicht gesehen hatten, freute ich mich, festzustellen, dass nach wie vor eine gegenseitige Anziehungskraft vorhanden war. Während wir vor unseren Cocktails sa-

Tipps für Frauen, die sich auf ein Date vorbereiten:

1. Eine Maske auftragen.
2. Den Körper enthaaren, und zwar die Achseln, Unter- und Oberschenkel, Vulva und Hintern. Sowie andere Stellen, die hier lieber erst gar nicht erwähnt werden.
3. Haare waschen und eine Pflegespülung machen.
4. Körper waschen und peelen.
5. Maske abnehmen und weinen, weil man einen Riesenpickel am Kinn hat, obwohl man schon über dreißig ist. Heißt es nicht immer, nur Teenager bekommen Pickel? Bei dieser rot entzündeten Eiterbeule gibt es heute Abend bestimmt keinen Sex!
6. Zahnpasta auf das Kinn auftupfen. Diesem Hormonpickel wird der Garaus gemacht – und wenn es das Letzte ist, was man in diesem Leben tut!
7. Sich von Kopf bis Fuß mit einer duftenden Lotion eincremen.
8. Die Brüste und die Lendenregion separat eincremen. Widmet man ihnen besondere Aufmerksamkeit, tut es der Typ vielleicht auch.
9. Deo unter den Achseln auftragen und die Füße deodorieren. Mehr muss darüber nicht gesagt werden.
10. Sich eine schicke Frisur machen.
11. Anschließend sämtliche Haarnadeln wieder entfernen, weil die Frisur, auf die man gerade so viel Zeit verschwendet hat, einfach dämlich aussieht.
12. Einen neuen verrückten Krissellook kreieren.
13. Auf dem Klo sitzen und heulen.
14. Zehennägel lackieren.
15. Fingernägel lackieren.
16. Sich schminken.
17. Frustriert aufschreien, weil der Nagellack noch nicht ganz trocken war und Flecken auf der Nase hinterlassen hat.
18. Sexy Unterwäsche suchen.
19. Möglichst nicht weinen, wenn man feststellt, dass der teure BH völlig hinüber ist, weil er aus Versehen in der Waschmaschine gelandet ist.
20. Einen anderen BH von einem nicht ganz so schönen Dessous-Set finden.

21. Den BH so eng wie möglich einstellen, um das Dekolletee zu betonen. Mühsam atmen.
22. Langsam das gewählte Outfit anziehen, ohne die Frisur, die Schminke oder den Nagellack zu ruinieren.
23. In ein Paar Schuhe/High Heels/Stiefel schlüpfen.
24. Nicht vor lauter Schmerzen in den Füßen weinen, DENN KEIN WEIBLICHER FUSS ENTSPRICHT DER PASSFORM EINES DAMENSCHUHS.
25. Zähne putzen.
26. Atemspray benutzen.
27. Lippenstift auftragen und die richtige Balance zwischen »feuchten Lippen« und »Mist, meine Lippen pappen zusammen!« finden
28. Aus dem Haus gehen, ohne zu stolpern.
29. Möglichst nicht schluchzen, wenn man bemerkt, dass man Geldbeutel, Handy, Kreditkarte, Schlüssel zu Hause vergessen hat.
30. Aufbrechen in der Hoffnung, dass die Verabredung/der potenzielle Fick gut läuft.

ßen, passten wir unsere Körpersprache aneinander an. Seine Arme fanden den Weg um meine Taille und meine um die seine, kaum, dass wir uns getroffen hatten. Mir fiel wieder ein, wie gut wir harmoniert und wie genüsslich wir gefickt hatten, wobei er intuitiv gespürt hatte, wie ich es von hinten mag, wie ich es liebe, meine Knöchel hinter den Kopf zu bringen, und wie ich mehrmals hintereinander kommen kann, wenn man drei Finger in mich steckt. Ich konnte es also kaum erwarten, bis wir auf seinem Hotelzimmer waren und ich seinen Schwanz erneut in mir spüren würde ...

Und zwar genau bis zu folgendem Gespräch an der Hotelbar:

Ich (Konversation betreibend): Und, wie läuft's mit den Frauen? Gibt es da gerade jemanden in deinem Leben?

Er (errötend): Ja, irgendwie schon.

Ich (vorsichtig weiterfragend, ohne weitere Details wissen zu wollen): Jemand Besonderen?

Tipps für Männer, die sich auf ein Date vorbereiten:

1. Duschen. Nota bene: optional, siehe 3.
2. Sich mit einem Handtuch abtrocknen. Nota bene: möglichst nicht mit dem Geschirrhandtuch.
3. Sich mit Axe einnebeln. Nota bene: Wenn auf 1. verzichtet wurde, dafür sorgen, dass es auch verschwenderisch in der Genitalregion angewendet wird.
4. Zähne putzen. Nota bene: optional, man kann unterwegs immer noch Kaugummi kauen.
5. Sich anziehen. Nota bene: was Bequemes, das sich auch leicht wieder ausziehen lässt …
6. Aufbrechen in der Hoffnung, dass die Verabredung/der potenzielle Fick gut läuft.

Er: Ich denke schon.

Ich (mir langsam Sorgen um meinen Fick machend): Ist es was Ernstes?

Er: Das kann man so sagen.

Ich (hoffentlich nichts Exklusives): Eine feste Beziehung also?

Er: Ja, wir sind schon seit ein paar Jahren zusammen.

Ich (zögerlich): … Du warst also schon mit ihr zusammen, als wir letztes Jahr gefickt haben?

Er (langsam): … Ja.

Ich (erstaunt): Warum hast du mir dann nichts davon erzählt?

Er: Ich dachte, du wüsstest das.

Ich (ungläubig): Nein, sonst hätte ich dich gar nicht erst gefickt.

Er: Oh, tut mir leid.

Ich: Ich fass es einfach nicht! Das ist echt schwach, weißt du das?

Er (nickend): Tut mir leid, ich dachte wirklich, du wüsstest Bescheid. Ich dachte, das wäre okay für dich.

Ich (ungläubig): Nein, es ist nicht okay für mich. So eine Frau bin ich nicht.

Und die bin ich wirklich nicht. Vor Jahren war ich einmal daran beteiligt, dass eine Frau betrogen wurde: Ich hatte eine Affäre mit ihrem Freund. Ich hatte das niemals vorgehabt, aber ehe ich mich's versah, hatte ich Gefühle für einen Mann entwickelt, der anderweitig gebunden war. Jedes Mal, wenn wir uns trafen und er vorgab, er hätte keine Freundin, meldete sich mein schlechtes Gewissen. Ich habe mir geschworen, das niemals wieder zu tun. Nicht nur, weil ich danach einen Riesenliebeskummer hatte – ich war verliebt in Russell und absolut fertig, dass er sie nicht für mich verließ –, sondern auch, weil ich nicht der Typ Frau sein will, der andere Frauen hintergeht. Vielleicht bin ich eine altmodische Feministin, aber ich empfinde tatsächlich so etwas wie Solidarität für andere Frauen: Ich möchte Schulter an Schulter mit meinen Schwestern kämpfen, und nicht hinterrücks ihre Männer ficken.

Auch wenn ich mit einem wahnsinnig feuchten Höschen an der Bar saß und es kaum erwarten konnte, von Derek gefickt zu werden – bei einem Mann, der Interesse an außerpartnerschaftlichem Sex hatte, blieb mir einfach keine andere Wahl: Ich würde nicht mit ihm ins Bett gehen und damit basta. Ich habe schließlich gewisse Prinzipien, und obwohl mich meine Geilheit in der Vergangenheit zu so mancher schlechten Entscheidung verleitet hat und ich sehenden Auges mit einem bereits vergebenen Mann ins Bett gegangen bin, möchte ich das nicht wiederholen.

Also saßen wir da, nippten an unseren Cocktails, und ich sagte Derek gehörig die Meinung: Ich erklärte ihm, wie egoistisch ich ihn fand, wie fertig seine Freundin wäre, wenn sie von seinen Affären erführe. Zu seiner Verteidigung muss ich sagen, dass er mir beipflichtete und sagte, er wisse auch nicht, warum er seine Freundin betrüge. Wir überlegten, wie er es ihr beichten könnte.

Ob er es ihr wirklich sagen wird oder nicht, weiß ich nicht. Ich weiß nur, dass ich ein reines Gewissen hatte, als ich meinen Kopf abends auf mein Kissen bettete (wenn auch erst, nachdem ich mich selbst befriedigt hatte).

Trotzdem muss ich mich fragen: Warum habe ich – sei es nur in Beziehungen oder bei unverbindlichen Affären – bloß solches Pech mit Männern? Ich finde, ich habe endlich mal gute Zeiten verdient – und die können gar nicht schnell genug anbrechen!

Mittwoch, 17. Mai

Nach meinem erfolglosen Treffen mit Derek bin ich total ausgeflippt: Ich bin unglaublich frustriert und total verzweifelt. Ich weise eindeutig die klassischen Symptome irrationaler Geilheit auf:

@ Ich denke die ganze Zeit an Sex.
@ Ich habe mir Pornos runtergeladen, die ich jedes Mal anschaue, wenn ich mich vor den Computer setze.
@ Ich habe schon drei Batteriesets verbraucht – so oft benutze ich meinen Vibrator.
@ Ich habe fast schon eine Schleimbeutelentzündung im Handgelenk vom vielen Masturbieren.
@ Ich habe mein Adressbuch durchgesehen und überlegt, alte Fickfreunde anzurufen, obwohl ich mir geschworen habe, sie nie wieder zu treffen, weil …
@ a) … sie so gut im Bett auch wieder nicht waren.
@ b) … sie mich intellektuell gelangweilt haben, was den Sex banal machte.
@ c) … sie inzwischen eine Freundin haben.
@ Ich habe mir überlegt, Männer anzurufen, mit denen ich kürzlich aus war, ohne dass es zum Äußersten kam, und sie zu bitten, mich doch noch zu ficken.
@ Ich habe überlegt, auf Online-Dating-Webseiten zu gehen und einem Wildfremden einen unverbindlichen Quickie in einem Hotel anzubieten.

- @ Ich habe mir überlegt, in die Sauna eines Swingerclubs zu gehen, die ich vor einiger Zeit mit meinem alten Studienfreund Tim entdeckt habe, und dort einem süßen Kerl vorzuschlagen, mich im Dampfbad oral zu befriedigen.
- @ Ich habe mir überlegt, einen platonischen Freund anzurufen, den ich kein bisschen attraktiv finde, und ihn zu bitten, mir die Ehre zu erweisen.
- @ Ich habe sogar überlegt, mich in einem Rock und ohne Unterhose breitbeinig in den Zug zu setzen, in der Hoffnung, dass das einem sexy Typen auffällt und er mich anbaggert.

Irgendwas stimmt nicht mit mir: Jetzt, wo ich an irrationaler Geilheit leide, dürfte klar sein, dass ich keinen klaren Gedanken mehr fassen kann, und das machte mir Sorgen.

Und zwar genau bis heute Abend, als mir plötzlich klar wurde, dass ich außerdem ein furchtbares Stechen im Unterleib habe und meine Brüste geschwollen und wund sind: Ich habe soeben meine Tage bekommen.

Gott sei Dank, kann ich nur sagen. Ich finde es sehr beruhigend, zu wissen, dass es nur an meinen Hormonen liegt, und dass ich bald wieder klar denken kann. Das heißt nicht, dass ich dann nicht mehr geil sein werde. Aber ich werde immerhin nicht mehr ein höchst irrationales oder verzweifeltes Verhalten in Erwägung ziehen, um meine Triebe zu befriedigen. Stattdessen befriedige ich sie einfach mit meinem Vibrator wie jede normale Frau.

Apropos Vibrator: Ich muss noch neue Batterien kaufen gehen.

Donnerstag, 18. Mai

So langsam denke ich, dass irgendwas mit mir nicht stimmt. Nicht wegen meines starken Sexualtriebs oder deswegen, weil ich ständig ans Ficken denke. Nicht einmal deshalb, weil ich von allem besessen bin, was irgendwie erotisch ist, nein: Das, worüber ich mir Sorgen mache, ist noch viel schlimmer: Ich glaube, ich bin die einzige Frau auf der Welt, bei der der »Rampant Rabbit«-Vibrator so gar nichts ausrichten kann.

Wie viele andere war auch ich vor Jahren beeindruckt von den Lobpreisungen dieses beliebten Sexspielzeugs. »Aus *Sex and the City*!« schrie es mir auf der Packung entgegen, und obwohl ich neunmalkluges Produktmarketing hasse und ebenso die Tatsache, dass er glimmerpink war und absolut nach »Kleinmädchenscheiß« aussah, war ich insgeheim doch neugierig. Schließlich hatte er sogar bei der prüden Charlotte aus *Sex and the City* funktioniert, und alle anderen schienen davon zu schwärmen. Also hoffte ich ebenfalls darauf, mich ein ganzes Wochenende lang lustvoll stöhnend im Schlafzimmer einschließen zu können.

Doch es kam anders. Mir entrang sich zwar durchaus ein Stöhnen, aber eher ein ungläubiges als ein lustvolles.

Nicht, dass ich es nicht versucht hätte. Ich tat alles dafür, mich erfolgreich selbst zu befriedigen:

- @ Ich umgab mich mit einer Auswahl von Pornos (männliche Darsteller mit Brusthaar und weibliche Darsteller mit echten Brüsten).
- @ Ich sorgte dafür, dass ich den Kopf frei für erotische Fantasien hatte (meine Lippen umschließen seine Erektion, er nimmt mich von hinten, ihre Brüste in meinem Gesicht).
- @ Ich hatte eine Tube Vaseline griffbereit.

Als Frau sollte man schließlich stets gut vorbereitet sein.

Ich pulsierte also wie wild und war so feucht, dass ich dem berühmten Londoner Nebel Konkurrenz machte. Ich freute mich auf ein wenig Muschimanipulation, griff geil nach dem Rabbit und nahm ihn in Betrieb.

Merkwürdigerweise tat er genau das: Er rammelte so wild drauflos wie ein Presslufthammer, und sein lauter Motor klang, als hätte ich mir einen Bohrer eingeführt. Nicht gerade das, was einen in Stimmung bringt. Aber ich besitze Durchhaltevermögen: Wenn ich einen Orgasmus brauche, kann mich nichts und niemand mehr davon abhalten. Also konzentrierte ich mich auf die Empfindungen, die mir das Sexspielzeug verschaffte – und nicht auf sein lautes Rattern.

Leider enttäuschte es mich auch in dieser Hinsicht: Einen sich im (oder gegen den Uhrzeigersinn) drehenden Gummischaft in meiner Vagina zu haben, lenkte mich nicht nur von jeglichem Lustempfinden ab, sondern sorgte dafür, dass es mir ganz verging. Nicht, dass ich erwartet hätte, der Rabbit bewege sich wie ein echter Penis: Aber man wünscht sich doch vergleichbare Empfindungen. Zumindest bei mir ist das so, ich liebe das Gefühl, einen Schwanz in mir zu haben.

Aber echte Schwänze drehen sich nicht, nicht einmal ein bisschen. Wenn ihre Besitzer gut im Bett sind und wissen, wie toll es ist, wenn sie ihr Kreuzbein (statt ihre Hüften) kreisen lassen, bewegt sich der Penis wohltuend rauf und runter und hin und her, und zwar so, dass mein G-Punkt stimuliert wird. Und es stimmt auch, dass Typen, die den Pubococcygeus, kurz PC- oder Schambein-Steißbein-Muskel, kennen und anspannen können, in der Lage sind, ihren Schwanz vor und zurück schnellen zu lassen (und so ihren Orgasmus zu kontrollieren). Das macht Spaß und fühlt sich während der Penetration fantastisch an. Aber Schwänze, die sich um 360 Grad drehen? Nein, danke! Ich möchte keinen Superschwanz, ein ganz normaler tut's auch.

Aber das war noch nicht mal das Schlimmste: Es gab auch noch einen Klitoris-Stimulator (auch als die »Ohren« des Rabbits bekannt), mit dem man sich befriedigen kann. Diese kommen jeweils neben der Klitoris zu liegen, und ich kann dazu nur zwei Dinge sagen:

@ »Auuuuuuuuuuuuuuuuuuuuuuuu!«

@ Würde mir ein Mann dieselbe Stimulation angedeihen lassen, würde ich ihn sofort wegstoßen und zum Teufel jagen.

Da die »Ohren« dermaßen intensiv pulsieren, wurde meine gesamte Vulva taub, und ich wusste sofort, dass ich so niemals zum Orgasmus kommen würde. Und das will bei mir wirklich was heißen! Wenn ich mir solche Empfindungen wünschen würde, würde ich Steven, meinen Ex, der mich betrogen hat, anrufen. Aber so masochistisch bin ich auch wieder nicht veranlagt.

Wie dem auch sei, nach weiteren vergeblichen Versuchen liegt der Rabbit jetzt in meiner untersten Kommodenschublade. Ich habe mich damit abgefunden, dass ich anders bin als andere Frauen, zumindest, was die angebliche weibliche Masseneuphorie für dieses Sexspielzeug angeht: Bei mir funktioniert der Rabbit-Vibrator einfach nicht.

Doch angesichts des massiven Marketings für dieses Instrument dürften sich heute mehr Frauen selbst befriedigen als früher, und darüber will ich mich wahrhaftig nicht beschweren. Wenn es eine politische Partei gäbe, die sich dafür einsetzt, dass Frauen öfter zum Orgasmus kommen, würde ich sie mit Sicherheit wählen. Und ich fürchte, viele andere Frauen – und Männer – würden es mir gleichtun.

Freitag, 19. Mai

Während ich zu Hause sitze und es kaum erwarten kann – zum Glück habe ich heute einen freien Tag –, muss ich an eine Unterhaltung denken, die ich neulich mit meinem Kollegen Kevin hatte. Wir haben in puncto Sex noch nie ein Blatt vor den Mund genommen – wahrscheinlich, weil wir uns am Set öfter langweilen –, und als er auf mich zukam, während ich mich am Rande des Sets vor Schmerzen krümmte, hielt ich mit der Wahrheit nicht hinterm Berg.

»Was ist?«, fragte Kevin.

Ich zeigte auf meinen Bauch. »Schlimme Krämpfe.«

»Hast du deine Tage?«

Ich nickte und verzog dann gequält das Gesicht, wobei ich vergeblich eine Wärmeflasche gegen meinen geschwollenen Bauch drückte.

»Warum nimmst du keine Schmerzmittel?«, schlug Kevin vor. Angesichts meines wütenden Gesichtsausdrucks versuchte er sich schnell zu verbessern. »Die wirken bei dir nicht? Ist ja blöd ...«

»Ja«, ächzte ich, während mich ein weiterer Bauchkrampf durchzuckte. »Dabei habe ich vor nicht mal einer Stunde drei Ibuprofen, zwei Paracetamol und eine Codeintablette eingenommen. Mist!« Ich beugte mich vor und versuchte, den Krampf wegzuatmen.

Kevin näherte sich. »Was du jetzt brauchst, ist ein Mann, der dir eine angenehme Massage angedeihen lässt. Dann verschwinden die Schmerzen.«

Ich erholte mich kurz von dem Krampf. »Das wäre nett«, stimmte ich zu. »Aber weißt du, was wirklich gegen meine derzeitigen Schmerzen helfen würde? Von einer sanften Rückenmassage mal abgesehen?«

Er zuckte die Achseln. »Was denn?«

»Ein guter Orgasmus. Wenn man während seiner Regel Bauchkrämpfe hat, gibt es nichts Besseres als einen Höhepunkt.«

Er sah mich stirnrunzelnd an, und mir fiel ein früheres Gespräch wieder ein, das wir geführt hatten, als unsere Zusammenarbeit vor wenigen Jahren begonnen hatte. Eines, bei dem er sich angewidert über Menstruation und Sex geäußert hatte. »Oh, Kevin, du hast doch nicht immer noch Probleme, wenn Frauen ihre Tage haben?«

»Hör mal, ich steh da einfach nicht drauf – das viele Blut und so – igitt.«

»Igitt?« Ich hätte ihn am liebsten angespuckt. »Igitt? Verdammt noch mal, das ist etwas ganz Natürliches, Frauen bluten nun mal! Soll das etwa heißen, dass du nicht mit einer Frau ins Bett gehst, wenn sie ihre Tage hat?«

Er schüttelte den Kopf. »Nein, das tue ich nicht.«

Ich musste an die Männer denken, die ich gefickt hatte. An diejenigen, die meinen Körper und meine sich verändernde Libido während meines Zyklus kannten. An jene, die es mochten, wie geil ich werde, wenn ich meine Tage habe, an jene, denen es nichts ausmacht, blutige Fingerabdrücke auf ihren Laken zu haben, weil sie meine von ihren Berührungen angefachte Lust anmacht.

Ich starrte ihn an. »Was ist mit deiner Freundin? Ihr seid schon seit zwei Jahren zusammen: Was macht ihr, wenn sie Monat für Monat ihre Tage hat?«

Er grinste mich an. »Na ja, ich bekomme einen Blowjob, wenn ich geil bin.« Er lachte.

»Und sie? Was bekommt sie dafür?«

Kevin erwiderte meinen Blick und hielt lieber den Mund. Da er mich nur allzu gut kannte, wusste er, dass er sonst eine Ladung auf die Nüsse bekommen würde.

»Hör mal, Kevin, es gibt etwas, das sich eine Frau wirklich wünscht, wenn sie ihre Periode hat: Vergiss dein Mitgefühl, dein Verständnis, deine Rückenmassagen und den Rest: Was sie wirklich braucht, ist ein Orgasmus. Abgesehen davon, dass er unheimlich schmerzstillend ist, hilft er auch gegen ihre Geilheit – in dieser Hinsicht bist du ihr doch sicherlich gern behilflich?«

Kevin zuckte die Achseln. »Aber das Blut – bäh!«

Ich starrte ihn an. »Willst du etwa behaupten, dass du die menstruationsabhängige Geilheit deiner Freundin noch nie ausgenutzt hast?«

»Ich habe mir noch nie Gedanken darüber gemacht«, erwiderte Kevin. »Wenn sie sagt, dass sie ihre Tage hat, lasse ich sie einfach in Ruhe und hol mir wenn nötig einen runter.«

Ich schüttelte den Kopf. »Da verpasst du was, Kevin, ehrlich: Eine Frau wird besonders wild, wenn sie ihre Tage hat.«

»Echt?«, fragte er.

»Echt«, sagte ich, beugte mich zu ihm und flüsterte: »Sie mag zwar vor Schmerzen stöhnen, geht aber gleichzeitig die Wände hoch vor lauter Lust. So wie ich gerade: Ich kann es wirklich kaum erwarten.«

»Ja, aber das bist du«, gab Kevin zurück. »Du liebst Sex. Bei anderen Frauen ist das vielleicht anders ...«

»Aber hast du mir nicht erzählt, dass deine Freundin auf Sex steht? Was hast du schon zu verlieren, wenn du herausfindest, wie wild sie wird, wenn sie ihre Tage hat?«

»Das Blut!«, rief er mir wieder ins Gedächtnis. »Ich mag das Blut nicht.«

Ich stöhnte. »Ja, aber wenn deine Freundin auf dem Rücken liegt, ihre Brustwarzen liebkost, sich einen Finger zwischen die Beine steckt und sagt: ›Oh Gott, ich bin so feucht und geil, ich brauche dringend eine Penetration‹ – dann würdest du sie doch hoffentlich nicht vernachlässigen, sondern ihr sofort zu Hilfe eilen?«

Kevin grinste. »Vielleicht ...«

»Dann versuch es, verdammt noch mal, und verschaff ihr ein paar Orgasmen, wenn sie Bauchschmerzen hat. Sie wird dir dermaßen dankbar sein, dass sie dich anschließend mit jeder Menge extra Blowjobs verwöhnen wird.«

Er lachte. »Jetzt, wo du es sagst, klingt es sehr viel ansprechender.«

Ich fuhr fort: »Wirklich, Kevin, du musst sie nicht einmal ficken: Stimuliere sie sanft, und sie wird die totale Ekstase erleben. Drei kleine Orgasmen sind schließlich nicht zu viel verlangt! Anschließend hast du eine geile, glückliche, schmerzfreie Freundin, die dementsprechend weniger launisch sein wird. Und du selbst bekommst ein paar zusätzliche Orgasmen obendrauf. Die reinste Win-win-Situation.«

Er grinste mich an. »Da hast du auch wieder recht. Ich sollte die Sache weiterverfolgen.«

»Bitte! Ich hoffe, deine Freundin hat Spaß dabei.«

»Sie ist dir sehr ähnlich, den wird sie haben!«, sagte Kevin grinsend und kehrte dann wieder an den Set zurück.

Mit heftigen Bauchschmerzen und einem dumpfen Pochen zwischen den Beinen blieb mir nichts anderes übrig, als schnell die Studio-Toilette aufzusuchen, um mir Erleichterung zu verschaffen. Anschließend war ich schmerzfrei. Ich brachte mich wieder in Ordnung, bevor ich an den Set zurückkehrte, und fühlte mich regelrecht verjüngt. Ich war wieder in der Lage zu arbeiten und geistig wie körperlich entspannt.

Das ist billiger als jedes Medikament und deutlich wirkungsvoller (angenehmer sowieso): Vielleicht ist es an der Zeit, dass Krankenkassen Orgasmen als Schmerztherapie bezahlen?

Dienstag, 23. Mai

Meine Tage sind jetzt vorbei, doch meine Geilheit hat leider immer noch nicht nachgelassen. Wahrscheinlich, weil es schon ziemlich lange her ist, dass ich das letzte Mal Sex hatte. Nach der Vorfreude und anschließenden Enttäuschung durch Derek brauche ich noch dringender einen guten Fick als sonst. Es wird höchste Zeit, dass ich die Sache selbst in die Hand nehme.

Deshalb habe ich mich im Online-Netzwerk Craigslist umgesehen, die unter anderem über eine Kontaktanzeigenrubrik mit der Überschrift »Unverbindliche Treffen« verfügt, in der Hoffnung, dort auf einen Gleichgesinnten zu treffen. Natürlich besteht immer das Risiko, online auf ein Arschloch zu treffen, aber dasselbe gilt auch für den örtlichen Pub. Außerdem ist es deutlich weniger riskant, als jemanden aus der Arbeit abzuschleppen. Im Internet kann man Deppen wenigstens gleich aussortieren.

Tipps für Männer:
Wie man eine Frau ins Bett bekommt, indem man eine Kontaktanzeige ins Internet stellt

1. **Auf korrekte Rechtschreibung achten. Eine Anzeige voller Schreibfehler oder mit einem furchtbaren Satzbau beeindruckt niemanden, sondern lässt den Verfasser bloß dumm dastehen. Außerdem könnte man so auf die Idee kommen, dass sie nur mit einer Hand getippt wurde (was vielleicht sogar stimmt, aber auch niemandem weiterhelfen wird).**
   Beispiel: »Kom las uns nen joint rauchen, damit ich dich dort lecke, wo die sone nie hinscheint. Ich werde dich stundenlang beglühen!«
   Keine Ahnung, wen oder was du lecken wirst, Schätzchen – mich ganz bestimmt nicht: Ich erwarte von einem Mann, dass er sich wenigstens einigermaßen intelligent ausdrücken kann (zumindest dann, wenn er zwischendurch mal kurz Luft holt).

2. **Nicht den Eindruck erwecken, als hätte man es dringend nötig (auch nicht, wenn es stimmt). Holt euch einen runter, schaut, dass ihr eure schlimmste Geilheit loswerdet, und verfasst dann die Anzeige. Kommt ja nicht auf die Idee, so etwas wie Folgendes zu schreiben:**
   »Ich habe mir das ganze Wochenende für Sex freigehalten, aber immer noch niemanden gefunden, mit dem ich es treiben könnte.«
   Wenn das so ist, werdet ihr wohl ein Wochenende mit euren DVDs verbringen müssen. Wieder einmal!

3. **Seid nicht zu wählerisch:**
   »Ich bin 35, 1,91 m, 80 kg, gut aussehend, gebildet, erfolgreich und suche eine Partnerin unter 35 und mit einem BMI unter 25 für die gemeinsame Freizeitgestaltung.«
   Genaue Anforderungen an Körpermaße erhöhen die Wahrscheinlichkeit nicht, jemandem an die Wäsche gehen zu dürfen!

4. **Tut aber bitte auch nicht so, als hättet ihr gar keine Ansprüche – um euch dann (in schlechter Rechtschreibung und fehlerhafter Zeichensetzung) zu widersprechen:**
   »Bitte keine Zeitverschwänder, Aussehen egal Bild ein Mus.«

Wenn ihr ein Foto verlangt, solltet ihr auch eines von euch zur Verfügung stellen! Ansonsten glauben die Frauen, dass ihr die Fotos bloß als Wichsvorlage verwenden wollt, und nehmen euch gar nicht erst ernst. (siehe unten)

5. **Wenn ihr eine Frau rumkriegen wollt, solltet ihr schon mehr zu bieten haben als bloß ein unanständiges Foto:**
   »Ich suche eine Frau, die mir ein erotisches Foto von sich schickt, das ich ausdrucken und als Wichsvorlage benutzen kann. Anschließend werde ich ein Foto von meinem Schwanz über deinem vollgespritzten Bild machen und es dir schicken.«
   Wenn du nur was mit Frauen in 2-D anfangen kannst, hast du eindeutig zu viele Pornos gesehen …

6. **Denkt gut darüber nach, was ihr der Frau zu bieten habt:**
   »Vielleicht möchtest du dich gern auf mich setzen und mich reiten – ich hätte wirklich nichts dagegen …«
   Danke – wie nett von dir.

7. **Seid nicht arrogant:**
   »Sex kann überraschend furchtbar sein oder eine echte Überraschung! Entscheide dich für Letzteres und schick mir eine E-Mail.«
   Wenn du dich als Möchtegerncasanova ausgibst, wirst du bestimmt keinen Erfolg haben. Angeber sind fast immer ziemliche Nieten im Bett. Die meisten Frauen wissen das, und die, die es noch nicht wissen, lernen schnell und erzählen es dann weiter.

8. **Ein Mann, der dagegen ein Minimum an Humor und Intelligenz besitzt und sogar über sich selbst lachen kann, wird wahrscheinlich auch im Bett besser auf die Bedürfnisse der Frau eingehen. Auf seine Anzeige werden also mehr Frauen antworten, was die Wahrscheinlichkeit, eine von ihnen rumzukriegen, deutlich erhöht:**
   »Albino mit tränenden Augen sucht breites Grinsen, aber bitte keinerlei Mitleid von Frauen, die es nicht stört, dass sie für ihn in mittlerer Entfernung wie ein attraktiver, aber dafür verschwommener Fleck aussehen. Sie müssen sich allerdings darauf gefasst machen, dass er gegen Türrahmen rennt und keine Sonne an seinen Körper lässt.«
   Wetten, der Kerl hat mehrere Zuschriften bekommen?

9. **Versucht erst gar nicht, Fotos von eurem Penis ins Internet zu stellen. Wenn es denn unbedingt sein muss, stellt wenigstens welche von eurem Gesicht daneben. So hübsch euer Schwanz auch sein mag – als Alleinstellungsmerkmal wird er euren Marktwert als potenzieller Lover auf keinen Fall erhöhen. Wenn eine Frau bloß einen Phallus will, mit dem sie spielen kann, stehen ihr jede Menge Vibratoren zur Verfügung – und die verschaffen ihr garantiert einen guten Orgasmus! Also seid bitte witzig, aufrichtig und zeigt euer Gesicht – dann habt ihr eindeutig bessere Chancen und kommt vielleicht sogar zum Ziel.**

10. **Solltet ihr allerdings mit eurer Kontaktanzeige das Ziel verfolgen, keine rumzukriegen, und auch nichts dagegen haben, Frauen mit Fotos von eurer Erektion abzuschrecken und ihre als Wichsvorlage zu benutzen, dürft ihr gerne Schwanzfotos einstellen – ich brauche nämlich dringend noch ein paar für meine Sammlung!**

Wie es der Zufall so wollte, stieß ich auf eine interessant klingende Anzeige: ein Typ, der ein paar Sado-Maso-Fesselspiele alias BDSM ausprobieren will.

Normalerweise suche ich mir für eine Affäre nicht gleich so was Schräges aus: Ich bin es schon zufrieden, wenn ich jeden Tag einen guten, heftigen Fick bekomme. Aber dieser Kerl will mich dominieren, er hat noch keine Erfahrung mit BDSM, möchte aber damit experimentieren. Außerdem – und das ist das Wichtigste – sucht er nach jemandem mit einer stark ausgeprägten Libido. Das klingt perfekt, da ich nur wenige Erfahrungen mit BDSM besitze und es geliebt habe, das Paddle auf meinem nackten Hintern zu spüren. Wer weiß, vielleicht bekomme ich einen Fick *und* den Hintern versohlt? Das wäre ein echtes Plus. Auf dem Foto sieht er recht sexy aus, und weil mich seine Aufgeschlossenheit in puncto Sex ebenfalls anspricht, habe ich ihm eine E-Mail geschickt und ein Treffen vorgeschlagen.

Es gibt noch Hoffnung: Ich brauche echt mal wieder Sex.

Freitag, 26. Mai

»Freu dich, wenn du eine Abfuhr bekommst«, sagte mir mal jemand, als ich vor vielen Jahren im Vertrieb arbeitete. Dahinter steckt die Vorstellung, dass man mit jeder Abfuhr einer Zusage näher kommt: Mit jedem, der dir eine Abfuhr erteilt, kommt man demjenigen näher, der ja sagt.

Dasselbe gilt auch fürs Flirten: Deshalb mache ich mir auch nicht groß Gedanken darüber, dass ich dem Craigslist-Typen eine Mail geschickt habe. Wenn es klappt, klappt es – wenn nicht, dann eben nicht.

Dieser Philosophie bin ich schon seit Jahren treu: Wenn es um Dates und Sex geht, mache ich in der Regel den ersten Schritt ... und damit eine Art Kaltakquise. Männer sprechen mich so gut wie nie an – ich muss mich fast immer darauf verlassen, dass ich selbst den Mut finde, einen Typen anzuquatschen. Ich finde, viel mehr Frauen sollten die Initiative ergreifen und auf Männer zugehen: Warum sollen immer nur Männer den ersten Schritt machen?

Andererseits habe ich mir schon Gedanken darüber gemacht, warum Männer mich nicht ansprechen. Ich habe beschlossen, heute Abend Tim danach zu fragen, an einem unserer Abende, an denen wir uns gegenseitig etwas über unser Sexleben vorjammern.

»Ich will, dass du mich beobachtest, während ich uns was zu trinken hole«, verkündete ich, nachdem die Hälfte unseres Abends hinter uns lag. »Das ist ein Experiment. Beschreib mir, was dir auffällt. Ich möchte wissen, ob sich irgendwelche Männer für mich interessieren.«

Er war einverstanden, und ich ging mit wiegenden Schritten zum Tresen, bestellte unsere Getränke und versuchte inmitten der vielen gut gekleideten Dreißig- bis Vierzigjährigen einen entspannten Eindruck zu machen. Wenige Minuten später trat ich mit unseren Cocktails wieder den Rückweg an.

»Und?«, fragte ich. »Ist dir irgendwas aufgefallen?«

Tim nickte. »Ja. Ich habe zwei Typen entdeckt, die dich abgecheckt haben.«

Ich staunte, dass überhaupt Männer Interesse an mir gezeigt hatten. Aber ich glaubte ihm erst, als er mir beide zeigte. »Warum hat mich dann keiner von ihnen angesprochen? Sitzt meine Frisur unmöglich? Zeige ich zu viel – oder zu wenig – Busen?«

Tim schüttelte den Kopf. »Du siehst toll aus, darum geht es nicht. Das Problem ist eher dein Auftreten. Du wirkst zu selbstbewusst.«

Das höre ich nicht zum ersten Mal – ich weiß noch, wie mir ein Freund vor Jahren genau dasselbe sagte. Ich schwieg und wartete, dass Tim weitersprach.

»Und deshalb traut sich niemand an dich heran. Viele Jungs fühlen sich von Frauen eingeschüchtert, die so locker drauf sind wie du. Allein schon, wie du zur Bar gegangen bist: Du wirktest so selbstsicher, ganz so als gehörte dir der Laden. Das macht dem Durchschnittsmann Angst – ihm fällt es wesentlich leichter, mit dem schüchtern wirkenden Mädchen an der Tür zu reden.«

»Aber ich war gar nicht selbstsicher«, jammerte ich. »Ehrlich gesagt fühlte ich mich ziemlich beobachtet und konnte es kaum erwarten, an unseren Tisch zurückzukehren.«

»Du kannst deine Unsicherheit gut verbergen. Wie gesagt: Du wirkst vollkommen angstfrei.«

»Was soll ich also deiner Meinung nach tun?«, fragte ich genervt. »Mich schwach und schüchtern geben, in der Hoffnung, dass mich dann jemand anspricht? Das kommt mir dermaßen lächerlich vor …«

Tim schüttelte erneut den Kopf. »Nein, das würde nur albern wirken: Das bist du einfach nicht. Außerdem sollten sich Frauen nicht verbiegen, nur damit sich manche Männer wohler in ihrer Gegenwart fühlen. Sei einfach du selbst, und verhalte dich ganz normal. Irgendwann wirst du schon jemandem begegnen, der dich durchschaut.« Ich starrte traurig auf den Tisch und dachte daran, wie lange ich schon Single war. »Und wenn nicht?«

Tim schlürfte an seinem Cocktail. »Dann sprich einfach weiterhin Männer an. Bisher hat das doch für dich auch funktioniert. Warum also die Taktik ändern?«

Da hatte er auch wieder recht. Von allen Beziehungen/Verabredungen/One-Night-Stands, die ich in all den Jahren hatte, gingen bestimmt 95 Prozent von mir aus. Etwas an mir oder meinem Verhalten scheint also zu funktionieren. Wozu also das Rad neu erfinden?

Aber meine Taktik ist nicht immer erfolgreich – im Gegenteil. Ich habe schon unzählige Körbe bekommen, ich habe haufenweise Zettel mit meiner Telefonnummer verteilt, ohne je angerufen zu werden, ich habe tonnenweise E-Mails und SMS-Botschaften verschickt, die nie beantwortet wurden – ich bin es also gewohnt, eine Abfuhr zu bekommen. Das gehört einfach dazu, wenn man Single ist. Hätte ich mir jede Abfuhr zu Herzen genommen (und davon gab es viele), wäre ich inzwischen nur noch ein nervliches Wrack (und hätte immer noch keinen Sex gehabt): Und das wäre wirklich kontraproduktiv.

Doch manchmal macht es mich richtig fertig, wenn ich auf Ablehnung stoße. Ich bin nicht so stark, wie ich mich gerne gebe, und hin und wieder nehme auch ich mir einen Korb zu Herzen. Dann beginne ich, meine Taktik zu hinterfragen: Bin ich vielleicht zu aggressiv? Zu direkt? Zu ehrlich?

Manchmal wünsche ich mir, dass mich ein einziges Mal ein netter Kerl anspricht. Kein Aufreißer-Typ oder irgendein Arschloch, das mir sagt, was für tolle Titten ich habe, sondern ein ganz normaler Mann, der einfach nur denkt: »Die sieht interessant aus, die würde ich gern näher kennenlernen.«

Und wisst ihr, was er dann herausfinden würde? Dass ich längst nicht so selbstbewusst bin, wie ich mich gebe. Dass ich gern über Politik und Filme diskutiere und dass ich ein heimlicher Hippie bin und glaube, dass wir alle nur Liebe brauchen, um die Welt besser zu machen. Er würde natürlich auch feststellen, dass ich einen starken Sexualtrieb habe, mich für Gruppensex interessiere und jede Gelegenheit nutzen würde, mir im Bett den Hintern versohlen zu lassen. (Vorausgesetzt, er würde sich länger als eine Stunde mit mir unterhalten.)

Trotzdem bin ich fest davon überzeugt, dass mich die vielen »Nein« dem von mir heiß ersehnten »Ja« deutlich näher gebracht haben. Ich würde mir wünschen, dass mal ein Typ die Initiative ergreift und mich anspricht. Und dass er das ausnahmsweise auch mal im Bett tut. Hach, wäre das toll!

Ich hoffe wirklich, dass sich der Typ von Craigslist bei mir meldet.

Samstag, 27. Mai

Heute war ich das erste Mal seit Wochen wieder laufen. Da mich mein Drehplan lange davon abgehalten hat, tat es gut, endlich wieder in meine Joggingschuhe zu schlüpfen und bei Sonnenschein zum nahe gelegenen Park aufzubrechen. Ich freute mich wirklich darauf, die Luft auf meiner Haut zu spüren, darauf, mein Herz schneller schlagen zu lassen und mal so richtig ins Schwitzen zu geraten.

Vierzig Minuten später hatte ich gerade mal sechseinhalb Kilometer geschafft. Ich hatte also zehn Minuten für mickrige 1,6 Kilometer gebraucht. Das ist unterirdisch, wenn man weiß, dass ich in der Zeit beim letzten Mal locker dreizehn Kilometer gelaufen bin.

Ich bin enttäuscht, dass sich meine Ausdauer so verschlechtert hat, und zwar gleich aus zwei Gründen:

@ Ich werde mich ganz schön anstrengen müssen, mein altes Fitness-Level wieder zu erreichen.

- @ Wenn ich die Gelegenheit zu einem leidenschaftlichen Fick bekomme, könnte es sein, dass ich nicht mehr mithalten kann.

Verständlicherweise macht mir Letzteres die größten Sorgen.

Dabei bin ich in der Regel ausdauernder als die meisten Männer, die ich kenne. Wenn es um Sex geht, komme ich sofort in Fahrt und will gleich danach noch eine Zugabe. Addiert man dann noch etwas mehr Gefummel und Geficke dazu und multipliziert das Ergebnis mit fünf – selbstverständlich auf einen mehrstündigen Zeitraum bezogen –, entspricht das in etwa meinem sexuellen Energieniveau. Oder sagen wir mal so: Ich ficke eben gern und ausgiebig.

Daher weiß ich, dass die meisten Männer irgendwann müde werden, und ich gebe ihnen nur ungern das Gefühl, ein Versager zu sein. Stattdessen kuschle ich mich nach einer Handvoll Orgasmen lieber an sie, anstatt ihnen zu sagen, dass ich immer noch dieses Pochen zwischen den Beinen spüre: Ob wir es bitte noch ein fünftes Mal treiben können?

Es kommt also nicht sehr oft vor, dass ich bis zur Besinnungslosigkeit gefickt werde und anschließend nur noch schlafen möchte. Aber es kommt vor, sogar bei mir: Ich hatte mal eine Zeitlang eine Affäre mit einem Marathonläufer – der Kerl hatte wirklich Ausdauer! Eine schier unvorstellbare Ausdauer. Eines Nachts – und zwar nach acht Orgasmen – musste ich ihn regelrecht anflehen, aufzuhören.

Während sein Schwanz standhaft nach oben zeigte, erklärte ich ihm, dass ich mich körperlich außerstande sähe, noch mehr Sex zu haben. Ich war völlig am Ende und konnte mich kaum noch rühren. Ich hatte mich tatsächlich ausgefickt. Und was hat dieser sadistische Mistkerl getan? Er steckte mir seine Zunge zwischen die Beine und leckte mich, bis ich kurz vor einem weiteren Orgasmus stand. Anschließend nahm er mich brutal ran, bis ich noch zwei Höhepunkte hatte, und sagte: »So, jetzt habe ich dich anständig durchgefickt.« Arschloch!

Das soll nur zeigen, dass tatsächlich ein Zusammenhang zwischen Fitness, Ausdauer und der Fähigkeit, eine ganze Nacht lang durchficken zu können, besteht. Damit will ich nicht sagen, dass ein Marathonlauf zuverlässig dafür sorgt, dass der Schwanz steif bleibt – aber helfen tut es bestimmt.

Jetzt, wo mir mein Lauftraining gezeigt hat, wie schlecht es um meine Ausdauer bestellt ist, frage ich mich, wie ich das schaffen soll, wenn ich wieder auf einen Typen treffe, der die ganze Nacht kann. Ich wäre wahrscheinlich schon nach einem intensiven Fick am Ende.

Aber angesichts meines sonstigen Appetits im Schlafzimmer ist das vielleicht gar nicht so schlimm.

Sonntag, 28. Mai

Der Craigslist-Typ hat mir gemailt! Als ich heute Morgen aufwachte, befand sich eine Flirtnachricht in meinem Eingangsordner: sexy Fotos von ihm in halb bekleidetem Zustand und eine Einladung zum Abendessen. Ich mailte sofort zurück, und zum Glück war er ebenfalls online. Wir begannen in Echtzeit zu chatten, was sehr viel schneller geht, als sich E-Mails zu schicken, und kamen gleich ziemlich zur Sache. Er schickte mir noch Dutzende von Bildern mit einigen BDSM-Sachen, die er ausprobieren will. Ich habe nichts dagegen, dieses Gebiet etwas näher zu erkunden, außerdem gefällt mir seine Experimentierfreude. Sollte die Chemie zwischen uns stimmen, könnte das direkt was werden!

Vielleicht bin ich übervorsichtig, aber ich nannte dem Craigslist-Typen einen falschen Namen und gab mich als Katie aus. Da mein Pseudonym Abby Lee nach der kurz bevorstehenden Veröffentlichung meines Buches bald bekannt werden dürfte, möchte ich als Zoe auf möglichst große Distanz zu meinem Sexblogger-Ich gehen. Nicht auszudenken, was wäre, wenn jemand diese beiden Namen miteinander in Verbindung bringen würde! Das Ganze ist ein bisschen verwirrend – ich habe ihm sogar eine andere Telefonnummer von einer neuen Prepaidkarte gegeben, weil ich auf keinen Fall riskieren will, meine Anonymität zu verlieren. Ich kann nur hoffen, dass ich die Namen nicht verwechsle.

Aber vielleicht macht das den Sex noch spannender …

Wir haben vereinbart, uns morgen Abend zu treffen. Ich kann es kaum erwarten.

INTERNET-DATING

Das Treffen in der wirklichen Welt

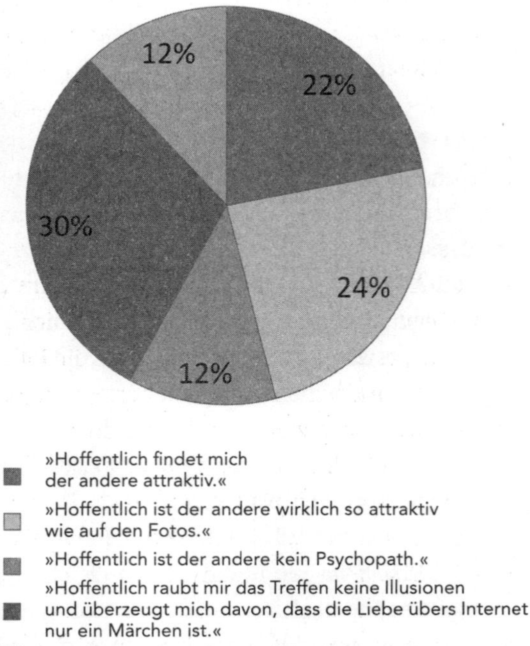

Dienstag, 30. Mai

Der Craigslist-Typ und ich haben uns gestern Abend zum Essen getroffen, und wir kamen ziemlich schnell zur Sache: Wir fühlten uns eindeutig zueinander hingezogen. Bei einem leckeren französischen Essen erregte es mich zu hören, dass er mir Handschellen anlegen, ein Paddle an mir ausprobieren wollte, das er soeben gekauft hatte, und mich zwingen wollte, multiple Orgasmen zu erdulden, bis er mir erlauben würde, seinen Schwanz in mir zu spüren. Endlich! Ich hatte einen guten Fick in Aussicht, hurra!

Während wir einen guten Cabernet Sauvignon tranken, spürte ich, wie ich feucht wurde, als er unser kleines Sadomaso-Spielchen beschrieb. Am liebsten hätte ich ihn gleich an Ort und Stelle vernascht. Aber ich tat es nicht. Dieser unverbindliche Sex wollte gut vorbereitet sein: Wir besprachen sämtliche Voraussetzungen, versicherten uns, dass wir beide mit allem einverstanden waren – und zwar in der sicheren Umgebung eines gut beleuchteten Restaurants. Das Hardcore-Ficken bei Kerzenlicht kam später.

Wir sprachen über alle Aspekte von Sex und BDSM. Über unsere Vorlieben und Abneigungen, darüber, was uns anmacht und was uns abtörnt. Obwohl ich ihm erzählte, dass ich mich gern mal unterwerfen würde, erwähnte ich auch, dass ich die Rollen gern tausche: Ich liebe es, anderen Lust zu bereiten, sie zu reizen, bis sie nicht mehr können. Nichts macht mich feuchter als ein halbstündiger Blowjob, der damit endet, dass ich auf seinem Schwanz reite. (Das Thema »Spucken oder Schlucken« spielt bei mir keine Rolle: In 99 Prozent der Fälle enden meine Blowjobs damit, dass ich penetriert werde. Eine Win-win-Situation, würde ich sagen.)

Ich erwähnte meine Lust an der Gleichberechtigung im Bett nur deswegen, damit er verstand, dass ich vielleicht Probleme damit haben könnte, mich entspannt zu unterwerfen: Da ich im wahrsten Sinne des Wortes meistens oben sitze, brauche ich dafür einen selbstbewussten, starken Partner, der das Kommando übernehmen und mich genüsslich versohlen und ficken kann. Gleichzeitig hoffte ich, dass er mir versichern würde, genau dasselbe zu wollen: Welche Frau möchte nicht mal leicht ausgepeitscht und brutal von hinten genommen werden?

Womit ich allerdings nicht gerechnet hatte, war das Leuchten in seinen Augen, als ich sagte, dass ich es auch genieße, einen Mann zu dominieren. Daraufhin fragte er mich, ob ich jemals mit dem Gedanken gespielt hätte, einen Dildo zu benutzen. Ehrlich gesagt ist das so eine Fantasie von mir, die ich schon lange einmal in die Tat umsetzen will, denn diese Methode, einem Mann Lust zu bereiten, ist mir bislang noch verborgen geblieben. Obwohl ich mich rein theoretisch bestens mit Prostata-Lust auskenne – bin ich in der Praxis nicht damit vertraut und dementsprechend wild, mehr darüber zu erfahren.

Als ich die Erregung in seinen Augen sah, als er mich das fragte, zögerte ich nicht, mit Ja zu antworten: Man trifft nicht alle Tage einen so aufgeschlossenen Mann, der will, dass eine Frau ihn in den Arsch fickt: eine Aussicht, die mich begeisterte.

Wahrscheinlich hätte ich misstrauisch werden müssen, als er mir massenweise Fotos mailte. Einige davon zeigten Männer, die von Frauen mit Dildos gefickt wurden. Obwohl mir die Bilder gefielen, ertappte ich mich bei dem Gedanken: »Das ist ja alles gut und schön: Aber wer bitte schön fickt mich in den Arsch?« Rückblickend betrachtet haben wir eher Fantasien ausgetauscht, in denen ich ihn dominieren sollte statt umgekehrt.

Aber es war nun mal eine Ewigkeit her, dass ich das letzte Mal Sex hatte. Ich war unglaublich geil und hatte wirklich Lust auf ein bisschen BDSM. Als er mir also nach dem Essen vorschlug, mit ihm nach Hause zu gehen, willigte ich ein (aber erst nachdem ich Tim zur Sicherheit die Adresse des Craigslist-Typen gesimst hatte): Ich war neugierig, alles war möglich, und solange es innerhalb der vorher abgesteckten Grenzen geschah, hatte ich keine Probleme damit.

Doch als er anfing, meine Stilettos zu lecken, bekam ich so meine Zweifel.

Ich trug nämlich halterlose Strümpfe, und wenn ein Mann meine Beine und Füße küssen will – gern! Und wenn er an dem einen oder anderen Zeh lutschen will, habe ich auch nichts dagegen. Aber meinen ganzen Schuh ablecken? Den Absatz? Mit seiner Zunge den Spann erkunden? Ich mag keine Erfahrung mit BDSM haben, aber soweit ich weiß, ist Fußfetischismus bei dominanten Männern nicht sehr verbreitet. Und in diesem Moment wurde mir klar, dass nicht ich gefickt werden würde.

Der Hauptgrund, warum ich auf seine Anzeige geantwortet hatte, war, dass ich versuchen wollte, unterwürfig im Bett zu sein. So gesehen war ich enttäuscht, als mir die Situation klar wurde. Doch so herb die Enttäuschung auch war – ich bin erfinderisch und dachte: Wo ich schon mal da bin, kann ich es genauso gut auch genießen. Und das tat ich dann auch.

Ich beschloss, eine dominantere, aktivere Rolle einzunehmen, und blieb zu seiner sichtbaren, übergroßen Freude die ganze Nacht. Ich kommandierte ihn herum und gab ihm Anweisungen. Das war nicht besonders schwierig: Ich kann mich schließlich ziemlich gut durchsetzen, auch wenn ich tagsüber nicht gerade auf vielen Männergesichtern sitze. (Na ja, manchmal schon, aber ohne die Erstickungsanfälle zu provozieren, die ich ihm gönnte) Und um ehrlich zu sein, machte es mich auch scharf.

Als ich ihn irgendwann mehrmals bis an den Rand des Orgasmus gebracht hatte und spürte, dass er wirklich kommen wollte, sagte ich, dass ich ihn jetzt in den Arsch ficken würde. Ich hatte vor, das mit mehreren Fingern zu tun, aber als er begeistert in eine Nachttischschublade griff und mir einen Butt-Plug reichte, wusste ich, dass ihm etwas anderes vorschwebte. (Wahrscheinlich hatte er das schon den ganzen Abend geplant.)

Ich befahl ihm, an sich herumzuspielen, und bestückte das Sexspielzeug mit Gleitcreme. Während er mir dabei zusah, schien sein

Schwanz fast zu explodieren, und ich wusste, dass er nicht mehr lange durchhalten würde. Also begann ich, auf ihn einzuflüstern, sagte, was ich gleich mit ihm machen, nämlich dass ich ihn ficken und mir sein Arsch gehören würde, dass er dabei kein Wörtchen mitzureden hätte: dass ich ihn ficken würde und damit basta. Während sich seine Atmung beschleunigte, führte ich das spitze Ende des Plugs langsam in seinen Anus ein. Ich musste nicht groß drücken, denn er weitete die Arschbacken mit seinen Händen und drängte sich selbst gegen den Plug, sodass er problemlos in ihn hineinglitt. Ich nahm mir Zeit, ihn hineinzuschieben, ich wollte nichts überstürzen (und ihm nicht wehtun). Als ihn der Plug ganz ausfüllte, stöhnte er, verdrehte die Augen, und ich wusste, dass er ganz weit weg war.

»Du bist doch ein braver Junge oder?«, fragte ich und drehte den Plug in ihm.

Er nickte, biss sich auf die Unterlippe und stöhnte.

Ich lächelte ihn an. »Du magst es, wenn ich dich ficke, stimmt's? Ich ficke dich in den Arsch, und du kannst nichts dagegen tun.«

Er stöhnte, und ich spürte, wie er zitterte.

»Komm schon!«, sagte ich. »Mach deinen Arsch weiter – nimm ihn! Dein Arsch gehört mir, nimm ihn!« Ich schob den Plug so weit in ihn hinein, wie es nur ging, und packte seine Eier. Und dann machte ich den Vibrator an. Kaum, dass er seine Finger um seinen Schwanz schloss, spritzte er sich über Bauch, Brust und Gesicht. Sein ganzer Körper verkrampfte sich, und er stieß ein tierisches Stöhnen aus.

»Das war gut, was?«, fragte ich wenige Minuten später, als er sich etwas beruhigt hatte.

Er nickte und grinste breit. Zufrieden mit dem Ergebnis legte ich mich neben ihn, und wir machten ein wenig Smalltalk. Dann verlangte ich, dass er mich fingerte und leckte, was er nur zu eifrig tat. Bald, nachdem ich gekommen war, ging ich nach Hause.

Es war ein interessanter Abend, aber insgesamt gesehen eine

Enttäuschung. Ich hatte vielleicht eine Handvoll Orgasmen gehabt, die ich allerdings bereitwillig gegen einen einzigen großen eingetauscht hätte – hervorgerufen durch einen guten, brutalen Arschfick. Ich weiß, das klingt undankbar – und vielleicht bin ich das auch –, aber wenn eine Frau sich nach Monaten ohne Sex einen guten Fick wünscht, ist eine bloße Stimulation mit der Zunge einfach unzureichend: Ich fühlte mich schlichtweg nicht ausgefüllt.

Trotzdem bin ich froh, dass ich jetzt Erfahrung damit habe, ein Sexspielzeug in den Anus eines Mannes einzuführen: Das könnte praktisch sein, wenn ich den Richtigen treffe, der mit solchen Spielchen (hoffentlich!) etwas anfangen kann. Ich kann nur beten, dass er mich dann auch gern dominiert: Für mich gibt es nämlich nichts Langweiligeres, als ständig die Kontrolle zu haben. Manchmal wünscht sich auch eine Feministin wie ich, dass der Mann das Kommando übernimmt!

Allerdings nur im Bett. Wenn ein Typ glaubt, er könnte mich auch sonst herumkommandieren, muss er sich auf etwas ganz anderes gefasst machen, und ich rede hier nicht von einem Höhepunkt: Denn wenn hier jemand einen Orgasmus bekommt, dann bin das lieber ich – zumindest, was die ersten drei angeht.

JUNI

Donnerstag, 1. Juni

Wenn ich an den Sex mit dem Craigslist-Typen zurückdenke, fällt mir wieder ein, wie mir vor Jahren einmal ein Mann anbot, mein Zungensklave zu sein. Im Grunde bat er mich darum, mich stundenlang zwischen meinen Schenkeln lecken zu dürfen, ohne eine Gegenleistung dafür zu erwarten.

Als er mir das zum ersten Mal vorschlug, musste ich laut lachen. Zu seinem Glück konnte er mich weder sehen noch hören, da wir nur am Computer chatteten.

Die Vorstellung, ein Mann könnte sich anbieten, mich zu lecken, ohne eine Gegenleistung dafür zu erwarten (oder sie sich auch nur zu wünschen), war mir damals noch neu. Jung und unerfahren wie ich war, wusste ich nicht, wie viel Lust man erleben kann, wenn man nur gibt. Ich hatte noch keine Ahnung, wie toll es sein kann, den anderen sexuell zu befriedigen. Damals bedeutete Sex für mich vor allem, genommen zu werden, wovon ich so gut wie nichts hatte. (Aber seitdem ist so einiges passiert ...)

Dass mich also ein Mann darum bat, mir Lust verschaffen zu dürfen, ohne dass ich mich dafür erkenntlich zeigen musste, schockierte mich ein wenig. Ich war neugierig und zog den Vorschlag tatsächlich kurz in Erwägung, vor allem nach E-Mails wie dieser hier:

»Ich möchte dich stundenlang lecken und lutschen. Du brauchst dich einfach nur hinzulegen: Meine Zunge erledigt den Rest.«

Ich war versucht zu antworten, er solle doch sofort vorbeikommen und sein Gesicht zwischen meinen Beinen vergraben. Aber irgendetwas hielt mich davon ab. Abgesehen von den üblichen Vorsichtsmaßnahmen (Internet + Sex + ein Wildfremder = Vorsicht!) waren es seine immer begeisterten Bitten, die mir Angst machten.

»Wie wär's, wenn ich mich auf den Boden lege – auf einen kalten, unbequemen Boden –, und du setzt dich auf mein Gesicht? Wenn ich Atemprobleme bekomme, braucht dich das nicht weiter zu beunruhigen: Ich mag das. Ich will, dass du meine Zunge für deinen Lustgewinn benutzt. Ich werde dein Sklave sein.«

Äh, okay … bloß damals verstand ich das alles nicht wirklich. Jetzt dagegen ergibt das Ganze einen Sinn: Er wollte, dass ich ihn dominierte so wie bei dem Craigslist-Typen. Auch deshalb nahm ich ihn nie beim Wort: Ich verstand nichts von der Dynamik von Macht und BDSM. Ich musste erst noch lernen, wie schön das sein kann – und zwar in beiden Rollen. Der Gedanke, jemanden zu dominieren oder dominiert zu werden, machte mich damals nervös.

Aber nach einem großen Zeitsprung nach vorn haben sich die Dinge geändert. Bei einer Tasse Kaffee mit meiner Freundin Fiona erzählte ich von dem Craigslist-Typen und von dem früheren Angebot: »Ich wünschte, ich wäre damals nicht so naiv gewesen«, gestand ich. »Mir war gar nicht klar, was für eine einmalige Gelegenheit das war …«

»Ja«, erwiderte sie. »Es wäre wirklich schön, so jemanden auf Abruf zu haben. Jemand, der dir die Muschi leckt, wann immer du willst …«

Wir seufzten beide und nippten an unseren Cappuccinos.

»Weißt du, eigentlich bin ich gar kein so großer Fan von Cunnilingus«, gab ich zu.

Fiona sah mich ungläubig an. »Echt? Warum denn nicht?«

»Oh, ich mag es, versteh mich nicht falsch. Aber ich lasse mich lieber penetrieren: Da gerate ich jedes Mal in Fahrt. Ich tue mich schwer damit, mich einfach nur hinzulegen und mich lecken zu lassen. Deshalb komme ich nur selten dabei.«

»Bei mir ist es genau umgekehrt«, sagte Fiona. »Ich könnte jeden Tag einen Muschilecker gebrauchen.«

Ich lachte. »Nun, ich würde auch nicht Nein sagen, wenn ich dazu Lust habe. Zum Beispiel, wenn ich gerade fernsehe oder so. Dann könnte er einfach nur dasitzen und drauflosschmatzen: Das wäre schön.«

Fiona kicherte. »Oder wenn du deine E-Mails kontrollierst. Dann könnte er zwischen deinen Beinen knien und dich lutschen.«

»Dann könnte ich mich bestimmt besser konzentrieren und würde sehr viel mehr geregelt kriegen.«

»Ich auch.«

Wir saßen da und hingen diesem reizvollen Gedanken nach.

»Weißt du«, sagte Fiona forsch. »Wenn du Lust auf ein bisschen unverbindlichen Spaß hast: Ich kenne da zwei Typen, die nur gern den Zungensklaven geben würden.«

»Ach ja?«

»Sie würden auch anschließend deine Wohnung putzen, um ...«

»Du redest von richtigen Sklaven oder?« Manchmal vergesse ich, dass Fiona als Domina gearbeitet hat.

Fiona grinste.

»Nun, in meiner Wohnung herrscht das totale Chaos.«

»Du solltest darüber nachdenken ...«

Ich lachte. »Wahrscheinlich sollte ich das, aber ich wünsche mir eine etwas ausgewogenere, tiefergehende sexuelle Beziehung und finde die Vorstellung eines Vollzeit-Sklaven nicht besonders attraktiv. Ich will einen Mann, der mich auf den Rücken wirft und fickt – keinen, der erwartet, dass ich ihn dominiere.«

»Wer redet denn hier von Vollzeit-Sklaven? Einmal die Woche sollte genügen.«

»Beim gegenwärtigen Zustand meiner Wohnung müsste er mir schon einen Monat lang täglich die Muschi lecken, damit man überhaupt einen Unterschied bemerkt.«

»Nun, angesichts meines derzeitigen Sexlebens klingt das sehr verführerisch.«

»Wenn er abwechselnd seine Zunge und seinen Schwanz verwenden würde, dürfte er auch gern meine Wohnung putzen ...«

»Und dann lädst du mich endlich mal wieder zu dir zum Abendessen ein: Wie gesagt, du brauchst nur Ja zu sagen ...«

Wir lachten und plauderten, wobei unsere Gespräche immer weniger um das Thema Haushalt kreisten. Ich saß da und wünschte, ich könnte Fiona von meinem Blog erzählen und davon, dass bald mein Buch erschien. Es bringt mich einfach um, sie belügen zu müssen. Aber ich kann das einfach nicht riskieren: Egal, wie offen wir über Sex reden können – ich will einfach nicht, dass sie mein Blog liest. Wenn Leute, über die ich schreibe, Bescheid wüssten, würde das alles für mich ändern.

Freitag, 2. Juni

Da ich noch mehrere Tage freihabe, bevor wir weiterdrehen, wollte ich mich noch einmal mit Tim treffen und ihn über Männer ausfragen. Außerdem wollte ich ihm von dem Craigslist-Typen erzählen, der mir bereits gemailt und gefragt hat, ob wir uns morgen treffen. Ich weiß nicht recht, ob ich ihn noch mal dominieren will – aber vielleicht ist ja ein ganz normaler Fick für mich drin? Ich kann es nur hoffen.

Als ich die Bar in Stoke Newington betrat, sah ich, dass Tim es kaum erwarten konnte, mir von der Verabredung zu erzählen, die er erst kürzlich mit einer neuen Frau gehabt hatte.

»Lass mich eines von Anfang an klarstellen«, sagte ich, nachdem er mir sein Date geschildert hatte. »Nur weil du bei der ersten Verabredung mit ihr einen Steifen hattest, willst du noch mal mit ihr ausgehen?«

Tim nickte. »Ja: Wenn es knistert, will ich die Sache weiterverfolgen.«

Ich dachte darüber nach. »Und wenn du keine Erektion bekommst, machst du dir nicht die Mühe, sie noch mal anzurufen?«

»Könnte man wohl so sagen«, sagte Tim.

»Aber wenn sie echt witzig ist oder ihr euch jede Menge zu erzählen habt – spielt das denn gar keine Rolle? Das sollte man doch auch berücksichtigen, und zwar unabhängig davon, ob du einen Mordsprügel in der Hose hast oder nicht?«

»Du verstehst das nicht!«, sagte Tim leicht genervt und nahm einen großen Schluck von seinem Bier. »Wenn man einen Steifen hat, bedeutet das nicht nur, dass man die Frau körperlich attraktiv findet und sie ficken will.«

Ich war verwirrt. Jedes Mal, wenn ich einem Mann gegenüberstand, der einen Steifen hatte, nahm ich an, dass er mich ficken wollte – warum sollte er sonst eine Erektion haben (außer er wäre krank)?

Ich hakte nach. »Wenn es dir also nicht darum geht, Sex mit ihr zu haben, warum hängt ein zweites Date dann davon ab, ob du beim ersten Mal eine Erektion hast?«

»Es geht um die Chemie zwischen uns«, erwiderte Tim. »Ich weiß, dass sie stimmt, wenn ich bei einer Frau einen Steifen kriege. Wenn wir uns geistig verstehen, fühle ich mich auch körperlich von ihr angezogen. Daher die Erektion: Sie ist ein guter Gradmesser, wie sehr es zwischen uns knistert. Wenn ich einen Steifen bekomme, weiß ich, dass ich sie mag und wiedersehen möchte.«

Ich dachte darüber nach und musste kichern, als ich mir vorstellte, wie sich die Anziehungskraft einer Frau mithilfe eines solchen Erektionspendels erklären ließe.

»Worüber lachst du?«, unterbrach mich Tim.

Da ich ihm nichts von meinem »Schwanzometer« erzählen wollte (ich habe nämlich festgestellt, dass man lieber keine Witze über männliche Genitalien macht, nur unter Frauen), rückte ich mit der

Wahrheit raus: »Ich wundere mich nur, dass du die Frau – im Falle einer Erektion bei der ersten Verabredung – nicht bittest, deinen Schwanz anzufassen.«

»Na ja, er steht mir nicht wirklich, höchstens zur Hälfte. Es reicht, dass ich ihn spüre, ohne dass sie etwas merkt. Manchmal ist es auch schön, eine Erektion zu haben und nichts zu unternehmen – das erhöht die Vorfreude auf das nächste Treffen.«

»Für mich klingt das nach reiner Verschwendung«, sagte ich und überlegte, wie frustriert ich wäre, wenn ich den Steifen meines Dates nicht anfassen dürfte – vorausgesetzt, ich wüsste überhaupt, dass ich ihn hervorgerufen hätte.

Tim lachte. »Keine Sorge, ich hol mir schon einen runter, wenn ich nach Hause komme: Verschwendet wird da gar nichts.«

Ich kicherte. »Wohl kaum!«

»Außerdem ergeht es dir doch bestimmt ganz ähnlich. Wirst du denn nicht feucht, wenn du einen Typen magst?«

»Na klar, aber ich bin bestimmt kein gutes Beispiel für die sexuellen Reaktionen einer Frau. Ich glaube nicht, dass es viele Frauen gibt, die sich gleich bei der ersten Verabredung vorstellen, wie der Typ nackt aussieht.«

»Quatsch, ich wette, es gibt viele Frauen, denen es genauso geht. Wahrscheinlich denken sogar die meisten wie du.«

»Vielleicht hast du recht«, sagte ich und dachte an all die Frauen, die mir mailen oder Kommentare in meinem Blog hinterlassen und die sich ganz ähnlich äußern. »Ich kann nur hoffen, dass du recht hast – dir und mir zuliebe.«

»Ich weiß, dass ich recht habe, dafür habe ich bereits mit genügend Frauen geschlafen. Und ich weiß auch, dass ich definitiv nicht der einzige Mann bin, der einen Steifen bekommt, wenn er einem Mädchen begegnet, das ihm gefällt: Alle Männer bekommen eine halbe Erektion, wenn sie sich von ihrem Date angezogen fühlen.«

»Alle Männer? Alle Männer bekommen einen Steifen, wenn sie ihr Date attraktiv finden?«

Tipps für den Sommer

MÄNNER:

1. Wascht euch unter den Achseln und benutzt ein Deo. Im Sommer die U-Bahn vollstinken ist einfach eine Unverschämtheit!
2. Tragt ein T-Shirt. So gern ich im Bett auch mit eurem nackten Oberkörper spiele: Der Anblick nackter Brustwarzen im 53er-Bus ist einfach zu viel des Guten – sogar für mich.
3. Tragt keine Socken in Sandalen. Bitte nicht, außer ihr habt vor, für immer Junggesellen zu bleiben!
4. Schneidet eure Zehennägel, hobelt die Hornhaut ab und verwendet Talkumpuder zwischen den Zehen. Sichtbarer Fußpilz ist alles andere als attraktiv: Wenn ihr wollt, dass man an euren Zehen lutscht, solltet ihr dafür sorgen, dass sie attraktiver aussehen.
5. Verzichtet auf Unterhosen, wenn ihr das Haus verlasst. So bleibt nicht nur ihr (und euer potenziell zeugungsfähiges Sperma) cool, sondern ihr handelt euch auch jede Menge interessierter Blicke von Frauen wie mir ein, die sich freuen, die Umrisse eures Schwanzes in der Hose zu sehen. Vielleicht werdet ihr daraufhin sogar von einer angesprochen.

»Ja. Und die, die das Gegenteil behaupten, lügen, das kann ich dir versichern.«

Ich dachte über seine Worte nach und an die vielen Verabredungen, die ich im Lauf der Jahre gehabt hatte. Wenn Tim recht hatte, musste es so einige Erektionen gegeben haben, die ich nie bemerkt hatte (mal ganz abgesehen von denjenigen, die ich mir nur vorgestellt hatte, und von denen es auch genügend gab).

Zu schade, dass ich nie von ihnen erfahren hatte. Ich hätte bei diesen Dates deutlich mehr Spaß haben können, wenn ich von der misslichen Lage der Jungs gewusst hätte – und sei es nur, um sie damit aufzuziehen.

Natürlich setze ich meine Zunge auch gern für andere Zwecke ein, aber ich versuche mindestens bis zur zweiten Verabredung

Tipps für den Sommer

FRAUEN:

1. Übertreibt es nicht mit eurem Parfüm. Einen ganzen U-Bahn-Waggon zu beduften, ist einfach egoistisch. Ein sauberer Körper riecht viel angenehmer als Tausende Chemikalien.
2. Tragt einen gut sitzenden BH. Wenn der Busen aus dem Körbchen quillt oder die Brustwarzen nach unten zeigen, sieht das wirklich nicht besonders vorteilhaft aus.
3. Tragt keine Socken in Sandalen wie ein bemitleidenswertes Fashion-Victim aus den Achtzigerjahren. Diese Dekade ist vorbei, und zwar aus guten Gründen: Margaret Thatcher, Neonfarben, Yuppies – womit dann wohl alles gesagt wäre.
4. Abgesplitterter Fußnagellack sieht fies aus. Entweder nachlackieren oder gar keinen tragen! Und nicht zu schüchtern für den Bimsstein sein: Er ist euer bester Freund.
5. Verzichtet auf Tangas, die aus den Hüfthosen hervorschauen: Ein Bauarbeiterhintern ist immer unattraktiv – auch wenn ihn Spitzenhöschen zieren. Und wenn ihr schon einen hautengen Rock tragen müsst, lasst den Slip am besten ganz weg: Lieber unten ohne und den Po in Szene setzen als ihn durch wulstige Nähte entstellen. Außerdem seid ihr so viel besser zugänglich, falls ihr (mit etwas Glück) vorhabt, euch auf die Hand eines netten Typen zu setzen.

zu warten, bevor ich diese besonderen Fähigkeiten unter Beweis stelle.

Apropos zweite Verabredungen: Ich glaube, ich sollte dem Craigslist-Typen noch eine Chance geben. Ich werde ihm eine Mail schicken, wenn ich nach Hause komme, und schreiben, dass ich bereit für eine zweite Runde bin.

Samstag, 3. Juni

Es freut mich, mitteilen zu können, dass ich endlich vom Craigslist-Typen gefickt wurde! Nachdem ich in letzter Minute eingewilligt hatte, noch einmal bei ihm vorbeizuschauen, verwandelte er sich plötzlich in das reinste Alphatier und überraschte mich mit seiner Verwegenheit.

Nachdem er mich gefickt und mir drei Orgasmen beschert hatte, sagte er: »Ich will, dass du mir beim Wichsen zusiehst.« Dann befahl er mir, mich auf seine Beine zu setzen, während er seinen Schwanz in die eine Hand nahm und begann, ihn zu streicheln. Ich muss zugeben, dass mich sein Selbstbewusstsein erregte. Das war wirklich etwas ganz anderes als beim letzten Mal, als er den Ball im wahrsten Sinne des Wortes mir zugespielt hatte.

Da ich so ein aufregendes Angebot unmöglich ablehnen kann, verlagerte ich mein Gewicht und setzte mich auf ihn, wobei ich darauf achtete, dass sein Oberschenkel direkt meinen Schritt berührte. Ich wusste, dass es mich erregen würde, zuzusehen, wie er an sich herumspielte. Ich finde es wahnsinnig erotisch, zusehen zu dürfen, wie sich ein Mann selbst befriedigt. Im Grunde gibt es keine bessere Möglichkeit, neue und bessere Masturbationstechniken zu erlernen, als einem Mann dabei zuzusehen, wie er es sich selbst genüsslich mit der Hand besorgt.

Ich saß da, während er draufloswichste, zog und zerrte. Und das obwohl ich nach unserem wilden Geficke wirklich fix und foxi war und eigentlich nur noch ins Bett wollte. Aber nach drei Orgasmen war es das Mindeste, ihm ebenfalls zu etwas Lustgewinn zu verhelfen. Also beugte ich mich über ihn, presste meine Brüste zusammen und ließ sie sanft über seinen Schwanz gleiten.

»Wow, deine Titten sind fantastisch!«, rief er aus, während ich meine Brustwarzen an ihm rieb. »Richte dich auf, ich will dich ansehen.«

Ich lehnte mich zurück und stöhnte laut. »Gott, du bist großartig! Weißt du eigentlich, was für eine erotische Figur du hast?«

Ich grinste ihn dankbar an und sah zu, wie er fröhlich sein Glied bearbeitete. Er lächelte mich an, und ich merkte an seiner Atmung, dass er kurz vor dem Höhepunkt stand. Ich dachte, er könnte vielleicht Hilfe gebrauchen, leckte meine Finger und stimulierte ein wenig seinen Anus. Er stöhnte erneut und stemmte die Hüften hoch, wobei er fest gegen meine Hand und meinen Finger stieß.

Es dauerte nicht lange, bis er wie wild durch die Gegend spritzte. Ich packte seine Eier, während er kam, und sah zu, wie sein Sperma rhythmisch über Bauch und Brust flockte.

»Autsch!«, rief er plötzlich und entwand sich meinem Griff. Ich hatte Angst, ihn vielleicht etwas zu hart angefasst zu haben. »Alles in Ordnung?«, fragte ich und streichelte ihn. »Habe ich dir wehgetan?«

»Nein, kein bisschen«, erwiderte er. »Ich glaube, ich habe nur was ins Auge bekommen.« Ich schaute zu ihm auf und sah, wie er das Sperma abwischte, das ihm ins Gesicht gespritzt war.

Obwohl ich nicht sehr darauf stehe, ins Gesicht gespritzt zu bekommen, blieb mir der Anblick dieses von seinen eigenen Körpersäften bedeckten Mannes unvergesslich. Er machte mir Lust, etwas an mir herumzuspielen. Ich bin für mehr Gleichberechtigung im Schlafzimmer – vor allem, wenn es der Mann ist, der vollgespritzt werden soll.

Nachdem er sich sauber gewischt hatte, wollte sich der Craigslist-Typ zusammenringeln und mit mir kuscheln. Er schlug mir vor, zu bleiben. Ich lehnte höflich ab und machte mich auf den Heimweg. Er ist ein netter Kerl, aber ich finde ihn als Mensch nicht interessant genug. Und so attraktiv, dass ich ihn näher kennenlernen wollte, ist er auch wieder nicht. Trotzdem habe ich das Gefühl, dass er mehr von mir will. Sollte ich noch einmal Sex mit ihm haben, muss ich das vermutlich ansprechen.

Donnerstag, 8. Juni

Letzte Nacht träumte ich, ich sei wieder in Manderley.

Natürlich nicht wirklich, aber ich träumte, dass ich auf Russell Brand lag, meinen nackten Körper an den seinen presste, seinen steifen Schwanz in meinem feuchten Schritt spürte und sich unsere Lippen in einem leidenschaftlichen Kuss fanden, während wir unsere Hüften kreisen ließen und uns intensiv fickten. Es war ein schöner Traum, und er endete, wie alle schönen Träume enden sollten: Mit meinen Fingern zwischen meinen Beinen und einem Strahlen auf meinem Gesicht.

»Russell Brand: Ja oder nein?«, hatte mich Blog Boy gestern Abend gefragt.

»Ja, und wie!«

Er sah mich ungläubig an. »Warum? Bitte sag nicht, dass er dir wegen seiner Fernsehrollen gefällt?«

Ich schüttelte den Kopf. »Nein, die haben mich eher irritiert. Aber er ist ein sehr talentierter Stand-up-Comedian, du solltest ihn dir mal ansehen.«

»Aber er ist ein Wichser und sieht aus wie ein Trottel.«

Ich zuckte die Achseln. »Nun, er ist nicht mein Typ, denn ich stehe einfach nicht auf sehnige, dürre, schlaksige Männer. Ich mag lieber Kerle, an denen ein bisschen was dran ist. Außerdem sollte er sich dringend mal ordentlich kämmen ... Aber es liegt nicht an seinem Aussehen, weshalb ich ihn gern mal ficken würde.«

»Aber an was dann? Bitte, klär mich auf ...«

Ich nippte an meinem Drink. »Es gibt nur einen einzigen Grund, warum ich gern mal mit Russell Brand ins Bett wollte.«

»Weil er einen großen Schwanz hat?«

Ich stöhnte. »Oh, bitte, die Schwanzgröße ist so was von irrelevant. Solange man ihn noch sehen kann und er seine Aufgabe erfüllt, ist es mir vollkommen egal, wie ein Penis aussieht oder wie groß er ist.«

»Na gut, dann weil er so gut im Bett sein soll, oder? Würdest du ihn deshalb ficken wollen?«

Ich schüttelte erneut den Kopf. »Nein. Obwohl ich nicht bezweifle, dass er wahrscheinlich durchaus Talent auf diesem Gebiet besitzt, ist das nicht der Grund.«

»Warum denn dann? Los, raus mit der Sprache ...«

»Weil Russel sich im Gegensatz zu anderen Männern nicht von männlicher Sexualität bedroht fühlt. Er ist selbstbewusst genug, um mit Männern und Frauen zu flirten, und weiß, dass das seine Männlichkeit in keiner Weise schmälert – und zwar unabhängig von seiner sexuellen Orientierung. Indem er ein völlig entspanntes Verhältnis dazu hat, zeigt er, dass er mit anderen Männern und ihrem Begehren sowie mit seinem eigenen im Reinen ist. Das ist eine äußerst attraktive Eigenschaft. Ein solcher Mann ist aufgeschlossen, und das bestimmt auch im Bett. Deshalb will ich ihn ficken.«

»Hm. So habe ich das noch nie gehört, das ist wirklich ein interessantes Argument. Du sagst also, dass er im Grunde genommen so was Ähnliches ist wie David Walliams, sprich, er könnte sich in beide Richtungen orientieren ...?«

»Ich denke schon, auch wenn ich nicht glaube, dass das bei Russell tatsächlich der Fall ist. Es ist eher die Tatsache, dass es ihm scheißegal ist, ob die Leute ihn für schwul halten, wenn er mit Männern flirtet. Und genau das macht ihn so sexy. Dadurch, dass er um seine uneindeutige Sexualität weiß und damit spielt, ist er für mich sexuell so attraktiv. Ich könnte wetten, dass das viele andere Frauen ganz genauso sehen – und zwar aus denselben Gründen.«

»Jetzt verstehe ich, was du meinst ...«

Wir nippten an unseren Drinks, und Blog Boy wechselte das Thema. Ich beschloss, ihm gegenüber nicht zu erwähnen, wie gern ich dabei zusehen würde, wie Russell einen anderen Kerl in den Arsch fickt. Irgendwann habe ich bestimmt Gelegenheit, ihm von meiner Fantasie über einen flotten Dreier mit zwei Männern zu erzählen. Aber dafür war es eindeutig noch zu früh ... Obwohl der Orgasmus letzte Nacht ziemlich gut getimt war – auch wenn er nur geträumt war.

Montag, 12. Juni

Nach den letzten Tagen denke ich viel über Sex zwischen Männern nach: vielleicht wegen dieses Traums von Russell Brand. Vielleicht auch nur, weil ich es noch nie mit zwei Männern getrieben habe und zugeben muss, dass es meine Lieblingsfantasie ist. Ich muss sie in die Tat umsetzen, bevor ich eine feste Beziehung eingehe, sie ist sozusagen der letzte Punkt, der noch abgehakt werden muss, bevor ich heirate.

Ich weiß gar nicht mehr, wann mir klar wurde, dass ich die Vorstellung, dass zwei Männer Sex miteinander haben, erregend finde. Aber eines weiß ich ganz genau: Sie macht mich an – und zwar sehr. Vielleicht wurde sie mir eingepflanzt, als mein früherer Freund Chris eines Abends beiläufig sagte:

Er (meine Hüften packend und mich fest auf seinen Schwanz ziehend): Weißt du noch, der Kollege, von dem ich dir erzählt habe? Der, der mir zugezwinkert hat?

Ich (seine Brustwarzen stimulierend): Ja, der Hübsche?

Er (meinen Po umklammernd): Genau der. Ich glaube, er hat gestern mit mir geflirtet.

Ich: Echt? Das hat dir bestimmt gefallen, was?

Ich zwinkerte ihm zu. Er musterte mich kurz, während ich ihn heftig ritt. »Ja, im Ernst. Ich bekam einen Steifen.«

Als ich wieder einen klaren Gedanken fassen konnte, wurde mir bewusst, was er da soeben gesagt hatte. Ich spürte einen kleinen Stich der Eifersucht und so etwas wie Verunsicherung und Angst. Doch dann spürte ich etwas anderes, etwas Überwältigenderes als die kurze gedankliche Verunsicherung: ein heftiges Pochen zwischen meinen feuchten Beinen.

Ich fuhr damit fort, ihn zu reiten, spürte, wie sein Schwanz in mir pulsierte, und fragte mich, was ich mit dieser neuen Information anfangen sollte: Sollte ich ihn dazu bringen, mir seine diesbezüglichen Gefühle zu beichten, oder sollte ich ihn einfach nur damit aufziehen? »Das hat dich also erregt?«, fragte ich mit einem leichten Grinsen.

»Ja«, erwiderte er leise. Er zog mich noch fester auf sich, und ich war mir sicher, seinen Schwanz noch nie so hart in mir gespürt zu haben. Er genoss es offensichtlich, an einen anderen Mann zu denken. Zu meiner Überraschung ging es mir ganz genauso.

»Wenn er jetzt hier wäre«, fuhr ich fort, »was würdest du dann tun?«

Er schwieg einen Moment und wusste nicht recht, was er sagen sollte. Ich lächelte ihn an, und er entspannte sich sichtlich. »Na ja«, sagte er vorsichtig. »Ich würde gern seinen Schwanz spüren.«

»Und dann?«, fragte ich. »Was würdest du dann tun?«

»Dann würde ich ihn gern streicheln«, sagte er. »Ihn vielleicht in meinem Mund spüren.«

»Hm«, erwiderte ich. »Fühlen, wie er sich gegen deine Lippen drängt.«

Er nickte und stieß fester in mich hinein.

»Würdest du ihn gerne lutschen?«, fragte ich. »Mit der Zunge darüberfahren?«

Er nickte begeistert, und wir ließen beide unsere Becken kreisen, bis wir gleichzeitig kamen.

Als wir wieder zu Atem gekommen waren, versuchte ich, noch etwas mehr über seinen Wunsch, mit einem anderen Mann zusammen zu sein, herauszufinden, doch er wechselte sofort das Thema. Erst Jahre später sah er sich in der Lage, diese Seite seiner Sexualität zu erkunden, und da war unsere Beziehung längst beendet.

Ein paar Jahre später wurde mir von zwei Typen, die ich in einem Nachtclub kennengelernt hatte, ein flotter Dreier angeboten. Blöderweise erzählte ich meiner alten Schulfreundin Kathy davon, in dem Glauben, sie fände das Angebot genauso aufregend wie ich.

»Igitt!«, rief sie. »Was, wenn sie sich gegenseitig anfassen? Das wäre total eklig!«

Weil ich damals noch so dämlich und etwas unsicher war, lehnte ich das Angebot ab – etwas, das ich noch jahrelang bereute. (Bis heute.)

Aber Kathys Reaktion war nicht ungewöhnlich. Ich muss nur meine Freunde fragen, auch die, die ich als »befreit« bezeichnen würde – lauter ach so fortschrittliche Frauen und aufgeschlossene Männer: Sie würden alle zurückzucken, wenn ich ihnen erzählte …

… dass ich gern zwei Männer ficken würde,
… dass es mich erregen würde, wenn sie sich ebenfalls anfassen, und …
… dass ich es toll fände, nur zuzusehen, wie sich die beiden Männer anfassen.

Wenn ich dagegen sagte …

… dass ich gern Sex mit einem Mann und einer Frau hätte,
… dass es mich erregen würde, wenn die andere Frau und ich uns anfassten,
… dass ich es toll fände, wenn der Typ nur zusähe, wie die andere Frau und ich uns anfassen …

… ja dann würden meine Freundinnen bestimmt rot werden und sagen: »Das wollte ich immer schon mal ausprobieren!«, und meine Freunde: »Bitte, gern! Darf ich zusehen?«

Auch wenn ich nicht Nein zu Sex mit einem Mann und einer Frau sagen würde (und es in der Vergangenheit auch nicht getan habe), würde ich deutlich begeisterter Ja! schreien, wenn es um Sex mit zwei Männern ginge. Vergesst die lesbische Liebe: Was könnte besser sein als ein Schwanz? Die Antwort lautet: zwei Schwänze. Das bedeutet zweimal so viel Lust und doppelt so viel Spaß.

Aber wenn eine Frau zugibt, auf homosexuellen Sex zu stehen, und entweder gern dabei zusieht oder mitmacht, würden die meisten annehmen, dass sie von lesbischem Sex redet. Ja, es wird sogar als selbstverständlich vorausgesetzt: eine »befreite« Frau + ein gesunder Sexualtrieb x sexuelle Aufgeschlossenheit = lesbische Tendenzen. Bei klassischen Pornos ist natürlich alles auf eine männliche Zielgruppe abgestimmt: Die Frauen sollen neckisch in die Kamera schauen und den (nicht im Bild befindlichen Mann) bitten, »zu kommen und ihnen Gesellschaft zu leisten«.

Gähn!

Warum ist es völlig in Ordnung, wenn Frauen mit anderen Frauen herummachen, aber nicht, wenn Männer mit anderen Männern herummachen? Warum soll die lesbische Liebe die einzige Grenzüberschreitung für Heterosexuelle darstellen? Warum ist es ein solches Tabu, wenn ein Mann einen anderen Mann erkunden möchte?

Ich habe nicht vor, das auch nur ansatzweise zu erklären: Es ist nichts anderes als eine heterosexuelle Doppelmoral, und bevor man mir nicht mindestens fünf Whiskey Sour ausgibt, sollte ich dieses Thema lieber nicht weiterverfolgen – ich rege mich sonst nur unnötig auf.

Aber ganz abgesehen von den Problemen, die unsere Gesellschaft betreffen, mache ich mir hauptsächlich Gedanken darüber, was das für mich bedeutet. Oder besser gesagt: Werde ich jemals einen Kerl finden, der dasselbe will wie ich: dass ich dabei zusehen kann, wie er es mit einem anderen Mann treibt?

Ich fände es toll, jemanden kennenzulernen, der ganz entspannt sagt: »Klar, ich würde es gern mal mit einem anderen Mann probieren. Ich wollte schon immer wissen, wie es ist, einen Schwanz zu lutschen«, und mich dann so richtig schön durchfickt, während wir beide überlegen, wie wir unser gemeinsames Bedürfnis befriedigen können.

Aber ich bin in dieser Hinsicht wenig optimistisch. Obwohl ich in puncto Sex und in puncto meiner eigenen Sexualität sehr aufgeschlossen bin, scheue ich zugegebenermaßen doch davor zurück, den Männern, mit denen ich mich treffe, zu sagen, dass sie einen anderen Mann ficken sollen. Ich wünschte, ich könnte das. Aber ich glaube, ich würde die meisten Männer nur in die Flucht schlagen, wenn ich erwähnte, dass ...

... ich die ganze Zeit nur Schwänze im Kopf habe.
... ich es toll fände, einen flotten Dreier mit zwei Männern zu haben.
... ich gerne eine feste Beziehung und Kinder hätte.

Aber genau diese drei Punkte beschäftigen mich in letzter Zeit häufig.

Mal ganz abgesehen davon, dass ich Sex liebe und am liebsten drei Mal täglich durchgefickt würde. Doch das lässt sich leichter in eine Unterhaltung einstreuen.

Sonntag, 17. Juni

Gestern Abend war ich wieder bei dem Craigslist-Typen. Der Sex war toll, aber der Verdacht, der dabei aufkeimte, scheint sich zu bestätigen: Denn nachdem wir die ganze Nacht gefickt hatten, sagte er, dass er mich am nächsten Abend wiedersehen wolle. Ich machte mir Sorgen, dass er das Ganze zu ernst nimmt, und hielt es deshalb für angebracht, schnell ein paar »Regeln« zu etablieren, als wir heute Morgen gemeinsam frühstückten.

»Du hast also keine Probleme damit, dass wir nur eine unverbindliche Beziehung haben«, sagte ich vorsichtig, während ich einen großen Schluck Instantkaffee nahm. Nichts, was ich jemals kaufen würde, da ich ein echter Kaffee-Snob bin. Die billige Bitterkeit entfaltete ihre ganze Säure, und ich musste mich beherrschen, nicht alles wieder auszuspucken.

Er nickte. »Ja, das geht schon in Ordnung. Mehr wollte ich ohnehin nicht.«

Für alle Fälle beschloss ich, noch weiter nachzuhaken.

»Gut. Ich möchte nur sicherstellen, dass wir uns einig sind: Wir ficken und damit basta, einverstanden?«

Er nickte erneut. »Logisch.« Dann grinste er mich an. »Obwohl ich dir ganz schön den Po versohlen werde, wenn wir uns das nächste Mal sehen.«

Meine Muschi pochte schon beim bloßen Gedanken daran, also lächelte ich zurück, fuhr aber fort: »Ich freue mich schon darauf! Das klingt so, als könnte es Spaß machen. Und genau den wünsche ich mir im Moment. Ich habe nicht vor, mich auf etwas Ernsthafteres einzulassen.«

Ich suchte in seinem Gesicht nach einer Reaktion, merkte dabei aber, dass ich nicht ganz die Wahrheit gesagt hatte.

In den letzten Jahren habe ich zwar mit einigen Männern rumgemacht, habe mich aber auch in jemanden verliebt, der mich nicht wollte. Und dann war ich noch hin und weg von einem anderen, der allerdings unerreichbar war. Die Begegnung mit diesen Männern machte mir klar, dass ich mir eine Beziehung wünschte, einen echten Partner. Ich wünschte mir, verliebt zu sein, mit allem Drum und Dran. Ich will das auch gar nicht länger leugnen.

Ich will keinen Liebeskummer mehr haben, nur weil mich ein Mann ablehnt. Ich möchte mir auch nicht ständig Sex mit einem Mann vorstellen, den ich nicht haben kann. Obwohl ich nach wie vor experimentieren will, wünsche ich mir mehr als nur eine Reihe von One-Night-Stands. Wenn ich aus meinem Sexblog etwas gelernt habe, dann, dass Ficken herrlich sein kann. Trotzdem vermisse ich es sehr, keine wirkliche Beziehung zu haben.

Ich glaube fest daran, dass es da draußen jemanden gibt, mit dem das möglich wäre. Und dass das Schicksal letztlich dafür sorgen wird, dass sich unsere Wege kreuzen. Wenn es so weit ist, werde ich meine andere Hälfte finden. Aber bis dahin möchte ich mich einfach unverbindlich amüsieren und habe nicht vor, auf entsprechende Gelegenheiten zu verzichten, nur weil ich Single bin.

Und hier saß ich nun einem netten Typen gegenüber, der mich vor nicht mal einer Stunde mehr als nur gründlich durchgefickt hat, ohne mir vorstellen zu können, eine tiefere Beziehung mit ihm einzugehen. Und seien wir doch mal ehrlich: Er kennt noch nicht mal meinen richtigen Namen.

Ich merkte, dass er mich anstarrte und darauf wartete, dass ich das Schweigen brach.

»Du hast also nichts dagegen, wenn wir einfach bloß ficken?«, fragte ich ohne Umschweife.

»Natürlich nicht!«, erwiderte er. »Aber ich mag dieses Fickfreunde-Ding nicht besonders.«

Mir schwante Böses, und ich wartete, dass er fortfuhr.

»Solange du mir gehörst, wenn wir uns treffen, und nichts dagegen hast, mit mir essen zu gehen und dich nett mit mir zu unterhalten, solange ich meine Hand auf deinen Po legen darf, wenn wir die Straße entlanglaufen, habe ich nichts dagegen, wenn wir beide auch noch mit anderen ins Bett gehen.«

Das klang nach einem guten Kompromiss. »Klasse.«

»Außerdem«, fuhr er fort, »möchte ich dich die ganze Nacht ficken, wenn wir zusammen sind.«

Ich lächelte ihn an. »Das versteht sich von selbst.«

Er griff über den Tisch, nahm meine Hand und streichelte sie. Das rührte mich, war mir aber angesichts unserer Beziehung und der soeben gewechselten Worte doch zu intim.

Die Sache musste ein für alle Mal geklärt werden: »Hör mal, du solltest wissen, dass ich keine tiefere Beziehung zu dir haben will. Ich werde dich nicht die ganze Nacht lang massieren, dich sanft streicheln oder in deinen Armen liegen und mit dir kuscheln – so leid es mir auch tut.«

Er zuckte die Achseln, und ich hatte ein schlechtes Gewissen, weil ich so direkt war. Aber er sollte lieber von vornherein wissen, woran er war.

»Es ist einfach leichter, unverbindlich zu bleiben, wenn es keine emotionale Bindung gibt. Echte Intimität ist für eine ernsthafte Beziehung reserviert – und die will ich im Moment nicht.« Zumindest nicht mit ihm.

»Das sagtest du bereits«, erwiderte er knapp.

»Und du hast also nichts dagegen?«, fragte ich. »Denn wir müssen beide dasselbe wollen, sonst wird jemand verletzt, und das möchte ich auf keinen Fall.«

»Komm her!«, sagte er und erhob sich vom Frühstückstisch.

Ich schob meinen Stuhl zurück und ging zu ihm. Er zog mich an sich, und ich spürte, wie er seinen Schwanz gegen den dünnen Bademantel drängte, den er mir geliehen hatte.

»Hör mal!«, sagte er mit fester Stimme. »Ich finde, du fickst großartig. Ich habe letzte Nacht echt genossen und möchte dich gern bald wieder ficken.« Er presste seine Erektion an mich, um seine Worte zu unterstreichen. »Aber ich weiß, was das hier ist, und habe keine Probleme damit: Ich werde auch mit anderen Frauen ins Bett gehen. Lass uns einfach ein bisschen Spaß zusammen haben.«

Einigermaßen erleichtert entspannte ich mich in seinen Armen, und wir küssten uns eine Weile. Da es schon spät war, erinnerte er mich an die Verabredung zum Mittagessen, die ich mit meiner Freundin Kathy hatte, und ließ mich los. Als ich ins Schlafzimmer ging, um mich anzuziehen, gab er mir einen leichten Klaps auf den Po.

»Dieser Arsch gehört mir!«, sagte er, als ich kurz darauf wieder auftauchte und mein zerknittertes Kleid glatt strich. »Nächstes Mal werde ich Spuren darauf hinterlassen.«

Ich lachte. »Schön, ich freu mich schon darauf!«

Er grinste breit, und ich kniff ihn kurz in die Wange, während ich die Haustür aufmachte und hinausglitt. Ich ging zur U-Bahn, genoss die frische Sommerluft und die Gelegenheit, wieder einen klaren Gedanken zu fassen. Ich saß in einem fast leeren U-Bahn-Waggon und grinste in mich hinein, während ich an den gestrigen Abend zurückdachte. Aber obwohl ich glücklich und befriedigt war, nagte etwas an mir, das mich die ganze Heimfahrt über nicht mehr losließ.

Sonntag, 18. Juni

Als ich heute Morgen in den Spiegel sah, musste ich Folgendes feststellen:

@ eine leicht ausgerenkte Schulter (wegen unserer Verrenkungen)
@ einen aufgeschürften Ellbogen (weil ich mich darauf gestützt habe)
@ blaue Flecken an den Knien (ungeschickt, wie ich bin, renne ich überall dagegen)
@ einen Krampf in der Wade (weil ich begeistert seinen Arsch mit den Füßen an mich zog, und das blieb leider nicht ohne Folgen)
@ einen steifen Hals (bei Schlafmangel werfe ich mich oft hin und her)
@ einen kaputten Rücken (von hinten genommen zu werden, kann anstrengend sein)
@ schmerzende Oberschenkelinnenseiten (die »Fickmuskeln« werden nicht so oft trainiert, wie sie sollten)
@ eine wunde Vulva (wenn ich mich wie wild an seiner Hand reibe, hat das auch Nachteile)
@ pochende Kopfschmerzen (eine unangenehme Nebenwirkung von meinen vielen intensiven Orgasmen)
@ einen großen Knutschfleck am Hals.

»Du hast mich entstellt«, jammerte ich in den Hörer, als ich den dunklen Fleck sah, den er hinterlassen hatte. »Ich habe einen Riesenknutschfleck am Hals!«

Der Craigslist-Typ lachte. »Betrachte ihn als Reviermarkierung«, knurrte er.

Ich kicherte, aber erst jetzt geht mir auf, dass das vielleicht zum Teil ernst gemeint war.

JULI

Montag, 3. Juli

Nach zwei ziemlich intensiven Arbeitswochen habe ich wieder etwas Freizeit. Ich muss einiges an Schönheitspflege nachholen, da es schon Monate her ist, dass ich dafür Zeit hatte. Hier eine Liste der Dinge, die ich tun muss/möchte:

Liste Nr. 1

@ Zum Friseur gehen. Spliss und ich – wir passen einfach nicht zusammen.

@ Strähnchen färben lassen. Es ist Sommer! Jawohl!

@ Meine Beine wachsen lassen. Ich und behaart? Nein, danke!

@ Mir die Bikinizone wachsen lassen – aber erst nachdem ich vier Wodka intus habe, damit ich die Kosmetikerin nicht als »verfickte Sadistin« beschimpfe und schreie: »Was soll denn das, wollen Sie mich umbringen?«

@ Mir ein paar neue BHs kaufen, die
a) richtig passen und meinen Busen schön zur Geltung bringen,
b) dafür sorgen, dass meine Brustwarzen gerade nach vorn zeigen und der Schwerkraft widerstehen. Die gibt es doch, oder?

@ Ein paar die Hüften umschmeichelnde,poformende Bleistiftröcke kaufen, die nicht für magersüchtige Models erfunden wurden, sondern einfach ideal sind für kurvenreiche Frauen. Leichter gesagt als getan.

- Eine neue Jeans kaufen, die nicht gleich aller Welt verrät, welche Unterwäsche ich gerade trage. Auch das ist leichter gesagt als getan.
- Ein paar Oberteile finden, bei denen die oberen Knöpfe nicht auf Brusthöhe abplatzen, weil sie nur für flachbrüstige Frauen entworfen wurden. Ein mühsames Unterfangen, das mindestens eine Woche in Anspruch nehmen dürfte.
- Ein Paar Peep-toe-Sandalen finden, die

  a) an meine großen Füße passen,

  b) bequem sind,

  c) meine Wadenmuskeln betonen, damit ich so gut aussehe wie Jodie Foster in *Inside Man* (allein schon ihre Beine genügen, um Frauen zum anderen Ufer überlaufen zu lassen).
- Mindestens drei Mal die Woche laufen gehen, damit ich so bald wie möglich wieder durchtrainiert bin (und den Mut aufbringe, den durchtrainierten blonden Typen in meinem Fitnessstudio anzusprechen).

Liste Nr. 2

- Ein paar neue Sexspielzeuge ausprobieren.
- Auf eine Fetisch-Party gehen.
- Voyeurin auf einer Orgie sein.
- Sex mit zwei Männern gleichzeitig haben.
- Einen Typen im Freien ficken.
- Einen Wildfremden ficken.
- Wieder mal Analsex ausprobieren.
- Mich fesseln und richtig fest auspeitschen lassen.
- Das Spielzeug für eine heterosexuelles Paar sein.
- Einen Orgasmus in der Öffentlichkeit haben (wieder einmal).

Keine Ahnung, wie es anderen Frauen geht, aber ich finde Shoppen total langweilig. Ich verbringe meine Freizeit tausendmal lieber mit einem guten Fick als damit, einen sexy Rock zu finden. Und warum jede Woche zur Kosmetikerin gehen und sich eine Maske samt Maniküre gönnen, wenn man den Schwanz eines Mannes lutschen kann, dem es sowieso egal ist, wie man aussieht? Ich sehe lieber aus wie ausgespuckt, weil ich gerade so richtig brutal durchgefickt wurde, als mir Gedanken um meine Frisur zu machen. (Kein Wunder, dass sie immer die reinste Katastrophe ist.)

Die Punkte auf der ersten Liste sind einfach nur Pflichten, die ich erledigen muss. Die auf der zweiten sind die Belohnung dafür! Ich kann nur hoffen, dass ich es schaffe, sie alle schnell abzuhaken.

Obwohl ich es bei Punkt sieben auf Liste Nr. 2 eher ganz langsam angehen lassen will. Außer er ist Bestandteil von Punkt zwei auf derselben Liste. In diesem Fall wäre ich so erregt, dass ich die etwaigen Schmerzen bestimmt völlig verdränge.

Ich wünschte, man könnte dasselbe übers Wachsen sagen!

Dienstag, 6. Juli

Ich habe beschlossen, eine neue Kosmetikerin auszuprobieren, die mir Fiona empfohlen hat. Anscheinend kann sie »auch noch die kürzesten, widerspenstigen Haare von jeder Muschi entfernen«. Eine bessere Empfehlung ist wohl kaum vorstellbar.

Und hier lag ich also mit gespreizten Beinen und versuchte den Schmerz sowie die Tatsache zu ignorieren, dass ich einer Wildfremden meine Vagina zeigte, als die Kosmetikerin begann, Konversation zu machen:

»Der würde mir schon gefallen.«

»Wie bitte?«

»Der würde mir schon gefallen.« Sie wies mit dem Ellbogen auf den Fernseher an der Wand und zeigte auf den winzigen Robbie Williams, der die Lippen zu seinem Musikvideo bewegte. »Und wie!«

»Echt?« Ich starrte auf den Bildschirm und versuchte mir vorzustellen, wie Robbie nackt aussah. Wahrscheinlich ziemlich gut.

Sie riss mich aus meinen Gedanken. »Aber nur für eine Nacht – ansonsten hat mir der Kerl einfach zu viele Probleme.«

»Woher wissen Sie das?«

»So wirkt er zumindest in Interviews«, erwiderte sie überzeugt. »Er scheint mehr als nur ein emotionales Problem zu haben.«

Ich beschloss, nichts gegen ihre Annahme einzuwenden, dass Interviews »die Wahrheit« wiedergeben, und fragte mich stattdessen, ob es nicht genau solche »emotionalen Probleme« sind, die mich an Männern in erster Linie anziehen. Ihre dunkle, unbekannte Seite, die in einem reizvollen Kontrast zu ihrem zur Schau gestellten selbstbewussten Charme stehen …

Sie riss mich aus meiner kurzfristigen Selbstanalyse. »Außerdem raucht er. Er ist ein furchtbarer Kettenraucher. Schon allein das würde mich davon abhalten, etwas Ernstes mit ihm anzufangen.«

Ich starrte auf den Fernsehschirm und zog mit gespieltem Ekel die Nase kraus. »Igitt.«

Sie nickte. »Aber da es sowieso nur für eine Nacht wäre, könnte ich seinen Geruch sicherlich ertragen.«

Ich lachte. »Ich denke auch. Aber wenn ich ihn ficken soll, muss er mich schon ausgiebig lecken, um das wieder wettzumachen.«

Sie kicherte ebenfalls und setzte ihre Arbeit fort.

»Autsch!« Ich hielt die Luft an und versuchte, den Schmerz zu kontrollieren.

»Tut mir leid.« Sie strich über meine Schamlippe, wo sie das Wachs abgerissen hatte, und lächelte mich an. »Wir sind fast fertig.«

Ich konzentrierte mich wieder auf den Fernseher, in der Hoffnung, mich so davon ablenken zu können, dass eine Wildfremde die obersten Hautschichten von meiner Muschi schälte.

»Gefallen Ihnen gleichaltrige Männer um die zwanzig?«, fragte sie, wahrscheinlich, um mich von meinem Schmerz abzulenken.

Ich schüttelte den Kopf. »Ich bin nicht um die zwanzig«, erwiderte ich und errötete leicht. »Jüngere Männer langweilen mich. Ich mag es, wenn ein Mann etwas Erfahrung und Weltgewandtheit mitbringt – am besten, er ist Mitte dreißig.«

»Oh, ich dachte, Sie sind Mitte zwanzig so wie ich?«, sagte sie leicht verwirrt.

Ich schüttelte den Kopf. »Nein.«

Sie fuhr damit fort, Wachs auf mir zu verteilen. »Na, wenn Sie keine jüngeren Männer mögen, was halten Sie dann von älteren Männern?«

»Nicht sehr viel«, erwiderte ich. »Ich stehe eher auf Gleichaltrige. Einen Mitte Dreißigjährigen würde ich jederzeit nehmen.«

»Wie wär's mit einem Älteren wie Rod Stewart? Der hat immer noch was.«

Ich biss die Zähne zusammen, hauptsächlich wegen des Schmerzes, aber auch wegen der Übelkeit hervorrufenden Vorstellung von einem nackten Rod Stewart. »Nein, danke. Der ist wirklich gar nicht mein Typ.«

»Echt?«, fragte sie. »Ich finde ihn sexy. Ich bin schon seit Jahren in ihn verknallt.«

Ich schwieg. Sie fuhr damit fort, meine obersten Hautschichten abzureißen. »Los, sagen Sie schon! Es muss doch auch einen älteren Mann geben, mit dem Sie ins Bett steigen würden ...«

»Hmmm, na gut. Wenn es denn unbedingt sein muss, dann mit David Lynch.«

»Mit wem?«

»Mit dem Regisseur.«

Sie zuckte die Achseln.

»*Lost Highway. Blue Velvet. Der Elefantenmensch* ...«

Sie sah mich an, als spräche ich Chinesisch, und in Gedanken ohrfeigte ich sie für ihre Ignoranz.

»Die Fernsehserie *Twin Peaks* ...«

Sie starrte mich nach wie vor ratlos an. »Egal, ihn würde ich nehmen – aber nur, weil er so verdammt intelligent ist und ich seine Arbeit liebe. Er ist wirklich unglaublich und ein wahnsinnig interessanter Gesprächspartner«, fügte ich noch hinzu. »Außerdem hat er mich einmal umarmt.«

Meine Angeberei ließ sie völlig unbeeindruckt, und so gab ich es auf und versuchte, nicht darüber nachzudenken, dass sie meine Klitorisvorhaut zur Seite zog und heißes Wachs auf meine intimsten Körperregionen auftrug.

Während sie an mir herumzerrte, versuchte ich die mir bevorstehenden Wahnsinnsschmerzen zwischen meinen Beinen zu verdrängen. Dann riss sie das Wachs ab, und ich setzte die Unterhaltung den Tränen nahe fort: »Aber es gibt noch einen älteren Typen, mit dem ich gern ins Bett gehen würde. Ich weiß, dass er mein Vater sein könnte, aber wenn man David Bowie in einen hautengen Overall steckt, würde ich ihn sofort bespringen.«

»Er ist ganz okay«, stimmte sie mir zu, zog meine Klitorisvorhaut zur anderen Seite und trug darüber noch etwas mehr Wachs auf. Ich biss mir auf die Unterlippe und wartete auf den Schmerz. Als sie das Wachs abriss, zuckte ich heftig zusammen.

»Fertig!«, sagte sie kurz darauf etwas zu eifrig für meinen Geschmack.

Ich lächelte sie an, froh darüber, dass alles vorbei war, und durfte mit meiner pochenden Muschi endlich nach Hause gehen. Ich war außerdem froh, nicht verraten zu haben, dass mir eine meiner Lieblingsfantasien – Ziggy Stardust, der von Iggy Pop einen geblasen bekommt – nicht mehr aus dem Kopf geht.

Manche Dinge verrät man einfach nicht, erst recht nicht, wenn es sich um eine Fantasie aus der Glamrock-Ära handelt und die Gesprächspartnerin damals noch gar nicht auf der Welt war. Außerdem habe ich gelernt, dass es besser ist, meine Fantasie nicht mit mir durchgehen zu lassen, während sich eine Wildfremde an meiner Intimregion zu schaffen macht: Das kann nur mit einer peinlichen Situation enden. Oder mit einem Unfall mit heißem Wachs.

Liebe Männer,

ja, ihr alle seid gemeint, wir müssen reden:

Ich würde gern etwas ansprechen, und zwar das Problem, wie ihr dasitzt. Wo immer ihr seid – ihr scheint stets auf die gleiche Art dazusitzen, nämlich breitbeinig, sei es nun in der U-Bahn, im Büro oder in diesem Coffee Shop in Soho letzte Woche, wo ihr mich vom Schreiben abgelenkt habt.

Folgendes: Wenn wir keinen Sex haben werden, möchte ich euch bitten, eure Beine zusammenzulassen – das wäre wirklich nett von euch. Versteht mich bitte nicht falsch: Mir gefällt der Anblick eines Mannes mit gespreizten Beinen durchaus. Aber genau das wirft das Problem im wahrsten Sinne des Wortes erst auf.

Ich glaube zu wissen, warum Männer sich so hinsetzen: Hätte ich einen Penis, würde ich mich wahrscheinlich genauso niederlassen, damit mein Schritt besser atmen kann (und die Zukunft der nächsten Generation gesichert ist, weil so mein Sperma zeugungsfähig bleibt). Ich kann mir vorstellen, dass es als Mann ziemlich angenehm ist, breitbeinig dazusitzen: Es verringert auf jeden Fall das Risiko, sich irgendwie den Schwanz einzuklemmen – und wir alle kennen die Geschichten von Penisfrakturen. (Ich habe sogar mal eine aus nächster Nähe gesehen: Der Penis war rechtwinklig abgebrochen – aua! Ich freue mich, mitteilen zu können, dass er trotzdem noch funktioniert hat. Sehr gut sogar.)

Zahlreichen Experten für Körpersprache zufolge markiert man mit dieser Sitzhaltung auch sein Revier: Wer breitbeinig dasitzt, beansprucht mehr Platz und zeigt damit anderen Männern in der Umgebung, dass er sie möglicherweise dominiert. (So wie ein Kater, nur ohne den Gestank. Hoffentlich!) Vielleicht ist das Zurschaustellen der Lendenregion auch ein Evolutionsmerkmal, mit dem man potenziellen Partnern zeigt, was man so zu bieten hat: Damit sie nicht »die Katze im Sack kaufen« müssen, sozusagen. So wie wenn ein großer Pfeil nach unten zeigt, scheint ein breitbeinig dasitzender Mann sagen zu wollen: »Schaut her, hier bin ich! Das ist mein Penis. Ist er nicht toll?« Ich sehe durchaus, welche Vorteile das hat, aber genau das ist mein Problem: Wenn Männer derart schamlos zeigen, was sie haben, weiß eine Frau wie ich gar nicht mehr, wo sie hinschauen soll.

Seien wir doch mal ehrlich: Ich mag es, Männern zwischen die Beine zu starren. Das ist kein Geheimnis. Nicht, weil ich sehen will, wie groß oder klein ihr Schwanz ist – im Gegenteil –, sondern weil es einfach schön ist, zu wissen, was einen erwartet. So weiß man gleich, ob man es mit einem Rechts- oder Linksträger zu tun hat, oder kann sich besser vorstellen, wie der Schwanz in erigiertem Zustand aussieht. Ganz normale Sachen also. Wenn eine Frau also die Beule in der Hose des Mannes sehen kann, weil dieser so breitbeinig dasitzt – wo soll sie dann hinschauen? Ja, ich habe durchaus versucht, mich auf das Gesicht des Typen zu konzentrieren, auf seine Hände, ja sogar auf seine Füße. Aber wenn Genitalien dermaßen prominent zur Schau gestellt werden, wird mein Blick einfach magnetisch davon angezogen.

Meine männlichen Freunde sagen, sie hätten ein Problem, wenn Frauen tief ausgeschnittene Oberteile tragen. Sobald auch nur ein bisschen Dekolletee zu sehen ist, wird ihr Blick magnetisch davon angezogen – selbst, wenn sie die Frau gar nicht attraktiv finden oder, was noch viel schlimmer ist, sie mit ihr befreundet sind. Ich weiß, dass das nicht ausschließlich Hetero-Männer betrifft: Ein schwuler Freund von mir gab zu, regelrecht hypnotisiert von meinen Brüsten zu sein. Er verbrachte den Großteil des Abends damit, mir in den Ausschnitt zu starren (mit meiner Erlaubnis, sollte ich vielleicht noch hinzufügen: Denn wenn jemand glotzt, ohne dass ich es ihm erlaube, werde ich wütend). Dasselbe gilt also für den männlichen Schritt.

Ich finde solche Situationen höchst irritierend. Denn obwohl ich den Schritt eines Mannes abchecke, heißt das noch lange nicht, dass ich mit ihm ins Bett will. Ich will also auf keinen Fall, dass er das denkt, nur weil er mich beim Schwanzgucken erwischt hat. Schwänze sind einfach dazu da – dass man sie anschaut. Und da bin ich keine Ausnahme, ich kann einfach nicht anders.

Damit ich nicht beim Schwanzgucken ertappt werden kann, würde es mir wirklich sehr weiterhelfen, wenn ihr Männer euch nicht mehr so hinsetzt und stattdessen die Beine würdig zusammenkneift – eure Ware also aus dem Schaufenster nehmt. Damit wäre vermutlich allen geholfen.

Vielen Dank im Voraus,
hochachtungsvoll,
XX (deren Augen hinter einer dunklen Sonnenbrille verborgen sind)

Mittwoch, 12. Juli

Einer der größten Nachteile, Vollzeit beim Film zu arbeiten, besteht darin, dass man so gut wie keine Freizeit hat: Wer eine 60- bis 100-Stunden-Woche hat, weiß gar nicht mehr, was das heißt. Wenn man gerade nicht arbeitet, schläft man vor lauter Erschöpfung, sodass ich einige Dinge wirklich vermisse, wenn ich arbeite:

@ So richtig schön von hinten durchgefickt und versohlt zu werden
@ Einen Schwanz lutschen und ihn an meinen Titten reiben
@ Die Schultern eines Typen mit meinen Beinen in die Zange nehmen, während er mich gehörig bearbeitet.

Natürlich hätte ich nichts gegen etwas aus obiger Liste einzuwenden, und es ist herrlich, dass ich gerade wieder etwas Freizeit und vielleicht auch Sex in Aussicht habe. Aber es gibt noch ein Loch außer dem zwischen meinen Beinen, das gestopft werden muss.

Und damit meine ich das Essen. Ich vermisse es, zu kochen. Ich liebe es, zu kochen, es zählt zu meinen liebsten Hobbys. Ich brauche nur ein paar wenige frische Zutaten und einen Herd, und schon lege ich los!

Für mich hat Essen etwas sehr Verführerisches, wahrscheinlich, weil ich es mit Sex assoziiere. Wenn ich etwas Leckeres esse, erlebe ich eine Art kleinen oralen Orgasmus. Und ich mag es nun mal, dass das Essen – wie der Sex — alle Sinne auf einmal anspricht.

Man muss sich auch ganz ähnlich darauf vorbereiten:

@ Nur die besten Zutaten nehmen
@ Sie vorher anfassen, um zu prüfen, ob sie schon reif sind
@ Behutsam damit umgehen
@ Sie langsam vor sich hin köcheln lassen
@ Sie mit Gewürzen aufpeppen
@ Ihren Duft einatmen
@ Vorsichtig wenden, damit nichts kaputtgeht
@ Vorsichtig anrichten, damit ihre Schönheit voll zur Geltung kommt
@ Vorsichtig auf der Zunge zergehen lassen und genießen
@ Begeistert verschlingen.

Ist es da noch verwunderlich, dass man orgiastisch aufstöhnt, wenn man ein gutes Essen genießt?

Ich weiß noch, wie ich vor ein paar Monaten Kathy und ihren Freund bekocht habe. Es gab das volle Programm: Spargelspitzen mit Chili- und Limettenbutter, eine gegrillte Bio-Lammkeule mit Rosmarin und Knoblauch, gegrilltes Gemüse mit Thymian und Meersalz und weißen Schokolade-Käsekuchen mit Himbeerfüllung.

Zu sagen, dass wir hinterher fast geplatzt sind, ist noch stark untertrieben. Wir saßen da und konnten uns kaum noch bewegen, waren aber angenehm beschwipst von dem vielen Rioja.

Irgendwann stand David auf, um aufs Klo zu gehen, und Kathy und ich wärmten Kindheitserinnerungen auf. Wir redeten und redeten, bis Kathy Klatsch aus ihrer Branche, der Musikindustrie, erzählte. In diesem Moment fiel mir plötzlich auf, dass David immer noch nicht wieder zurück war. Kathy war ein wenig betrunken, also ging ich nachsehen, ob alles okay war.

Doch statt auf dem Klo saß er in der Küche und aß mit schamesrotem Gesicht noch etwas von dem übrig gebliebenen Fleisch.

»Oh Gott!«, sagte er stöhnend, die Hände und den Mund voll Fleisch. »Es tut mir so leid, aber das schmeckt dermaßen geil ...« Er kaute weiter und grinste mich verlegen an.

Ich lachte, reichte ihm ein Tranchiermesser und sagte, er solle sich ruhig bedienen. Während er sich weiter über das Fleisch hermachte, kehrte ich zu Kathy zurück und strahlte nur so vor Stolz: Ich war begeistert, dass er gar nicht genug von meinem Essen bekommen konnte.

Mir fehlt wirklich ein Partner, der ganz scharf auf mein Essen ist, und der es zu genießen weiß. Das ist ein Riesenkompliment: Fast so gut, wie zu sagen, dass ich die besten Blowjobs gebe (was vielleicht gelogen ist, aber welche Frau hört das nicht gern?). Ich liebe es einfach, andere zu bekochen, ich geile mich an ihrem Genuss auf – genauso wie beim Sex. Wenn ich dafür sorgen kann, dass ein Kerl lustvoll aufstöhnt, wenn ich ihm etwas in den Mund stecke, befriedigt und erregt mich das zugleich.

Gebt mir einen Mann, der lustvoll aufstöhnt, wenn er mein Essen *und* meine Muschi isst, und ihr macht mich zur glücklichsten Frau der Welt!

Vor allem, wenn er mir – nachdem er mich gründlich durchgefickt hat, natürlich – auch noch anbietet, den Abwasch zu machen.

Tipps für den perfekten Sommerabend

<table>
<tr><th>Barbecues</th><th>Verabredungen</th></tr>
<tr><th colspan="2">Das Wetter</th></tr>
<tr><td colspan="2">Man weiß nie, was kommt. Vielleicht geht alles gut, aber vielleicht kommt es auch zu Turbulenzen, und die Prognose verschlechtert sich, sodass man sich wünscht, zu Hause geblieben zu sein und sich in aller Ruhe selbst befriedigt zu haben.</td></tr>
<tr><th colspan="2">Die Gäste</th></tr>
<tr><td colspan="2">Sie sollten intelligente Gesprächspartner sein, damit man sich im Lauf des Abends nicht langweilt. Oder/und Leute, die man ins Bett kriegen will. Wozu sonst der ganze Aufwand?</td></tr>
<tr><th colspan="2">Der Alkohol</th></tr>
<tr><td>Eine Wanne voll mit kaltem Bier, einigen Flaschen Pimm's und jeder Menge Sekt lassen einen schönen Abend erwarten.</td><td>a) Ein Cocktail und ein Glas Wein zum Essen bedeuten: »Vielleicht sehen wir uns wieder.«
b) Zwei Flaschen Wein zum Essen bedeuten: »Ich hoffe aufrichtig, dass wir am Ende dieses Abends rumknutschen.«
c) Fünf Bier, gefolgt von zwei Flaschen Wein bedeuten: »Gott, siehst du sexy aus … lass uns zu dir gehen, erfolglos eine Penetration versuchen, ungeschickt herumfummeln und am nächsten Morgen nebeneinander aufwachen, ohne dass wir noch wüssten, wie der jeweils andere heißt.«</td></tr>
<tr><th colspan="2">Nahrungsmittel, die man meiden sollte</th></tr>
<tr><td>Billiges Fleisch, weil man sonst dasteht wie ein Geizkragen. Außerdem dürfte es nicht ganz einfach sein, ein aus Massentierhaltung stammendes, hormonverseuchtes, mechanisch erzeugtes »Fleischprodukt« anzubieten und gleichzeitig glaubhaft zu machen, dass es einmal zu einem Tier gehört hat.</td><td>a) Suppen (denn dann kann es unter Umständen zu Geschlürfe kommen – Geräusche aus irgendwelchen Körperöffnungen sind bei Verabredungen jedoch unerwünscht).
b) Spaghetti (da es die Wahrscheinlichkeit erhöht, dass man sich vollkleckert, was nie ein schöner Anblick ist).</td></tr>
</table>

Marinieren/Kochen	
Phase eins: Marinade zubereiten und Kräuter hinzugeben, Fleisch einlegen und kühl stellen.	**Phase eins:** Den Abend herbeisehnen: Wird sie/er anrufen, ja oder nein? Interessiert er/sie sich für mich? Ich masturbiere bereits zweimal am Tag und denke ständig an ihn/sie: Das muss ein gutes Zeichen sein.
Phase zwei: Fleisch wenden, damit es vollständig von der Marinade bedeckt wird, erneut kühl stellen.	**Phase zwei: a)** Nicht zu begeistert reagieren, wenn eine SMS oder ein Anruf kommt, denn wenn er/sie ein eher cooler Typ ist, steht man plötzlich ohne Verabredung da. **b)** Nicht zu cool reagieren, denn wenn er/sie nicht gern Spielchen spielt, weil das absolut Kindergarten ist, steht man plötzlich ohne Verabredung da. **c)** Nicht zugeben, dass er/sie in den letzten drei Tagen die reinste Wichsvorlage war (auch nicht, wenn es stimmt). Der Zeitpunkt dafür ist erst gekommen, wenn er/sie einem bereits die Zunge in den Mund gesteckt hat. Oder die Hand in die Hose. Mit anderen Worten: Das kann noch warten.
Phase drei: Fleisch auf den Rost legen. Darauf achten, dass es durch Hitze und nicht durch die Flammen gegart wird – verbranntes Fleisch schmeckt furchtbar, vor allem wenn es unter der verkohlten Kruste noch roh ist. Auf das richtige Timing kommt es an: Liegt das Fleisch zu lange auf dem Rost, ist es verbrannt. Liegt es zu kurz auf dem Rost, ist es roh. Niemand steht auf eine Lebensmittelvergiftung – nicht einmal Masochisten!	**Phase drei: a)** Wenn während der Verabredung bereits ausführlich geknutscht wurde, darf ein bisschen vorsichtiges Gegrapsche folgen: Die Hand sanft auf den unteren Rücken zu legen, ist eine gute Idee – nicht aber, den anderen in den Po zu kneifen. Dem kann das zwar durchaus gefallen, aber vielleicht nicht dem Lokalbesitzer. **b)** Wenn die Situation sich positiv entwickelt, freut sich der andere, wenn man die Hand auf seinen Oberschenkel legt – vorausgesetzt, man kann sich mit den dadurch hervorgerufenen Schweißausbrüchen und Erektionen anfreunden. Niemand lässt sich gern erregen, ohne dann auch zum Höhepunkt kommen zu dürfen. **c)** Wenn die Hoffnung besteht, den anderen später mit Haut und Haar verschlingen zu können, kann es nicht schaden, höflich zu fragen, was auf der Speisekarte steht – vor allem, wenn man bereits zärtlich den Nacken des anderen anknabbert, ihm ins Ohr flüstert und dabei die Hand auf seinen Oberschenkel legt. Man wird staunen, was alles auf der Speisekarte steht, wenn man den anderen 1. höflich und respektvoll fragt oder 2. bereits völlig geil gemacht hat.

Satt werden

Der Schlüssel zu erfolgreichen Barbecues und Verabredungen ist das richtige Timing und ausreichende Vorbereitungen. Wer diesbezüglich versagt, muss mit kotzenden Gästen rechnen. Wer diesbezüglich alles richtig macht, bringt alle zum Strahlen – vor allem, wenn einen gegen Ende des Abends noch ein Orgasmus erwartet.

Donnerstag, 13. Juli

Apropos: Essen. Als ich heute im Supermarkt war, um meine Vorräte wieder aufzufüllen, wurde ich an der Kasse in eine merkwürdige Unterhaltung verwickelt.

»Sie sind wirklich top organisiert«, sagte ein silberhaariger Gentleman von Ende sechzig und grinste mich an. »Ihre Einkäufe: Da stimmt alles.« Er zeigte auf die Lebensmittel, die ich auf das Band gelegt hatte, und strahlte mich erneut an.

Ich spürte, wie ich rot wurde. »Ja, ich bin einfach gern gut organisiert. Außerdem lassen sich die Einkäufe so viel leichter einpacken. Schauen Sie, das kommt alles in die Speisekammer, das in den Kühlschrank, und das da hinten wird länger aufbewahrt, wie Kaffee und Tee. Wenn ich die Sachen von vornherein richtig sortiere, kann ich sie besser ein- und auspacken. Ich hasse es, wenn rohes Fleisch direkt neben dem Salat liegt – igitt!«

»Sie müssen sich nicht vor mir rechtfertigen: Sie scheinen da ein tolles System entwickelt zu haben.« Sein Grinsen wurde breiter.

Peinlich berührt wegen meiner obsessiven Einkaufsorganisation, versuchte ich, beschäftigt zu wirken, indem ich die Dosen nach (Bio-)Kichererbsen und (Nicht-Bio-)Kidneybohnen sortierte.

»Sie sind gut bevorratet«, fuhr er fort und zeigte auf die Dosen.

Ich lächelte und wandte mich wieder dem Band zu.

»Man könnte auch sagen, Sie sind gut bestückt«, sagte er kichernd.

Ich war mir nicht sicher, ob ich richtig gehört hatte, also lächelte ich andeutungsweise und gab vor, meine Einkäufe noch besser sortieren zu müssen.

»Ich sagte, ›Sie sind sehr gut bestückt‹«, wiederholte er und senkte den Blick, sodass er genau auf meinen sich unter dem T-Shirt abzeichnenden Brüsten ruhte. Dann strahlte er mich erneut an, wobei er seine Augen nicht von meinen Brüsten losreißen konnte. »Wie ich bereits sagte: Sie sind gut bestückt und machen mich ganz verrückt!«, posaunte er laut heraus, als wäre er stolz auf so einen famosen Witz.

Unter anderen Umständen – also wenn er in meinem Alter gewesen wäre – hätte ich ihn für seine Bemerkung zur Rechenschaft gezogen. Ich hätte ihm klargemacht, dass ich solche Anspielungen kein bisschen schmeichelhaft finde, sondern bloß sexistisch und widerlich. Und dass ich es bevorzugen würde, wenn man mir in der Öffentlichkeit nicht auf meine Brüste glotzt. Ich habe nichts gegen einen Flirt, aber das Verhalten dieses Herrn war mehr als unangemessen: Kein Mann hat das Recht, meine Figur zu kommentieren (außer, ich habe ihn ausdrücklich darum gebeten). Oder aber wir liegen zusammen im Bett, und seine Bemerkung, dass meine Brüste groß und attraktiv sind, erklärt sich dadurch, dass er gerade an ihnen saugt.

Aber weil dieser Mann älter war als mein Vater, wollte ich nicht ganz so streng mit ihm sein und höflich bleiben. In diesem Alter hat man es sich verdient, von Jüngeren respektiert zu werden, finde ich. Also rügte ich ihn nur sanft: »Am besten, wir belassen es dabei«, schlug ich ihm vor, wohl wissend, dass seine Augen an meinen Nippeln klebten. Ich zog meine Jacke enger, aber das war auch schon alles, was ich tun konnte, um mich etwas besser zu bedecken.

Er schien mich zu verstehen und riss sich von meinen Brüsten los, wobei er fortfuhr, seine eigenen Lebensmittel aufs Band zu legen. Dankbar dafür, dass er mich mit weiteren sexuellen Anspielungen verschonte, begann ich, meine Einkäufe zu verstauen, nachdem die Kassiererin sie eingescannt hatte.

Als ich damit fertig war, sah ich zu ihm hinüber und verabschiedete mich mit einem angedeuteten Lächeln. Mit funkelnden Äuglein und einem dreckigen Grinsen beugte er sich zu mir: »Bleiben Sie so gut bestückt, und ich bleibe entzückt!«, rief er herzhaft kichernd.

Ich lächelte verlegen und ging zum Ausgang, wobei ich insgeheim in mich hineinlachte. Ein Mann seines Alters war von seinem Entzücken sicherlich schon mehrfach im Stich gelassen worden ...

Samstag, 22. Juli

Gestern Abend hat mich der Craigslist-Typ angerufen und mich für heute eingeladen. Ich zögerte nicht, seine Einladung anzunehmen. Welche Frau lehnt schon einen Fertig-Fick ab?

Ich suchte ihn entsprechend vorbereitet auf. Ich vergaß absichtlich meine Unterwäsche, denn das kommt einem Quickie erfahrungsgemäß sehr entgegen.

Als ich bei ihm war, zog mich der Craigslist-Typ sofort ins Wohnzimmer, setzte sich auf das Sofa und zog mich auf sich. Als er mein Kleid hob, merkte er sofort, dass ich kein Höschen trug. Daraufhin strahlte er mich an, zog mich näher an sich heran und presste seine Erektion in meinen Schritt.

Erfreut über seine Reaktion, nahm ich mir vor, mein Höschen öfter zu vergessen – ich mag es nämlich sehr, einen Lufthauch zwischen den Beinen zu spüren. Außerdem kann ich so ein Vermögen sparen, das ich sonst für Dessous ausgebe.

Wir ließen unsere Hüften kreisen und küssten uns, während ich mich fragte, ob es wohl arg frech/egoistisch/unverschämt wäre, wenn ich ihn bäte, nach einem Kondom zu greifen, damit ich mich ohne jedes Vorspiel auf seinen Schwanz setzen kann. Noch während ich darüber nachdachte – und hoffte, dass dieser Moment nicht mehr allzu lange auf sich warten ließe, weil ich schon so feucht war, dass es tropfte –, küsste er sanft meinen Nacken und fuhr mir mit den Fingern durchs Haar. »Wie schön, dich wiederzusehen!«

Wie ein vom Scheinwerferlicht hypnotisiertes Kaninchen erstarrte ich. Das hatte mir die Sprache verschlagen.

Er vermisst mich.

Er hat mich nur vier Mal gesehen.

Er vermisst mich.

Er kennt mich nicht, wir sind nicht befreundet, und wir sind ganz bestimmt kein Paar.

Er vermisst mich.

Da saß ich nun und spürte seinen harten Schwanz an meiner Muschi, die leider sofort austrocknete. Da war ich extra hergekommen, wild entschlossen, zu ficken, und er kam mit so was an: Na ganz toll!

Er fuhr damit fort, mich zu küssen, und ich war verärgert, ja fühlte mich fast missbraucht. Er hatte gegen unsere Regeln verstoßen. Er hatte die Grenzen von unverbindlichem Sex überschritten: Wie sollte ich mich jetzt entspannt zurücklehnen und den Sex genießen, wo er das mit dem Vermissen erwähnt hatte?

Die Antwort auf diese Frage lautete natürlich, dass ich, wenige Minuten später aufgrund einer gehörigen Portion Egoismus, plus einem gerüttelt Maß an Konzentration und ziemlich schmutzigen Gedanken über seiner Hand kam – was ihm ebenso viel Vergnügen zu bereiten schien wie mir. Danach hatten wir sogar noch mehr Sex: Ich wurde versohlt und brutal von hinten genommen. Dann ließ ich mir noch eine halbe Stunde die Muschi lecken. Im Gegenzug gönnte ich ihm einen kombinierten Blow-/Handjob samt Anusstimulation. Das dürfte ihm eine Weile als Wichsvorlage genügen – so wie er daraufhin abgespritzt hat!

Doch die ganze Zeit über wurde ich den Gedanken nicht los, dass sich mein anfänglicher Verdacht doch noch bestätigt hatte: Er schien mehr von mir zu wollen als ich von ihm. Er war in Bezug auf seine Wünsche nicht aufrichtig gewesen, aber dasselbe galt wahrscheinlich auch für mich, da ich wusste, dass er mehr wollte. Und trotzdem hatte ich nach wie vor mit ihm Sex. Wahrscheinlich, um meinem Ruf als Sexbloggerin gerecht zu werden.

Unverbindlicher Sex ist zwar oberflächlich, kann aber trotzdem fantastisch, entspannt und wahnsinnig amüsant sein. Aber wenn einer mehr will und der andere ihm das nicht geben kann, wird zwangsläufig jemand verletzt. Deshalb bin ich von Anfang an ganz offen und ehrlich mit den Leuten, mit denen ich schlafe: Ich möchte nicht, dass sich einer von uns beiden irgendwann ausgenutzt fühlt.

Es ist schon eine Ironie des Schicksals, dass manche glauben, Frauen ließen sich nur auf unverbindlichen Sex ein, weil sie hoffen, dass mehr daraus wird, während Männer bloß an Sex interessiert sind und sonst gar nichts. Meiner Erfahrung nach ist häufig genau das Gegenteil der Fall, ein Eindruck, den mir die E-Mails von Frauen, die mein Blog lesen, nur bestätigt haben. Mehr als einmal habe ich erlebt, dass ein Typ angeblich nur an dem ein oder anderen unverbindlichen Fick mit mir interessiert war, mich dann aber doch vier Mal die Woche sehen wollte und sich fünf Mal am Tag meldete, »natürlich nur um zu reden« – nicht gerade das, was ich unverbindlich nenne.

Selbstverständlich sehe ich es als Kompliment, wenn sich ein Typ dermaßen in mich verknallt. Aber wenn man sich geeinigt hat, dass es bei einer unverbindlichen Beziehung bleiben soll, finde ich es nicht nur ärgerlich, zu mehr gedrängt zu werden: Ich finde, dass sich das auch negativ auf den Sex auswirkt. Ein einseitig verliebter Fick ist niemals wirklich erfüllend – und zwar für keinen von beiden.

Das klingt vielleicht brutal, so als wollte ich gar nicht, dass sich ein Mann in mich verliebt. Das stimmt aber nicht, natürlich will ich das. Ich würde nur zu gern jenen ganz besonderen Mann kennenlernen, der mich intelligent, witzig und sexy findet. Der bereit ist, mich mitsamt meinen Neurosen, meiner dominanten Art und meinen spätnächtlichen Penetrationswünschen zu ertragen. Es wäre herrlich, einem Mann zu begegnen, der mich geistig wie seelisch anregend findet und der mir Herzklopfen und eine pochende Muschi beschert: Ich hoffe sehr, dass es ihn da draußen irgendwo gibt. Sollten wir uns dann irgendwann begegnen, habe ich bestimmt meine Tage, sehe furchtbar aus, stolpere über meine viel zu großen Füße und bekleckere mich mit Wein – woraufhin er trotzdem findet, dass ich die Tollste bin. Wenn es denn sein soll – ich bin bereit dafür!

Aber der Craigslist-Typ ist nicht dieser Mann. Er ist einfach nur ein guter Fick und bedeutet unverbindlichen Sex. Keine ernsthafte Beziehung. Doch jetzt, wo er – wenn auch nur indirekt – sein Bedürfnis nach mehr Nähe geäußert hat, weiß ich, dass ich ihn nicht mehr wiedersehen sollte.

Ich muss zugeben, dass ich, als er mir noch einen Orgasmus schenkte, sogar kurz überlegte, ob wir nicht doch mehr als nur Fickfreunde sein könnten. Aber schon bald wurde mir klar, dass ich auf keinen Fall mit einem Mann zusammen sein kann, der in seinen E-Mails auf die korrekte Groß- und Kleinschreibung sowie Zeichensetzung verzichtet und jeden Satz mit einem Smiley-Emoticon beendet. Ich mag bloß eine Sexbloggerin sein, aber auch ich habe gewisse Ansprüche.

Ich fürchte, ich werde ihm das schleunigst beibringen müssen.

Sonntag, 23. Juli

Zum Glück scheint es der Craigslist-Typ gestern Abend gut aufgenommen zu haben. Einmal ganz abgesehen davon, dass er versucht hat, mich zum Bleiben zu überreden – selbstverständlich im Tausch gegen einen weiteren Orgasmus, versteht sich. Doch sosehr ich Sex auch liebe – und wie! –, war ich kein bisschen versucht zu bleiben. Vielleicht will ich doch mehr, keine Ahnung – ich weiß nur, dass aus dem Craigslist-Typen und mir nie ein Paar werden wird. Würde ich mich weiterhin mit ihm treffen, wäre das bloß egoistisch und würde bestimmt damit enden, dass wir uns gegenseitig wehtun.

Solche Probleme kann ich jetzt wirklich nicht gebrauchen, erst recht nicht so kurz vor dem Erscheinen meines Buches und den damit verbundenen, per E-Mail geführten Presseinterviews. Damit geht stets die Angst einher, meine Anonymität könnte gelüftet werden. Ich glaube, es war gut, dass ich die Geschichte mit ihm beendet habe – auch wenn ich den Sex vermissen werde.

Montag, 24. Juli

Ich bin froh, dass ich mit dem Craigslist-Typen Schluss gemacht habe, bevor es kompliziert wurde. Dadurch wurde mir so einiges bewusst, leider auch, wie viele Nachteile es hat, Single zu sein.

Die Einsamkeit, die einen überfällt, wenn man von der Arbeit in eine leere Wohnung zurückkehrt, ist einfach furchtbar. Auch, dass man sich an niemanden kuscheln kann, der einem hilft, den anstrengenden Tag zu vergessen. Dass da niemand ist, der einen auf die Stirn küsst und sagt: »Alles wird gut.« Ganz zu schweigen davon, dass einem der Sex fehlt, die ineinander verschlungenen Gliedmaßen und das Gleichzeitig-zum-Höhepunkt-Kommen, während man zittert und sich anlächelt.

Aber was ich als Single am meisten vermisse, ist …

… jemanden wortlos ficken zu können – und trotzdem zu wissen, dass ich geliebt werde.

… ein heftiger, kurzer, leidenschaftlicher Fick, das völlig Außersichsein vor Geilheit, wobei man trotzdem Nähe und Gefühle füreinander empfindet.

… dass mir mein Partner aufmacht, mich in die Wohnung zerrt, mich heftig gegen die Wand drückt und die Tür mit einem Fuß zukickt, während er mich intensiv küsst.

... dass er mich danach umdreht, meine Hände an die Wand legt und meine Hüften packt, sodass ich seine Erektion an meinem Po spüren kann.

... dass er anschließend seinen Reißverschluss aufmacht und dann meinen Rock hochschiebt.

... dass er danach mein Höschen zur Seite schiebt und mir seinen Schwanz zwischen die Beine schiebt.

... dass er in mich eindringt und meine Pobacken mit seinen Händen umfasst.

... dass er mir den Hintern versohlt, bis ich nicht mehr kann und verzweifelt versuche, nicht das Gleichgewicht zu verlieren, während ich von multiplen Orgasmen überrollt werde.

... dass ich ihn dabei stöhnen höre und ihn in mir pulsieren fühle, während er abspritzt.

... dass wir uns anschließend ansehen, lächeln und »Hallo« sagen, während wir uns langsam küssen.

Es gibt nichts Besseres als einen brutalen Fick, gepaart mit wahrer Liebe. Kein noch so toller Fick mit einem unverbindlichen Fickfreund wird jemals daran heranreichen. Ich vermisse es sehr, eine solche Nähe zu einem anderen Menschen zu verspüren.

Natürlich hat das Single-Dasein noch andere Nachteile, außer dem Umstand, auf einen wortlosen, brutalen Fick verzichten zu müssen. Doch im Vergleich dazu ist es fast vernachlässigenswert, dass ich bisher noch keine Gelegenheit hatte, einem Partner meine schwarzen Leder-Peep-toes mit fast zwanzig Zentimeter hohen Absätzen vorzuführen (obwohl es die aufregendsten Schuhe sind, die ich je besessen habe, und sie seit Monaten ungetragen in meinem Schrank stehen).

So gesehen hat mir meine Affäre mit dem Craigslist-Typen wahrscheinlich zu der Einsicht verholfen, dass ich mehr will. Im Moment mache ich mir allerdings keine großen Hoffnungen, dem Richtigen zu begegnen: Mein Buch wird in wenigen Tagen in den Buchhandlungen ausliegen, und ich habe jetzt weder Zeit noch Muße, mich um jemanden zu kümmern. Außerdem muss ich meine Anonymität wahren und darf mir vor Freunden und Verwandten nichts anmerken lassen.

Insgeheim bin ich jedoch furchtbar aufgeregt. Als ich damit anfing, online zu stellen, was mir so durch den Kopf ging, rechnete ich nicht im Traum damit, eines Tages bei *Waterstone's* im Regal zu stehen. Und das nicht einmal, als mein Blog bereits von Millionen Lesern besucht wurde. Das erfüllt mich schon mit Stolz. Noch mehr freut mich allerdings, dass noch mehr Frauen lesen werden, was ich geschrieben habe, und ihre Kommentare dazu abgeben werden. Denn eines habe ich beim Schildern meiner erotischen Eskapaden gelernt: dass ich nicht die Einzige bin, die immer nur das eine im Kopf hat. Ich bin nicht die Einzige mit einem herzhaften sexuellen Appetit, die sich weigert, sich deswegen als »Schlampe« bezeichnen zu lassen.

Ich bin etwas beunruhigt, wie die Medien auf meinen offenen Umgang mit dem Thema Sex reagieren werden, aber das werde ich kaum beeinflussen können. Zum Glück schützt mich die Anonymität, wenn sie etwas Gemeines über mich sagen. Aber Worte können schließlich niemanden umbringen, oder?

Dienstag, 25. Juli

Meine Güte, bin ich fertig! Man sollte meinen, dass ich mich inzwischen vom Sex mit dem Craigslist-Typen erholt hätte, aber im Moment scheint mich schon ein Quickie zu erschöpfen ... Aber so schlimm, dass ich nicht zum Konzert von Maxïmo Park hätte gehen können, war es auch wieder nicht: Ich hatte für Tim und mich schon vor Monaten Karten besorgt, und so kam es natürlich nicht infrage, das heutige Konzert zu verpassen – egal, ob ich die ganze Nacht davor durchgefickt wurde oder nicht.

Vor der Veranstaltung gingen wir in eine Bar, wo ich beschloss, Tim auszuquetschen, ob er die Lady vom ersten Date wiedergesehen hatte.

»Und, was macht dein Liebesleben? Folgte auf die erste noch eine zweite Verabredung?«

Tim nahm einen großen Schluck von seinem Bier und schüttelte den Kopf. »Nein, leider, sie ist zu ihrem Ex zurückgekehrt und hat mir abgesagt. Aber da war diese andere Frau ...«

»Oh, los, erzähl!« Ich griff nach meinem Martini und nahm einen großen Schluck. »Wie habt ihr euch kennengelernt?«

»Sie kannte einen meiner Kollegen und ging eines Abends mit, was trinken. Sie wirkte nett, ist recht hübsch, hat ein angenehmes Lächeln und einen tollen Hintern.«

Ich lachte. »Du und Hintern! Und?«

»An jenem Abend hat sie mir ihre Telefonnummer gegeben und vorgeschlagen, mal was trinken zu gehen.«

»Und, wart ihr schon?«

»Ja – gleich am nächsten Tag. Sie war wirklich ganz wild drauf.«

»Du hast sie also gefickt?«

»Nein. Sie wollte, aber ich nicht.«

»Warum nicht?«

»Irgendwie hat die Chemie zwischen uns nicht gestimmt. Sie hat mich nicht interessiert. Es gab nicht mal 'ne halbe Erektion – rein gar nichts.«

»Tut mir leid, das zu hören.«

»Das macht nichts. Blöd ist nur, dass sie sich von einem Kollegen meine E-Mail-Adresse geben ließ und mir gleich am nächsten Tag schrieb, sie wolle mich wiedersehen.«

»O je!«

»Na ja, mittlerweile dürfte sie es geschnallt haben.«

»Hat sie es schlecht aufgenommen?«

»Ich glaube nicht.«

»Wie hat sie reagiert, als du gesagt hast, du hättest kein Interesse an ihr?«

Tim schwieg und schien ein schlechtes Gewissen zu haben. Ich stöhnte. »Bitte sag nicht, dass du es ihr nicht erzählt hast, Tim!«

Er starrte auf seine Füße.

»Du hast es ihr also tatsächlich nicht gesagt?«, rief ich. »Glaubst du etwa, sie kann Gedanken lesen?«

»Nein. Aber sie hat auch so begriffen, dass ich kein Interesse an ihr habe.«

Ich starrte ihn an. »Du hast ihr also eine SMS geschickt.«

Tim schüttelte den Kopf. »Hör mal, sie weiß, dass ich sie nicht mehr treffen will, okay?«

»Weil du dich überhaupt nicht mehr gemeldet hast?«

Tim nickte.

»Verdammte Scheiße, Tim! Du bist echt ein typisches Männerarschloch, weißt du das?«

»Wieso?«, sagte er und grinste mich dümmlich an.

»Hast du auch nur die geringste Ahnung, wie furchtbar – und wie beleidigend – es ist, wenn ein Mann so etwas tut?«

Er zuckte die Achseln und wich meinen Blicken aus.

»Ich werde dir jetzt mal was über uns Frauen erklären. Als du nicht auf ihre E-Mail geantwortet hast, hat sie rein gar nichts begriffen.«

Er sah leicht verdattert zu mir auf.

»In den ersten drei Tagen nach ihrer E-Mail an dich hat sie sich bestimmt Sorgen gemacht.«

»Sorgen?«

»Ja, genau! Sie hat sich Sorgen gemacht, dass sie vielleicht zu direkt war. Dass sie zu forsch war und die Sache langsamer hätte angehen lassen müssen.«

»Na ja, das ist doch keine große Sache.«

»Das denkst du! Als sie dann weitere drei Tage nichts von dir hörte, war sie bestimmt verletzt und hat sich gefragt, warum du ihre E-Mail nicht beantwortest.«

Tim wirkte ungerührt, und ich wurde langsam wütend.

Ich fuhr fort. »Und nachdem sie verletzt war, war sie beleidigt und hat sich gefragt, warum es dir bloß so schwerfällt, ihre E-Mail zu beantworten. Weitere drei Tage später hat sie bestimmt getobt, vor lauter Wut. Sie wird dich gehasst und wutentbrannt deine E-Mail-Adresse gelöscht haben.«

Tim zuckte ungerührt die Achseln, und ich hätte ihm am liebsten eine gescheuert.

»Hör mal, ich weiß nicht, was daran so schlimm sein soll«, sagte er. »Sie hat's begriffen, und nur darauf kommt es an.«

»Nein. Was bei ihr angekommen ist, ist, dass du so bist wie all die anderen Arschlöcher auch: dass du Frauen so wenig respektierst, dass du nicht mal den Anstand besitzt, aufrichtig zu sein.«

Tim schwieg.

»Fragst du dich nicht auch manchmal, warum Frauen am Ende dermaßen sauer auf euch Männer sind?«, sagte ich. »Ist dir noch nie in den Sinn gekommen, dass wir die Männer deutlich mehr respektieren würden, wenn sie uns nur ein bisschen besser behandeln würden? Ist dir denn gar nicht klar, dass genau so ein Mist dafür verantwortlich ist, dass Frauen sich gemeinsam betrinken und über Männer ablästern? Du bist fünfunddreißig und nicht dreizehn – warum kannst du dich nicht einfach benehmen wie ein erwachsener Mensch und ihr sagen, was du wirklich denkst?«

Tim zog es vor, auch weiterhin zu schweigen. Er kannte mich gut genug, um zu wissen, dass das auch besser war – zumindest, bis mein Tobsuchtsanfall vorbei war.

»Tim!«, sagte ich genervt. »Was ist so schlimm daran, ehrlich zu sein? Was wäre so schlimm daran gewesen, ihr eine kurze E-Mail zu schicken, in der steht: ›Danke für gestern Abend, ich habe mich gut amüsiert, bin aber nicht an einer weitergehenden Beziehung interessiert. Trotzdem, danke.‹«

Er zuckte erneut die Achseln.

»Das ist einfach nur eine Frage des Anstands«, ermahnte ich ihn. »Ein Gebot der Höflichkeit, mehr nicht. Wenn mehr Männer aufrichtig wären und dieses ›Wenn ich sie ignoriere, verschwinden sie schon von selbst‹ sein lassen könnten, würde es viel mehr Vertrauen zwischen uns geben, und auch die Verständigung würde besser funktionieren.«

»Wahrscheinlich hast du recht«, sagte Tim.

Ich nickte. »Wenn wir alle ehrlich zueinander wären, würde das die zwischengeschlechtlichen Beziehungen eindeutig verbessern, glaubst du nicht?«

»Kann schon sein. Der Sex wäre wahrscheinlich auch besser«, sagte er, und wir lachten beide erleichtert, weil die Atmosphäre nicht mehr so angespannt war.

Ich griff nach meinem Martini und trank ihn aus.

Tim nahm einen großen Schluck von seinem Bier. »Und, was macht dein Liebesleben?«

»Ich möchte gar nicht darüber reden.«

Männer, wie sie in Frauenzeitschriften beschrieben werden

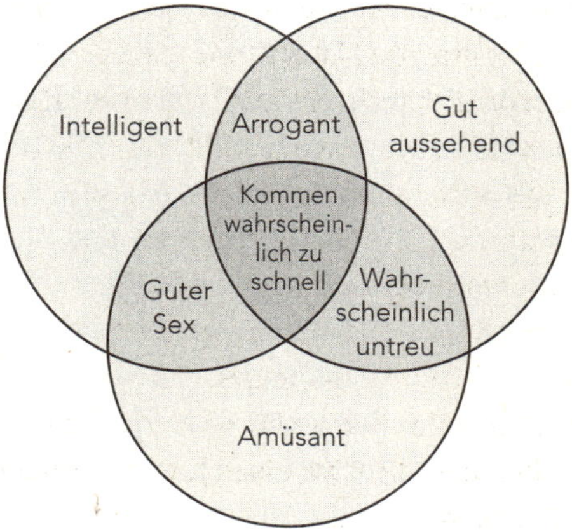

Mittwoch, 26. Juli

Mein Gespräch mit Tim gestern hat mich ganz wehmütig gemacht. Wo sind nur die guten alten Zeiten geblieben, in denen ein Kuss nichts bedeutet hat, und in denen wir nicht einmal im Traum daran gedacht hätten, dass jemand per E-Mail mit uns Schluss machen könnte? Ich vermisse sie. Heute scheint alles, was mit Dating und Sex zu tun hat, so bedeutungsschwer zu sein – oder liegt das nur daran, dass ich älter geworden bin?

Ich erinnere mich noch an meinen ersten Freund überhaupt – wenn man ihn denn überhaupt so nennen kann. Für uns war es damals Liebe auf den ersten Blick. Nachdem er mit einem weit aufgerissenen Mund voller Zähne auf dem Spielplatz hinter mir herjagte und mich küsste, waren wir unzertrennlich.

Wir waren erst zehn Jahre alt, aber das spielte keine Rolle: Ich betete ihn genauso an wie er mich. In der Schule steckte er mir Zettelchen zu.

»Ich liebe dich«, stand dann in penibler Handschrift darauf. »Willst du mit mir gehen?«

Ich sagte natürlich Ja, und wir gingen Hand in Hand zum Sport und grinsten uns verstohlen an, sobald wir Gelegenheit dazu hatten.

Irgendwie schaffte er es sogar, mir Liebesbotschaften ins Federmäppchen zu schmuggeln, wenn ich gerade Prellball spielte (und zwar in der Stürmerposition, schon damals traf ich gern ins Tor). Zwischen den *Wonder-Woman*-Aufklebern und dem *Incredible-Hulk*-Füller (da ich progressiv denkende, eher linke, feministische Eltern hatte, besaß ich stets Barbies *und* Actionfiguren) fand ich dann eine neue, aktuelle Botschaft vor: »Ich liebe dich immer noch«, stand darin. Und: »Ich werde dich immer lieben.«

Ach, wenn es doch heute noch so einfach wäre! Wo ist nur die gute alte, aufrichtige Romantik geblieben? Heute gibt es nur noch

Flirtchats und kurze SMS-Botschaften voller Anspielungen. Oder aber provozierende Tweets. Aber ein handschriftlich geschriebener Zettel, auf dem steht, dass jemand hin und weg von einem ist, ist da bei Weitem eindrucksvoller. Was dem Verfasser in meinem Fall einen echt guten Fick einbringen würde …

Wie dem auch sei, wir waren verliebt, was bedeutete …

… dass ich ihn herumkommandieren – und was noch wichtiger war …

… küssen durfte.

Wir waren bloß Kinder, insofern machten wir keine schrägen Sachen. Aber schon damals erkundeten wir, was man mit Zungen so alles anstellen kann, während wir echte Küsse übten. Wahrscheinlich waren wir durch Leute, die im Film knutschten, neugierig geworden (wobei es davon in *E. T.*, *Star Trek II* oder *Tron* meines Wissens nach nicht viel zu sehen gab). Wie auch immer wir davon erfuhren – wir wollten es anscheinend ausprobieren, ja, wir verbrachten sogar einige Pausen damit, uns gegenseitig das Gesicht abzulecken.

Er schien gut küssen zu können, denn nicht nur ich küsste ihn, sondern alle meine Freundinnen. Aber er hinterging mich nicht: Eines Tages befahl ich ihm, sich vor die Waschküche zu stellen, drückte ihn an die Wand und ließ meine Freundinnen vortreten, die ihn der Reihe nach abknutschen mussten.

Keine Ahnung, was ich mir davon erhoffte: Vielleicht wollte ich einfach bloß mit ihm angeben. Vielleicht wollte ich auch eine zweite (dritte, vierte usw.) Meinung in Bezug auf seine Kussfertigkeit einholen. Wie dem auch sei, ich zwang ihn dazu, und als ich älter und etwas klüger war, hatte ich ein richtig schlechtes Gewissen, ihn so missbraucht zu haben.

Bis ich ihm vor ein paar Jahren rein zufällig über den Weg lief. Ich entschuldigte mich ausgiebig für das, was ich für ein schreckliches, ausbeuterisches Vergehen hielt. Aber er konnte sich nicht mal mehr daran erinnern und meinte, ich brauche mir deswegen keine Vorwürfe zu machen. Ich weiß nicht, was mich mehr beunruhigte: dass ich zwanzig Jahre lang völlig umsonst ein schlechtes Gewissen gehabt hatte oder dass die Sache – sprich ich – keinerlei bleibenden Eindruck bei ihm hinterlassen hatte. Wie dem auch sei, er hatte mir wenigstens vergeben und ich ihn zum Lachen gebracht, als ich ihm sagte, all seine Zettel behalten zu haben. (Romantisch wie ich bin, besitze ich sie immer noch.).

Hoffentlich hinterlasse ich heute einen bleibenderen Eindruck bei den Männern. Zumindest muss ich sie nicht mehr gegen eine Wand drücken, um ihre Kussfertigkeiten zu testen, und das ist schon mal ein deutlicher Fortschritt!

Sonntag, 30. Juli

Ich bin zu folgendem Schluss gekommen: Ich liebe meinen Mund. Zuerst einmal mag ich, wie er aussieht. Sogar in meinen weniger narzisstischen Momenten genieße ich es, auf meinen Mund zu starren. Ich liebe seine Form, die Textur und das tiefe Korallenrot meiner Lippen – eine wirklich verführerische Kombination. Den Gedanken, diese eleganten Konturen und ihre weiche, seidige Konsistenz mit so einem dicken, klebrigen Zeug wie Lippenstift zu bedecken, finde ich irgendwie abwegig. Ich finde es wesentlich besser, meine Lippen so zu belassen, wie sie mir Mutter Natur geschenkt hat, was mir unter anderem erlaubt, mir hin und wieder den Daumen in den Mund zu stecken wie Jean-Paul Belmondo in *Außer Atem*.

Ich weiß nicht, ob meine Faszination für meinen Mund daher rührt, dass ich mag, wie er aussieht. Ich glaube, es liegt auch daran, dass er sämtliche Lustzentren stimuliert. Nehmen wir nur mal das Essen: Gibt es etwas Köstlicheres als eine Explosion von Aromen im Mund? Seien wir doch mal ehrlich: Wenn wir etwas zu essen über die Lippen bringen, stillen wir damit nicht nur unseren Hunger. Wir befriedigen auch all jene anspruchsvollen und doch so leicht reizbaren Geschmacksknospen, die nur darauf warten, von einer Fülle von Bissen elektrisiert zu werden, die einem das Wasser im Munde zusammenlaufen lassen. Zumindest bei mir ist das so: Ich liebe es, einige sexy Leckereien in den Mund zu stecken, bevor ich schlucke.

Doch Münder taugen natürlich nicht nur zur Nahrungsaufnahme: Mit all ihren Nervenenden spielen sie auch beim Küssen eine wichtige Rolle. Ich liebe die unglaubliche Sinnlichkeit beim Küssen, ich liebe die Befriedigung, die einem das Verkosten von Speisen verschaffen kann. Ich liebe es, wie sexy meine Lippen aussehen und wie erotisch sie sich anfühlen können. Was könnte noch zu meiner oralen Fixierung beigetragen haben? Na ja, da wäre noch etwas, das mir sehr viel Lust verschafft ... Wenn ich nicht gerade meine Lippen bewundere, etwas zwischen sie stecke oder mich damit an jemandem festsauge, genieße ich auch sehr, was sie so von sich geben: Sprache.

Mit meiner großen Klappe bin ich allerdings die Erste, die zugibt, dass sie im wahrsten Sinne des Wortes ein Großmaul ist. Ich habe versucht, eine von den Frauen zu sein, die still in einer Ecke sitzen, aber das bin ich einfach nicht. Wenn ich Gelegenheit habe, meinen Mund aufzumachen, tue ich es auch, aber nicht nur, weil ich den Klang meiner Stimme mag. Sondern auch, weil ich es genieße, wenn mir die Worte über die Lippen purzeln: Das ist meine Form von Hedonismus.

Ich versuche, mir auf die Lippen zu beißen, um meinen Wortschwall für eine Weile zu unterbrechen. Aber normalerweise führt das nur dazu, dass ich sie mir wundkaue und frustriert bin. Doch selbst, wenn ich den Mund halte, gestatte ich es mir, selbstvergessen die Lippen zu spitzen. Ich glaube, dafür lohnt es sich, den Mund zu halten – zumindest zeitweise.

AUGUST

Donnerstag, 3. August

Es ist etwas echt Merkwürdiges passiert, und jetzt mache ich mir ernsthaft Sorgen.

Ich hielt gerade ein Mittagsschläfchen, als es an meiner Haustür klingelte. Der Postbote konnte es nicht sein, da er die Post morgens austrägt. Als ich auf die Gegensprechanlage drückte, behauptete derjenige am anderen Ende, ein Kurier zu sein und eine Sendung für mich zu haben. Also schnappte ich mir ein altes T-Shirt, schlüpfte in eine Jeans und ging barfuß nach unten, um aufzumachen.

Ich bekam einen Blumenstrauß, was mich wunderte: Wer schickte mir Blumen? Ich gehe schließlich gerade mit niemand Speziellem aus.

Der Kurier bat mich, den Empfang des Straußes zu quittieren, hielt den Block aber in einem so merkwürdigen Winkel, dass ich mich weit aus der Tür lehnen musste, um meinen Namen auf seinem Block zu hinterlassen. Wirklich äußerst merkwürdig.

Erst als ich die Blumen in Empfang genommen und die Tür hinter mir geschlossen hatte, las ich das dem Strauß beigefügte Kärtchen.

»Ich gratuliere zu Ihrem Buch, Zoe. Alles Liebe, Mark«, stand darauf.

Mein Herz klopfte bis zum Zerspringen, und es schnürte mir dermaßen die Kehle zu, dass ich kaum noch Luft bekam.

Irgendjemand weiß über das Buch Bescheid. Irgendjemand muss wissen, dass ich diejenige bin, die immer nur das eine im Kopf hat.

@

Ich rannte nach oben in meine Wohnung und knallte die Tür hinter mir zu. Von wem waren die Blumen? Wer wusste Bescheid?

Erst dachte ich, irgendein Verlagsarbeiter hätte einen Fehler gemacht. Dass er mir einen Gratulationsstrauß schicken sollte und irgendwie auf meinen Namen unter meinem unter Verschluss gehaltenen, nur den Anwälten bekannten Vertrag gestoßen war. Ich mochte zwar meine Anonymität gewahrt haben, aber heute erschien schließlich mein Buch, insofern war es nicht ausgeschlossen, dass mir mein Verleger Blumen schickte. Ich rief meine Lektorin an, um mich zu erkundigen.

Pustekuchen! Nachdem sie sich umgehört hatte, versicherte sie mir, dass niemand aus ihrer Abteilung Blumen verschickt habe, und dass es niemanden in der Firma gebe, der Mark hieß. Nicht einmal sie habe meinen Vertrag gesehen und auch niemand sonst: Jeder kannte mich nach wie vor nur als Abby und unter keinem anderen Namen.

Mein zweiter Verdacht war der, dass mir vielleicht Blog Boy einen Streich spielte. Er ist einer der wenigen, die über das Buch Bescheid wissen und die mich auch offline kennen. Vielleicht waren die Blumen eine freche Überraschung?

»Sie sind nicht von mir«, sagte er und versuchte, mich am Telefon zu beruhigen. »Wenn, dann hätte ich dir vorher Bescheid gesagt, damit du dir keine Sorgen machst. Und ich hätte ganz bestimmt nicht mit einem falschen Namen unterschrieben.«

»Im Ernst?«, sagte ich. »Schwörst du mir das? Ich bekomme es jetzt wirklich mit der Angst ...«

»Das kann ich mir vorstellen«, erwiderte er. »Aber ich schwöre dir, ich habe dir die Blumen nicht geschickt.«

»Gut, irgendjemand weiß also, wer ich bin. Irgendjemand gibt mir zu verstehen, dass er Bescheid weiß.«

»Vielleicht hat ein Fan von deinem Blog die Wahrheit herausgefunden?«, sagte Blog Boy vorsichtig. »Ich weiß aus eigener Erfahrung, dass manche von diesen Typen ziemlich hartnäckig sein können. Vielleicht weiß einer von den finstereren Kerlen Bescheid?«

Das könnte sein: Mit der Ankündigung meines Buches hatte sich die Anzahl der an mich gerichteten Hass-Mails mehr als verzehnfacht. Vielleicht wollte mir einer der unangenehmeren Leser, der was gegen mich und das, was ich schrieb, hatte, Angst einjagen?

»Das kann schon sein«, erwiderte ich, »aber das bezweifle ich: Wie soll er rausbekommen haben, wer ich bin? Ich habe stets darauf geachtet, nichts über mich zu verraten. Ich meine, nicht einmal mein Agent kennt meinen richtigen Namen! Von meinen Kollegen kann es auch niemand sein. Die meisten wissen nicht einmal, was ein Blog ist.« Ich schwieg gedankenverloren. »Nein, ich habe den furchtbaren Verdacht, dass etwas viel Schlimmeres dahintersteckt als nur ein übereifriger Blog-Leser.«

»Und zwar?«, fragte Blog Boy.

»Vielleicht stammen die Blumen von einer Zeitung, und – *fuck*, ich kann wirklich kaum glauben, was ich da sage – die haben heimlich ein Foto von mir gemacht, als ich den Empfang des Straußes quittierte. Die ganze Sache kam mir von Anfang an komisch vor.«

»Bitte versteh mich jetzt nicht falsch, Zoe, aber warum sollte sich eine Zeitung für dich interessieren? Du bist schließlich kein Promi.«

»Ich weiß, und ich kann es mir wirklich auch nicht erklären. Nenn es meinen Medieninstinkt, aber irgendetwas sagt mir, dass hier was gründlich schiefläuft. Ich habe einfach den furchtbaren Verdacht, dass eine Zeitung in die Sache verwickelt ist. Und dass ich kurz davor stehe, geoutet zu werden.«

»Ich hoffe wirklich sehr für dich, dass das nicht passiert. Aber ich kann mir das einfach nicht vorstellen. Was soll das für eine Story werden? Ich bezweifle, dass eine Zeitung etwas über dich bringen will.«

»Das sehe ich genauso. Trotzdem habe ich eine Riesenangst.«

»Ich glaube, dir bleibt nichts anderes übrig, als abzuwarten, ob heute Abend irgendwas gebracht wird.«

»Wahrscheinlich hast du recht.«

»Und wenn du irgendetwas brauchst, rufst du mich an, einverstanden?«

»Danke.«

Es tat gut, mit Blog Boy zu reden – ich bin so froh, dass wir immer noch befreundet sind –, trotzdem bin ich nicht wirklich beruhigt. Ich verspüre so ein unangenehmes Ziehen in der Magengegend und fürchte mich davor, dass mein ganzes Leben auf den Kopf gestellt wird, ohne dass ich etwas dagegen tun kann.

Freitag, 4. August

Ich mache mir immer noch Sorgen über die Blumen, die gestern abgegeben wurden, aber seitdem habe ich nichts mehr gehört. Bestimmt hätte ich inzwischen eine E-Mail oder einen Kommentar in meinem Blog vorgefunden, wenn etwas passiert wäre? Zeitungen reagieren schnell oder etwa nicht?

Mist, ich muss meine Wohnung verlassen, ich muss auch irgendwann mal vor die Tür. Ich werde mir ein Stück die Straße hinunter etwas Obst und Gemüse kaufen. Ein bisschen Spätsommerluft wird mir guttun!

@

Ich bin gerade vom Lebensmittelladen zurück. Ich stehe unter Schock und zittere, während ich das schreibe.

Als ich nach Hause kam, hinterließ mir gerade jemand eine

Nachricht auf dem Anrufbeantworter. »Das ist eine Nachricht für Zoe Margolis«, sagte die Frauenstimme. »Ich heiße Anna Mikhailova und bin Reporterin bei der *Sunday Times*. Wir schreiben gerade eine Geschichte darüber, dass Sie Abby Lee, die Autorin des anonymen Sexblogs und des Buches *Immer nur das eine* sind.«

Ich erstarrte und konnte kaum fassen, was ich da hörte.

Die Stimme sprach weiter: »Wir haben Fotos von Ihnen, die gestern vor Ihrer Haustür gemacht worden sind. Aber sie sind nicht sehr schmeichelhaft und transportieren nicht das Image Ihres Pseudonyms Abby Lee. Wenn Sie in ein Interview mit uns einwilligen, lassen wir weitere Fotos in einem professionellen Studio aufnehmen …«

Mehr bekam ich gar nicht mit: Ich spüre, wie alles in mir hochkam, und rannte ins Bad, um mich zu übergeben.

Als ich ins Wohnzimmer zurückkehrte, starrte ich auf den Anrufbeantworter. Er war jetzt verstummt, sein einziges Lebenszeichen war der unermüdlich blinkende rote Knopf, der mir anzeigte, dass ich eine Nachricht hatte. Ich konnte mich kaum rühren, konnte kaum fassen, was ich da soeben gehört hatte.

Ich muss drei, vier Minuten lang einfach so dagestanden und auf den blinkenden Apparat gestarrt haben, wobei mir immer wieder durch den Kopf ging, was die Stimme gesagt hatte.

Sie wissen, wer ich bin.

Sie kennen das Blog.

Sie werden mich outen.

Ich hatte also bei meinem gestrigen Telefonat mit Blog Boy doch recht gehabt. Ich konnte es einfach nicht glauben.

Mein Herz raste, und ich zermarterte mir den Kopf, was ich jetzt tun sollte. Instinktiv ging ich online: Vielleicht würde ich dort Antworten finden? Keine Ahnung, nach was ich suchte.

Ich hatte vier E-Mails von derselben Journalistin, jede von ihnen bestätigte, dass sie die Geschichte auf jeden Fall bringen würden. An eine der letzten E-Mails waren einige Fotos angehängt: Sie hatten mich heimlich vom Garten aus aufgenommen. Sie hatten die Blumensendung benutzt, um mich an die Haustür zu locken. War ich etwa Cherie Blair? Arschlöcher!

Plötzlich klingelte das Telefon erneut. Ich wartete, dass mein Anrufbeantworter ansprang. Wieder war die Journalistin dran und wiederholte ihre Nachricht von vorhin, wobei sie noch hinzufügte: Sie würden die Geschichte drucken, egal, ob ich nun in ein Interview einwilligte oder nicht.

Wieder spürte ich, dass mir schlecht wurde, und rannte ins Bad. Eine einzige Frage beherrschte mein Denken: Was soll ich tun?

@

Damit ich nicht völlig ausflippte, wandte ich mich an Bobby, vielleicht wusste der Rat.

Bobby ist ein namhafter Radiomoderator, und da ich ebenfalls in den Medien arbeite, haben wir viele gemeinsame Bekannte. Daher vertraute ich ihm sofort. Obwohl er Anfang des Jahres über mein Blog Kontakt zu mir aufgenommen hatte – und ich mich eigentlich nicht mit Lesern treffe –, hatten wir versucht, uns zu verabreden (allerdings erfolglos, wegen unserer inkompatiblen Terminpläne). Stattdessen hatten wir ein paar Monate lang gemailt, gechattet und telefoniert.

Daher wusste ich, dass ich ihm vertrauen konnte, und aufgrund seines Jobs würde er mir bestimmt auch Ratschläge über den Umgang mit der Presse geben können. Und die brauchte ich jetzt dringend. Doch was vielleicht noch wichtiger war: Da er selbst ein »Promi« war, würde er mein Bedürfnis nach Anonymität bestimmt verstehen und respektieren. Ich schrieb ihm ganz direkt:

Ich stehe kurz davor, geoutet zu werden.
Mein ganzes bisheriges Leben wird auf den Kopf gestellt.

Er rief mich sofort an. »Verdammt! Du hörst dich an, als könntest du etwas Gesellschaft gebrauchen – und einen Drink. Wollen wir uns auf ein Bier treffen?«

»Und ob das ein verdammter Mist ist!«, erwiderte ich. »Ich habe jetzt wirklich eine Riesenangst – könnte ich einfach zu dir kommen?«

Er willigte ein und gab mir seine Adresse. Ich duschte schnell, nahm eine Flasche Wein aus dem Kühlschrank und beschloss, ein Taxi zu nehmen: So konnte ich direkt vor meiner Haustür hineinspringen und zu Bobby fahren, ohne mich durch den Verkehr quälen oder mir Gedanken über weitere, mir auflauernde Journalisten machen zu müssen.

Während sich das Taxi seinen Weg durch die Metropole bahnte, wurde mir klar, wie absurd diese Situation war. Hier saß ich nun, während in Kürze wahrscheinlich meine ganze Welt über mir zusammenbrechen und ich meine Anonymität wegen eines Zeitungsartikels für immer verlieren würde. Der würde Gott und die Welt über Details aus meinem Sexleben informieren – und ich hatte nichts Besseres zu tun, als meine Zeit mit einem Mann zu verbringen, den ich nie persönlich kennengelernt hatte, und der mich nur unter dem Namen Abby Lee kannte.

Als ich aus dem Taxi sprang und wir uns endlich in natura gegenüberstanden, fand das gelinde gesagt wirklich unter außergewöhnlichen Umständen statt: Ich stehe da und bin total panisch, weil mein Privatleben demnächst ins Scheinwerferlicht gerückt wird, während Bobby gerade von einem Riesenberg Arbeit erdrückt wird. Wahrscheinlich wirkten wir beide recht gestresst, als wir uns begrüßten. Hinzu kommt, dass ich mich nach wie vor weigerte, ihm meinen richtigen Namen zu verraten – nur für den Fall, dass die Zeitung den Artikel doch nicht bringen würde. Es fühlte sich komisch an, »Abby« genannt zu werden. Kein Wunder, dass so etwas wie Verlegenheit aufkam, als wir uns trafen.

Ich rechnete allerdings nicht damit, mit ihm im Bett zu landen.

Obwohl ich tatsächlich immer nur das eine im Kopf habe, saßen wir brav auf dem Sofa, unterhielten uns, tranken Wein und aßen etwas vom Lieferservice. Ich dachte keine Minute daran, dass wir uns später nackt voreinander ausziehen würden. Nicht zuletzt deswegen, weil er mir mehr als eine Stunde lang jede seiner Freundinnen aus den letzten Jahren aufzählte und sich gerade fragte, ob ein bestimmtes Mädchen wohl näher an ihm interessiert wäre. Obwohl ich mich etwas langweilte, weil er bei den Komplikationen in seinem Liebesleben derart ins Detail ging, genoss ich seine Gesellschaft durchaus: Er ist ein intelligenter, unglaublich schlagfertiger und ziemlich gut aussehender Kerl. So gesehen fand ich es erfrischend, dass er sogar noch narzisstischer und egozentrischer ist als ich. Außerdem war der Monolog über sein Privatleben eine willkommene Abwechslung zu meinen eigenen privaten Sorgen. Zu seiner Verteidigung muss ich außerdem sagen, dass er irgendwann doch so etwas wie Feingefühl zeigte, indem er bemerkte: »Das klingt jetzt wahrscheinlich alles sehr banal, verglichen mit deiner derzeitigen Lage.« Das kann man wohl sagen: Mein ganzes Privatleben wird auf den Kopf gestellt werden, ein Wahnsinnsmedienzirkus wird meinetwegen losbrechen, und da sitzt dieser Fünfunddreißigjährige vor mir und zerbricht sich darüber den Kopf, ob es etwas zu bedeuten hat, dass eine Vierundzwanzigjährige seine SMS-Botschaften ignoriert. Und ich dachte schon, ich bin neurotisch!

Aber er bot mir auch seine Unterstützung an und gab mir ein paar Ratschläge. Er schlug vor, die Medienkommentare zu ignorieren und mich nicht für das zu schämen, was ich geschrieben hatte, ebenso wenig für das Leben, das ich gelebt hätte. Wir unterhielten uns länger, und ich entspannte mich in seiner Gegenwart, was wirklich genau das war, was ich jetzt brauchte. Nachdem einige Stunden vergangen waren, fiel uns auf, dass es schon sehr spät war. Ich hatte vorgehabt, ein Taxi nach Hause zu nehmen, aber Bob schlug mir vor, zu bleiben: »Es ist schon spät, und ich glaube, wir könnten beide eine Mütze Schlaf gebrauchen. Und vielleicht ein bisschen knutschen«, setzte er noch nach.

Wo er recht hatte, da hatte er recht. Es würde mir guttun, mich an jemanden kuscheln zu können. Ich war gestresst, und er hatte andere Sorgen. Aber es war schon eine komische Vorstellung, mich im Bett an ihn zu schmiegen. Es schien so gar keine sexuelle Anziehungskraft zwischen uns zu geben: An diesem Abend hatten wir uns kein einziges Mal auch nur flirtend berührt, geschweige denn geküsst. Trotz des Weins, den wir getrunken hatten, würde es sich komisch anfühlen, plötzlich ein Bett zu teilen. Vor allem, wenn es nicht beim Knutschen bliebe …

Ich sprach das Thema an, so gut ich konnte: »Kuscheln wäre nett«, stimmte ich zu. »Aber findest du das nicht ein bisschen komisch? Wir kennen uns gar nicht, und es ist auch nicht gerade so, als hätten wir es den ganzen Abend kaum erwarten können, miteinander ins Bett zu gehen. Ich hatte ganz bestimmt nicht vor, mit dir zu schlafen. Nicht, dass ich dich unattraktiv finde – aber ich habe im Moment wirklich andere Sachen im Kopf, und wenn wir es denn tun, dann lieber nicht heute.«

Er nickte zustimmend. »Wir könnten Grenzen ziehen«, schlug er vor. »Vielleicht einfach bloß kuscheln und küssen, mehr nicht.«

Ich nickte ebenfalls.

»Außerdem«, fuhr er fort, »hätte ich ein bisschen schlechtes Gewissen, wenn wir miteinander schlafen würden. Schließlich habe ich dir den ganzen Abend von diesem anderen Mädchen erzählt, und da wäre es etwas unhöflich, anschließend dich zu ficken.«

Das kann man wohl sagen. Also einigten wir uns, dass Sex nicht infrage kam, Kuscheln dagegen schon, und gingen in Richtung Schlafzimmer.

Wir setzten uns vollständig bekleidet aufs Bett, und ich fand die Situation plötzlich furchtbar peinlich. Es war wirklich merkwürdig: Ich habe in der Regel keine Probleme mit meinem Körper – doch als ich dort voll bekleidet saß, fühlte ich mich wie nackt.

»Das ist wirklich komisch«, sagte ich. »In so einer Situation war ich vermutlich noch nie: dass ich mit jemandem ins Bett gehe, um zu kuscheln, ohne vorher auch nur ein bisschen geflirtet zu haben. Wie soll das gehen? Sollen wir unsere Sachen anbehalten? Oder nur die Unterwäsche? Ich würde dich gern um ein T-Shirt bitten ...«

»Ich gebe dir gerne eines«, sagte er. »Aber ich schlafe stets nackt.«

»Ich auch«, erwiderte ich wahrheitsgemäß.

Wir einigten uns darauf, uns gleichzeitig auszuziehen und dann ins Bett zu hüpfen.

»Du hast einen tollen Körper«, bemerkte er, während er sich an mich kuschelte.

»Danke«, erwiderte ich und spürte seine Erektion an meinem Oberschenkel sowie das vertraute Pochen zwischen meinen Beinen. Ich fragte mich, wie lange es wohl dauern würde, bis mehr aus dem Kuscheln würde.

Offensichtlich nicht sehr lange: Er begann, sich rhythmisch an mich zu drängen, und als wir uns küssten, zog er mein Bein über seines, sodass sein Schenkel gegen meinen feuchten Schritt gepresst wurde – das war kein unschuldiges Kuscheln mehr. Ich beschloss, auf seine Bewegungen zu reagieren, und rieb mich an seinem Oberschenkel, wobei sich sein Schwanz an meinen Unterleib drängte.

»Wir sind nicht sehr gut im Kuscheln«, neckte er mich und streichelte mich überall, bevor er seine Hände auf meine Brustwarzen legte und sie hart werden ließ.

»Das könnte daran liegen, dass du deinen Schwanz an mir reibst«, scherzte ich, während meine Finger seine Brustbehaarung, seinen kräftigen Rücken und seinen wohl geformten Hintern erkundeten.

»Hmhm«, erwiderte er und küsste mich erneut. Wir setzten unsere Umarmung fort, und schon bald waren meine anfänglichen Bedenken – nämlich die, dass ich mich nicht besonders von ihm angezogen fühlte, dass die Chemie zwischen uns fehlte und dass ich eigentlich gar nicht mit ihm schlafen wollte – wie weggeblasen. Seine geschickten Finger drangen in mich ein, und kurz darauf kam ich heftig über seiner Hand.

So viel zu meinem Vorsatz, keine Promis zu ficken!

Nachdem ich ihm einen explosiven Blow-/Handjob gewidmet hatte und wir beide in einem postorgasmischen Zustand dalagen, fragte er, ob unser nicht stattgefundener Geschlechtsverkehr immer noch als »Sex haben« durchginge. Ich lachte und erinnerte ihn daran, dass jeder Orgasmus als Sex zählt – und zwar unabhängig davon, ob es dabei zu einer Penetration kommt oder nicht. (Erst recht bei den drei intensiven Orgasmen, die ich gehabt hatte ...)

Kurz darauf schlief er ein. Ich dagegen lag die ganze Nacht wach und hatte Angst, meine Anonymität zu verlieren. Mein Herz klopfte wie wild, als ich mir überlegte, was das für Auswirkungen auf mein Leben haben würde. Mir dämmerte, dass mir der Sex mit Bobby Erleichterung verschafft, mir einen kurzen Moment erlaubt hatte, der Realität und meinen Sorgen zu entfliehen – und das hatte ich wirklich schwer nötig gehabt und gewollt. Er selbst hatte seine eigenen Gründe, warum er meine Gesellschaft und eine sexuelle Entspannung gesucht hatte.

Am nächsten Morgen schmiegte ich mich an seinen Rücken und streichelte ihn sanft überall. Es dauerte nicht lange, bis ich seinen steifen, pulsierenden Schwanz in der Hand hatte.

»Was machst du da?«, murmelte er verschlafen und drehte sich zu mir um.

»Dich aufwecken«, log ich und meinte damit eigentlich: »Werd geil und steif, damit du mich ficken kannst.«

Wir bewegten uns eine Weile im selben Rhythmus und streichelten uns. Mir fiel auf, dass er jedem Blickkontakt auswich, und schob es auf seine Erschöpfung. Aber tief in mir spürte ich, dass er sich aus anderen Gründen von mir distanzierte. Ich hatte recht: Plötzlich stieß er mich ohne Vorwarnung weg und sprang aus dem Bett.

Während ich ignorierte, was mir insgeheim dämmerte, konzentrierte ich mich auf das Pochen zwischen meinen Beinen: Ich wollte nichts denken, nur fühlen.

»Hast du Zeit für einen Quickie?«, fragte ich neckisch und warf ihm meinen verführerischsten Blick zu.

»Nein«, erwiderte er grob. »Ich habe einen anstrengenden Tag vor mir.« Er stand da und trat verlegen von einem Bein aufs andere, wobei er es nach wie vor vermied, mich anzusehen.

»Es dauert nicht lange!«, insistierte ich und schob die Bettdecke zur Seite, um ihm zu zeigen, wie meine Hand zwischen meine Beine glitt. »Ich bin schon ganz feucht«, fügte ich noch mit heiserer Stimme hinzu, in der Hoffnung, ihn so davon zu überzeugen, mich zu bespringen.

»Das kann ich mir vorstellen«, sagte er kühl und sah weg, bevor er das Zimmer verließ.

Der One-Night-Stand war vorbei, und mein Instinkt hatte mich nicht getrogen: Ich habe genug unverbindliche Ficks gehabt, um zu wissen, wann ein Kerl nichts mehr von einem wissen will. Und Bobbys Verhalten war unmissverständlich: Er wollte mich loswerden und hatte keinerlei Interesse an weiteren Intimitäten.

Ich lag eine Weile gedankenverloren da. Es war schon etwas her, dass ich eine so unverblümte sexuelle Zurückweisung erlebt hatte, und ich brauchte einen Moment, um mir über meine Gefühle klar zu werden. Ich wurde zwar nicht gerade neurotisch (wenn ein Mann etwas gegen meinen sexuellen Appetit einzuwenden hat, soll er sich eben ins Knie ficken), fühlte mich aber vor allem durch sein Verhalten und weniger durch die Zurückweisung verletzt: Ich bin erwachsen – ich kann damit umgehen, wenn mir jemand einen Korb gibt.

Bobby mochte müde sein und einen anstrengenden Tag vor sich haben. Vielleicht hatte er auch keine Lust auf einen Fick, ja, vielleicht fühlte er sich von meiner Geilheit sogar abgestoßen. Vielleicht wünschte er sich auch, ich wäre die andere, jenes Mädchen, das seine Gedanken beherrschte. Vielleicht hatte er bei helllichtem Tag auch bemerkt, dass er mich doch nicht so attraktiv fand, und wollte daraufhin sofort auf Distanz gehen. Aber mit etwas Taktgefühl, Höflichkeit und vielleicht einer Spur Aufrichtigkeit hätte er dafür sorgen können, dass wir uns im gegenseitigen Respekt freundschaftlich getrennt hätten. One-Night-Stands müssen nicht in kühler Ablehnung enden, aber bei diesem hier war das der Fall. Mit dem Ergebnis, dass jetzt eine Freundschaft, die sich vielleicht daraus hätte entwickeln können, unmöglich ist, und das macht mich angesichts unserer Chats in den letzten Monaten wirklich traurig.

Während mir Bobs brüske Zurückweisung noch in den Ohren klingelte, lag ich etwas verletzt und unglaublich geil auf seinem Bett und überlegte, was ich jetzt tun sollte. Angesichts meiner Lage tat ich, was jede normale Frau tun würde: Ich fasste mir zwischen die Beine, befriedigte mich schnell und schweigend und erlebte einen anständigen, aber kurzen Orgasmus.

Danach wischte ich mir die Finger an seiner Bettwäsche ab.

Als er kurz darauf mit Kaffee zurück ins Zimmer kam, hatte ich bereits meinen BH und mein Höschen an, ohne dass er auch nur das Geringste bemerkt hatte.

Wenige Minuten später verließ ich seine Wohnung und winkte ihm zum Abschied, wobei er mir nicht einmal die Wange tätschelte.

Ich sprang in ein vorüberfahrendes Taxi und rief meine Mutter an.

»Ich weiß, dass es noch sehr früh ist, aber ich muss euch etwas Wichtiges erzählen«, sagte ich. »Ich bin schon auf dem Weg zu euch.«

Die restliche Taxifahrt über weinte ich.

Samstag, 5. August

Eine halbe Stunde später erreichte ich das Haus meiner Eltern. Sie waren immer noch im Morgenmantel und boten mir ein Frühstück an, das ich dankbar annahm. Über Tee und Toast mit Marmite-Würzpaste fragten sie, was los sei, während ich dasaß und versuchte, ihnen alles zu erklären.

Meine Eltern sind nicht gerade altmodisch oder engstirnig. Es sind offene, aufrichtige Menschen, die in Sachen Sex nie ein Blatt vor den Mund nahmen. Das war kein Tabuthema, als ich groß wurde. Doch bei allen Konflikten, die man mit seinen Eltern haben kann, gibt es wohl kaum etwas Schlimmeres, als ihnen gestehen zu müssen, dass demnächst ein Buch herauskommt, in dem ihre Tochter von ihren sexuellen Erfahrungen erzählt. Meine Eltern würden mich deswegen nicht ausschimpfen – aber müssen sie wirklich wissen, wie oft ich masturbiere? Nein. Es war also eine ziemliche Herausforderung, ihnen das mit dem Buch beizubringen: Einerseits musste ich versuchen, das Positive zu betonen – »Mein Buch macht sich wirklich gut auf Amazon!« –, andererseits sagen: »Meine Anonymität wird gelüftet, und es könnte euch peinlich sein, dass Leute dieses Buch lesen, weil es, äh, ziemlich unverblümt geschrieben ist.«

Es fiel mir nicht leicht, ihnen alles zu beichten. Meine Mum, die ganz bestimmt nicht prüde ist, fragte mich ohne Umschweife, ob es pornographisch sei. Meine Schreibe sei sehr explizit, aber nicht pornographisch, sagte ich. Mir gehe es nicht darum, andere zu erregen, und obwohl ich den Sex detailliert beschreibe, enthält mein Blog außerdem zahlreiche Gedanken, Gefühle und Diskussionen rund um das Thema Sex. Es sei einfach ein sehr intimes Tagebuch.

Wir redeten eine Weile, während ich versuchte ihnen zu erklären, warum ich ihnen nicht schon längst davon erzählt hatte. Warum ich im Internet intime Details aus meinem Sexleben enthüllt hatte, wo sie von Millionen gelesen wurden und so beliebt geworden waren, dass man mir schließlich einen Buchvertrag angeboten hatte. Ich sagte, dass eine Zeitung irgendwie davon Wind bekommen habe, dass ich dahinterstecke, und meine Identität nun in einem Artikel enthüllen wolle. Sie hörten mir aufmerksam zu, und ihr Gesichtsausdruck war ernst und konzentriert. Ich glaube, ich hatte Angst, sie könnten mich verurteilen oder sich über mich aufregen. Aber da hatte ich meine Eltern unterschätzt: Als ich meine schwierige Beichte beendet hatte, sahen sie erst sich und dann mich an und sagten unisono, dass sie mich liebten.

Ich brach in Tränen aus: Ich bin so froh, dass ich sie habe!

@

Nach der dritten Tasse Tee schlug mein Dad vor, ich solle meine E-Mails kontrollieren. »Nur für alle Fälle«, sagte er. »Vielleicht bringen sie die Geschichte ja doch nicht?«

Ich nickte zustimmend, und wir stapften gemeinsam nach oben ins Arbeitszimmer meiner Mutter. Dort loggte ich mich in ihren Computer ein und versuchte, die Hoffnung nicht aufzugeben.

Aber ich fand Folgendes in meiner Mailbox vor:

5. August 2006, 11:08

Liebe Miss Margolis,

wir haben vor, in unserer Wochenendausgabe eine große Geschichte über Sie zu bringen und Sie als Autorin des Buches *Immer nur das eine* zu outen.

Wir haben uns die Termine der Filme, an denen Sie mitgewirkt haben, angeschaut – *Harry Potter und der Orden des Phönix, Batman Begins* und *Lara Croft: Tomb Raider* –, und Sie passen eindeutig zu Ihrem Blog. Wir haben Ihr Geburtszeugnis ausgegraben und wissen, wo Sie zur Schule gingen und studiert haben.

Wir wollen schreiben, dass Sie 33 Jahre alt sind, unter (meine

Adresse) in London leben, dass Ihre Mutter (ihr Name samt Berufsbezeichnung) ist und in (Adresse) wohnt. Der Artikel enthält Auszüge aus Ihrem Buch und Ihrem Blog, die sich auf Ihre Karriere in der Filmindustrie beziehen. Wir besitzen auch ein Foto von Ihnen, das vor Ihrer Wohnung aufgenommen wurde. Leider ist dieses Bild nicht sehr schmeichelhaft und könnte das Image unterlaufen, das Sie um Ihr Pseudonym Abby Lee herum aufgebaut haben. Ich glaube, dass beide Seiten nur davon profitierten, wenn Sie noch heute in ein Fotoshooting einwilligten, damit wir ein attraktiveres Foto veröffentlichen können.

Wir schlagen vor, Ihnen unseren erfahrensten Porträtfotografen (Name) zur Verfügung zu stellen und alles so zu organisieren, wie es Ihnen passt. Wir schicken Ihnen auch einen Wagen vorbei, der Sie abholt. Wir erwarten, dass Sie Ihre eigene Kleidung mitbringen und sich selbst schminken. Da wir die Geschichte auf einer vierfarbigen Seite bringen wollen, sollten Sie ein farbenfrohes Abendkleid wählen.

Wir haben Ihnen diesen Vorschlag bereits gestern unterbreitet, aber nichts von Ihnen gehört. Jetzt ist es natürlich dringend, sodass ich es sehr zu schätzen wüsste, wenn Sie mich so schnell wie möglich kontaktieren würden. Nur damit es keine Zweifel gibt: Auch wenn wir nichts von Ihnen hören, werden wir die Geschichte auf jeden Fall bringen, und zwar so, wie sie ist.

Mit freundlichen Grüßen
Nicholas Hellen
Redakteur Unterhaltung
Sunday Times

Sobald ich das las, begann ich zu weinen. Ich wandte mich vom Computer ab und sah meine Eltern an, die hinter mir standen. Verzweifelt um Fassung ringend zeigte ich auf den Bildschirm.

»Schaut nur«, stammelte ich. »Das müsst ihr euch durchlesen.«

Es war eine Sache, mich in einer Zeitung zu outen und mein ganzes Leben auf den Kopf zu stellen, aber etwas ganz anderes, auch die Privatsphäre meiner Eltern zu verletzen.

Ich wartete, bis Mum und Dad die E-Mail zu Ende gelesen hatten, und musste dabei laut schluchzen. Als meine Mutter die Lektüre beendet hatte, sagte ich, dass ich bereit wäre, alles zu tun, was die Zeitung von mir verlangte – sei es nun in ihr verdammtes Fotoshooting oder das geforderte Interview einzuwilligen –, Hauptsache, meine Eltern blieben außen vor. Ich war bereit mitzuspielen, einzuknicken und ihren Drohungen nachzugeben: Das war es wert, um meine Mum und meine Familie zu schützen.

Und was hat meine Mutter gesagt?

»Die können uns mal!«

Sie riet mir, die E-Mail keiner Antwort zu würdigen und die Anrufe und E-Mails der Zeitung auch weiterhin zu ignorieren.

»Egal, mit welchem Dreck sie uns bewerfen«, sagte sie, »wir halten zu dir.«

Während mir Tränen der Dankbarkeit und Erleichterung übers Gesicht liefen, umarmte mich meine Mum und sagte, sie und Dad wären immer für mich da – ganz egal, was passiert. Ich bin so unglaublich dankbar für ihre bedingungslose Liebe und Unterstützung und kann wirklich froh sein, solche Eltern zu haben.

Jetzt warte ich darauf, dass mein Privatleben den Wölfen zum Fraß vorgeworfen wird, und habe das Gefühl, mich übergeben zu müssen. Schon wieder.

@

Es ist Samstagabend, und ich warte darauf, dass die Hölle losbricht, wenn morgen der Zeitungsartikel erscheint. Ich hoffe natürlich nach wie vor, dass man beschließt, die Geschichte doch nicht zu bringen, und dass sie in Vergessenheit gerät. Aber die letzte E-Mail der *Sunday Times* lässt vermuten, dass ich mich auf das

Schlimmste gefasst machen muss. Aber wenn die Leute schon erfahren müssen, dass ich ein Buch mit expliziten Details aus meinem Sexleben geschrieben habe, sollten sie es wenigstens von mir erfahren und nicht von irgendeinem Schmuddelblatt – denn wer weiß, welchen Müll man über mich schreiben wird?

Ich beschloss also, ein paar Leute anzurufen, als Erstes meine Großmutter.

»Ich muss dir etwas sagen«, hob ich an, unsicher, wie ich das Thema anschneiden sollte. Wie erzählt man einer neunzigjährigen Großmutter, dass man Tausende Worte über sein Sexleben geschrieben hat. Dass man eine Vorliebe für Blowjobs hat. Dass man davon träumt, von zwei Männern gleichzeitig in die Zange genommen zu werden, während man mit je einer Hand einen Schwanz umfasst. Wie erzählt man, dass dieser Umstand Millionen Menschen bekannt ist, die das Sexblog gelesen haben?

Wahrscheinlich lieber gar nicht. Meine Großmutter gehört einer ganz anderen Generation an, einer, die schon beim Wort »Mist!« zusammenzuckt. Sie würde bestimmt nicht mehr sehr viel von mir halten, wenn sie wüsste, wie oft ich das Wort *»fuck«* benütze ...

»Was ist denn?«, fragte sie liebevoll. »Geht es dir gut?«

»Eigentlich nicht«, sagte ich und drängte die Tränen zurück. »Es wird etwas geschehen, das großen Einfluss auf mich und mein Leben hat – und unter Umständen auch auf dich. Ich möchte, dass du es von mir hörst, anstatt irgendwelche Lügengeschichten aufgetischt zu bekommen.«

Ich erklärte ihr, dass ich nicht ganz aufrichtig zu ihr gewesen sei: dass ich nicht nur als Set-Runner beim Film arbeite, sondern auch schreibe, woraus ein Buch über mein Sex- und Liebesleben hervorgegangen sei. Und das, so fuhr ich fort, sei sehr explizit geschrieben. Ich hätte es allerdings unter einem Pseudonym veröffentlicht, eben weil es so ehrlich und aufrichtig sei. Und eine Zeitung würde in Kürze meine Identität lüften, weshalb ich ziemlich fertig sei.

Am anderen Ende der Leitung herrschte Schweigen, und einen Moment lang bekam ich Panik: Vielleicht schämte sie sich für mich. Ich zählte die Sekunden, bis sie wieder etwas sagte, und mein Herz raste.

»Zoe«, sagte meine Großmutter schließlich. »Hat es dir Spaß gemacht, dieses Buch zu schreiben?«

»Ja«, antwortete ich wahrheitsgemäß.

»Dann bin ich stolz auf dich«, sagte sie.

Mein Herz setzte einen Schlag aus. »Wirklich?«

»Ja«, erwiderte sie. »Wenn du damit glücklich bist, freue ich mich für dich.«

»Oh, Gott sei Dank!«, rief ich. »Ich hatte solche Angst, du könntest dich für mich schämen!«

»Schämen? Du bist meine Enkelin, ich liebe dich.«

Als ich die Bedeutung ihrer Worte erfasste, begann ich zu weinen. Teils aus Erleichterung und teils wegen der überwältigenden Liebe, die ich von meiner Großmutter spürte und umgekehrt auch für sie empfand.

»Das wird keine schöne Sache«, warnte ich sie. »Der Artikel wird bestimmt schrecklich, er wird mich in ein ganz schlechtes Licht rücken.«

»Nun, wir alle wissen, dass das nicht stimmt«, sagte sie aufmunternd. »Egal, was passiert: Ich liebe dich. Und wenn du etwas brauchst, kannst du mich jederzeit anrufen.«

Mit diesen Worten verabschiedeten wir uns, und ich stieß einen Seufzer der Erleichterung aus. Wenn meine Großmutter damit leben konnte, konnten das vielleicht auch andere Menschen, die in meinem Leben eine Rolle spielten?

Jetzt wurde es Zeit, mich Tim, Kathy und Fiona anzuvertrauen. Jeder von ihnen fragte mich, warum ich das Gefühl gehabt hätte, sie die ganze Zeit über belügen zu müssen: Dabei hätte ich mich doch freuen müssen, ihnen die tolle Nachricht von einem eigenen Buch zu verkünden! Ich versuchte ihnen zu erklären, dass ich einfach nicht wollte, dass meine engsten Freunde über meine sexuellen Abenteuer und geheimsten neurotischen Gedanken Bescheid wüssten. Um meine Anonymität zu wahren, hätte ich all das vor ihnen verheimlicht. Sie äußerten Verständnis und boten mir ihre Unterstützung und ihr Mitgefühl an. Trotzdem konnte ich spüren, dass sie sich ein Stück weit von mir hintergangen fühlten, was nur verständlich ist. Ich bat jeden, mir zu versprechen, das Buch oder das Blog nicht zu lesen, und zu meiner Erleichterung stimmten alle zu.

Doch jeder wird mir das nicht versprechen.

Ich fürchte mich vor dem Moment, in dem meine Kollegen davon erfahren: Niemand wird mich in der Filmbranche je wieder ernst nehmen.

Sonntag, 6. August

Vor lauter Sorgen habe ich letzte Nacht kein Auge zugetan. Um sechs Uhr früh ging mein Dad zum Zeitschriftenhändler und kaufte ein Exemplar der *Sunday Times*. Die Geschichte war gedruckt worden, und zwar auf Seite drei des Nachrichtenteils. Auf Seite drei! Wie konnte das Enthüllen meiner Identität bloß solch einen Stellenwert haben? Doch damit nicht genug, den Artikel zierte ein Foto, das sie heimlich von mir in meinem Vorgarten aufgenommen hatten. Zum Glück hatten sie mein Gesicht ausgepixelt: Es war ein furchtbares Bild.

Und es war furchtbar, meinen echten Namen gedruckt zu sehen und in dem Artikel als »schamlose Schlampe« beschrieben zu werden. Ich schäme mich wirklich nicht für den Sex, den ich hatte, und ich habe ein paar ziemlich explizite Erfahrungen detailliert beschrieben – aber warum muss man mich deswegen fertigmachen? Was ist so schlimm daran, eine gesunde Einstellung zu Sex zu haben? Wäre ich ein Mann, hätte man mich bestimmt als »tollen Hecht« geschildert!

Das Schlimmste von allem war jedoch die Überschrift: »Tagsüber arbeitete sie an *Harry Potter*, aber nachts ...« Keine Ahnung, wie meine Chefs beim Film darauf reagieren würden, aber bestimmt nicht positiv. Allein schon bei dem Gedanken daran wurde mir kotzübel.

Um neun Uhr früh geriet die Sache völlig außer Kontrolle. Meine Telefone – das von Abby und mein Privathandy – klingelten wie verrückt.

@

Ich glaube, ich muss in meinem Blog darauf eingehen, dass ich durch die Zeitung geoutet wurde, und ein paar Dinge klarstellen. Wenn nicht, werden sich die Gerüchte online verbreiten wie ein Lauffeuer, und es ist besser, wenn die Leute es von mir erfahren, als irgendwelchen bösen Zungen zu glauben.

Ich habe keine Lust zu schreiben – ich bin alles andere als guter Dinge, aber ich muss mich zusammenreißen. Denn sonst haben sie gewonnen und mich zum Schweigen gebracht.

@

Liebe Blogleser,

wenige Tage nach Veröffentlichung meines Buches wurde meine wahre Identität von einer überregionalen Wochenzeitung enthüllt.

Ich muss mich wohl in falscher Sicherheit gewiegt haben, was meine Anonymität anbelangt – schließlich war es mir schon seit Jahren gelungen, sie zu wahren. Ich habe von anderen Sexbloggern gehört, die von der Presse verfolgt wurden, aber trotzdem anonym blieben. Obwohl mein Blog von vielen gelesen wird und ich jetzt ein Buch über meine sexuellen Abenteuer in den Läden stehen habe, habe ich nichts Illegales getan. Ich habe auch nicht erzählt, mit einem Politiker im Bett gewesen zu sein oder ein Doppelleben als Prostituierte geführt zu haben. Warum, so dachte ich mir, soll irgendjemand Interesse daran haben, meinen tatsächlichen Namen zu erfahren?

In den letzten Tagen hat mich ein Journalist der *Sunday Times* verfolgt. Man hat meine Privatsphäre verletzt und alle Grenzen überschritten. Weil ich im Telefonbuch stehe, bin ich nun ständigen Belästigungen ausgesetzt. Man hat mir vor meinem Haus aufgelauert, um mich heimlich zu fotografieren. Der Fotograf hat sich in meinem Vorgarten versteckt, um die Aufnahme in den Kasten zu bekommen.

Ich habe nicht das Bedürfnis, dieser Zeitung zusätzliche Publicity zu verschaffen, möchte aber ein für alle Mal klarstellen, dass ich nichts mit diesem Artikel zu tun habe, und dass keine der darin enthaltenen Informationen von mir stammt. Außerdem möchte ich die Menschen, die ihn gelesen haben, bitten, ihn nicht für bare Münze zu nehmen. Es ist bloß eine »Story« – eine, an der ich keinen Anteil hatte. Mit dem Ergebnis, dass ich so gut wie kein Privatleben mehr habe.

Als ich erfuhr, dass heute der Artikel erscheinen würde – und das gegen meinen ausdrücklichen Wunsch –, sah ich mich gezwungen, meine Familie einzuweihen. Sie weiß jetzt über das Blog und das Buch samt dem expliziten Inhalt Bescheid. Zu meiner großen Erleichterung steht sie ausnahmslos hinter mir.

Jetzt, wo meine wahre Identität ins Rampenlicht gerückt wurde, kann ich mein Blog nicht weiterführen wie bisher. Ich hoffe jedoch, auch weiterhin meinen Gedanken Ausdruck verleihen zu können – auf welche Weise auch immer.

Vielen Dank für euer Verständnis und für eure Unterstützung,
Abby

Montag, 7. August

Am nächsten Morgen bat mich Dad wortlos ins Wohnzimmer. Während er durch einen Schlitz des zugezogenen Vorhangs auf die Straße spähte, bedeutete er mir, näher zu treten. Ich schaute durch den winzigen Vorhangspalt und sah, was er sah: Vier Paparazzi belagerten das Haus meiner Eltern, ihre Objektive waren auf Fenster und Haustür gerichtet.

Oh Gott, in was habe ich meine Eltern da bloß mit hineingezogen?

@

Die Paparazzi klingeln ohne Unterlass und versuchen, ihre Objektive durch den Briefkastenschlitz zu stecken. Mein Dad hat ein Blatt Papier von innen dagegenklebt, um ihre Bemühungen zu vereiteln, allerdings ohne Erfolg. Ich fühle mich wie in der Falle, kann nirgendwohin, verstecke mich in der hinteren Hälfte des Hauses. Ich zittere ununterbrochen, das müssen die Nerven sein. Ich bringe kaum einen Bissen hinunter, solche Angst habe ich.

Meine Nachbarin von oben hat mich vorhin angerufen, um mir mitzuteilen, dass vor unserem Haus ebenfalls Fotografen stehen. Sie habe dem Journalisten des *Daily Mail*, der ihr Fragen stellte, gesagt, er solle sich verpissen. Ich dankte ihr und entschuldigte mich wortreich: Wer wird da noch alles mit hineingezogen?

@

Die Sache scheint gar kein Ende mehr zu nehmen. Mein Telefon hat nicht aufgehört zu klingeln. Zeitungen, Radio- und Fernsehsender: Sie alle wollen mich interviewen. Wo haben sie bloß meine Handynummer her? Ich bekam sogar einen Anruf von der *Richard and Judy Show*: Wie können sie erwarten, dass ich im Fernsehen auftrete, wo ich nichts lieber möchte als mich verstecken? Ich bin diese Aufmerksamkeit nicht gewohnt, ich weiß nicht, wie ich damit umgehen soll: Ich habe sämtliche Anfragen abgelehnt. Ich möchte mich unsichtbar machen.

Wenn mich nicht gerade die Medien verfolgen, sind es Arbeitskollegen, die mich mit Anrufen bombardieren, oder Freunde und Bekannte, mit denen ich schon seit Jahren nicht mehr gesprochen habe. Alle haben aus der gestrigen Zeitung vom Blog und Buch erfahren und wollen zweifellos mehr Klatschmunition.

Wirklich unglaublich, aber vorhin hat mich Roman angerufen, mit dem ich mal vor zehn Jahren zusammen war: Er hat mir erzählt, eine Illustrierte habe ihm Geld geboten, damit er »ein bisschen aus dem Nähkästchen plaudert«. Ich bin kein Promi, warum sollte sich jemand für mich interessieren? Warum lässt man mich nicht einfach in Ruhe?

Nachdem Roman angerufen hatte (und mir versprochen hatte, der Illustrierten gegenüber »Kein Kommentar« zu sagen), beschloss ich, nicht mehr ans Telefon zu gehen. Ich pack das einfach nicht mehr.

@

Soeben hat wieder mein Handy geklingelt. Diesmal erschien die Nummer meines Abteilungsleiters auf dem Display, diesen Anruf musste ich einfach entgegennehmen.

»Sie sind das einzige Gesprächsthema am Set«, erklärte er mir.

Ja, das höre ich immer wieder: Mich haben Dutzende Kollegen angerufen, um mir zu sagen, dass alle über mich reden. Dass sie Teile meines Blogs ausgedruckt haben und am Set vorlesen, um herauszufinden, über wen ich geschrieben habe. Jedes Mal, wenn mein Telefon klingelte, bekam ich es immer mehr mit der Angst und wartete auf den nächsten, unvermeidlichen Anruf. Und da war er auch schon. Ich bekam kaum noch Luft, so sehr schnürte mir das alles die Kehle zu.

»Die Produzenten haben deswegen eine dringende Besprechung

einberufen«, fuhr er fort. »Sie hat mehr oder weniger den ganzen Vormittag gedauert: Alle hatten Panik.«

»Eine Besprechung? Ich …«

»Die Presse«, unterbrach er mich. »Die stürzt sich regelrecht auf uns: Kinderfilme und Sex – Sie können sich bestimmt vorstellen, was das bedeutet. Wir mussten uns dringend etwas überlegen.«

Ich spürte, wie sich mein Magen verknotete.

»Wie dem auch sei, das Schlimmste dürfte inzwischen vorbei sein. Aber Sie haben hier einen ziemlichen Wirbel verursacht, so viel sollte Ihnen klar sein.«

»Es tut mir so leid!«, sagte ich und begann zu stottern, wegen der Tränen, die ich zurückhielt. »Ich konnte ja nicht ahnen, dass so etwas passieren würde. Die Sache ist völlig außer Kontrolle geraten. Bitte, glauben Sie mir: Ich werde nichts über Produktionsinterna verraten. Ich werde mit niemandem über den Film reden, das verspreche ich.«

Inzwischen war mein Magen mehr als nur verknotet.

»Gut. Wie dem auch sei, ich wollte nur mal hören, wie es Ihnen geht. Und Ihnen sagen: Gut gemacht, denn anscheinend sind Sie jetzt eine ziemlich berühmte Autorin.«

»Na ja, ich …«

»Sie haben bestimmt einen Riesenerfolg.«

»Davon weiß ich nichts …«

Eine Pause entstand. »Ihnen ist doch klar, dass Sie damit alle Brücken hinter sich abgebrochen haben?«, fügte er hinzu.

Darauf hatte ich gewartet: auf das Fazit. Wie konnten sie mich jetzt noch beschäftigen? Kein Filmproduzent würde mich auch nur mit spitzen Fingern anfassen: Er würde nie im Leben jemanden beschäftigen, der ihnen eine schlechte Presse beschert hatte. Wenn man frei beim Film arbeitet und alles von der eigenen Reputation abhängt, bedeutet das definitiv das Ende jeder Karriere.

Ich schwieg. Was sollte ich sagen? Es tat mir leid, aber mich traf keine Schuld: Ich hatte diese Schlagzeile nicht verfasst, ich habe die

Filme nie namentlich erwähnt, an denen ich arbeitete. Ich wusste, dass der Verlust meiner Anonymität eine Katastrophe wäre. Aber nicht eine Sekunde hatte ich damit gerechnet, dass die Karriere, in die ich zehn Jahre meines Lebens investiert hatte, mir so plötzlich genommen würde. Das tat weh.

»Wie dem auch sei«, fuhr er fort. »Ich wünsche Ihnen alles Gute. Ich hoffe, Ihre Karriere als Schriftstellerin eilt von Höhepunkt zu Höhepunkt.«

Mir war zu schlecht, um ihm beizupflichten, aber insgeheim hoffte ich natürlich, dass er recht hat. Was blieb mir auch anderes übrig?

Mittwoch, 9. August

Viele Leute setzen derzeit böse Gerüchte über mich in die Welt. Ich versuche nicht nur, die Katastrophe zu verarbeiten, die dieser Artikel in meinem Privat- und Berufsleben angerichtet hat. Auch die Reaktionen im Internet sind niederschmetternd. Wenn ich lesen muss, dass mein »Outing« Teil einer Werbekampagne ist, die den Verkauf meines Buches ankurbeln soll, ist das wirklich sehr schmerzhaft. Hier sitze ich nun, muss zusehen, wie meine ganze Welt zusammenbricht, und habe mir dann noch anzuhören, dass ich es ja so gewollt habe. Wenn die Leute wüssten, wie oft ich gerade weine und dass ich in der letzten Woche kaum etwas heruntergebracht habe, ja, dass ich vor lauter Angst kein Auge mehr zutue, würden sie eine andere Platte auflegen.

Vielleicht sollte ich mich in meinem Blog gegen ihre Lügengeschichten und Anschuldigungen zur Wehr setzen. Man nennt das, glaube ich, Schadensbegrenzung.

Donnerstag, 10. August

Die letzten Tage waren die Hölle. Ich komme mir vor, als würde ich in einer anderen Dimension leben, in der mir nichts wirklich vorkommt. So als würde ich in einer Art Albtraum feststecken.

Ich musste damit fertig werden, dass meine ganze Familie über mein explizites Sex-Tagebuch Bescheid weiß. Sein Inhalt wird ihnen öffentlich unter die Nase gerieben. Sämtliche Freunde wissen jetzt über die intimsten Details aus meinem Sexleben Bescheid. Ich bin das Thema Nummer eins am Filmset und bekomme Dutzende Anrufe von Arbeitskollegen.

Die letzte Woche habe ich mich versteckt und hatte Angst, auch nur meine Wohnung zu verlassen, weil mir Fotografen davor auflauerten – ja sogar vor dem Haus meiner Eltern. Ich möchte nicht mit Journalisten konfrontiert werden, die Jagd auf mich machen. Und ich möchte auch nicht, dass Paparazzi noch mehr Fotos von mir schießen.

Darüber hinaus haben sich Journalisten an Leute aus meiner Vergangenheit gewandt – sogar an entfernte Bekannte. Sie haben ihnen Geld geboten, damit sie über mich reden und Fotos von mir zur Verfügung stellen. Sie haben sich auch an meine Nachbarn herangemacht, die es leid sind, dass Männer mit dicken Objektiven im Vorgarten stehen.

Meine Telefone haben nicht aufgehört zu klingeln. Irgendwie ist die Presse sowohl an die Nummer meines »Abby«-Handys als auch an meine eigene Handynummer gekommen. Die Reporter treiben mich in den Wahnsinn mit ihren Interviewanfragen. Ich habe sie erst einmal alle abgelehnt und lasse jetzt nur noch den Anrufbeantworter drangehen.

Ich weiß nicht, wie ich mit diesem neuen, ungewohnten und unaufgeforderten Interesse an meinem »Promi«-Leben umgehen soll. Ich habe niemanden, der mich diesbezüglich berät. Alles, was ich tun kann, ist, mich bei jedem, der darin verwickelt wurde – bei meinen Verwandten, Freunden, Nachbarn, Kollegen, Bekannten, Liebhabern –, für das Eindringen in ihre Privatsphäre zu entschuldigen. Ich brauche wohl nicht zu erwähnen, dass ich in den letzten Tagen nicht sehr gut geschlafen habe.

Ich kann es immer noch nicht fassen, dass jemand mich oder mein Leben auch nur ansatzweise interessant findet. Ich hatte gehofft, dass sich die Aufregung bald legen würde, und dass ich mein Leben weiterleben kann, ohne dass meine oder die Privatsphäre meiner Eltern verletzt wird. Doch das ist leider nicht der Fall.

Weil ich im Mittelpunkt des Medieninteresses stehe, habe ich beschlossen, mich der Situation zu stellen: Ich kann mich unmöglich für immer im Haus verstecken. Also habe ich einem Interview mit dem *Guardian* zugestimmt, das morgen erscheinen wird. Auch wenn das vielleicht naiv ist, hoffe ich doch, dass es etwas gegen die Schmutzkampagnen in den Illustrierten ausrichten kann. Oder dass es diese Blätter wenigstens leid werden, mich zu verfolgen, und sich wieder um »wirkliche« Nachrichten kümmern wie zum Beispiel um den Nahen Osten, den Irak oder die Außenpolitik Großbritanniens.

Samstag, 12. August

Gerade kam mein Dad mit einem mürrischen Gesicht in die Küche. Sofort bekam ich es mit der Angst: Was ist denn jetzt schon wieder?

»Du weißt, dass die Presse unser Haus belagert?«, fragte mein Dad merkwürdig zögerlich.

»Ja?«

»Nun, ich sehe, wie sie in ihrem Wagen ein- und ausgehen, und ich bin es leid. Ich bin es leid, wie sie dir – und uns – das Leben zur Hölle machen.«

»Es tut mir so leid. Ich wünschte, ich könnte dafür sorgen, dass sie verschwinden.«

Mein Dad nickte. »Wie dem auch sei, ich hab es satt, und als ich soeben die Zeitung kaufen ging, beschloss ich, einen von ihnen anzusprechen – ihm zu sagen, dass sie abhauen sollen.«

»Du bist auf sie zugegangen?« Wieder bekam ich es mit der Angst. Was hatte er zu ihnen gesagt?

»Sozusagen ...« Mein Dad sah zu Mum hinüber, die mit einem angedeuteten Lächeln neben mir saß. Sollte das ein Witz sein?

»Und?«

»Ich bin sogar zu einem der Wagen gegangen, habe durch die getönten Scheiben geschaut und erwartet, dass irgendein Fotograf mit einem dicken Objektiv auf seiner Kamera dort drinsitzt.«

»Und, saß da einer?«

»Nein, er war leer.«

Ich atmete leise aus.

»Aber als ich in den Wagen schaute, kam dieser Typ auf mich zu.«

»Oh. Der Paparazzo?«

»Nein, noch schlimmer.«

Meine Mum kicherte leise.

Ich war verwirrt. »Wer dann?«

»Dieser Typ kommt also auf mich zu und sagt: ›He! Was haben Sie verdammt noch mal an meinem verdammten Wagen zu suchen?‹«

»Ich verstehe immer noch nicht, worauf du hinauswillst. Wer war dieser Typ?«

Mein Dad grinste. »Irgendein Bauarbeiter – er war außer sich, weil er dachte, ich wollte sein Werkzeug stehlen.«

»Nein!«

»Und ich musste mein ganzes Verhandlungsgeschick einsetzen, damit er nicht auf mich losgegangen ist!«

»Verdammter Mist!«

»Ja.« Mein Dad setzte den Wasserkessel auf. »Ich glaube, die

Paparazzi sind inzwischen verschwunden. Gott sei Dank! Ich habe keine gesehen, als ich vor der Tür war.«

Ich atmete erleichtert aus. Vielleicht, aber nur vielleicht ist das Schlimmste überstanden!

Montag, 14. August

Ich bin froh, dass keine Fotografen mehr in meinem oder dem Vorgarten meiner Eltern übernachten. Aber dass ich letzte Woche geoutet wurde, hat durchaus längerfristige negative Konsequenzen, die ich immer noch kaum fassen kann und mit denen ich jetzt versuche, fertig zu werden.

Ich glaube, ich sollte an dieser Stelle etwas erklären: Ich wollte nicht deshalb anonym bleiben, weil ich mich für mein Leben, meine Interessen und Überzeugungen schäme – im Gegenteil! –, sondern weil Personen, mit denen ich intim war, sich in meinen Texten wiedererkennen könnten.

Nie hätte ich meinen Gedanken freien Lauf lassen können, wenn ich gewusst hätte, dass ein Typ liest, was ich über ihn geschrieben habe. Ich bin viel zu schüchtern, als dass ich einen Typen dermaßen detailliert in meine innersten Gedanken einweihen wollte. Außer, er findet es echt süß, dass ich mir ständig Wein in den Ausschnitt schütte, und steht auf meine Unbeholfenheit. Oder aber er sieht morgens meine dämlich abstehenden Haare und möchte mich immer noch bis zur Besinnungslosigkeit ficken. Aber bis es so weit ist, kommt es gar nicht infrage, dass ich meine intimsten Gedanken und Gefühle vor einem Mann ausbreite.

Daher habe ich mein Blog – und das Buch – unter einem Pseudonym verfasst: Das gab mir die Freiheit, über alle meine Obsessionen, Sorgen und Neurosen schreiben zu können und sie in Bezug auf mein eigenes, privates Sexleben zu erkunden. Ich konnte über Leute und Situationen berichten und versuchen, aus meinen Gefühlen schlau zu werden. Ich konnte offen darüber reden. Bisher zumindest. Jetzt ist ein Großteil meines Lebens – und zwar der intimste – für alle verfügbar. Jetzt ist das (Sex)leben sämtlicher Leute, über die ich, wenn auch verfremdet, geschrieben habe, ebenfalls für alle verfügbar.

Als ich letzte Woche geoutet wurde, war ich zugegebenermaßen versucht, das ganze Blog sofort zu löschen. Das war meine erste, unwillkürliche Reaktion, um mich und die Leute, über die ich geschrieben hatte, zu schützen. Aber hätte ich das tatsächlich getan, würde das den Eindruck erwecken, dass ich mich für meine Texte oder mein Leben schäme, was jedoch nicht der Fall ist. Außerdem kann ich kein ganzes Buch löschen.

Als mich also in den letzten Tagen einige Ex-Lover kontaktierten, war ich doch ziemlich erleichtert, dass mich die meisten beglückwünschten – bevor sie fragten: »Und wer spielt mich in dem Film?«, statt zu sagen: »Ich bin wirklich stocksauer, über das, was du geschrieben hast.« Ich habe mich nie vorsätzlich negativ oder beleidigend über Menschen geäußert, mit denen ich geschlafen habe. Ich hatte nur Angst, dass sie sich über die Verletzung ihrer Privatsphäre aufregen. Deshalb habe ich so viele persönliche Merkmale geändert: Ich wollte sie vor jedweder Peinlichkeit oder Belastung schützen.

Obwohl Fotografen Jagd auf mich gemacht haben und Journalisten das gesamte Archiv meines Blogs durchforstet haben, bei Freunden auf der Matte standen und nach »schmutzigen« Details gesucht haben, die sie über mich veröffentlichen können, und obwohl meine Verwandten, Freunde, Kollegen und Ex-Lover alles über mein Privatleben gelesen haben, ja, obwohl ich Hunderte von Anrufen und E-Mails beantworten musste, habe ich beschlossen, mein Blog so zu belassen, wie es ist, tief durchzuatmen und mich dem zu stellen, was da kommen mag.

Ich habe Angst, aber ich kann mich nicht mein Leben lang verstecken.

Freitag, 18. August

Ich muss etwas beichten: Ich brauche einen Mann.

Nach all dem, was passiert ist, nachdem mein Leben in der Öffentlichkeit ausgebreitet wurde, täte es mir jetzt wirklich gut, den Abend in Gesellschaft eines echten Gentlemans zu verbringen. Ich möchte mich nur in die Arme eines Mannes kuscheln und ihn die ganze Nacht festhalten. Von dem Wunsch, richtig durchgefickt zu werden, einmal ganz zu schweigen. Aber nicht einmal das ist jetzt noch sehr wahrscheinlich, wobei mir die Ironie, dass ich eine Sexbloggerin bin, durchaus bewusst ist.

Für einen schnellen Fick könnte ich immer noch einen meiner Ex-Fickfreunde anrufen, damit er etwas gegen meine Notgeilheit unternimmt. Doch sie mit diesem Anliegen zu konfrontieren, kommt mir angesichts der aktuellen Umstände doch etwas kompliziert vor:

Ich (nach etwas Smalltalk): Und, Lust auf ein bisschen Spaß?
Ex-Fickfreunde: (Schweigen)
Ich: Ich verspreche euch auch, nicht darüber zu schreiben.
Ex-Fickfreunde: Auf Seite 42 hast du geschrieben, der Typ habe »gefickt wie ein Karnickel«. War ich damit gemeint?
Ich: (Schweigen)
Ex-Fickfreunde: (Schweigen)
Ich: Entschuldigung …
Ex-Fickfreunde: (Klick! Aufgelegt)

Ich könnte mich bei dem Craigslist-Typen melden, und der würde mich bestimmt gut durchficken. Aber ich glaube nicht, dass das fair wäre. Ich bin einfach nicht der Typ, der andere bloß benutzt, obwohl sie mehr wollen.

Ich könnte auch ausgehen und jemand Neuen in einer Bar kennenlernen oder auf einer Party. Aber ich habe im Moment einfach keine Lust, mit einem Wildfremden ins Bett zu hüpfen. Ich sehne mich nach Vertrautheit und Nähe, denn ich fühle mich ziemlich zerbrechlich.

Da ich so viel über die Schlafzimmergewohnheiten anderer geschrieben habe, besteht außerdem immer noch die Möglichkeit, dass derjenige, mit dem ich ins Bett gegangen bin, und der über mein Blog oder das Buch Bescheid weiß, seinerseits schreibt, wie ich im Bett war. Doch das wäre im Grunde nur gerecht.

»In dieser Hinsicht brauchst du dir keine Sorgen zu machen«, beruhigte mich Blog Boy vor ein paar Tagen, als ich ihm diesbezüglich was am Telefon vorheulte. »Niemand, und ich wiederhole: absolut niemand kann behaupten, dass du schlecht im Bett bist.«

Das war nett gemeint, und es war schön, das zu hören. Doch es reichte nicht aus, um meine Angst zu besänftigen: Ich gehe im Moment kaum ans Telefon, geschweige denn, dass ich selbstbewusst genug wäre, jemand Neues aufzureißen.

So wie es aussieht, bin ich gefickt, ganz egal, was ich tue. Allerdings nicht so, wie ich es gerne hätte ...

Samstag, 19. August

Ich habe in letzter Zeit dermaßen viele »unbekannte« Anrufe und Textnachrichten bekommen, dass meine Nerven blank liegen. Ich weiß einfach nicht mehr, wem ich noch trauen kann – alle möglichen Leute tauchen aus der Versenkung auf.

Deshalb bin ich wahrscheinlich etwas überempfindlich. Und deshalb habe ich folgende Botschaft verschickt, nachdem ich massenweise anonyme SMS-Botschaften von einem anonymen Handy bekommen habe:

Wenn du mir schon anonym schreiben musst, solltest du wenigstens auf eine korrekte Grammatik und Groß- und Kleinschreibung achten. Indem du mir diesen kindischen Mist schickst, hast du nur deine unglaubliche Beschränktheit bewiesen, und das bestärkt mich nur in meiner Meinung, dich nicht auf einen Drink treffen – geschweige denn, wissen zu wollen, wer du eigentlich bist.

So etwas sollte man wirklich auf keinen Fall tun – nicht einmal, wenn man total gestresst ist und so ein neunmalkluger, intellektueller Snob ist wie ich. Denn solche Botschaften stammen unweigerlich von alten Freunden, mit denen man mal vor zehn Jahren zusammen war. In meinem Fall war das Chris, der, nachdem ich ihm der mangelhaften Beherrschung der englischen Sprache bezichtigt hatte, wütend anrief und eine Entschuldigung verlangte. Und das nicht, ohne mir mangelndes Einfühlungsvermögen vorzuwerfen: Schließlich hätte er die Schule schon mit fünfzehn verlassen und nie eine anständige Bildung genossen.

Ich mag zwar Schuhgröße 42 haben, aber die Fettnäpfchen treffe ich punktgenau.

Sonntag, 20. August

Das SMS-Fiasko von gestern – ich brauchte eine gute Viertelstunde, um mich bei Chris zu entschuldigen – hat mir etwas ins Gedächtnis gerufen, das ich an Männern wirklich zu schätzen weiß: die Kunst, mit Worten zu spielen. Wörter erregen mich wirklich. Chris war in vielerlei Hinsicht großartig, besaß aber einfach nicht das Vokabular, um mich zu beeindrucken: Zeigt mir einen Mann, der mit Wörtern umgehen kann, und schon habe ich, die Frau, die immer nur das eine im Kopf hat, ein nasses Höschen. Meiner Meinung nach gibt es kein besseres Aphrodisiakum: Vergesst gutes

Aussehen oder einen muskulösen Körper – wenn ich einen Wortakrobaten haben kann, bin ich glücklich.

Damit meine ich nicht die Fähigkeit eines Mannes, gesprächig zu sein, denn das ist etwas völlig anderes. Ich meine jemanden mit linguistischen Fähigkeiten, jemand, der seine Zungenfertigkeit nicht nur beim Muschilecken unter Beweis stellt.

Wahrscheinlich haben mich schon immer Männer mit solchen Fähigkeiten angemacht, ganz einfach weil sie eine gewisse geistige Gewandtheit vermuten lassen: die Fähigkeit zur Analyse, eine Neigung zur Dekonstruktion, die Gabe, Ideologien zu hinterfragen und über Ideen nachzudenken. Mit anderen Worten, das sind alles Männer, die über ihren Schwanz hinaus denken können.

Viel zu oft habe ich mich mit Männern getroffen und unterhalten, die ausschließlich ihre Erektion im Kopf hatten. Ihre Gespräche drehen sich nur ums Geilsein – und das merkt man auch. »Hmmm, Baby!«, rufen solche Typen, während man an der Bar auf sein Getränk wartet. »Du bist echt scharf! Wie heißt du?« Man dreht sich um, ertappt sie dabei, wie sie einem auf Titten und Arsch – oder wenn man Pech hat, zwischen die Beine starren. Wären sie Comicfiguren, hinge ihnen die Zunge bis zum Boden, und ihnen würde der Speichel nur so aus dem Mund triefen. Was sie nicht gerade attraktiver macht ...

Es ist nichts dabei, zu zeigen, dass man geil ist und gern mit dem anderen ins Bett gehen würde. Aber wenn das die einzige Art ist, wie ein Mann mit einer Frau kommunizieren kann, ist das doch sehr ermüdend.

Männer, die mich nicht geistig stimulieren, langweilen mich. Und Männer, die mich langweilen, törnen mich ab. Gibt es für mich keinerlei geistige Herausforderung, entschuldige ich mich und gehe, selbst wenn ich mich dadurch um einen Orgasmus bringe. Zugegebenermaßen habe ich ein paar stumme Langweiler gefickt, an die ich mich allerdings kaum noch erinnern kann. Ohne eine anständige Unterhaltung haben Orgasmen meiner Meinung nach

Tipps für Flirt-Mails

1. Versucht originell zu sein, wenn ihr flirtet! Wer fremde Gags kopiert und einfügt, fliegt irgendwann auf.
2. Wortspielchen vermeiden: Fragt nicht warum, glaubt mir einfach: Wortspielchen sind niemals sexy, sondern altherrenhaft jovial.
3. Die Rechtschreibung prüfen. Es gibt keine Entschuldigung für eine mangelhafte Rechtschreibung oder Grammatik. Faulheit ist keine Ausrede.
4. Auch auf die richtige Groß- und Kleinschreibung achten: Selbst wenn ihr euch für postmodern haltet, indem ihr alles kleinschreibt: Der Empfänger hält euch für Analphabeten, und das bringt euch ganz bestimmt kein Schäferstündchen ein.
5. Keine Abkürzungen verwenden:

   a) Das ist das falsche Medium dafür.

   b) Leute, die Abkürzungen verwenden, sind faul und dementsprechend mies im Bett.
6. Auf Emoticons verzichten, sonst gilt: »Gehe nicht über Los, ziehe keine 4000 Euro ein!«
7. Sprachwitz kann sehr unterhaltsam sein, aber überspannt den Bogen nicht: Das Schlimmste, was passieren kann, ist, dass ihr eure eigenen geistreichen Äußerungen nicht mehr versteht!
8. Fasst euch kurz: Niemand will eine E-Mail in Buchlänge lesen. Kommt auf den Punkt, zur Not Pünktchen, Pünktchen, Pünktchen verwenden.
9. Liebevolle und geistreiche Bemerkungen sind angebracht, Arroganz und Einbildung dagegen gar nicht. Mit anderen Worten: Stellt dem Empfänger eurer E-Mail Fragen, redet nicht nur immer von euch selbst.
10. Bringt unbedingt kleine nette Anzüglich- und Doppeldeutigkeiten unter. Aber ihr riskiert euer Leben, wenn ihr auf Sex mit dem Ex anspielt, glaubt mir!

doch etwas sehr Banales und sind den Aufwand kaum wert. Bei so einem Mann kann ich mich genauso gut selbst befriedigen: Das ginge wenigstens schneller, und enthaaren müsste ich mich auch nicht extra dafür.

Das mag egoistisch klingen, aber es stimmt. Wenn ich dagegen mit einem Mann zusammen bin, der mit Worten umgehen kann, bekomme ich sofort Herzklopfen: Dann mache ich mir schon eine Woche im Voraus Gedanken darüber, was ich zu der Verabredung mit ihm anziehen will, und bringe mich in Sachen Literatur, Politik und Medien auf den neuesten Stand, um mich auf demselben Niveau anregend mit ihm unterhalten zu können. Und natürlich masturbiere ich ausgiebig, bevor ich mich mit ihm treffe, um sicherzustellen, dass wir auch geistig kommunizieren und nicht nur klitoral.

Wenn das mehr Männer wüssten, könnten sie sich die dummen Anmachsprüche sparen. In meinem Fall ist die Wahrscheinlichkeit, mir an die Wäsche gehen zu dürfen, deutlich größer, wenn sie mit ihrer Intelligenz angeben statt mit ihren allzeit bereiten Schwänzen.

Obwohl ich gegen den einen oder anderen derzeit durchaus nichts einzuwenden hätte ... Aber das kann ich in meinem Blog unmöglich schreiben. Nicht jetzt, wo ich weiß, wie viele Bekannte mitlesen.

Montag, 21. August

He, Zoe, wie geht's? Was machst du so?

Eine weitere SMS von einer Nummer, die mir nichts sagt. Ich drückte auf Antworten:

Wer bist du? Deine Nummer steht nicht in meinem Adressbuch ...

Er schrieb sofort zurück.

Ich bin's, Dan. Lang, lang ist's her. Wie geht es dir?

Schnee von gestern: Jemand, mit dem ich vor Jahren mal gearbeitet habe. Solche SMS bekomme ich seit Neuestem ständig: Ich höre von Leuten, mit denen ich schon seit Jahren nichts mehr zu tun hatte. Von Leuten, die ich seit Schulzeiten nicht mehr gesehen habe. Keiner von denen schrieb mir zufällig; alle wussten von dem Buch und dem Blog.

Jetzt, wo mich so viele Fremde anrufen, pflege ich alle unbekannten Anrufer zu ignorieren, damit ich eine geeignete Antwort formulieren kann, nachdem ich die Mailbox abgehört habe. Eine hervorragende Selbstschutzmaßnahme. Tim empfahl mir auch, die Nummern derjenigen, mit denen ich nicht reden will, mit den Buchstaben »*NBA – Nicht beantworten*« zu markieren. Normalerweise hätte ich ihn wegen dieses Vorschlags aufgezogen, weil es einfach kindisch ist, Frauen auf diese Art loswerden zu wollen. Aber im Moment ist mir sein Vorschlag hochwillkommen.

Doch im Grunde gilt das nur für sehr wenige: Dan ist einer von ihnen. Nicht umsonst war er der Mann, der, nachdem er seinen Orgasmus gehabt hatte, aufstand, sich anzog und mich aufforderte zu gehen. Wenn ich darauf hinwies, dass ich noch nicht zum Höhepunkt gekommen sei und noch Erleichterung brauche, erwiderte er: »Da kannst du dir bestimmt selbst weiterhelfen.«

Klar kann ich das, aber darum geht es doch gar nicht, oder? Ich habe viele frustrierende Abende mit Dan verbracht (und zwar in jeglicher Hinsicht). Keine Ahnung, warum ich so oft mit ihm ins Bett bin, wo es doch jedes Mal so unbefriedigend war: Wahrscheinlich war ich gerade depressiv und verhielt mich dementsprechend masochistisch. Noch habe ich den Grund dafür nicht herausgefunden.

Doch meine Reue kam reichlich spät. Ich machte mir Vorwürfe, Dans Nummer vor geraumer Zeit gelöscht zu haben, denn jetzt musste ich ihm wohl oder übel antworten. Aber ich wartete noch, bis ich die SMS abschickte: Wusste er Bescheid? Ich fürchtete mich davor, das herauszufinden. Ich ließ ein paar Minuten vergehen, entschied mich für eine passende Reaktion und schrieb zurück:

Hi, Dan. Lange nichts gehört. Mir geht es gut – habe viel zu tun, alles bestens. Wie geht es dir?

Mein Telefon piepte sofort, er verlor keine Zeit.

Gut. Was m8t dein Leben?

Außer, dass mir bei deinen Abkz. fast das Kotzen kommt? Vorsichtig erwiderte ich:

Ich arbeite, erst war es ein Film, jetzt schreibe ich. Alles prima und du?
Was schreibstdu?

Schluck.

So dies und das, nichts Besonderes.
Wir sollten was trinken gehen!

Warum? Es gibt nicht viel, worüber wir reden könnten. Es war nicht gerade ein intellektuelles Interesse, das uns zusammengeführt hat. Wir würden uns bestimmt nicht über die Verschwendung von Rohstoffen in der Filmindustrie, über die Unterdrückung der Frau oder darüber unterhalten, ob Models gegen die Ausbeutung in Textil-Sweat-Shops Stellung beziehen sollten. (Antwort: Ja, und ob sie das sollten!)

Nein, unser einziges gemeinsames Interesse bestand darin, dass wir beide gern fickten. Und das hatten wir in der Vergangenheit reichlich getan. Doch so gut war es auch wieder nicht, und ich habe bestimmt keine Lust, das zu wiederholen. Und wenn er von dem Buch weiß, möchte ich erst recht nicht gefragt werden, ob er auch darin vorkommt: Damit muss ich mich schon Tag für Tag herumschlagen ...

Ich schickte ihm eine höfliche SMS zurück, in der ich sein Angebot ablehnte, und zu meiner großen Erleichterung ließ er es dabei bewenden. Aber so wie ich nun mal funktioniere, konnte ich einfach nicht anders und musste sofort an seinen schönen Schwanz denken. Ich war sehr versucht, dieses Bild als vorübergehende Wichsverlage zu benutzen.

Doch dann fiel mir wieder ein, wie egoistisch er war, und ich machte mir stattdessen eine Tasse Tee: wohl wissend, dass ich sie weitaus mehr genießen würde als den ganzen Sex, den wir jemals hatten.

Dienstag, 22. August

Ich bin immer noch bei meinen Eltern: Hier fühle ich mich sicher. Ich bin meinen Eltern unglaublich dankbar für alles, was sie für mich getan haben, für ihre bedingungslose Unterstützung in den letzten Wochen. Ich bin ihnen auch dankbar, dass sie mir beide versprochen haben, nichts aus dem Buch oder Blog zu lesen. Es gibt Dinge, die Eltern nicht zu wissen brauchen, und »Wie meine Tochter Schwänze lutscht« steht bei mir ganz oben auf der Liste.

Heute Morgen hat mich jedoch meine Mum kalt erwischt, als wir gerade Toast aßen und Tee tranken.

»Das Blog ...«, hob meine Mutter zögernd an. »Wir haben ein wenig hineingelesen.«

Entsetzt fiel mir die Kinnlade herunter.

»Wir konnten einfach nicht anders!«, platzte es aus ihr heraus. »Wir mussten einfach wissen, was du geschrieben hast. Alle anderen wissen Bescheid.«

Ich rutschte nervös auf meinem Stuhl hin und her und rechnete mit dem Schlimmsten, während sich mein Magen verknotete.

»Er ist ziemlich gut geschrieben«, fuhr sie fort. »Du kannst wirklich mitreißend erzählen.«

Na gut, sie ist meine Mum, natürlich muss sie das sagen. Trotzdem dankte ich ihr, fragte mich aber, was genau sie da gelesen hatte. Einerseits wollte ich es gar nicht wissen, andererseits musste ich es einfach wissen.

»Du hast in diesem Text ziemlich unglücklich geklungen«, fügte sie hinzu. »Aber der Mann, mit dem du zusammen warst und über den du geschrieben hast, klang wirklich nett.«

»Welcher Mann?«

»Der, der dich in den Arm genommen hat, als es dir schlecht ging, und der dich unterstützt hat, obwohl du mittendrin gegangen bist.«

Ich war verwirrt. Sie fuhr fort: »Der Amerikaner. Er war länger dein Liebhaber?«

Karl: Mein langjähriger amerikanischer Fickfreund aus dem Mittleren Westen, den ich vor Monaten das letzte Mal gesehen habe. Der Schlussstrich wurde gezogen, als ich beim Orgasmus heulte, weil ich immer noch so traurig war, dass es mit Blog Boy nicht klappte. Und dadurch, dass ich mit Karl intim wurde, konnte ich irgendwie nicht mehr klar denken. Gleich nach Sonnenaufgang war ich aus seinem Appartement geflohen und hatte damit das Ende unserer Freundschaft riskiert. Dass meine Mutter das gelesen hatte, machte mir nichts aus. Was mich mehr beunruhigte, war, dass ich den ganzen Cunnilingus detailliert beschrieben hatte, mit dem mich Karl beglückt hatte. Plötzlich wurde mir klar, dass Mum und Dad das ebenfalls gelesen hatten.

Puh, das war kein besonders schöner Moment, wirklich nicht. Ich sackte in meinem Küchenstuhl zusammen und wünschte mir, die Erde würde sich auftun und mich verschlingen.

Meine Eltern sind zwar sehr offen und aufgeschlossen, und ich erzähle ihnen viel aus meinem Leben. Als ich aufwuchs, war Sex nie ein Tabuthema. Es wurde als etwas Schönes gesehen, das man hegen, pflegen und genießen sollte. Meine Eltern gaben mir Beziehungstipps und ermahnten mich zu Safer Sex. Sie gaben mir Kondome und versicherten mir, dass sie mich immer lieben würden, und zwar unabhängig davon, ob ich hetero oder lesbisch sei.

So gesehen war es schon in Ordnung, dass meine Eltern von meinen Geschichten übers »Ficken«, von »unverbindlichem Sex« oder von »Fickfreunden« wussten. Aber dass sie gelesen hatten, wie mich die Zunge eines Mannes stundenlang leckte? Um Himmels willen, nein! Cunnilingus ist etwas sehr Privates, Intimes: Er ist ein explizites Detail, das sich Eltern nicht unbedingt vor Augen führen müssen – auch dann nicht, wenn es alle anderen tun. Von allen Blogeinträgen oder Buchkapiteln hatten meine Eltern ausgerechnet das lesen müssen, in dem ich beschrieb, wie ich fast den ganzen Abend auf Karls Gesicht gesessen hatte. Herrje!

»Als wir merkten, wie privat dieser Eintrag war, hörten wir auf zu lesen«, gestand meine Mutter. »Es war, als würden wir dein Tagebuch lesen – und Eltern sollten nicht im Tagebuch ihres Kindes lesen. Uns war wirklich unwohl dabei, also klickten wir die Website weg und haben seitdem keinen Blick mehr darauf geworfen.«

Ich glaube ihr sogar: Sie ist zu direkt und ehrlich, um mich so anzulügen. Ich dankte ihr ausgiebig und war froh, dass sie mich und mein Bedürfnis nach Privatsphäre respektiert hatten. Ich weiß, dass sie nicht mehr hineinschauen werden: Dafür respektieren sie meine Wünsche zu sehr, und ich vertraue ihnen, dass sie auch diesen respektieren.

Ich wünschte nur, das würde auch für alle anderen Menschen in meinem Leben gelten.

SEPTEMBER

Freitag, 1. September

Heute Abend wurde mir klar, wie sehr es mir zu schaffen macht, dass ich geoutet wurde: Ich habe einfach nicht mehr das Selbstbewusstsein, Männer anzusprechen.

Bis vor Kurzem war es eigentlich kein Problem für mich, einen Mann anzumachen. Klar war ich dabei nervös wie alle anderen Frauen auch. Aber mit der Zeit habe ich gelernt, meine Nervosität durch Extrovertiertheit zu kaschieren, anstatt mich von ihr auffressen zu lassen. Statt mir Gedanken deswegen zu machen, flirtete ich, riss einen Witz oder zog den Typen auf eine nette Art auf, um das Eis zu brechen.

Aber jetzt ist alles anders: Ich fühle mich, als hätte ich einen Knoten in der Zunge, mein ganzes Selbstbewusstsein ist dahin. Plötzlich habe ich Selbstzweifel und Ängste und fühle mich unheimlich verletzlich. Während ich früher stark und selbstbewusst war, nehme ich mich jetzt als schutzlos wahr, ja leide fast schon an Verfolgungswahn. Ich habe Angst, durchschaubar zu sein, davor, dass mein Motiv, einen Mann anzusprechen – sprich, dass ich auf ihn stehe –, mir auf den ersten Blick anzusehen ist.

Soeben versuchte ich, den Stier bei den Hörnern zu packen und wieder auszugehen. Mit »ausgehen« meine ich, »das Haus verlassen«: Nach allem, was passiert ist, bin ich ein nervliches Wrack, ja fast paranoid. Aber das kann unmöglich so weitergehen, ich muss weiterleben. Also ging ich in mein Fitnessstudio und traf dort auf einen sexy Mann.

Der Typ aus dem Fitnessstudio hatte Blickkontakt gesucht, als wir beide am flachen Ende des Pools standen. Angesichts dieser nonverbalen Kommunikation hätte ihn mein altes, anonymes Ich sofort angesprochen. Das neue ging ins Dampfbad – und zwar allein. Er leistete mir kurz darauf Gesellschaft, was mich gleichzeitig entzückte und entsetzte. Statt mit ihm zu reden, saß ich wie gelähmt da, die Beine gegen meinen Busen gepresst und die Arme schützend darumgeschlungen.

Merkte er, wie krisselig meine Haare waren? Konnte er sehen, dass ich versucht hatte, meinen Bauch hinter meinen Schenkeln zu verstecken? Dachte er: »Oh, Gott, jetzt sitze ich hier allein mit einer Frau, die mich gleich anmachen wird?«

Genau das war wahrscheinlich das Problem, nämlich, dass mein Motiv, und sei es auch noch so harmlos, jetzt irgendwie offensichtlich war. Dieser Rollentausch ist wirklich eine Ironie des Schicksals: Normalerweise sind es die Männer, die mit einer Abfuhr zu rechnen haben, wenn sie Frauen ansprechen, ganz einfach weil Letztere glauben, dass sie sowieso nur an Sex interessiert sind. Was für eine beschränkte, sexistische Perspektive!

Wie dem auch sei, ich war voller Selbstzweifel. Statt mich im Dampfbad zu entspannen, so wie früher, hoffte ich jetzt, dass der Dampf meine Makel – und meine Angst – gnädig verhüllen würde.

Dann riss er einen Witz, und ich weinte schier vor Freude und Erleichterung darüber, dass er das Schweigen gebrochen hatte. Nervös konterte ich mit einer ironischen Bemerkung, und zum Glück mussten wir beide lachen. Wir plauderten noch ein paar Minuten, aber die ganze Zeit über hatte ich Angst, Unsinn zu reden. Dann sagte er, dass er in die Sauna ginge.

»Ich komme gleich nach«, erwiderte ich lässig, während er zur Tür ging.

Die nächsten fünf Minuten verbrachte ich mit Selbstvorwürfen.

Wie dämlich ich mich angehört haben musste: Da erzählt ihm eine Wildfremde, »dass sie gleich nachkommt«. Daran musste er sofort gemerkt haben, dass ich auf ihn stand – wie dumm von mir, so durchschaubar zu sein!

Andererseits fühlte ich mich zu ihm hingezogen. Er sah gut aus, seine behaarte Brust war sehr sexy, und dass seine Füße auf jeden Fall größer waren als meine mit Schuhgröße 42, ließ mich innerlich aufjauchzen. Aber ich befürchtete, er könnte aus irgendeinem dummen Zufall über mein Blog und das Buch Bescheid wissen und mich dementsprechend verurteilen.

Seitdem ich geoutet wurde, bekomme ich nämlich massenweise E-Mails von Männern. Die meisten machen darin Bemerkungen über mein Aussehen und schreiben, ob sie mich fickenswert finden oder nicht. Obwohl ich keine Lust habe, mich von anderen beurteilen zu lassen, schmeichelt es mir schon, dass mich einige Männer attraktiv finden. Andererseits tut es weh, die bösen Kommentare zu lesen, wenn die Typen anderer Meinung sind.

Im Moment scheinen sich alle dieses Recht herauszunehmen: Nur weil ich geschrieben habe, dass ich Sex genieße, scheine ich es zu verdienen, dass man meine sexuelle Attraktivität beurteilt. Ganz so als ließe sich anhand dessen meine gesamte Persönlichkeit beurteilen. Nun, als Frau muss man wohl mit so etwas rechnen. Wenn man dann noch ins Rampenlicht geschubst wird, beweist das erst recht die sexuelle Doppelmoral: Würde man mich als Mann genauso verurteilen? Ich glaube kaum!

Ich für meinen Teil finde das bestürzend: Warum müssen Menschen so grausam sein? Manche Dinge, die über mich, meine Texte und mein Aussehen gesagt wurden, haben mich verletzt. Die Hassattacken haben mich anders verletzt, indem sie mein Selbstvertrauen unterminiert haben, sodass ich mir jetzt nackt, schutzlos und verletzlich vorkomme.

Ich habe jetzt das Gefühl, keine Geheimnisse mehr zu haben. Es gibt nichts Neues mehr über mich zu entdecken, und nichts schützt mehr meine Privatsphäre. Auch wenn es nicht sehr wahrscheinlich ist, dass ein Mann weiß, dass ich »Abby« bin, hat das Geoutetwerden dazu geführt, dass ich sozusagen auf emotionaler Ebene einen Tritt unter die Gürtellinie bekommen habe: Mein Privatleben – und die Art, wie ich es gestaltet habe – wird nie mehr so sein wie vorher.

Als ich also endlich meinen ganzen Mut zusammennahm, um diesem Mann in die Sauna zu folgen, tat ich dies nur zögerlich. Er lächelte mich an, als ich hereinkam. Und weil sonst niemand da war, beschloss ich, mich neben ihn zu setzen – allerdings mit genügend Abstand, damit er nicht das Gefühl bekam, ich würde mich auf seinen Schoß setzen (obwohl mir das natürlich auch gefallen hätte).

Er machte erneut den Anfang, wofür ich dankbar war, denn ich brachte so gut wie kein Wort heraus. Wir rissen noch ein paar Witze, und ich entspannte mich ein wenig. Aber ich hatte immer noch einen Knoten in der Zunge. Mein altes Ich hätte ihm Fragen gestellt und versucht, herauszufinden, was für ein Typ er war. Doch ich brachte das in dieser Situation einfach nicht über mich.

Zu spät: Er stand auf und ging, sagte, die Sauna würde ihm zu heiß. Enttäuscht saß ich da und warf mir vor, nicht gesprächiger gewesen zu sein: Mit meinem alten Selbstbewusstsein hätte ich weitaus größere Fortschritte gemacht. Mehrere Minuten vergingen, und ich ging ebenfalls. Die Hitze hatte mich müde gemacht, also legte ich mich auf eine Liege am Pool. Dann sah ich ihn schwimmen. Und wieder sah er zu mir herüber.

Früher wäre das ermutigend genug gewesen, um die Sache weiterzutreiben: Blickkontakt + ins Dampfbad nachkommen + sich unterhalten x zwei + weiterer Blickkontakt = genügend Interesse, um die Sache weiterzuverfolgen. Als er den Pool verließ, sagte eine mir vertraute Stimme in meinem Kopf: »Frag, wie er heißt!!!« Aber bei meiner neuen nervösen Hülle konnte ich nichts anderes tun als einfach nur daliegen und hoffen, dass ich hübsch und intelligent genug für ihn war, damit er mich wieder ansprach.

Als er an mir vorbeiging, lächelte er und sagte: »Bis demnächst.« Es dauerte einen Moment, bis ich merkte, dass ich etwas erwidern musste. Schließlich hatte er das Gespräch angefangen. Doch stattdessen lächelte ich nur verlegen und murmelte: »Ja, bis demnächst.« Als er dann langsam in Richtung Umkleide ging, wusste ich, dass ich meine Chance verpasst hatte.

Ich muss irgendwie zu meinem alten, selbstbewussten Umgang mit Männern zurückfinden, aber ich fürchte, das wird noch eine Weile dauern. Ich fühle mich nach wie vor sehr zerbrechlich. Bis es so weit ist, werde ich wohl so oft wie möglich ins Fitnessstudio gehen müssen: Dann werde ich nicht nur fitter, sondern treffe hoffentlich auch den Typen wieder – und kann mich beim nächsten Mal angemessen mit ihm unterhalten. Das dürfte den einen oder anderen Muskelkater wert sein!

Samstag, 2. September

Heute habe ich beschlossen, dass ich etwas Distanz und eine Pause brauche. Ich bin erschöpft, und zwar in jeglicher Hinsicht. Außerdem kommt bald Harry, mein ältester Freund überhaupt, aus New York zu Besuch, und ich frage mich, wie er – und seine Frau – wohl reagieren werden, wenn sie erfahren, dass ich über seine und meine sexuellen Experimente im Teenageralter geschrieben habe. Also habe ich einen Tag in einem Spa in Hertfordshire gebucht, das mir Fiona empfohlen hat. Heute Morgen bin ich in den Zug gestiegen.

Es war genau, was ich brauchte, und sehr entspannend: viel Schwimmen, Dampfbäder und kurze Ausflüge in die Sauna. Ich gönnte mir auch eine Thai-Massage, um Stress abzubauen, die leider das genaue Gegenteil bewirkte.

Als es Zeit für meine Behandlung wurde, betrat ich den Massageraum und wurde von einer kleinen, zierlichen jungen Frau begrüßt, die einen weißen Overall trug. Das Licht im Raum war gedimmt, Kerzen brannten, und im Hintergrund lief leise Musik. Aber bevor ich das alles auf mich wirken lassen konnte, wollte die Masseurin, dass ich mich auszog.

»Splitternackt?«, fragte ich unsicher, ob ich sie richtig verstanden hatte.

Sie nickte. Na gut, die Massage war auf der Webseite als »Ganzkörpermassage« beworben worden, und das hieß anscheinend nackt. Ich schickte mich also an, meine Jeans und mein Oberteil abzustreifen, woraufhin sie sofort auf meinen BH und meinen Slip zeigte. Verlegen zog ich auch diese Sachen aus und fühlte mich unwohl, als ich da so splitterfasernackt vor ihr stand. Komisch eigentlich, dachte ich. In einer solchen Situation sollte ich mich meiner Nacktheit eigentlich nicht schämen müssen. Es war schon lustig, dass es mir bei Typen, mit denen ich Sex haben würde, genau andersherum ging.

Sie strich das Laken auf der Massageliege glatt und befahl mir, mich auf den Bauch zu legen. Die saubere, frisch gebügelte Baumwolle war schön kühl auf meiner Haut, als ich mich auf die gepolsterte Liege hievte. Sie roch nach Lavendel und Geranien – angenehm. Sie lief flink um mich herum, ihre Hände tanzten auf meinem Rücken, folgten meinen Kurven, und ihre eingeölten Finger pressten sich rhythmisch in meine Haut. Es war herrlich, so entspannend, so … Moment mal! Das sind meine Brüste, was zum Teufel …?

Meine Brüste sind groß, und wenn ich auf dem Bauch liege, schauen sie an den Seiten gern etwas hervor. Mir ist auch bewusst, dass man, wenn man mit den Händen von meinen Hüften bis zu den Achseln streicht, dabei unweigerlich auf meine Titten trifft. Aber es ließ sich nicht leugnen, dass diese Frau meine Brüste absichtlich berührte.

Da ich vorher noch nie eine professionelle Massage gebucht hatte und mir etwas wünschte, das mich vollkommen entspannt, hatte ich angenommen, »Ganzkörpermassage« bedeute, dass man meine Beine und Arme samt Rücken massieren würde. Keine Sekunde lang hatte ich gedacht, dass die eingeölten Hände einer Frau auch meine *mammae* manipulieren würden.

Ich lag also da, während ihre glitschigen Finger kleine Kreise auf meinen Kurven beschrieben, und versuchte, einen klaren Gedanken zu fassen. Das war doch eindeutig grenzüberschreitend? Sollte sie sich nicht vielmehr auf meinen Rücken und meine Schultern konzentrieren, statt ihre Hände an meinen Hüften entlang und unter meine Brüste gleiten zu lassen? Merkte sie denn nicht, dass das irgendwie unangebracht war? Oder muss das so sein? Vielleicht hatte ich aus Versehen eine Masseurin erwischt, der es einen Kick gab, dass ich auf dem Bauch lag und mich damit in einer kompromittierenden Position befand, weshalb sie mich – Gott steh mir bei! – missbrauchte?

Meine Neurose gewann eindeutig die Oberhand. Sie war eine Masseurin, verdammt noch mal, und kein aufgegeiltes Arschloch, das versucht, mich anzugrapschen! Ich bezahlte sie dafür, dass sie mich massierte, und genau das tat sie auch. Dann dämmerte mir etwas: Vielleicht war das im Preis inbegriffen. Vielleicht konzentrierte sie sich auf meine Brüste, um eine Reaktion zu provozieren? Gut, ich befand mich zwar nicht gerade im Rotlichtviertel, war in meiner Naivität jedoch vielleicht auf eine Masseuse gestoßen, die in der Lage war, mir eine »Ganzkörperentspannung« zu verschaffen, wie es so schön heißt.

Ich spürte, wie ihre Hände langsam meinen Rücken hinunterglitten, meinen Po kräftig massierten und die Pobacken auseinanderzogen. Dann fuhr sie mit einer Hand sanft über meine Hüften und hoch zu meinen Achseln, wobei ihre Finger schnell unter meine Brüste glitten und einen Augenblick verweilten, bevor sie den Rückweg zu meinem Po antraten.

Oh Gott! Sie versucht eindeutig, mich zu erregen. Mist! Was soll ich jetzt tun? Soll ich etwas sagen?

»Hören Sie!«, könnte ich so vornehm wie möglich vorbringen, »das ist wirklich unangemessen. Ich glaube, Sie sollten sich auf die neutralen Körperregionen konzentrieren und die Finger von meinen erogenen Zonen lassen.«

Aber ich sagte nichts dergleichen. Das Problem war nämlich, dass ich es genoss. Ich konnte spüren, wie mein Körper auf ihre Berührungen reagierte. Zwischen meinen Beinen verspürte ich nicht nur ein Pochen, sondern vielmehr ein wildes Pulsieren. Zum Glück konnte ich meine Erregung verbergen – so gut das angesichts der Tatsache, dass sie mich antörnte und ich schon ganz feucht war, eben ging. Dem Himmel sei Dank war ich kein Mann – ich kann mir die Erektion nur vorstellen, die ich bei so einer Stimulation gehabt hätte …

Unabhängig davon, wie unwohl, verlegen und verklemmt ich mich auch fühlte, wünschte ich mir trotzdem, ihre Hände würden rein »zufällig« zwischen meine Beine gleiten: Ich sehnte mich danach, dass ihre Finger genauso sanft dorthin glitten wie über den Rest meines Körpers. Ich brauchte das: Es war schon eine Weile her, dass ich das letzte Mal mit jemandem intim war, und nach den letzten Wochen konnte ich wahrhaftig ein bisschen sexuelle Entspannung gebrauchen. Und wenn mir das diese Masseuse schon anbot, würde ich bestimmt nicht Nein dazu sagen.

Als ich schon überlegte, die Beine zu spreizen, in der Hoffnung, dass sie den Hinweis richtig interpretieren würde, bat sie mich, mich auf den Rücken zu drehen. Ich war teils erleichtert und teils enttäuscht: Jetzt würde nichts mehr passieren. Als sie das Laken über mich breitete, lachte ich in mich hinein. Wie war ich bloß auf die Idee gekommen, diese Massage könnte irgendwelche »Extras« beinhalten? Ich befand mich hier in einem äußerst renommierten Spa, verdammt noch mal! Hier gab es keine unanständigen Dreingaben. Sie legte mir eine duftende Maske auf die Augen, und ich überließ mich wieder ganz dem Hier und Jetzt und schalt mich für meine Dummheit und dafür, mich in so eine Erregung hineinmanövriert zu haben.

Dann zog sie das Laken weg, goss warmes Öl auf meine Titten und begann, sie mit ihren Händen zu reiben. Was war denn das?

Unter der Augenmaske wäre mein Kopf beinahe explodiert. Die fremde Frau liebkost meine Brüste, und das kein bisschen zufällig! Oh Gott, was sollte ich tun? Ich lag stocksteif da und versuchte einen klaren Gedanken zu fassen:

a) Vielleicht ist sie irgendwie pervers, und ich werde gerade vergewaltigt. Vielleicht wird das alles von einer Kamera gefilmt, und anschließend schauen sich alle Masseusen die Aufnahmen an und lachen sich tot über die Londonerin, die sich zurücklehnte und ohne Gegenwehr begrapschen ließ.
b) Das gehört bloß zur Massage, wahrscheinlich bin ich schon völlig neurotisch: Warum sollen nicht auch Brüste massiert werden? Männern lässt man ja auch eine Brustmassage angedeihen. Nur weil meine *mammae* von unserer Gesellschaft sexualisiert und als Lustobjekt betrachtet werden, heißt das noch lange nicht, dass sie nicht genauso behandelt werden dürfen wie ihr männlicher Gegenpart. Letzten Endes sind auch sie nur ein Körperteil von vielen. Meine Angst, dort berührt zu werden, zeigt mir nur, wie verklemmt ich im Grunde bin.
c) Das Betasten meiner Brüste mag zwar nicht zur Massage gehören, aber ich scheine den Eindruck zu erwecken, nichts gegen ein paar »Extras« zu haben. Vielleicht verschafft sie mir sogar einen Orgasmus, wenn ich ihr ein gutes Trinkgeld gebe?

Ich schäme mich nicht zuzugeben, dass ich auf Letzteres hoffte. Verdammt!, dachte ich. Sie muss doch wissen, wie sehr sie mich damit anmacht: Meine Brüste sind äußerst sensibel, und unter ihren geübten Griffen wurden meine Brustwarzen hart wie Kronenkorken. In Kombination mit meiner beschleunigten Atmung und meinen leisen Zuckungen am ganzen Körper dürfte offensichtlich sein, dass ich spitz wie Nachbars Lumpi war.

Während ich also nach wie vor die Augenmaske aufhatte und sie meine Brüste in ihren fähigen eingeölten Händen hielt, entspannte ich mich und hoffte das Beste. Leider dauerte die Tittenmassage nur noch kurz, danach kümmerte sie sich um Bauch, Beine und Arme und ließ mir die »Ganzkörpermassage« angedeihen, wie es in der Werbung geheißen hatte. Was für eine Enttäuschung!

Und doch ließ sie etwas aus – und zwar eine ziemlich offensichtliche Stelle. Vielleicht hätte ich mein Geld teilweise zurückverlangen und behaupten sollen, keine wirkliche Ganzkörpermassage erhalten zu haben. Doch ich bezweifle, dass das im Preis enthalten war. Nicht einmal, wenn ich das Öl selbst mitgebracht hätte!

Sonntag, 3. September

Ich glaube, es wird langsam Zeit, dass ich eines der großzügigen Sexangebote annehme, die ich seit dem Zeitungsartikel erhalten habe. Wie dieses hier zum Beispiel in meiner neuesten E-Mail:

> **Von:** tom (Name geändert)@yahoo.com
> **Betreff:** Ich will unverbindlichen Spaß
> **Nachricht:** hi zoe ich will unverbindlich spaß mit dir haben sah dein bild in der zeitung bin 30, braune haare will einen fick OK MEINE NUMMER IST 07 (geändert) SMS WENN MÖGL. RUF DICH ZURÜCK, WENN MEINE ALTE NICHT DA IST HÄTTE GERN DEINE TITTEN IN MEINEM GESICHT WÄHREND DU AUF MIR SITZT WOHNE IN (zensiert), KANN ABER FÜR SEX NACH LONDON KOMMEN DIE FAHRT SCHEINT SICH ZU LOHNEN ABER VÖLLIG UNVERBINDLICH LOGO

»Tom«, mach dir keine falschen Hoffnungen: Ich werde dich nicht kontaktieren. Weder heute noch sonst irgendwann. Einmal abgesehen von den üblichen Gründen (ich habe nie eingewilligt, auf MySpace* mit dir befreundet zu sein, du Wichser) bevorzuge ich Männer, die ihre Partnerinnen nicht betrügen und die außerdem keine Abkürzungen verwenden: Denn eines weiß ich ganz genau: Beides sorgt verlässlich dafür, dass es einer Frau sofort vergeht. (Mangelnde Intimhygiene zählt auch dazu, aber das dürfte eigentlich hinlänglich bekannt sein)

Aber wenn ich die Möglichkeit habe, mit einem widerlichen Schürzenjäger ins Bett zu gehen, der nichts in der Birne hat, kann ich natürlich kaum widerstehen. Was für eine einmalige Gelegenheit!

So langsam verliere ich die Hoffnung.

Montag, 4. September

Endlich habe ich mich mit Harry getroffen, der in den letzten Tagen auf Verwandtschaftsbesuch war. Er hat vorgeschlagen, dass wir uns in einem zentral gelegenen Londoner Café – einem seiner Lieblingscafés – zum Mittagessen treffen. Es dauerte eine ganze Stunde, bis ich den Mut aufbrachte, Harry die Frage zu stellen, die mir schon die ganze Zeit auf den Nägeln brannte. Und zwar als seine Frau endlich aufstand, um auf die Toilette zu gehen.

»Konnte sie damit umgehen?«

Er nickte. »Ja, kein Problem.«

»Echt?«

»Sie fand es sogar süß …«

»Sie hat es gelesen?«

»Ja, sogar noch vor mir.«

* Jemand, der 247 Millionen Internet-»Freunde« hat, ist kein Freund von mir.

In einer unfreiwillig dramatischen Geste schlug ich die Hände vors Gesicht. Nachdem ich eine Weile lautlos in mich hineingestöhnt hatte, hob ich vorsichtig den Kopf. »Verdammte Scheiße, echt?«

»Ja, sie hat es gelesen, mir das Buch gegeben und gesagt: ›Es ist süß, rührt einen aber fast zu Tränen.‹

»Du machst Witze.«

Er schüttelte den Kopf. »Nein. Und sie hatte recht: Es war süß, wirklich anrührend.«

Mein Herz setzte einen Schlag aus. »Gott sei Dank! Ich habe mir solche Sorgen gemacht ...«

»Sorgen?«

Natürlich hatte ich mir Sorgen gemacht. Mein ältester Freund Harry und ich kennen uns bereits seit Kindertagen. Dass wir zusammen im Bett landeten, war das Ergebnis jugendlicher Experimentierfreude, das allerdings auf aufrichtiger Liebe beruhte. Und ich hatte darüber detailliert in meinem Blog und meinem Buch geschrieben, sodass es Millionen Leute lesen konnten.

Ich biss mir auf die Unterlippe. »Na gut. Ich dachte ... ich war nervös ... Ich hatte Angst, dass ... na ja, du weißt schon, dass das unsere Freundschaft irgendwie beeinträchtigen und zu Problemen führen könnte ... Doch das habe ich nie gewollt, ich habe vollkommen die Kontrolle über die Situation verloren ...«

Er unterbrach mich. »Wir haben keine Probleme damit, alles in bester Ordnung. Du hättest dir keine Sorgen zu machen brauchen: Das Ganze ist schon lange her, und sie findet das, was du geschrieben hast, wirklich süß. Außerdem sind wir beide äußerst stolz auf dich, das ist eine Riesenleistung.«

Ich wurde rot, erinnerte mich an die Unverblümtheit, mit der ich alles beschrieben hatte, spürte aber auch, wie Stolz in mir aufwallte. Das aus seinem Mund zu hören, zu wissen, was sie beide empfanden, war eine Riesenerleichterung für mich. Und das hatte ich echt gebraucht, weil ich solche Angst gehabt hatte, nach all dem, was passiert war, ihre Freundschaft und Unterstützung zu verlieren. Oder, was noch schlimmer gewesen wäre, Harry zu verlieren.

Mein ältester Freund beugte sich vor und nippte an seinem Kaffee. Ich tat es ihm nach, und ungeschickt, wie ich bin, schaffte ich es, mit meinem Knie so gegen den Tisch zu stoßen, dass ich meinen Kaffee verschüttete. Er lachte, und als ich ihn verlegen ansah und mit den Achseln zuckte – ich habe nun mal zwei linke Hände! –, grinsten wir unisono, und da wusste ich, dass zwischen uns alles in bester Ordnung war.

@

Heute Abend hatte ich eine kleine Auseinandersetzung mit meiner Mum. Ich war zum Abendessen eingeladen gewesen, und danach saßen meine Mum und ich noch am Küchentisch und tranken Kaffee, als sie plötzlich die Bombe platzen ließ. Keine Ahnung, was der Anlass dafür war – vielleicht ein Zeitungsartikel über mich, den sie und mein Dad vorher gelesen hatten.

»Was glaubst du wohl, wie es mir damit geht, wenn alle Welt, einschließlich meiner Freunde, dein Blog und dein Buch lesen können, bloß ich nicht?«, sagte meine Mum. »Merkst du denn gar nicht, wie schwer das für mich ist? Ständig werde ich gefragt, was ich mir bei einem bestimmten Kapitel deines Buches gedacht habe. Was ich davon halte, wie du Dad oder mich darin beschrieben hast. Und dann stehe ich da und habe keine Ahnung, was gemeint ist. Die Leute wissen Dinge über dich, die ich nicht weiß. Das ist hart für mich, Zoe, für mich und Dad.«

Bevor sie das sagte, war mir gar nicht klar gewesen, wie schwer das meinen Eltern fallen musste: Sie müssen damit leben, dass Millionen Menschen über das Sexleben ihrer Tochter Bescheid wissen – auch über Dinge, die ihnen peinlich sein dürften. Noch schlimmer ist jedoch, dass sie mehr oder weniger die Einzigen in ihrem Freundeskreis sind, die das Buch nicht gelesen haben – ganz im Gegensatz zu vielen Bekannten und entfernten Verwandten, die es zu meiner Bestürzung durchaus getan haben. Dass ihnen ein solches Allgemeingut vorenthalten wird, muss hart für sie sein.

Sogar beim Begräbnis eines Verwandten diese Woche kam eine über sechzigjährige Frau auf mich zu, die ich nicht kannte, und sagte: »Du bist Zoe, oder? Du schreibst dieses Sexblog: Ich liebe es! Alle meine Freundinnen lesen es gerade, und wir reden oft darüber. Ich kann nicht behaupten, dass ich deine Erfahrungen gutheiße oder sie teile, aber es erweitert den Horizont ungemein!« Ich dankte ihr für ihre freundlichen Worte, fühlte mich aber gleich doppelt peinlich berührt: Erst kurz zuvor hatte ich eine Schaufel Erde auf den Sarg meines Angehörigen geworfen und über den Verlust geweint. Und dann wurde im Beisein meiner Mutter wieder mal deutlich vorgeführt, dass andere mein Buch lasen – etwas, das ihr verwehrt war.

Nachdem meine Mutter mir ihren Frust geschildert hatte, äußerte ich Verständnis und versuchte, eine Art Einigung oder wenigstens einen Kompromiss mit ihr zu erzielen. Da ich das Glück hatte, in letzter Zeit ein paar Zeitungsartikel verfassen zu dürfen, werde ich ihr und Dad die entsprechenden Links schicken. Auf diese Weise können meine Eltern meine Arbeit verfolgen, ohne mit zu eindeutigen Passagen konfrontiert zu werden. Einerseits wird mich das sehr erleichtern, andererseits werden meine Eltern nach der Lektüre bestimmt das tun, was Eltern am besten können, nämlich Kritik üben.

»Meiner Meinung nach hättest du das besser begründen können«, wird meine Mutter wahrscheinlich sagen. »Das Fazit hat mich nicht ganz überzeugt.«

»Ganz nett«, wird mein Vater vermutlich beisteuern. »Aber es war doch ein bisschen sehr ausführlich.«

Aber es ist mir egal, was sie sagen: Wie immer werde ich mir ihr Feedback anhören, in der Hoffnung, dass es mich zu einem besseren und gebildeteren Menschen machen wird.

Meine Eltern begreifen, dass ich mit meinem Blog und Buch zeigen will, dass auch Frauen ihr Begehren formulieren dürfen, anstatt immer nur ein Objekt der Begierde zu sein. Nachdem ich geoutet wurde, haben sie mich bei allem, was passiert ist, nur unterstützt.

Und deshalb weiß ich trotz der Hass-Mails und vernichtenden Kommentare von Zeitungen, die wirklich gemein sein können, dass am Ende nur zählt, was meine Eltern denken: Ich möchte, dass sie nach wie vor genauso stolz auf ihre Tochter sein können, wie sie es auf ihre Eltern ist.

Donnerstag, 5. September

Ich telefonierte gerade mit meiner Mutter, als ich hörte, wie mein Handy piepte, weil eine SMS eingegangen war. Während ich mein Festnetztelefon an mein Ohr presste, warf ich einen Blick auf mein Handy. Als ich sah, von wem die SMS war, erstarrte ich.

»Mum, ich ruf dich gleich zurück.«

»Warum?«

»Es ist etwas passiert.«

Ich legte das Telefon weg und starrte mit Herzklopfen auf das noch erhellte Display. Wenn ich den Text löschte, konnte ich ihn vielleicht ignorieren. Ich sah weg und dann wieder hin. Die Buchstaben schienen mich anzufunkeln, und mit Schmetterlingen im Bauch las ich den Text erneut:

> Ich habe es soeben erfahren. Freue mich, dass du solchen Erfolg hast. Muss so bald wie möglich dein Buch lesen.

Es war unausweichlich, dass er es früher oder später mitbekam. Kurz überlegte ich, wie er es wohl erfahren hatte, wer ihn informiert hatte. Doch dann ließ ich es bleiben – das spielte jetzt auch keine Rolle mehr. Das Einzige, was zählte, war, dass er Bescheid wusste. Mein Ex, Steven, wusste Bescheid.

Ich habe über viele Männer geschrieben, aber bei dreien habe ich Angst davor, wie sie reagieren. Nicht weil ich sie verleumdet hätte, sondern weil sie mir wirklich nahegegangen waren: Ich hatte sie in mein Herz geschlossen, und das hatte mich verletzlich gemacht. Sie hatten Zugang zu jenem Teil von mir gehabt, den nur wenige kannten. Sie hatten eine andere, zerbrechlichere Zoe erlebt und besaßen somit die Mittel, mir wehzutun.

Zwei von diesen Männern – Blog Boy und Harry – wussten Bescheid: Beide haben das Buch gelesen und haben keine Probleme damit. Ich kann von Glück sagen, dass sie so loyal und verständnisvoll reagierten. Doch Steven war ahnungslos – und zwar bis jetzt. Da ich schon länger keinen Kontakt mehr zu ihm habe, hatte ich gehofft, dass er nie etwas von den intimen Details erfahren würde, die ich über ihn – über uns – ausgebreitet hatte. Als ich noch anonym war, hielt ich das für unproblematisch. Auch wenn das vielleicht reichlich naiv von mir war, konnte ich doch damals davon ausgehen, dass er sein Leben getrennt von mir weiterleben und den Liebeskummer, den ich seinetwegen gehabt hatte, niemals mitbekommen würde. Und zwar bis jetzt.

Ich warf erneut einen Blick auf das Handy.

Löschen, löschen, löschen.

Es wäre so einfach: Meine fehlende Reaktion würde für sich sprechen und ihm klarmachen, dass ich nicht mit ihm kommunizieren will. Dass ich ihm keine Antwort gönne, und dass die Vergangenheit Vergangenheit bleiben soll. Aber als ich das Handy in der Hand hielt, zitterte sie deutlich, und ich war völlig mit den Nerven am Ende. Warum machte mich das nach so langer Zeit immer noch so fertig? Warum klopfte mein Herz bis zum Zerspringen? Warum bekam ich kaum noch Luft? Wie viel wusste er?

Ich musste reagieren. Besser, er erfuhr es von mir, als irgendwelchen Klatsch- und Lügengeschichten zu glauben. Ich fing an, höflich und freundlich zurückzuschreiben. Er antwortete sofort, und wir führten einen kurzen Dialog, wobei jede SMS die unvermeidliche Frage näher brachte. Endlich wurde sie gestellt:

> Eines muss ich dich fragen: Wenn ich in dem Buch vorkomme, warst du diskret?

Löschen, löschen, löschen.

Doch dafür war es jetzt zu spät. Was ich geschrieben hatte, konnte ich nicht mehr ändern. Viel zu viel war gesagt worden, um es jetzt noch zu leugnen. Ich kann meine Vergangenheit nicht ungeschehen machen.

Ich stellte mir vor, wie er mit dem Handy in der Hand auf meine Antwort wartete. Und wusste, dass jede Sekunde, die ich noch länger schwieg, eine unaussprechliche Wahrheit verkündete. Wie konnte ich leugnen, über ihn geschrieben zu haben? Das würde bedeuten, dass er mich gar nicht wirklich berührt hatte – aber natürlich war dem so. Er hatte etwas in mir geweckt, das ich schon lange nicht mehr gespürt hatte. Er hatte mir klargemacht, dass ich weder abartig noch pervers bin, bloß weil ich Sex mag. Er hatte mir geholfen, mich als starke, selbstbewusste Persönlichkeit anzunehmen, und zwar mitsamt ihren Schwächen.

Löschen.

Erinnerungen kamen in mir hoch, während ich mit dem Handy in der Hand dasaß und überlegte, was ich tun sollte. Ich musste daran denken, wie wir in seinem Wohnzimmer Walzer getanzt hatten, und wie er über meine ungeschickten Schritte gelacht hatte. Daran, wie er meine Handgelenke über meinem Kopf gefesselt hatte, mich erregte und dazu brachte, ihn um seinen Schwanz anzuwinseln. Daran, wie ich ihm beim Rasieren zugeschaut hatte. Wie wir zusammen gebadet hatten, während ich ihn mit meinen Zehen kitzelte. Wie er meine Knöchel geküsst hatte, als er in mich eindrang, während ich meine Füße um seinen Nacken geschlungen hatte. Wie wir uns bei Kerzenlicht gegenübergesessen hatten, während ich mir in den Ausschnitt krümelte. Wie ich auf ihm gesessen und gesehen hatte, wie er mich anlächelte und immer wieder meinen Namen flüsterte, während wir gemeinsam kamen. Es waren Erinnerungen an eine andere Ära, an andere Menschen: Wir sind nicht mehr die, die wir einmal waren. Und wir waren einfach nicht füreinander bestimmt.

Ich schickte eine SMS zurück, in der stand, dass ich über ihn geschrieben hätte (wobei ich ihn allerdings unkenntlich gemacht hätte), und dass es mir leidtäte, dass er es auf diese Art und Weise erfahre. Bleib dir und deinen Worten treu, sagte ich mir. Bleib aufrichtig. Bisher hatte ich den Schutz der Anonymität genossen. Vielleicht gefiel ihm nicht, was ich geschrieben hatte, aber es war nun mal die Wahrheit. Also ließ ich den Dingen ihren Lauf. Er antwortete nicht auf meine SMS, was ich auch nicht erwartet hatte. Er weiß Bescheid, und das genügt.

Natürlich beschäftigt mich, was ihm wohl durch den Kopf geht, wenn er mein Buch liest. Wie er sich dabei fühlt. Ich möchte ihn nicht verletzen, denn wir standen uns einmal sehr nahe, und ich habe kein Interesse daran, alte Kamellen wieder aufzuwärmen. Aber meine Worte, Gedanken und Gefühle führen ein Eigenleben. Ich kann die Vergangenheit nicht ungeschehen machen, sie nicht löschen wie irgendeinen Text im Computer. Doch was noch viel wichtiger ist: Mir wird soeben klar, dass ich das auch gar nicht will. Ich muss die Vergangenheit akzeptieren und nach vorn schauen.

@

Die SMS-Botschaften von Steven haben mich ein wenig sentimental gemacht. Wahrscheinlich vermisse ich die Nähe, die wir damals hatten. Und den Sex natürlich: Meine Güte, war der toll! Wir fickten überall, sogar auf dem Tisch in seinem wunderschönen Garten: Ich liebe Männer, die einen grünen Daumen haben.

Ich liebe es, wenn ein Mann mit Pflanzen umgehen kann. Ich

schmelze dahin, wenn ich einem Mann begegne, der den Unterschied zwischen einer *dracena* (Drachenbaum) und einer *cordyline* (Keulenlilie) kennt statt nur den zwischen *labia minora* und *labia majora*.

Das Ganze begann vermutlich vor mehreren Jahren, als ich was mit Joe, einem echten Pflanzenliebhaber, hatte. Beim ersten Mal nahm ich ihn mit zu mir und ließ ihn im Wohnzimmer warten, während ich uns Drinks machte. Als ich zurückkam, ertappte ich ihn dabei, wie er meine *schefflera* (Strahlenaralie) liebkoste.

»Oh«, sagte er und strich sanft über ihre Blätter. »Diese Pflanze sieht aber gut aus. Wie alt ist sie?«

»Ungefähr fünf«, erwiderte ich und sah zu, wie er ihre Blätter befingerte.

»Sie hat sich gut gemacht«, sagte er. »Du hast dich offensichtlich gut um sie gekümmert, dass sie so groß geworden ist.«

Ich verspürte einen Anflug von Stolz und ein Pochen zwischen meinen Beinen, als ich sah, wie er meine Pflanze berührte, als liebkoste er mich. Seine Finger wirkten so sanft und behutsam, dass sie sich in mir bestimmt genauso anfühlen würden. Und als ich ihn dann später ins Bett bekam, stellte ich fest, dass ich mich nicht getäuscht hatte.

Aber nicht nur die Art, wie er die Pflanzen berührte, machte mich ganz wild: Als wir eine Woche später zu ihm gingen, sah ich, dass seine Wohnung voller Pflanzen war. Jede einzelne strotzte nur so vor Lebenskraft und Gesundheit. Ein Mann, der sich so gut um Pflanzen kümmert, ist bestimmt auch ein liebevoller, sensibler Mensch, schlussfolgerte ich: Wer sich so aufmerksam um andere Lebewesen kümmert, kann über seine eigenen Bedürfnisse hinausdenken. Ergo war er kein Egoist und damit sicherlich auch gut im Bett (sowie als Freund geeignet).

Er war reizend, mein Mann mit dem grünen und auch sonst sehr geschickten Daumen. Als ich seine Liebe zu Pflanzen entdeckte, betrachtete ich sie – und Männer – in einem ganz neuen Licht: Ich begriff, dass man die Fähigkeit, etwas zu hegen und zu pflegen, mit der Zeit verbessern kann. Und dass Menschen ebenso wie Pflanzen zärtliche Berührungen brauchen, um gut zu gedeihen.

Als ich dann vor einigen Jahren erstmals bei Steven zu Hause war, war ich entzückt, dass er einen ganzen Garten mit gut gepflegten Pflanzen besaß, von denen er jede einzelne selbst gepflanzt hatte. Mit meiner Theorie, dass er folglich ein liebevoller, sensibler Mensch war, traf ich mitten ins Schwarze. Vor allem, wenn es darum ging, dass er mir mit demselben geschickten grünen Daumen Orgasmen verschaffte.

Aber nachdem wir einige wunderbare Monate zusammen verbracht hatten, funktionierte es nicht mehr mit uns. Ironischerweise schöpfte ich erstmals Verdacht, nachdem ich ihm eine neue Zimmerpflanze geschenkt hatte. Nach wenigen Wochen war sie mausetot: Er hatte sich kein bisschen um sie gekümmert.

Ich weiß noch, wie mir damals vor allem die Pflanze leidtat. Erst als ich mir Monate später bereits die Augen über unsere gescheiterte Beziehung ausgeweint hatte, begriff ich, wie vielsagend es gewesen war, dass er sie so vernachlässigt hatte – sie war die perfekte Metapher für den Zustand unserer Beziehung.

Ein Mann, der einen grünen Daumen hat, muss natürlich nicht zwangsläufig gut im Bett oder beziehungsfähig sein, aber wahrscheinlich ist es schon.

Und angesichts der vielen Männer, mit denen ich im Bett war, die eindeutig nur an ihrem eigenen Höhepunkt interessiert waren, kann ich nur sagen, dass es gerade diesen Typen guttun würde, sich etwas mehr Zeit für sinnlichen Genuss zu nehmen, statt nur auf das Endergebnis hinzuarbeiten.

Wer also Angst hat, nicht gut genug im Bett zu sein, sollte mal eine Zimmerpflanze begrapschen. Dann wird vielleicht auch ein besserer Liebhaber aus ihm.

So gesehen sollte ich bald mal wieder meine Pflanzen gießen. Sonst gerate ich noch völlig aus der Übung.

Mittwoch, 6. September

Gestern tat ich etwas, das ich eigentlich niemals tun wollte.

Nein, ich bin nicht mit einem verheirateten Mann ins Bett gegangen. Sogar ich habe meine Prinzipien. (Und wie sagte Groucho Marx so schön? »Ich habe eiserne Prinzipien. Wenn sie Ihnen nicht gefallen, habe ich auch noch andere.«)

Genauso wenig habe ich mich in aller Öffentlichkeit befriedigt (zumindest nicht direkt).

Stattdessen bin ich in meiner Verzweiflung so tief gesunken, dass man glauben könnte, mir ist jede Scham fremd. Zum ersten Mal seit Erscheinen meines Buches betrat ich eine Buchhandlung, in der Hoffnung, einen Blick darauf werfen zu können.

Ich weiß, dass das eitel von mir ist. Wenn man dann noch eine Kettenfiliale aufsucht, unterstützt man nicht gerade den lokalen Buchhandel. Aber ich musste einfach wissen, ob die Kettenfiliale mein Buch vorrätig hatte, da die meisten Leute dort danach suchen würden. Also schob ich meine Bedenken gegen Großkonzerne kurzerhand beiseite und nahm den Bus zur Haupteinkaufsstraße.

Ich rechnete nicht damit, mein Buch im Schaufenster zu entdecken, und war dementsprechend begeistert, als ich ganze fünf davon entdeckte: genau in der Mitte, direkt neben Zadie Smith und Sam Bourne. Ich befand mich in heller Aufregung (zugegebenermaßen auch ein bisschen zwischen meinen Beinen. Mein Glücks- und mein Lustzentrum scheinen miteinander verbunden zu sein.) und betrat den Laden.

Zu meinem Entzücken lag mein Buch mitten auf dem ersten Tisch hinter dem Ladeneingang, und zwar bei den »Nimm 3, zahl 2«-Angeboten. Wahnsinn: Zwölf Exemplare lagen aus, dicht neben Lionel Shriver und Ali Smith. Der helle Wahnsinn!

Obwohl mein Paranoia-Detektor zum ersten Mal seit Wochen

schwieg, versuchte ich so unauffällig wie möglich zu wirken. Nur für den Fall, dass jemand im Laden mein Interview mit dem *Guardian* gelesen hatte und wusste, wie ich aussah. Nicht, dass das irgendjemanden interessiert – ich wollte bloß nicht dabei erwischt werden, mein eigenes Buch anzustarren.

In einem schicken Hosenanzug, mit Pferdeschwanz und dunkler Sonnenbrille, gab ich mich als ganz normale Kundin aus und freute mich klammheimlich riesig über das ausgestellte Buch. Dann verließ ich schleunigst den Tisch, um meine Buchkäufe fortzusetzen.

Anschließend kehrte ich mit einem Stapel Bücher zu bewusstem Tisch zurück. Wie bemitleidenswert wäre es wohl, wenn ich nach dem Buch greifen, es zur Kasse tragen und der Person dahinter Fragen dazu stellen würde? Ich kam zu dem Schluss, dass es in der Tat höchst bemitleidenswert wäre. Nur ein extrem narzisstischer, egomanischer Mensch würde so etwas tun. Und genau so bin ich nun mal, weshalb ich mir sofort das Buch schnappte, es unter den Stapel schob, den ich bereits im Arm hielt, und damit zur Kasse ging.

Als die Kassiererin beim letzten Buch des Stapels angelangt war, hielt ich sie davon ab, es einzuscannen.

»Können Sie mir etwas mehr darüber sagen?«, fragte ich und versuchte, interessiert, aber nicht zu interessiert zu klingen.

»Ich habe es nicht gelesen«, gestand sie mir, »aber es soll toll sein.«

»Ach, wirklich?«, sagte ich so lässig wie möglich und dankte einem Gott, den es gar nicht gibt, dafür, vor vielen Jahren einmal Schauspielunterricht genommen zu haben und ein dementsprechend dezentes Pokerface aufsetzen zu können.

»Wir haben wirklich gutes Feedback«, schob sie hinterher. »Es verkauft sich sehr gut.«

Hach, wie herrlich!, hätte ich am liebsten geschwärmt, mich über den Tresen gebeugt und sie geküsst. Aber ich bewahrte Haltung und rief mir vor Augen, dass es sich um eine Verkäuferin handelte: Es lag also durchaus in ihrem Interesse, mich davon zu überzeugen, dass mein Geld in Bezug auf dieses Buch gut angelegt war.

»Tatsächlich?«, sagte ich.

»Ja, die Verkaufszahlen sind wahnsinnig in die Höhe geschnellt, die Leserinnen scheinen es sehr zu mögen.« Sie fing an, auf ihre Computertastatur einzuhacken. »Vierundzwanzig Exemplare allein in der letzten Woche«, verkündete sie beinahe triumphierend. »Es ist sehr beliebt.«

Ich biss mir auf die Unterlippe und versuchte, meine Begeisterung zu verbergen.

»Möchten Sie es jetzt haben?«

Ich schüttelte den Kopf. »Nö, ich glaube, für heute habe ich genug gekauft. Ich denke darüber nach. Vielleicht nehme ich es beim nächsten Mal mit.«

Ich zahlte rasch meine Bücher und schlüpfte aus dem Laden. Zum ersten Mal seit Wochen hatte ich ein breites Grinsen im Gesicht.

@

Ich habe soeben eine echt merkwürdige E-Mail bekommen. Nein, keine der üblichen »Was bist du nur für eine verfickte Schlampe!«-Mails. Sie stammt von einem ziemlich bekannten Fernsehmoderator. Zumindest ich kenne ihn, und er ist süß, Anfang zwanzig und ein ziemlich freches Bürschchen. Nennen wir ihn Pete (er erinnert mich irgendwie an einen Geißenpeter).

Wie sich herausstellte, ist Pete ein Fan von meinem Blog – er ist darauf gestoßen, nachdem ich geoutet wurde, und hat viele Einträge im Archiv nachgelesen. Ich bin etwas schockiert, das zu hören: Wahrscheinlich, weil man nicht erwartet, dass jemand aus Funk und Fernsehen ein Fan von einem ist. Und erst recht nicht, dass er über die intimsten Details des eigenen Sexlebens informiert ist. Einerseits ist mir das wahnsinnig peinlich. Andererseits fühle ich mich deswegen auch ziemlich geschmeichelt. Ich war ziemlich beeindruckt – und gerührt –, dass er Passagen aus verschiedenen Jahren zitierte, die ihm ganz besonders gefallen hatten. Mein Ego blühte so richtig auf.

Er wollte wissen, ob ich was mit ihm trinken gehe. Wie so viele andere Verehrer, die ich seit Neuestem habe, kennt Pete das Blog und interessiert sich ausschließlich wegen seines sexuellen Inhalts für mich. Ansonsten würde mich jemand wie er vermutlich niemals ansprechen. Wäre es einfach nur hohl von mir, ihn zu treffen, bloß weil er »im Fernsehen« ist und ziemlich gut aussieht? Wäre es egoistisch, mit ihm auszugehen, nur weil er ein Fan von meiner Schreibe ist? Bin ich wirklich so scheinheilig in Bezug auf meinen Grundsatz, nie etwas mit Promis anzufangen?

Ich weiß es nicht. Ich weiß nur, dass ich einen Fick brauche, und wenn mich diese eindeutige Flirt-Mail nicht täuscht, könnte ich diesbezüglich Glück haben.

Außerdem kann ich mich bei ihm wenigstens darauf verlassen, dass er anschließend nicht gleich zur Boulevardpresse rennt.

Außer, er möchte, dass ich mich ebenfalls über ihn äußere.

Donnerstag, 7. September

Ich kann es kaum fassen! Erst Pete aus dem Fernsehen, und jetzt wurde ich auch noch in Sharon Osbournes Talkshow eingeladen! Nicht, dass da irgendein Zusammenhang besteht, aber es haut mich immer noch um, dass mich Medienleute ansprechen.

Ich habe beschlossen, die Einladung zur Talkshow anzunehmen. Zum einen, weil ich so einiges richtigstellen will, was die Boulevardpresse über mich verbreitet hat, zum anderen, weil ich auch zeigen sollte, dass ich mich für das, was ich schreibe, nicht schämen muss. So viele Frauen haben sich bei mir gemeldet und sich dafür bedankt, dass ich kein Blatt vor den Mund genommen und

Klischees hinterfragt habe. Wenn ich jetzt verstummte, würde ich sie und mich selbst enttäuschen. Ich kann mich einfach nicht länger verstecken.

Trotzdem habe ich eine Heidenangst. Ich mache mir sogar Sorgen, kein passendes Fernseh-Outfit zu haben. Was Letzteres betrifft, sollte ich schleunigst Abhilfe schaffen.

@

Ich schnallte den Gürtel enger und drehte mich vor dem Spiegel, um zu sehen, wie der Bleistiftrock meinen Hintern aussehen ließ. Ich war erfreut, wie eng er anlag und gleichzeitig meine Hüften betonte. Ich trat von einem Bein aufs andere, öffnete die obersten Blusenknöpfe und bewunderte mein Dekolletee. Dann wurde mein kurzer Anfall von Narzissmus von der Verkäuferin gestört, die hinter dem Vorhang auftauchte.

»Passt was?«, fragte sie.

Ich zuckte die Achseln. »Es ist eine hübsche Kombination – und sie sieht toll aus –, aber im Grunde suche ich etwas anderes.«

»Was gefällt Ihnen nicht daran?«

»Stellen Sie sich eine sexy Sekretärin vor, und Sie wissen Bescheid.«

Sie lachte. »Mögen Sie das nicht?«

»Ich suche etwas Raffinierteres, das dezent sexy ist, aber nicht förmlich schreit, ›Wirf mich über den Tisch und nimm mich!‹ Diesen Eindruck möchte ich eigentlich nicht erwecken.«

»Ich verstehe«, erwiderte sie und wartete, bis ich ihr Rock, Bluse und Gürtel hinausreichte, bevor sie verschwand.

Ich schlüpfte wieder in meine Mir-doch-egal-meine-Klamotten-sind-in-der-Wäsche-Hose und zog mir meine Bluse über den Kopf. Als ich die Knöpfe über dem Busen schloss, kehrte die Verkäuferin zurück und steckte erneut ihren Kopf hinter dem Vorhang hervor.

»Äh, das Buch, das Sie geschrieben haben … Stehen da auch Tipps drin und so?«

Ich wurde rot. »Tipps?«

»Sie wissen schon, Sex-Tipps ...«

»Na ja«, erwiderte ich vorsichtig. »Ich bin keine Expertin und berichte nur von meinem eigenen Sexleben. Aber ich glaube schon, dass man das ein oder andere daraus lernen kann. Es geht darin allerdings ziemlich zur Sache ...«

Jetzt war sie an der Reihe, rot zu werden. »Ich bin eine erwachsene Frau: Ich habe nichts dagegen, wenn man direkt zur Sache kommt. Würden Sie mir einen Rat geben?«

»Das hängt ganz davon ab, was Sie wissen wollen.«

Sie wurde noch röter. »Na ja – äh ... es ist nämlich so, dass mein Freund auf Dirty Talk steht, ich aber nicht so sehr. Das ist mir peinlich.«

»Ich weiß, was Sie meinen«, versicherte ich ihr, während ich daran dachte, dass ich, wenn ich mit einem Mann im Bett bin, ihm regelmäßig zuflüstere, dass ich seinen »steifen Schwanz in mir spüren will«, und wie sehr ich es brauche, dass er mich fickt, und zwar sofort: »Bitte, lieber Gott, ich brauch's wirklich!« Sie lag anscheinend nicht auf meiner Wellenlänge, also änderte ich meine Herangehensweise: »Nun, was gefällt Ihnen dann?«, fragte ich freundlich.

Ihr Gesicht blieb puterrot. »Ich mag es gerne liebevoll: Kuscheln, küssen, streicheln. Ich hasse Doggie Style, und wie ich das hasse!«

»Warum?«, sagte ich so leise wie möglich.

»Das ist so unpersönlich!«, rief sie.

Ich nickte und versuchte, ihre Abneigung zu verstehen. »Ja, es kann schwierig sein, wenn er hinter dir ist, und du ihm beim Sex nicht ins Gesicht schauen kannst.«

»Genau!« Sie lächelte mich an und entspannte sich ein wenig.

Ich lächelte zurück und dachte daran, wie ich es in ihrem Alter – sie war Anfang zwanzig – ebenfalls gehasst hatte, von hinten genommen zu werden: Ich fühlte mich dabei so weit weg von meinem Liebhaber, so weit weg vom Geschehen. Ich brauchte Jahre, bis ich merkte, wie ich die Stellung genießen kann. Und dass sie eine Beziehung nicht schwächen muss, sondern sogar stärken kann. Dass eine Penetration, während er die Finger zwischen meinen Beinen hat, etwas sehr Verbindendes ist. Außerdem stellte ich auf diese Weise fest, dass mein G-Punkt kontinuierlich stimuliert wird, wenn ich von hinten genommen werde. So gesehen war es im wahrsten Sinne des Wortes nur natürlich, dass ich diese Stellung lieben lernte.

Ich sah die junge Verkäuferin an und überlegte, wie weit ich – von der peinlichen Situation einmal ganz abgesehen – wohl ins Detail gehen konnte. Und ob ich einer Wildfremden wirklich unter vier Augen anvertrauen sollte, welches anale Erweckungserlebnis ich mit Anfang zwanzig gehabt hatte. Ich beschloss, so feinfühlig wie möglich vorzugehen:

»Manchmal fällt es schwer, die richtige Balance zwischen den einzelnen sexuellen Bedürfnissen zu finden«, verkündete ich und versuchte so zu wirken, als wüsste ich, wovon ich rede. »Ich selbst habe immer wieder erlebt, dass es vor allem auf das richtige Timing ankommt, wenn ich bekommen soll, was ich mir wünsche.«

»Auf das richtige Timing?«

»Ja. Ein Tipp, den ich Ihnen geben kann, ist der, dass Sie Ihrem Partner dann etwas in puncto Sex vorschlagen, wenn Sie ihm gerade Lust bereiten.« Ich senkte meine Stimme ein wenig. »Stört es Sie, wenn ich bei diesem Punkt etwas deutlicher werde?«

Sie schüttelte den Kopf. »Reden Sie weiter.«

»Sie könnten zum Beispiel seinen Schwanz lutschen. Während er sich ganz seiner Lust hingibt, schauen Sie ihn an und sagen, dass es da etwas gibt, das Sie wahnsinnig gern tun würden. Etwas, wovon Sie wirklich geil werden.«

»Zum Beispiel?«

»Na ja, zum Beispiel jene Intimitäten, die Sie bevorzugen. Wenn Sie seinen Schwanz im Mund haben und er es genießt, wird er wesentlich aufgeschlossener darauf reagieren. Und zwar deshalb, weil er Ihren Vorschlag mit der soeben erlebten Lust assoziieren wird. Danach wird er ihn viel lieber ausprobieren wollen.«

»Wirklich?«

»Ja. Und im Gegenzug könnten Sie ihm versprechen, etwas, das ihn antörnt, auszuprobieren. Wenn Sie die Initiative ergreifen und ihm sagen, was Sie sich im Bett wünschen, wird er bestimmt positiv darauf reagieren.«

Sie grinste mich an. »Ich soll ihn also bitten, mehr sinnlichere Dinge wie Massagen und solche Dinge zu machen, während ich ihm einen Blowjob gebe ...«

Ich lächelte sie an. »Genau. Bei mir hat diese Strategie immer funktioniert. Probieren Sie sie aus!«

»Das werde ich. Das ist wirklich eine gute Idee, danke!«

Ich griff nach meiner Handtasche, und wir gingen in den vorderen Ladenteil. Als ich zum Ausgang lief, rief sie mir noch hinterher: »Ich möchte Ihr Buch kaufen, wie heißt es?«

Jetzt war ich an der Reihe, rot zu werden. »*Immer nur das eine*.« Plötzlich wurde ich verlegen und versuchte, den Laden zu verlassen.

»He!«, rief sie und hinderte mich am Gehen. »Vergessen Sie nicht wiederzukommen!«

Ich drehte mich zu ihr um. »Oh, ich glaube nicht, dass ich das Outfit kaufen werde. Trotzdem danke.«

»Nein, das meinte ich nicht. Ich will, dass Sie bald wiederkommen, damit Sie mein Buch signieren können.«

»Oh, natürlich ... Bis dann also.«

Sie winkte mir nach, als ich aus der Tür trat. Ich mischte mich unter die Einkaufenden und dachte, wie surreal doch mein Leben geworden war: Nie hätte ich gedacht, dass ich mal einer Wildfremden Sextipps geben würde – und schon gar nicht unter vier Augen.

Freitag, 8. September

»Wo soll ich kommen?«

»Wie bitte?«

»Wo soll ich kommen? Wie wär's mit deinem Gesicht?«

Pete grinste, und ich sah ihn stirnrunzelnd an. Wir waren nicht zusammen im Bett, ja, wir waren nicht mal nackt, geschweige denn allein. Stattdessen saßen wir in einem überfüllten Pub, nachdem wir uns am späten Vorabend per Chat darauf geeinigt hatten, uns heute auf ein paar Drinks zu treffen.

Doch obwohl es mir nichts ausmachte, dass unsere Unterhaltung immer gewagter wurde, war ich noch nicht so weit, die Platzierung seines Spermas formvollendet diskutieren zu können.

Man mag das egoistisch finden (und zwar zu Recht, denn ich bin egoistisch) – aber für mich geht es beim Sex nicht ausschließlich um den Orgasmus des Mannes. Da bin ich ehrlich gesagt mehr an meinem eigenen interessiert: Es gibt nichts Besseres als einen Höhepunkt, und ich kann sehr unangenehm werden, wenn ich beim Sex nicht zum Orgasmus komme.

Der Sex ist also für mich nicht vorbei, wenn der Typ kommt. Das ist sozusagen nur ein Signal, mit anderen sinnlichen Aktivitäten weiterzumachen. Außerdem haben Pornoklischees in meinem Sexleben eher nichts zu suchen, und schon gar kein »Money Shot« (mitsamt den dazugehörigen gespielten Orgasmen). Wenn ich etwas weiß, dann, dass ich bestimmt nicht zum Orgasmus komme, bloß weil ein Mann seinen Samen irgendwo auf meinem Körper verteilt. Natürlich kann sich das gut anfühlen, so wie sich auch warmes Massageöl gut anfühlt. Natürlich kann das erotisch sein, denn ich genieße es, wenn Männer kommen: Ihre Lust törnt mich an. Aber dass ein Typ auf mir abspritzt, reicht mir noch lange nicht: So sensibel reagiert meine Haut auch wieder nicht. Wie soll denn bitte schön meine Klitoris oder Muschi stimuliert werden, wenn mir der Typ einfach nur ins Gesicht spritzt? Wer es mag, mit Sperma vollgespritzt zu werden – bitte sehr! Ich gehöre allerdings nicht dazu. Wenn Pete vorhatte, mich mit sexuellen Ekstasen zu ködern, stellte er es grundverkehrt an: Indem er vorschlug, dass wir uns beide ausschließlich auf seinen Orgasmus konzentrieren sollten, törnte er mich ab.

Aber zurück zum Pub: Er war süß, wir waren betrunken, und in der Zwischenzeit waren auch mein sexueller Appetit und mein Selbstbewusstsein zurückgekehrt. (Ich fürchte, nichts ist besser fürs Ego als ein sexy Promi ...) Ich musste dieses Gespräch unbedingt in die richtige Richtung lenken. Also sah ich ihn amüsiert an, legte meine Hand auf sein Knie und flirtete zurück, indem ich folgende, dem Whiskey geschuldete sarkastische Bemerkung machte: »Sollten wir nicht vielmehr diskutieren, auf welchem deiner Körperteile ich komme?«

Er starrte mich erstaunt an, als erwartete er, dass ich meinen eigenen Penis hervorzöge und ihn vollspritzte. Um ihn von seiner Verlegenheit zu befreien, schenkte ich ihm ein Lächeln, und er entspannte sich sichtlich. Er sah sexy aus, wenn er nicht gerade versuchte, den Macho raushängen zu lassen. Da er erst Anfang zwanzig war, war es wahrscheinlich nur normal, dass er einen auf dicke Hose machte. Als er mich so verlegen ansah, tat er mir fast schon wieder leid. Ich überlegte, wie ich ihm meine Vorstellungen bezüglich der Platzierung seines Ejakulats nahebringen sollte, und fragte mich, wie lange es wohl noch dauern würde, bis er nackt wäre und ich auf seinem Schwanz sitzen würde. Denn diese ganze verbale Wichserei zögerte unseren Spaß nur unnötig hinaus. Ich beschloss, taktvoll, aber direkt zu sein.

»Wie wär's, wenn du dir ein Kondom überziehst und ganz tief in mir drin kommst? Ich hätte nichts dagegen.«

Er sah mich verwirrt an. »Nein, ich meinte, wo auf deinem ... auf deinen Schenkeln, deinen Titten, deinem Gesicht ... Das würde mir gefallen.« Während er das sagte, begannen seine Augen zu strahlen, und ich erkannte, worauf das hinauslief, nämlich nicht auf das, was ich wollte.

»Hör mal, das mit den Titten geht schon in Ordnung, von mir auch das mit den Schenkel«, sagte ich herablassend. »Aber das Gesicht kommt gar nicht infrage.«

»Warum?« Seine Hand ruhte gerade auf der Innenseite meines Oberschenkels, und ich spürte die Hitze, die zwischen meinen Beinen entstand. Was allerdings auch damit zusammenhing, dass seine herrliche Brustbehaarung aus seinem Ausschnitt hervorblitzte und ich mir vorstellte, wie ich beim Sex mit den Fingern darüberfuhr. (Ich bin nun mal ein oberflächlicher Mensch.) Ich versuchte, mich zu konzentrieren und einen klaren Kopf zu bewahren.

»Das gefällt mir nicht, und zwar kein bisschen. So etwas würde ich niemals tun.«

»Warum nicht? Das macht doch Spaß.«

»Ich mag es einfach nicht. Und wenn ich es tun würde, dann nur mit jemandem, den ich liebe, und der sich das wirklich sehnsüchtig wünscht.«

Ich blinzelte ihn an und überlegte, wie viel Taktgefühl ich ungeachtet des vielen Whiskeys, der meine Kehle hinuntergeflossen war, wohl noch aufbringen konnte. Von meiner Verärgerung über den Verlauf unseres Gesprächs ganz zu schweigen.

»Hör mal, das mit uns ist völlig unverbindlich, verstanden? Und so etwas mache ich einfach nicht bei einem One-Night-Stand.«

Er schien enttäuscht zu sein. »Echt? Schade.«

Ich nahm seine Hand, die immer noch auf der Innenseite meines Oberschenkels lag. »Nein, das glaube ich nicht. Ich kann mir nämlich noch ganz andere Dinge vorstellen, die wir beide zusammen tun könnten. Dinge, die noch mehr Spaß machen.«

Ein dreckiges Grinsen erschien auf seinem Gesicht, und kurz darauf landeten wir in einem nahe gelegenen Hotel, wo wir gierig übereinander herfielen.

Endlich bekam ich die Entspannung, auf die ich gewartet hatte. Gott, tat das gut! Jeglicher Stress fiel von mir ab, als ich zum Höhepunkt kam, und für einen Moment vergaß ich, dass ich geoutet worden war.

Nachdem wir ein paar Stunden geschlafen hatten, schien am frühen Morgen erneut Sex auf dem Programm zu stehen: Juhu! Nachdem er mich wach gestupst hatte, setzte sich Pete rittlings auf mich und drückte meine Arme mit seinen Schenkeln nach unten. Die Stellung schien ihm zu gefallen, und er begann, sich zu streicheln, und steckte mir mehrere Male seinen Schwanz in den Mund. Ich ließ sein Gesicht nicht aus den Augen, und als sein Stoßen rhythmischer wurde, wusste ich, dass er bald kommen würde. Ich wusste auch, dass er mir mitten ins Gesicht spritzen würde, wenn ich nichts unternahm. Während ich müde und doch leicht aufgegeilt dalag, spürte ich, wie ich wütend wurde.

»Spritz mir nicht ins Gesicht«, sagte ich leise, aber bestimmt. »Spritz mir auf die Titten.«

Er grinste mich fies an und fuhr fort, sich selbst zu streicheln, wobei er seinen Schwanz näher zu meinem Gesicht brachte.

»Das ist mein voller Ernst«, sagte ich noch entschiedener als vorher. »Lass das bleiben.«

»Und was willst du dagegen unternehmen, bitte schön?«, sagte er in einem Ton, der eindeutig bedeutete: »Du kannst mich mal!« Dabei stieß er nur noch fester zu.

Ehe ich mich's versah, entschlüpften mir Worte, die ich selbst kaum fassen konnte. Die gesamte Anspannung der letzten Wochen brach sich darin Bahn, und die Wut in meiner Stimme war unüberhörbar.

»Ach ja? Und siehst du das hier?« Ich zog meine Hand unter seinem Schenkel weg und ballte sie zur Faust. Dann presste ich meine Knöchel tief und fest in seine Eier und drehte meine Hand, damit er wusste, wo ich sie freundlicherweise platziert hatte. »Wenn du es wagst, mir ins Gesicht zu spritzen, werde ich dir einen heftigen

Fausthieb verpassen, und zwar genau hier. Am besten, du vergisst das gleich wieder.«

Ich lächelte ihn liebevoll, aber bestimmt an. Pete ließ sofort seinen Schwanz los und schien Angst zu haben, ihn weiter zu streicheln.

Obwohl ich meine Drohung niemals wahr gemacht hätte, gefielen mir seine gewaltsamen Annäherungsversuche kein bisschen: So behandelt man Frauen einfach nicht. Ich mag zwar selbstbewusst genug sein, um sagen zu können, was ich möchte. Aber es gibt viele Frauen, die dazu nicht in der Lage sind. Und Männer wie Pete sollten wissen, dass sie die Grenzen ihrer Partnerinnen zu respektieren haben.

Ich gab ihm ein Zeichen, weiter nach unten zu rutschen, damit mir sein Schwanz nicht mehr ins Gesicht ragte. Gleichzeitig bedeutete ich ihm, sich weiterhin zu streicheln. Daraufhin packte er seinen Schwanz an wie ein Geistesgestörter, um wenige Minuten später meinen ganzen Bauch vollzuspritzen. Nachdem sein Schwanz erschlafft und er wieder zu Atem gekommen war, bestand ich darauf, dass er mich noch mehrmals mit Hand und Zunge befriedigte, und er kam meinen Befehlen pflichtschuldigst nach. Am Ende stand es ungefähr sechs oder sieben Orgasmen für mich gegen einen für ihn, was mich natürlich immens freute.

Ich dürfte einen bleibenden Eindruck auf ihn gemacht haben, wenn auch nicht wegen meiner multiplen Orgasmen: Vermutlich habe ich ihm dermaßen Angst eingejagt, dass er nie mehr versuchen wird, eine Frau zu etwas zu zwingen, das sie nicht will. Außerdem brauchte ich mir seinen Saft nicht aus den Haaren zu waschen, was ebenfalls ein Pluspunkt ist.

@

Nachdem ich Pete ausreichend für seine Zudringlichkeiten bestraft hatte, wartete ich, bis er aus dem Bad kam, damit ich mir sein Sperma vom Bauch wischen konnte. Meine Güte, dieser Mann konnte wirklich ganze Sturzbäche davon produzieren!

Er hatte jedoch die Tür aufgelassen, und ich hörte das Wasser aus dem Hahn laufen. Kurz darauf begann er Selbstgespräche zu führen.

»Ja, ich sehe wirklich gut aus. So gut, dass sogar ich mit mir ins Bett gehen würde.«

Meine Güte, ich hatte soeben Sex mit Narziss gehabt!

Pete kam aus dem Bad, seine Haare waren frisch gekämmt, und er hatte sie mit Wasser zu einer angeberischen kleinen Beckham-Welle aufgetürmt.

Meine Güte, er war nicht nur ein Narziss, sondern auch noch so ein lächerlicher Hipster.

Ich stand kurz davor, laut aufzulachen, und entschuldigte mich, um ebenfalls ins Bad zu gehen. Aber statt meine Frisur in Ordnung zu bringen, verbrachte ich mehrere Minuten damit, mich mit einem Handtuch abzuwischen, um sein Sperma zu entfernen. Dann schaltete ich das Handy ein, um zu sehen, ob ich wichtige Nachrichten bekommen hatte.

Man muss eben Prioritäten setzen – meine Frisur konnte warten.

Wenige Minuten später kam ich aus dem Bad. Meine Haare waren immer noch krisselig, und Pete lag auf dem Bett und sah mich fragend an.

»Wofür hast du jetzt so lange gebraucht?«

»Ich habe meine E-Mails gecheckt.«

»An einem Samstagmorgen?«

Ich spürte, wie ich rot wurde. »Ja ... Wenn ich sie nicht regelmäßig kontrolliere, überschwemmen sie mich regelrecht.«

Ich legte mein Handy auf den Stuhl. Er machte mir Platz, und ich legte mich neben ihn.

»Musstest du viele beantworten?«, fragte er, schlang seinen Arm um meine Schultern und streichelte meinen Nacken. Obwohl er ein furchtbarer Pseudo war, spürte ich ein mir nur allzu vertrautes Pochen zwischen den Beinen. Also schmiegte ich mich enger an ihn und legte meine Hand auf seinen Brustkorb.

»Nö. Bloß vier, nichts Dringendes. Ich kümmere mich darum, wenn ich nach Hause komme.«

Er nickte und zog mich an sich. Wir lagen eine Minute schweigend da, und ich fragte mich, ob wohl noch Zeit für einen kleinen Quickie wäre. Träge fuhr ich über seinen Oberkörper und stimulierte sanft seine Brustwarzen durch das T-Shirt, in der Hoffnung, dass dies zu mehr führen würde.

»Als du nebenan warst, sah ich, dass dein Höschen auf dem Tisch lag«, bemerkte er wie nebenbei.

»Ja, das stimmt«, erwiderte ich und setzte die Stimulation seiner Brustwarzen fort.

»Und als ich es da so liegen sah, hab ich es genommen und daran geschnuppert.«

»Wie bitte?« Überrascht löste ich mich von ihm und runzelte die Stirn.

»Dein Höschen: Ich habe daran geschnuppert.«

Ich zuckte zurück. »Wieso denn das?«

»Das ist doch nicht weiter schlimm! Ich wollte bloß dran schnuppern.«

»Aber warum?«

Er zuckte die Achseln. »Keine Ahnung. Ich hab's einfach getan.«

Ich stöhnte und spürte, wie ich ganz rot wurde vor Verlegenheit. Ich griff nach dem Kissen hinter mir und legte es auf mein Gesicht, um meine roten Wangen zu verbergen.

»Komm schon!«, sagte er tröstend. »Warum ist dir das peinlich? So was muss einem doch nicht peinlich sein.«

»Ich kann einfach nicht fassen, dass du an meinem Höschen geschnuppert hast!«, stöhnte ich durch das Kissen hindurch.

»Ich glaub es nicht: Ausgerechnet dir ist das peinlich«, zog er mich auf. »Du bist doch die berüchtigte Sexbloggerin!«

»Ich weiß«, wimmerte ich nach wie vor mit gedämpfter Stimme. »Aber es ist mir nun mal peinlich, keine Ahnung warum.«

Ich wusste wirklich nicht warum. Nicht, dass ich mich für meinen Körper oder meinen Eigengeruch schäme. Es war schließlich nicht das erste Mal, dass ein Mann meine Unterwäsche nahm und ihren Duft einsog. In der Vergangenheit hatte ich es erregend gefunden, wenn ich sah, wie ein Mann mein Begehren witterte und daraufhin einen Steifen bekam. Zu wissen, dass ihn das angemacht hatte, törnte wiederum mich richtig an.

Aber wenn ein Mann, den ich kaum kenne – außer aus dem Fernsehen, was es eher noch schlimmer macht –, während meiner Abwesenheit an meiner Unterwäsche schnuppert, finde ich das mehr als unpassend. Sosehr es mir auch gefallen hatte, noch vor wenigen Stunden seine Zunge zwischen meinen Beinen zu spüren: Jetzt fühlte ich mich nackter und verletzlicher als während des Cunnilingus. Ich fühlte mich fast vergewaltigt.

»Nicht, dass du denkst, ich bin irgendwie pervers oder so«, sagte er entschuldigend, denn anscheinend konnte er Gedanken lesen. »Ich schleiche nicht herum und schnuppere heimlich an Damenhöschen – ehrlich nicht! Ich wollte dich nur riechen.« Er streckte die Hand aus und zog das Kissen weg, das ich immer noch auf mein Gesicht gedrückt hielt. »Komm schon, hör auf, dich zu verstecken!«

Ich lag da, inzwischen ohne Kissen, und rang um meine Fassung. Ich schlug die Hände vors Gesicht, um mein fortgesetztes Erröten zu verbergen.

»Wie dem auch sei«, fuhr er fort. »Nachdem du mir gestern im Pub erzählt hast, dass du so feucht warst, dass du gezwungen warst, dein Höschen mit Klopapier auszulegen, musste ich das einfach überprüfen.« Er kicherte.

Ich grinste in mich hinein und dachte daran, wie wahnsinnig erregt ich gewesen war. Wie ich mich trotz allem wahnsinnig zu ihm hingezogen gefühlt hatte. Ich hatte nicht damit gerechnet, mit ihm im Bett zu landen, und erst recht nicht, mir so dringend einen Fick mit ihm zu wünschen. Schließlich habe ich da diese Regel, keine Promis zu ficken. Aber als er mir leise ins Ohr geflüstert hatte, was er alles mit mir machen wolle, während seine Hand schwer auf meinem Oberschenkel lag, hatte ich ihn einfach nur in mir spüren wollen: Scheiß auf die Regeln!

Und so war die Stimmung nach Stunden, in denen Sex kein Thema gewesen war, doch noch umgeschlagen. Bevor ich das Wie oder Warum hatte ergründen können, hatte ich seine Lippen auf den meinen gespürt. Meine Hände waren über das kleine Stück nackte Haut zwischen seinem T-Shirt und seiner Jeans geglitten, während seine Fingerspitzen kleine Kreise in meinem Nacken beschrieben hatten. Wir hatten beide dagesessen und hatten Lust gehabt. Plötzlich war es nicht mehr darum gegangen, ob, sondern nur noch, wann wir uns ausziehen sollten. Ich fragte mich, ob das alles in meine Unterwäsche eingeschrieben war wie eine unsichtbare Duftmarke: Meine offensichtliche Erregung, meine nicht zu verleugnende Begierde, jede Phase der Erregung, die er bei mir hervorrief – all das schien in dem Spitzenstoff meines Tangas enthalten zu sein.

Aber erst als ich viel später nach Hause zurückkehrte, konnte ich das eigenhändig überprüfen. Sofort zog ich mein Höschen aus der Handtasche und sog seinen Duft tief in mich ein. Das moschusartige Aroma meiner Erregung von letzter Nacht war noch schwach wahrnehmbar. Aber ich war fast enttäuscht, wie schwach der Duft angesichts meiner extremen Erregung war.

Als ich Wasser ins Waschbecken laufen ließ, um meine Unterwäsche von Hand zu waschen, fiel mir ein, dass ich Pete den raffinierten Tanga vielleicht hätte schenken sollen. Er hätte die Geste bestimmt zu schätzen gewusst. Aber das hätte seinem Ego bestimmt erst recht geschmeichelt, und angesichts seines Verhaltens im Bett wollte ich, dass nur sein Schwanz größer wurde und nicht sein Ego.

Außerdem gehört der Stringtanga, den ich trug, zu meinen Lieblingsslips. So gesehen möchte ich ihn nicht einem Mann überlassen, den ich bestimmt nie wiedersehen werde: In meinem Bett hat nur ein Narziss Platz, und der bin ich!

Samstag, 9. September

Ich bin immer noch ein bisschen sauer wegen Petes gestrigem Verhalten. Vielleicht habe ich überreagiert, aber ich fand schon, dass er mich zu etwas zwingen wollte. Wäre ich zehn Jahre jünger und noch nicht so erfahren gewesen, hätte ich wahrscheinlich nachgegeben und ihm erlaubt, mir ins Gesicht zu spritzen, obwohl ich das eigentlich gar nicht mag. Aber damals war ich viel zu naiv und unsicher, um mich im Bett zu behaupten. Doch seitdem hat sich so einiges getan ...

Ich habe nichts gegen Leute, die ihre sexuellen Wünsche, Fetisch-Vorlieben oder Fantasien formulieren. Aber solche Dinge sollten offen diskutiert werden, und alle Beteiligten sollten sich darin einig sein. Dass Pete darauf bestanden hatte, mir ins Gesicht zu spritzen, obwohl ich ihm im Pub laut und deutlich gesagt hatte, dass das nicht für mich infrage kommt, war für meinen Geschmack doch etwas sehr aggressiv: Ich mag es nicht, wenn Männer Frauen so unter Druck setzen.

Wie dem auch sei, mit Pete bin ich fertig. Andererseits war es so schlimm auch wieder nicht. Dabei hätten die Aufmerksamkeiten eines kleinen D-Promis meinem lächerlich oberflächlichen Ego so guttun können – und angesichts der Vorfälle in letzter Zeit könnte ich das wirklich gebrauchen. Natürlich hat es meine Stimmung deutlich gehoben, dass er mich die ganze Nacht lang gefickt hat. Aber trotz meiner Selbstliebe ist Pete einfach viel zu unreif und eingebildet für mich. Junge Männer wie er haben selbstverständlich Vorteile. Aber die eine Nacht hat mir genügt, um mir wieder klarzumachen, was ihnen fehlt: ein bisschen Erfahrung, Reife und Verstand. Kein noch so allzeit bereiter Schwanz kann das Fehlen eines guten, anregenden Gesprächs wettmachen. Und so etwas vermisse ich wirklich. Ich wünschte, ich könnte mich an jemanden kuscheln – an einen Menschen, dem ich wirklich vertraue und der mir etwas bedeutet – und die ganze Nacht reden. Mich gemeinsam mit ihm über den Rest der Welt lustig machen und meine innersten Gefühle mit ihm teilen, anstatt nur heimlich darüber zu schreiben.

@

Nachdem sie nicht lockerließ, habe ich mich endlich breitschlagen lassen, heute Abend mit Fiona essen zu gehen. Mein Zögern hatte gleich mehrere Gründe:

- @ Ich hatte meine gute Freundin in Bezug auf das Blog und das Buch belogen.
- @ Ich hatte sie nicht um Hilfe gebeten, als ich Hilfe brauchte.
- @ Ich hatte in meinem Buch über sie geschrieben.

Deshalb fürchtete ich mich vor ihrer Reaktion. Tim kann damit umgehen, das weiß ich. Er hat mich zwar am Telefon angeschrien und mich beschimpft, weil ich ihm nichts erzählt habe. Doch dann war er äußerst mitfühlend und hat mich gefragt, wann wir mal wieder ein Bier trinken gehen. Er ist locker drauf, und ich weiß, dass er keine Probleme mit dem hat, was ich über ihn geschrieben habe. Kathy war etwas sauer, dass ich sie nicht eingeweiht hatte, gestand mir aber, das Buch letzte Woche gekauft zu haben. Ich muss am Telefon laut aufgestöhnt haben, weil sie sofort sagte: »Oh, mach dir keine Sorgen, ich werde es nicht lesen! Ich wollte nur, dass du Tantiemen bekommst und im Amazon-Verkaufsrang ganz nach oben rückst.«

Die Gute!

Fiona dagegen war doch recht kühl am Telefon. Ich spürte an ihrer Zurückhaltung, dass sie sauer war. Wahrscheinlich war sie verletzt, weil ich ihr nicht genügend vertraut hatte. Und das, obwohl wir sehr offen über alles reden. Ich kann es ihr nicht verübeln, mir würde es wahrscheinlich genauso gehen.

Ich hatte vor, mich bei unserem Treffen wortreich zu entschuldigen und ihr alles zu erklären: nämlich, dass es mir unangenehm ist, wenn meine Freundinnen meine intimsten Gedanken kennen. Das finde ich schlimmer, als wenn sie mein Geschwalle übers Masturbieren lesen. Aber wenn ich ehrlich bin, ist mir auch das unangenehm. Meine Nachbarin hat mich erneut angerufen und gesagt, dass sie gerade angefangen habe, mein Blog zu lesen, sich aber von meiner häufigen Selbstbefriedigung abgestoßen fühle.

»Das will ich dann doch nicht über dich wissen«, hat sie gesagt.

Meine Rede!

Also machte ich mich auf ein ausführliches Gespräch mit Fiona gefasst. Doch dann saß sie in der Bar, wartete schon mit meinem Lieblingsdrink, einem großen Dirty Martini, auf mich und grinste mich an. Und plötzlich waren alle meine Bedenken wie weggeblasen. Wir umarmten uns sofort, und ich weinte ein wenig, danach war alles in bester Ordnung. Ich musste mich nicht einmal entschuldigen. Ich kann gar nicht sagen, wie erleichtert ich bin. Es tut gut zu wissen, dass meine Freundinnen hinter mir stehen.

Betrunkenheitstabelle

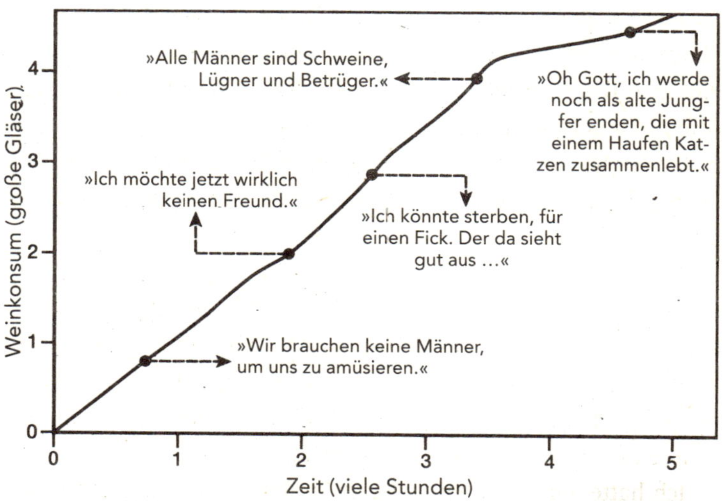

Vielleicht war das meine größte Sorge, nämlich, dass mich meine Freundinnen verurteilen könnten, und dass unsere Freundschaft darunter leiden würde. Aber das ist nicht passiert, zumindest noch nicht. Meine engsten Freunde und Verwandte halten zu mir: Ohne sie wäre ich allerdings nur noch ein Häufchen Elend.

Sonntag, 10. September

Wie heißt es so schön? Ruf niemals jemanden in betrunkenem Zustand an. Denn dann sagt man unweigerlich Dinge, die einem hinterher leidtun.

Zum Beispiel, dass der Angerufene der Größte überhaupt ist, auch wenn man ihn schon in nüchternem Zustand so schnell wie möglich wieder loswerden will. Aber wenn man betrunken ist, ist er plötzlich das einzig Wahre. Oder aber man hat das Bedürfnis, sich dem Ex-Freund zu Füßen zu werfen und ihn anzuflehen, einen zurückzunehmen. Und das, obwohl man insgeheim ganz genau weiß, dass man niemals mit einem Mann zusammen sein will, der beim Fernsehen an seinen Füßen pult (und anschließend seine Hautfetzchen auf dem Sofa liegen lässt). Oder aber, und das ist wirklich das Schlimmste, man ruft im Suff einen Fickfreund an und versucht ihn davon zu überzeugen, dass es in seinem ureigensten Interesse liegt, sich ausgiebig um einen zu kümmern. Und das, obwohl er Mundgeruch hat und einem seine endlos langen Schamhaare im Hals stecken blieben, als man ihnen das letzte Mal den Schwanz gelutscht hat. (Erstaunlicherweise scheint all das verzeihlich zu sein, wenn Sex winkt.)

Deshalb verbiete ich mir (soweit es in meiner Macht steht), zum Handy zu greifen, wenn ich unter Alkoholeinfluss stehe. Ich lasse mein Handy in der Handtasche und ignoriere es. Ich gebe der Versuchung nicht nach, danach zu greifen, das Adressbuch durchzusehen und auf »Wählen« zu drücken, nur um mich anschließend lächerlich zu machen. Es gibt andere, ja bessere Methoden, sich lächerlich zu machen, zum Beispiel, in aller Öffentlichkeit einen Orgasmus zu bekommen. (Dabei fällt mir ein ganz besonders amüsanter Abend vor drei Jahren in der D'Arblay Street wieder ein ...) Aber zu einem Anruf in betrunkenem Zustand lasse ich mich nur selten hinreißen, denn das Ergebnis ist eigentlich nie befriedigend.

Dem Alkohol nicht nachzugeben, ist zugegebenermaßen echt hart, trotzdem lässt sich der Drang zum Telefonieren kontrollieren: Man braucht nur etwas Übung. Folgendes Mantra, das man betrunken ständig wiederholt, funktioniert in der Regel: »Ruf ihn verdammt noch mal nicht an. Ruf ihn verdammt noch mal nicht an.«

Womit ich allerdings Probleme habe, ist das Surfen im volltrunkenen Zustand (SIVZ©). Ich bin schon oft nach einem feuchtfröhlichen Abend nach Hause gekommen und habe es irgendwie geschafft, auf meinen Laptop zuzustolpern und irgendwelchen Mist zu schreiben, bei dessen Lektüre ich am nächsten Tag laut aufgestöhnt habe vor lauter Peinlichkeit.

Aber wer kennt das nicht? Das kann ein Blogeintrag in betrunkenem Zustand sein – »Oh, ich armes Schwein, ich brauche einen Freund/einen Fick/Schmerzmittel gegen mein PMS« – oder aber, was noch schlimmer ist, ein Kommentar, den man auf anderer Leute Blogs hinterlassen hat: »Ich brauche einen Fick, hahahahaha!!!« Wirklich peinlich. Ich musste mich in der Vergangenheit schon bei einigen Bloggern dafür entschuldigen – etwas, worauf ich nicht gerade stolz bin.

Noch schlimmer sind allerdings im Suff geschriebene E-Mails. Ja, ich weiß, jeder von uns schreibt welche, aber ich bin besonders anfällig dafür. In Kombination mit der alkoholseligen Überzeugung, dass ich die Miss Schlagfertig des Jahres bin, ergibt das eine Mischung, die an Blödheit und Verzweiflung kaum noch zu überbieten ist. Das Ganze wird dann zu allem Überfluss noch mit einer Prise selbstverächtlichem, plattem Humor getoppt, an dem wirklich so gar nichts komisch ist.

Normalerweise versuche ich, mir den Zugang zum Laptop zu verbieten, wenn ich angetrunken zur Tür hereintaumele. Das ist die einfachste Methode, mit der sich ein Bedauern in nüchternem Zustand vermeiden lässt. Sie funktioniert vor allem deswegen, weil ich so ein Kontrollfreak bin: Ich mag es, die Oberhand zu haben (und das natürlich auch im Bett). Aber auch darauf kann ich mich nicht immer verlassen. Und deshalb war es heute Morgen wieder mal so weit, dass ich etwas las, das ich am Vortag einem Kerl geschickt habe, mit dem ich vor einer Weile im Bett war. Woraufhin ich gezwungen war, mich händeringend nach dem Warum zu fragen.

Im Grunde hatte die E-Mail ganz harmlos begonnen:

»Ich bin ziemlich besoffen«, hatte ich gleich im ersten Satz verkündet. »Das dient als Haftungsausschluss, für den Fall, dass ich mich von dieser E-Mail irgendwann in der Zukunft distanzieren will.«

Eine geschickte Strategie, die mir mindestens zwei Punkte für Ehrlichkeit einbringen dürfte. Doch dann wurde es doch noch ein wenig schlimmer:

»Ich wollte mich nur noch mal für den Abend bedanken, an dem du bei mir warst, und mich entschuldigen«, schrieb ich zerknirscht. »Vielleicht habe ich bei dir den Eindruck hinterlassen, moralisch gesehen auf dem hohen Ross zu sitzen. Aber das stimmt gar nicht, ehrlich nicht.«

Äh, ehrlich gesagt stimmt das durchaus: Er war es schließlich, der sich aufgeführt hat wie ein Idiot, und nicht ich. Aber nach drei Martini schien ich meine Meinung offensichtlich geändert zu haben. Ich sank sogar noch tiefer:

»Wahrscheinlich bist du ein wirklich netter Kerl«, schmeichelte ich ihm und vergaß dabei völlig, wie egozentrisch er war. »Eigentlich haben wir doch ganz gut zusammengepasst. Wenn du also mal Lust auf ein gemeinsames Bier hast, habe ich nichts dagegen. Wenn nicht, ist das auch in Ordnung.«

Bei meinem Optimismus sollte ich wirklich als Mediatorin arbeiten! Ich sehe bei jedem das Positive – auch, wenn es sich um ein echtes Arschloch handelt. Der bewusste Typ hat sich in den letzten Wochen nicht einmal bei mir gemeldet, um zu hören, wie es mir geht. Dabei weiß ich, dass er von meinem »Outing« erfahren hat.

Aber es wurde noch schlimmer. Ich kroch noch mehr vor ihm zu Kreuze und setzte dem Ganzen die Krone auf:

»Ich wollte nur dafür sorgen, dass die Luft zwischen uns wieder rein ist. Damit wir uns, falls wir uns mal wieder über den Weg laufen, freundlich anlächeln können.« Ach ja, das gute alte »Lass-uns-Freunde-sein!«-Ding. Rein theoretisch ist auch gar nichts dagegen einzuwenden, in der Praxis jedoch schon. Obwohl ich zu den meisten Männern, mit denen ich geschlafen habe, ein gutes Verhältnis habe, gibt es eine traurige Minderheit, mit der ich unmöglich befreundet sein kann.

Aber da ich betrunken und dementsprechend versöhnlich gestimmt war, glaubte ich, mich wieder mit ihm vertragen zu können, ja sogar, dass er es wert sei, mit ihm befreundet zu sein. Unsere Wege würden sich zweifellos wieder kreuzen, also war das doch sinnvoll.

Doch kaum war ich nüchtern, wusste ich ganz genau, dass das niemals passieren würde: Wir können einfach nicht befreundet sein. Und obwohl die E-Mail im Suff abgeschickt wurde, bestätigt mich seine fehlende Reaktion nur darin: Zu einer Freundschaft, und sei sie auch noch so unbedeutend, gehören nämlich immer zwei.

Was lerne ich nun daraus? Nun, dass ich natürlich keinen Internetzugang haben sollte, wenn ich betrunken bin. Doch das wird mir jetzt, wo ich mir soeben ein neues 3G-Handy mit Breitband-Internetzugang gekauft habe, noch schwerer fallen als sonst. Ich wollte es unbedingt haben, um unabhängig von meinem Laptop E-Mails schreiben zu können. Außerdem liebe ich neuen Technikkram, und das ist das geilste Teil, das ich je hatte! So gesehen werde ich mir wohl oder übel ein Vorhängeschloss für meine Handtasche zulegen müssen, damit ich die Finger von meinem Handy lasse, wenn ich betrunken bin. Und vielleicht fällt mir ja noch was Besseres ein, was ich mit meinen Händen anfangen könnte ... Ich weiß, was ich mehr genießen werde, und Letzteres werde ich am nächsten Morgen ganz bestimmt nicht bereuen.

Montag, 11. September

In letzter Zeit hatte ich reichlich Gelegenheit zum Nachdenken. Wie man sich vorstellen kann, hatte ich viel zu tun. Ich war damit beschäftigt, mein Privatleben zurückzuerobern, und kam außerdem zu folgendem Schluss: Männer, die zu viel wichsen, können Probleme damit haben, Frauen beim Sex zu penetrieren.

Ich möchte gern einmal den von den Medien transportierten Mythos hinterfragen, dem zufolge nur Frauen Orgasmusschwierigkeiten haben: Manche Männer kommen durch Penetration ebenfalls nicht zum Höhepunkt, und zwar unabhängig davon, wie heftig sie stoßen und reiben. (Achtung: Diese Theorie beruht ausschließlich auf persönlichen Erfahrungen. Sie wurde nicht wissenschaftlich überprüft und ist wahrscheinlich unzulässig wegen der von mir vorgenommenen starken Verallgemeinerungen. Trotzdem besitzt sie eine gewisse Gültigkeit.)

Damit möchte ich nicht sagen, dass alle Männer, die begeistert ihre Schwänze umarmen, Probleme beim Geschlechtsverkehr haben – ganz im Gegenteil: Ich finde es prima, wenn Männer sich mit Leidenschaft selbst befriedigen. Die Männer, die ich meine, masturbieren mit dermaßen Elan, dass im Vergleich dazu alles andere verblasst. Für sie steht die vaginale Penetration für Reibungsverlust, für eine herabgesetzte Empfindsamkeit und für weniger Lust, weshalb sie sich schwertun, in einer Frau zum Höhepunkt zu gelangen.

Warum ich das hier erwähne? Ganz einfach, weil ich glaube, dass aggressives, wildes, intensives Wichsen Männerschwänze weniger sensibel und den Geschlechtsverkehr damit für sie (und ihre Partnerinnen) zu einer enttäuschenden Erfahrung macht. Und das ist wirklich tragisch.

Indem sie daran gewöhnt sind, durch einen festen Griff zum Orgasmus zu kommen, entgehen diesen Männern die Freuden des Geschlechtsverkehrs. Sie sind nicht in der Lage, die Raffiniertheit einer pulsierenden, sich zusammenziehenden Vagina zu genießen. Sie können sich nicht darauf konzentrieren, wie feucht und glatt eine Muschi sein kann. Wahrscheinlich bemerken sie die Veränderungen in Bezug auf Wärme, Enge und Weichheit gar nicht. Sie spüren weder die Kontraktionen beim weiblichen Orgasmus, noch wie die Wände der Vagina ihre Eichel sanft liebkosen. All das entgeht ihnen meiner Meinung nach völlig, weil sie das Empfindungsvermögen ihrer Schwänze herabgesetzt haben.

Ich will nicht behaupten, dass ich die engste Muschi der Welt habe, auch nicht, dass mit Männern, die nicht mit mir zum Höhepunkt kommen, etwas nicht stimmt, bloß weil sie nicht tief in mir explodieren. Aber meine Vaginalmuskulatur ist nach fünfzehn Jahren Kegelübungen doch recht gut ausgeprägt. Außerdem habe ich von meinen Liebhabern auf sexuellem Gebiet so einiges gelernt. Wenn ich dann also einem Typen begegne, bei dem meine Muschi nicht das Geringste ausrichten kann, erstaunt mich das gelinde gesagt doch ein bisschen.

Trotzdem bin ich deswegen nur ein bisschen (und das auch nur vorübergehend) beleidigt, weil sie meine innere Schwanzmassage nicht zu schätzen wissen. Denn beim Sex geht es eindeutig um mehr als darum, wie gut sich meine Muschi anfühlt (komisch, aber wahr). Ich bin stets wild darauf, Neues auszuprobieren, damit beide Lust verspüren. Ich gehe also nicht nur auf die Knie, um ihn mit einer Mischung aus Blowjob, Handjob und Spanisch zu beglücken, sondern werfe ihm auch gern einen verführerischen Blick zu und bitte ihn, in meinem Beisein an sich herumzuspielen. Damit erreiche ich genau zwei Dinge:

- Ich sehe, welche Art der Penis-Stimulation er bevorzugt, und weiß, wie ich ihn am besten zum Orgasmus bringen kann.
- Ich werde ganz scharf, wenn ich ihm beim Wichsen zusehe. (Letzteres versteht sich natürlich von selbst.)

Einem Mann beim Wichsen zusehen zu dürfen und damit einen Einblick in seine geheimen Masturbationsgewohnheiten zu bekommen, ist deshalb etwas, worum ich fast jeden meiner Liebhaber gebeten habe. Ich kann nicht Gedanken lesen und bin auch nicht allwissend im Bett: Auch ich muss erst lernen, wie ich den anderen befriedigen kann. Wenn ich einem Mann bei der Selbstbefriedigung zusehe, bekomme ich Einblick in seine sexuellen Vorlieben. Außerdem habe ich damit einen Anhaltspunkt dafür, inwieweit er den Sex beim Penetrieren genießen kann (oder eben nicht).

Ich habe da bei Männern Riesenunterschiede erlebt. Es gibt Männer, die ihre Schwänze so sanft berühren, dass man über ihre Erektionen nur staunen kann. Ihr Penis ist so sensibel, dass es schon ausreicht, einen Finger den Schaft hinaufgleiten zu lassen, um sie zum Zucken und Absondern von Lusttropfen zu bringen. Es gibt Männer, die die Eichel nur kurz mit ihren Fingerspitzen zusammendrücken, woraufhin ihr Schwanz sofort zu zucken beginnt. Ja, es gibt Männer, die schon zum Höhepunkt kommen, wenn sie bloß ihre Eier in die Hand nehmen und diese mit der Handfläche an den Schwanz drücken. Und dann gibt es da Männer wie Pete, die ihren Schwanz packen, strangulieren und dermaßen fest und schnell daran zerren, dass man ihre Handbewegungen nur ganz verschwommen sieht. Deren Schwänze werden regelrecht malträtiert. Ich habe schon viele Männer beim Wichsen beobachtet, und diejenigen, die Letzteres tun, hatten die größten Probleme, in mir zu kommen.

Ich glaube nicht, dass das ein Zufall ist. Ich glaube wirklich, dass die Liebhaber, die problemlos kamen, auch die sensibelsten Schwänze hatten. Sie waren auch ausnahmslos die sinnlicheren Liebhaber. Sie konnten regungslos in mir bleiben und trotzdem kommen, und zwar ausschließlich dadurch, dass ich meine Muschi um sie herum verengte. Die Empfindlichkeit ihrer Schwänze erlaubte es ihnen, so zu kommen, wie sie wollten, sei es nun langsam, schnell, tief, oberflächlich, weich oder hart – anstatt dass sie in der Hoffnung auf einen Orgasmus gezwungen waren, so schnell wie möglich das alte Rein-Raus-Spielchen zu betreiben.

Die Männer, die bis zur Besinnungslosigkeit an sich herumzerrten, schienen sich in mir regelrecht verloren vorzukommen. Wurden sie mit einer weichen, zuckenden Muschi statt mit einem festen Klammergriff konfrontiert, taten sich diese Männer so lange schwer, zum Höhepunkt zu kommen, bis sie ihn rauszogen und sich wie wild einen runterholten. Ihnen dabei zusehen zu müssen, macht mich traurig. Es erinnert mich an den unbeholfenen Sex unter Teenagern, bei dem keiner wirklich weiß, was er da gerade tut oder wie man sich amüsiert. Und zwar deshalb, weil ein Mann, der nur so zum Orgasmus kommen kann, auf mich nach wie vor den Eindruck eines unbeholfenen Teenagers macht: Er weiß nicht recht, was er tun soll, hat keine Erfahrung mit den unterschiedlichen Spielarten des Lustempfindens, weiß aber, dass sich das Endergebnis recht angenehm anfühlt. Also kann er genauso gut tun, was er schon immer getan hat – ganz einfach, weil es funktioniert.

Doch ich sehe das anders. Diese Männer berauben sich ihrer Sensibilität – und damit der Fähigkeit, den Sex voll und ganz auszukosten. Ich finde, solche Männer sollten ihre grobschlächtigen, wilden Masturbationstechniken wieder verlernen. Sie sollten neue Wege beschreiten und entdecken, wie sie sich noch Lust verschaffen können. Vielleicht sollten sie sogar mal eine Zeitlang auf das Masturbieren (und vor allem auf den Konsum von dämlichen Pornos) verzichten, um ihre Sensibilität zu steigern und herauszufinden, welche Freuden ihnen ein wirklich empfindsamer Penis bereiten kann. Wenn sie einen Gang runterschalten und sich sanft und liebevoll selbst erkunden, werden sie ganz neue Wege entdecken, ihre Erregung zu genießen. Und das wird ihnen helfen, vielleicht zum ersten Mal zu erleben, wie herrlich es sich anfühlen kann, in einer Frau zu sein.

Dienstag, 12. September

Keine Ahnung warum, aber ich musste gerade an eine Zeit vor zehn Jahren zurückdenken. Damals beschloss ich, eine Weile sexuell enthaltsam zu leben. Ich weiß, dass das bei einem Mädchen, das immer nur das eine im Kopf hat, mehr als nur ironisch klingt. Aber damals hatte ich wirklich die Nase voll von Männern. Ich war enttäuscht von meinem Single-Dasein und wütend über die fehlende Romantik in meinem Leben. Kein Mann, dem ich begegnete, schien jemals ein über das rein Körperliche hinausgehende Interesse für mich zu entwickeln. In mir klaffte ein emotionales Loch, das ich nur zu gern gefüllt hätte.

Also beschloss ich, eine Weile keinen Sex mehr zu haben und nur mit einem Mann zu schlafen, wenn unser Interesse füreinander über eine unverbindliche Beziehung hinausging. Auf diese Weise – so glaubte ich – würde ich einen ganz anderen Typ Mann kennenlernen: einen Mann, der meinen Verstand und meine Seele ebenso liebte wie meinen Körper. Und angesichts der Tatsache, dass ich damals in puncto Männer ständig danebengriff, glaubte ich außerdem, ohne Sex klarer denken zu können.

Ich schaffte es, ganze anderthalb Jahre ohne Sex zu leben. Erstaunlich, ich weiß. Zumindest für mich und meinen gesunden Appetit. Da ich kurz zuvor mit dem Rauchen aufgehört hatte, dachte ich, dass es so schwer auch nicht sein kann, für eine Weile mit dem Ficken aufzuhören.

Doch wie sich herausstellte, war es ziemlich schwer, denn ich war STÄNDIG geil. Männer denken alle acht Sekunden an Sex? Das ist rein gar nichts, denn ich dachte die anderen sieben Sekunden ebenfalls an Sex. Der Gedanke an Sex beschäftigte mich vom Aufwachen bis zum Schlafengehen. Es gab keinen Moment, in dem ich nicht daran dachte.

Sagen wir mal so: Meine Hände lernten meinen Unterleib ziemlich gut kennen.

Als ich mich der Anderthalb-Jahre-Marke näherte, hatte ich einen Termin beim Frauenarzt. Eine Vorsorgeuntersuchung, bei der kontrolliert werden sollte, ob meine Sexualorgane noch richtig funktionieren, und bei der man einen PAPP-Test vornehmen würde.

Ich mag es nicht, inwendig untersucht zu werden, ich glaube, keine Frau mag das. Ich kann meine Zeit angenehmer verbringen, als ...

... mich von einem Wildfremden innerlich begrapschen zu lassen.
... mir einen eiskalten Metallgegenstand einführen zu lassen, der mir auf unangenehme Weise die Vagina aufhält.
... mir mit Stäbchen an meinem Gebärmutterhals herumschaben zu lassen.

Ich freute mich also nicht direkt auf diese Vorsorgeuntersuchung. Aber sie musste nun mal sein, denn ich legte Wert darauf, dass mit meinen Sexual- und Fortpflanzungsorganen alles in Ordnung ist. Und so suchte ich also die Praxis auf.

Der Arzt kam ins Behandlungszimmer, und ich lehnte mich zurück, um die Sache bloß so schnell wie möglich hinter mich zu bringen. Also stellte ich meine Füße in die dafür vorgesehenen Halterungen und ließ ihn machen.

(Ich sollte vielleicht wiederholen, dass ich anderthalb Jahre lang von keinem Mann mehr angerührt worden war, denn das ist wichtig.)

Der Arzt drückte sanft auf meinen Bauch, befahl mir, mich zu entspannen, und steckte dann einen Finger in mich hinein. Ich sah, wie seine Hand gegen meine Vulva drückte, und versuchte verzweifelt, nicht an einen Schwanz zu denken. Aber leider zu spät: Seine Berührung hatte meinem hochsensiblen Körper eine sofortige Reaktion entlockt. Als er seinen Finger drehte, meinen Muttermund und die Konturen meiner Gebärmutter ertastete, merkte ich, wie feucht ich war. Er hatte zugegebenermaßen Gleitmittel auf seinen Finger aufgetragen, aber während er in mir nach wie vor sanft Druck ausübte und seine andere Hand fest auf meinem Bauch lag, wurde ich total erregt. Und als er einen weiteren Finger in mich gleiten ließ, spürte ich, wie mein Körper zitterte und zuckte, und wusste, dass ich nicht mehr weit von einem Orgasmus entfernt war.

»Alles in Ordnung?«, fragte er, und ich errötete vor lauter Verlegenheit, als ich merkte, dass er bestimmt spürte, wie groß meine Geschlechtsorgane geworden waren. Ich nickte und versuchte, mich auf etwas anderes als auf das Gefühl zwischen meinen Beinen zu konzentrieren. Ich hatte eine Riesenangst, vor diesem Mann zum Höhepunkt zu kommen, und verachtete mich dafür, dass mich schon die bloße Berührung eines Fremden, ja noch dazu die eines Arztes, so erregte.

Zum Glück zog er anschließend seine Finger wieder heraus und sagte, alles sei in Ordnung – nur um dann schnell das Spekulum einzuführen und einen Abstrich zu machen. Anschließend ließ er mich allein, damit ich mich, die ich völlig errötet und erregt war, wieder anziehen konnte.

Der Vorfall war mir so peinlich, dass ich die Praxis eine ganze Weile nicht mehr aufsuchte. Und als ich es dann das nächste Mal tat, bestand ich ausdrücklich darauf, von einer Ärztin untersucht zu werden. Trotz meiner leicht lesbischen Neigungen würde ich bei ihr bestimmt nicht an einen Schwanz denken, wenn sie die Hände in mich reinsteckte. (Natürlich ergriff ich noch weitere Vorsichtsmaßnahmen wie die, mich nie mehr untersuchen zu lassen, wenn ich sexuell frustriert oder geil war.)

An jenem Abend, nachdem ich mich innerlich von einem Arzt hatte erkunden lassen, ließ ich mich endlich auch von einem ziemlich köstlichen Schwanz erkunden: Ich schleifte meine Freundin in eine Bar, damit ich jemanden aufreißen konnte, und landete dann mit einem eifrigen jungen Typen im Bett, der überglücklich war, meine Bedürfnisse befriedigen zu dürfen.

Dieser Vorfall machte mir klar, dass sexuelle Enthaltsamkeit guttun kann, mich aber unglücklich macht: Anstatt einen anständigen Kerl kennenzulernen, verbrachte ich anderthalb Jahre in ständiger Geilheit. Ich vermisste den Sex furchtbar, was mich schließlich bloß in eine ausgesprochen peinliche Situation gebracht hatte.

Zum Glück bin ich heute schon ein gutes Stück weitergekommen – seelisch wie emotional. Obwohl ich mir nach wie vor wünsche, einen »netten Mann« kennenzulernen, kommt es für mich überhaupt nicht mehr infrage, bis dahin auf Sex zu verzichten.

Mittwoch, 13. September

Ich kann es kaum fassen: Ich war gerade zum ersten Mal im Fernsehen und habe mit Sharon Osbourne in ihrer Talkshow über das Blog und das Buch geredet.

Ich war mit genügend Vorlauf ins Studio gekommen (nachdem mich ein Fahrer der Fernsehfirma mit einer Luxuslimousine abgeholt hatte, was ebenfalls neu für mich war) und wurde in einen Ankleideraum gebracht. Wie oft war ich morgens als Erste am Set gewesen, um sicherzustellen, dass der Raum für die Künstler beheizt, beleuchtet und bequem war! Jetzt war ich diejenige, die sich inmitten der Kissen entspannte und gefragt wurde, ob sie eine Tasse Tee wolle. Ein merkwürdiges Gefühl!

Kurz darauf kam ein Set-Runner, um mich in die Maske zu begleiten. Erinnerungen an frühe Morgenstunden und ein hastiges Nippen an meinem Kaffee überfluteten mich, als ich den hell erleuchteten, von Spiegeln gesäumten Raum betrat. Aber diesmal war nicht ich es, die jemanden zu seinem Stuhl führte: Diesmal nahm ich selbst darin Platz.

Es fühlte sich komisch an, von anderen geschminkt zu werden. Ich hatte das bei anderen natürlich schon zigmal beobachtet, während ich darauf wartete, dass die Darsteller herausgeputzt und nahaufnahmetauglich gemacht wurden. Während der weiche Pinsel über meine Haut glitt und eine Schicht Grundierung darauf verteilte, merkte ich plötzlich, wie surreal das alles war. Nie hätte ich gedacht, selbst einmal in so einem Stuhl zu sitzen!

Nachdem eine gefühlte mehrere Zentimeter dicke Kriegsbemalung aufgetragen worden war (aber das war auch nötig), kehrte ich in den Ankleideraum zurück. Kurz darauf kam der Tonmann, um mir ein Mikro anzustecken. Ich grinste in mich hinein, als er mir erklärte, wie ich die Kabel um meinen Nacken und hinunter zum Sender führen sollte, der an einem Gürtel hinter meinem Rücken hing: Ich kenne die Fernsehausrüstung in- und auswendig – schließlich habe ich über zehn Jahre lang mehr oder weniger damit gelebt.

Nachdem er weg war, ging ich aufs Klo: Ich musste dringend Pipi, die BH-Träger mussten in letzter Minute zurechtgezupft werden, meine Lippen waren vor lauter Aufregung dermaßen ausgedörrt, dass sie förmlich nach Lippenstift schrien. Als ehemalige Regieassistentin hatte ich extra auf meine Uhr geschaut, als ich die Toiletten betrat, und glaubte, noch genug Zeit zu haben, bis man mich rief. Aber da täuschte ich mich: Eine Minute später stürmte die Aufnahmeleiterin herein und sagte, es sei so weit. Wir eilten den Flur entlang, und ich widerstand der Versuchung, ihr zu erzählen, dass ich auch einmal in ihrem Job gearbeitet hätte. Dass ich es ebenfalls gewohnt war, auf die Toilette zu rennen und mir das »Talent« zu schnappen. Und dass ich jedes Mal genervt gewesen war, wenn das »Talent« rumzickte und noch in letzter Minute telefonieren, eine Zigarette rauchen oder sein Kreuzworträtsel fertig lösen wollte. Und das, während mein Chef in das Walkie-Talkie an meinem Ohr schrie: »Wo zum Teufel stecken Sie? Wir können drehen!« Dann musste ich das Talent sanft überzeugen, SOFORT zum Set zu müssen. Natürlich gab man oft mir die Schuld, wenn das Talent zu spät dran war. Das Talent merkte das höchstwahrscheinlich nicht mal, denn es entschuldigte sich nur selten für die Verspätung. Und hier stand ich nun und machte vollkommen unabsichtlich genau denselben idiotischen Fehler. Meine Güte, war mir das peinlich! Ich entschuldigte mich wortreich, aber ich weiß nicht, ob mir die Aufnahmeleiterin glaubte.

Als ich zum Set ging, sah ich zu meinem großen Entsetzen, dass fünf Kameras aufgebaut waren. Klar, ich bin Spielfilme und ihre Special-Effects gewöhnt, auch, dass neun Kameras auf einmal in Bewegung gesetzt werden. Aber dass bei einer Talkshow so viele Kameras zum Einsatz kommen, erstaunte mich doch. Während ich diese Erkenntnis auf mich einwirken ließ, entdeckte ich auch das drei- bis vierhundert Mann starke Publikum, was meine Nervosität nur noch steigerte. Als ich dann schließlich am Rande des Sets stand, drohten meine Beine unter mir nachzugeben.

Ich hatte gewusst, dass ich Angst haben würde. Und ich hätte eigentlich wissen müssen, dass diese Angst enorm sein würde, schließlich hatte ich stets anonym bleiben wollen. Und hier stand ich nun, vor einem riesigen Studiopublikum, umgeben von all diesen Kameras, und würde bald von einer berühmten Talkshowmoderatorin interviewt werden.

Da war es auch nicht gerade hilfreich, dass sich zwei männliche Teammitglieder über mich unterhielten, als ich den Set betrat.

»Das muss Abby sein«, sagte der Ältere und zeigte auf mich.

»Wer ist das?«, fragte der Jüngere.

Beide verschlangen mich mit ihren Blicken.

»Das ist die Frau, die jede Menge Typen gefickt und anschließend darüber geschrieben hat«, erwiderte der Ältere.

Wird man mich von nun an immer nur noch so wahrnehmen?

Als ich mich endlich auf das Bühnensofa setzte, stellte ich fest, dass Sharon echt süß war – sie war sogar ausgesprochen reizend. Sie versuchte wirklich, dafür zu sorgen, dass ich mich wohlfühlte, während sie mir Fragen zu dem Buch, zu meinem Blog und zu meiner Familie stellte. Es tat gut, dass sie mich so unterstützte. Noch toller war es, als mir das Publikum zujubelte, nachdem ich gesagt hatte, dass ich mich weigere, mich durch das Outing noch länger fertigmachen zu lassen. Ehe ich mich versah, war alles vorbei, und ich war wieder unterwegs in Richtung Ankleide und dann nach Hause.

Als die Limousine sich langsam ihren Weg durch die Londoner Staus bahnte, dachte ich, wie absurd es gewesen war, dass ich mit ihr auf dem Sofa gesessen hatte und nicht irgendein Promi. Wer hätte je gedacht, dass eines Tages so ein mickriger Set-Runner wie ich im Mittelpunkt der Aufmerksamkeit steht?

OKTOBER

Mittwoch, 4. Oktober

Was ist jetzt los? Erst Pete, dann Matt: Ich werde von D-Promis verfolgt. Was vermutlich immer noch besser ist, als von Boulevardjournalisten belästigt zu werden.

Matt, Sänger einer bekannten Band, mailte mich vor einigen Wochen über MySpace an.

Nur, um das einmal schriftlich festzuhalten:

@ Ich hasse MySpace.
@ Ich hasse Leute, die MySpace verwenden.
@ Ich bin bloß auf MySpace, um mich regelmäßig über ein paar Bands zu informieren, die ich mag.

Wer will sich denn noch mit dem kindischen, aufdringlichen, nervigen MySpace-Layout abgeben, wenn man auch Twitter und Facebook benutzen kann?

Aber Matt meldete sich über MySpace bei mir, und da ich die Musik seiner Band mag, antwortete ich.

Man hat es schließlich nicht oft mit dem süßen Leadsänger einer coolen Band zu tun! Ich las seine E-Mails natürlich nur aus rein beruflichem Interesse, logisch.

Doch wie sich herausstellte, kennt er auch mein Blog. Er hat sogar das Buch gekauft und möchte, dass ich es signiere. Unfassbar! Für heute Abend hat er mich auf einen Drink eingeladen. Doch irgendwie bezweifle ich, dass es nur bei Drinks bleiben wird …

Ich weiß, ich bin oberflächlich und breche damit meine Regel, nicht mit Fans meines Blogs ins Bett zu gehen. Die Promi-Regel habe ich auch schon so oft missachtet, dass sie sich mehr oder weniger erübrigt hat. Ich weiß genau, dass Matt kein potenzieller Lebensabschnittspartner ist, aber was wäre eigentlich so schlimm daran, mit ihm im Bett zu landen? Es muss schließlich niemand wissen ...

Donnerstag, 5. Oktober

Ich habe mich gestern Abend mit Matt getroffen. Und ja, liebe Leser, ich war mit ihm im Bett.

Wir landeten in einem kleinen Hotel unweit der Bayswater Road, nachdem wir in Ladbroke Grove ein paar Cocktails zu viel getrunken hatten. Der Sex? Na ja, sagen wir mal so: Er war toll, ja sogar mehr als toll: Matt entpuppte sich als ausgezeichneter Liebhaber und schien meine sämtlichen Stimulationspunkte zu kennen, ohne irgendeine Anleitung zu benötigen. Ehrlich gesagt schüchterte mich sein diesbezügliches Talent fast etwas ein. Und wenn ich das schon sage, mit meinem Ruf ...

Diese Erfahrung hat mich tatsächlich ein wenig beschämt. Nicht wegen des Sex, sondern wegen einer furchtbar peinlichen Unterhaltung, die wir heute Morgen führten. Wir lagen im Bett, als er meine Orgasmen als »unglaublich« bezeichnete.

»Wieso? Weil meine Nachbeben 9,5 Punkte auf der Richter-Skala erreichen können?«, witzelte ich.

»Nein«, erwiderte er vollkommen ernst. »Das geht vielen Frauen so. Ich meinte deine tatsächlichen Orgasmen. Sie sind, na ja ... sehr intensiv.«

Bei diesen Worten vermutete ich, dass ich beim Höhepunkt mit den Zähnen geknirscht, ihm mit meinen Fingernägeln den Rücken zerkratzt oder mich beim Höhepunkt am ganzen Körper versteift hatte.

Also dachte ich nicht weiter darüber nach, denn ich war abgelenkt: Seine Finger befanden sich gerade zwischen meinen Schenkeln, und ich stand vor einer weiteren seismischen Aktivität.

Aber als ich nach wenigen Minuten gekommen war, merkte ich, dass er auf etwas ganz anderes angespielt hatte: Wenn ich beim Orgasmus die Beckenbodenmuskulatur anspannte, furzte ich laut.

Und zwar nicht aus meinem »vorderen Loch«.

Ich weiß, dass das manche Leute nicht so schlimm finden, aber jetzt, wo ich das aufschreibe, winde ich mich vor Scham: »Die furzende Sexbloggerin«: Ich sehe die Schlagzeile schon regelrecht vor mir. Igitt!

Ich glaube nicht, dass ich mich noch mal mit Matt treffen werde. Von meinen Fürzen und dem fantastischen Sex einmal abgesehen macht es zwar Spaß, ein Bandmitglied zu ficken, aber ich bin nun mal kein Groupie: Noch mehr Klatsch über mich und mein Privatleben ist wirklich das Letzte, das ich jetzt gebrauchen kann.

Freitag, 6. Oktober

Es gibt einen urbanen Mythos, wonach es da draußen einen Mann gibt, der Gottes Geschenk an die Frauen ist. Einen Kerl, der so gut im Bett ist, dass man mit ihm ein sexuelles Nirwana erlebt. Kein anderer Mann auf der Welt kann mit seiner Gabe konkurrieren. Sein größter Wunsch ist es, die Frau zu befriedigen, seine eigene sexuelle Erfüllung ist nebensächlich. Und weil dieser Mann so verdammt gut ficken kann, sollte ihn frau nur einmal ausprobieren und ihn dann an eine andere Geschlechtsgenossin weiterreichen.

Eines weiß ich ganz genau: Dieser Mann ist kein Mythos. Es gibt sogar mehr als nur einen davon – ich selbst habe schon eine ganze Handvoll kennengelernt, und alle haben genau zwei Dinge miteinander gemeinsam:

@ Sie sind fantastisch im Bett.
@ Sie sind nur an einem guten Fick interessiert.

Das ist die Kehrseite der Medaille: Seine Liebeskünste sind der Gipfel, doch in Sachen Beziehungsfähigkeit ist er der absolute Tiefpunkt, was sich wahrscheinlich im Großen und Ganzen wieder ausgleichen dürfte. Damit will ich nicht sagen, dass man sich nicht mit solchen Männern abgeben soll, vorausgesetzt, frau ist sich der Schwächen eines solchen Kandidaten bewusst: Er ist einfach nicht dafür gemacht, sich wirklich auf eine Frau einzulassen. Er hat kein Interesse daran, sich länger zu binden.

Solch spektakulärer Sex ist nie von Dauer. Und genau das ist das Problem, wenn man mit so einem himmlischen Geschöpf schläft: Man sehnt sich immer wieder nach seinen Liebeskünsten, verzehrt sich nach seiner Vorliebe für stundenlangen Cunnilingus, danach, wie inbrünstig er vor dem Tempel unserer Punani betet. In jenen langen dunklen Nächten, in denen man einen sanften Kuss auf die Lippen und einen köstlichen, multifunktionalen Schwanz in sich braucht, will man ihn unbedingt zurückhaben. Aber das geht nicht, das ist einfach nicht vorgesehen – schließlich sollen ihn unsere Schwestern auch noch ausprobieren dürfen. Und das ist ein Naturgesetz.

Frau sollte ihn leidenschaftlich ficken und anschließend der nächsten abtreten, damit auch sie fantastischen Sex haben kann. So etwas nennt man weibliche Solidarität. Wie könnten solche Männer jemals eine Freundin haben? Sie sind mit einer ganz besonderen Gabe gesegnet. Man mag mich als sozialistische Hippie-Feministin beschimpfen, aber ich finde, sie sollten zum Wohle der weiblichen Welt für immer Single bleiben.

Also, liebe Mädels, falls ihr gerade auf so einem Exemplar sitzen solltet, reicht es doch bitte weiter, nachdem ihr mit ihm fertig seid! Irgendwo auf der Welt gibt es noch eine Frau, die einen verdammt guten Orgasmus verdient hat. Da ist es nur fair, dass wir alle mal drankommen ...

Samstag, 7. Oktober

Ich hasse Samstage.

Warum? Weil das bedeutet, dass überall in der Stadt Paare unterwegs sind. Sie sind einfach nicht zu übersehen mit ihrer krankhaften Verliebtheit und halten Händchen wie die Teenager, statt sich zu benehmen wie ein ganz normaler Erwachsener über dreißig. Es ist einfach ekelhaft!

Sie stehen an meinem Obst- und Gemüsestand, kichern verschwörerisch, während sie das Gemüse betatschen und den ganzen Betrieb mit ihrem Gelaber über irgendwelche Abendessen aufhalten. Im Zeitschriftenladen sind sie schon wieder da und strahlen sich an, während sie mit dem *Guardian* an der Kasse anstehen. Sie sitzen in sämtlichen Cafés und schauen sich tief in die Augen, wobei sie an ihren Cappuccinos nippen und die Zeitung lesen – natürlich ohne die traurigen Singles, die einsam und verloren vorübergehen, auch nur eines Blickes zu würdigen.

Das ist krank, echt krank! Na gut, das stimmt nicht, aber es nervt: Egal, wo ich hinschaue, sehe ich glückliche Paare von Mitte dreißig – ein ewiges Mahnmal, dass ich noch Single bin. Sie zwingen mich, mich der Realität zu stellen, mir einzugestehen, dass ich keinen Partner habe, mit dem ich die Straße hinuntergehen und den ich glücklich verliebt anstrahlen kann – und wenn ich ehrlich sein soll, finde ich das scheiße.

Versteht mich nicht falsch: Im Großen und Ganzen bin ich gern Single. Ich genieße meine Freiheit und mein aufregendes, abwechslungsreiches Liebesleben. Meine zahlreichen, aufeinanderfolgenden Verabredungen habe ich wirklich genossen und dadurch Unmengen interessante Männer kennengelernt … einschließlich ihrer Schwänze. Und das war immer angenehm.

Aber in letzter Zeit vermisse ich es wirklich, keinen festen Partner zu haben – vor allem samstags. Ich latsche an all den Arm in Arm dahinspazierenden Pärchen vorbei und ertappe mich dabei, sie zu beneiden. Ich höre, wie sie einen Insiderwitz machen, und sehne mich danach, mich ebenfalls blind mit jemandem verstehen zu können. Ich beobachte, wie einer unauffällig die Hand auf den Po des anderen legt, und wünsche mir mehr Nähe: Es ist schon eine gefühlte Ewigkeit her, dass ich so etwas mit einem Mann geteilt habe.

Doch Schluss mit dem Selbstmitleid: Irgendwann werde ich ebenfalls die große Liebe finden. Und wenn es so weit ist, werde ich auch bereit dafür sein (zumindest hoffe ich das). Aber es gibt noch etwas anderes, wonach ich mich wirklich sehne: Danach, am Samstagmorgen aufzuwachen, neben mich zu greifen und den Schwanz meines Partners vorzufinden, ihn zwischen meine feuchten Schenkel zu schieben und dann einen langen, langsamen, intensiven Fick zu genießen.

Ich kann mir keinen schöneren Start in den Tag vorstellen, als in noch halb verschlafenem Zustand gemeinsam intensiv zum Orgasmus zu kommen. Das würde mir nicht nur Lust und ein Gefühl von Nähe schenken, sondern auch dafür sorgen, dass ich das ganze Wochenende gute Laune habe.

Sonntag, 8. Oktober

Manchmal wünscht sich frau einfach nur Sex!

Gegen meine Vorliebe für einen brutalen Fick ist auch gar nichts einzuwenden: Wenn ich auf den richtigen Typen treffe, sage ich ganz bestimmt nicht Nein. Aber im Moment möchte ich lieber ganz langsam und wochenendmäßig gefickt werden.

Ich möchte mit einem Mann zusammen sein, der sich Zeit lässt, der meinen Körper entdeckt und erkundet und jeden Zentimeter von mir liebkost – so lange, bis meine Haut überall prickelt.

Ich will einen Mann, der ...

... mir mit den Fingern durchs Haar fährt, während seine Lippen sich auf meine pressen, woraufhin er sanft von meinem Po über den unteren Rücken hoch zu meinem Nacken streicht.

... meinen Bauch, mein Becken, die Oberschenkelinnenseiten mit zärtlichen, liebevollen Küssen bedeckt.

... sanft meine Brüste berührt und seine Finger um meine Brustwarzen kreisen lässt.

... die Erregung in meinen Augen sieht, während er sich immer weiter nach unten vorarbeitet.

... meine Hände in den seinen hält, während sein Mund mein brennendes Verlangen begrüßt.

... mich sanft auf sein Gesicht zieht, während mich seine weiche Zunge befriedigt.

... meine Hand drückt, während ich meinen ersten Höhepunkt erlebe und am ganzen Körper zucke.

... seinen harten Schwanz gegen meinen Oberschenkel presst, während er sich wieder weiter nach oben vorarbeitet.

... mich intensiv küsst, während er sich eng an mich schmiegt.

... lacht, während ich versuche, mich so zu platzieren, dass sein Schwanz in mich hineingleiten kann, und der lächelt, wenn meine sexuelle Frustration wächst.

... sich so positioniert, dass nur die Spitze seines Schwanzes in mich eindringt, sodass ich ihn verzweifelt anflehe, mich zu ficken

... still daliegt und mich intensiv küsst.

Und wenn ich es dann gar nicht mehr aushalte, will ich, dass er ...

... so tief in mich stößt, wie es nur geht.

... sich weigert, sich in mir zu bewegen.

... mich noch mehr frustriert, indem ich ganz von ihm erfüllt daliege, aber noch nicht sexuell erfüllt bin.

... wartet, bis wir es beide wirklich nicht mehr aushalten.

... mir endlich gibt, worum ich ihn anflehe.

Und dann will ich, dass er mich fickt. Dass er ...

... sich beinahe unmerklich bewegt und mich so an den Rand eines Orgasmus bringt, dass mir beinahe die Tränen kommen.

... mich fast über diesen Rand hinausbringt, aber eben nur fast – so lange, bis er ebenfalls kurz davor ist, zu kommen.

Dass er ...

... langsam, aber gleichmäßig weitermacht ...

... bis mir das Herz rast ...

... ich ganz feucht werde ...

... und meine Fingernägel in seinen Rücken kralle.

Und wenn er es fast geschafft hat, wenn er schließlich spürt, dass er gleich abspritzt – erst dann versohlt er mir kräftig den Hintern, fickt mich, so fest er kann, bis sich unsere Orgasmen miteinander vermengen und wir beide am ganzen Körper zucken.

Wenn wir dann aufgehört haben zu zittern und wieder zu Atem gekommen sind, verschränkt er seine Finger mit den meinen, küsst mich intensiv, sieht mir dabei in die Augen und lächelt mich an.

Es ist schon lange her, dass ich jemanden so geliebt habe. Ich vermisse es.

Dienstag, 10. Oktober

»Sie sind also die berrichtigte Enkelin?«, bemerkte die Neunzigjährige, als sie mich an der Tür mit ihrem samtigen ungarischen Akzent begrüßte. »Wirr alle haben schon viel von dir gehörrt.«

»Aber doch nur Gutes?«, stammelte ich und hoffte, dass ihre Sehbehinderung mein Erröten vor ihr verbarg.

»Abär natirlich!«, erwiderte sie und führte mich in die Wohnung meiner Großmutter. »Sie sind die Sexschreiberrin, odär? Sie sind hier berrihmt – alle wollen Ihrr Buch läsen!«

Ich sah zu meiner Großmutter hinüber, die lächelnd auf dem Sofa saß. Ich war dankbar, dass sie ebenfalls nur noch schlecht sehen konnte und ihr somit mein beunruhigter Gesichtsausdruck entging. »Ach das! Das ist gar nichts, das sind nur ein paar unbedeutende Details aus meinem Leben. Möchte irgendjemand eine Tasse Tee? Ich setze den Wasserkessel auf ...«

Doch so leicht ließ mich die Freundin meiner Großmutter nicht davonkommen.

»Soweit ich weiß, ist es ziemlich pikant – wenn ich nicht fast blind wärre, wirrde ich es sälbst läsän. Anderä Leute in diesem Rraum haben das getan, und ich wisste gerrn, was ich da verpasse!«

»Nichts, was Sie nicht auch so wüssten«, erwiderte ich und hoffte, das Gespräch damit schon im Keim ersticken zu können.

»Da wäre ich mir nicht so sichär«, entgegnete sie und drohte mir mit dem Zeigefinger. »Ihr jungen Leite tut und sagt Dingä, die wir einfach nicht verrstähen. Ich bin mir sichär, Sie können mir noch etwas beibrrringen.«

»Na ja«, sagte ich zögernd. »Sie kennen ja das Sprichwort: ›Die Jugend glaubt, den guten Sex erfunden zu haben, und hält sich für die Einzigen, die ...‹«

»Sie haben rächt, natürlich hatten wir auch Sex. Abär damals herrschtän anderä Zeiten: Man hat nicht darriber geredet. Ich winschte, ich könnte Ihrr Buch lesän!« Sie gackerte, und meine Großmutter stimmte in ihr Gelächter mit ein.

Ich ging zum Sofa und setzte mich neben die Freundin meiner Großmutter, damit ich mich innerhalb ihres eingeschränkten Gesichtsfelds befand. »Obwohl ich mir wünschte, Sie könnten noch gut sehen, bin ich froh, dass Sie mein Buch nicht lesen können. Es ist nämlich sehr intim, und deshalb ist es mir deutlich lieber, wenn meine Verwandten und Bekannten keinen Blick hineinwerfen.«

Sie streckte den Arm aus und nahm meine Hand. »Liepling, es gibt nichts, wofir Sie sich schämen missten. Wir sind stolz auf Sie und Ihrän Erfolg, und wir wollen nur Ihrr Bestäs, stimmt's?« Sie lächelte mich liebevoll an, und meine Großmutter nickte.

Plötzlich wallte eine unheimliche Zuneigung für sie in mir auf: für diese beiden Frauen über neunzig, die aus einer ganz anderen Generation, aus einer ganz anderen Zeit und aus einem ganz anderen Land stammten. Ich wollte der Freundin meiner Großmutter sagen, wie sehr mich ihre Worte berührten, und dass ich ihre Toleranz für mich und alles, wofür ich stand – nämlich für Jugend, Modernität, Veränderung –, unglaublich beeindruckend fand. Ich war beschämt wegen des Respekts, den mir beide entgegenbrachten, ja, ich schämte mich dafür, wie meine Generation mit älteren Menschen umgeht: Als wären sie wertlos und ihre Leben und Biographien völlig bedeutungslos. Schon bald standen mir die Tränen in den Augen, und ich stand abrupt auf, um mich in der Küche zu beschäftigen.

Wenige Minuten später hörte ich, wie mein Name gerufen wurde. Mit Teekanne, Teetassen und Untertassen kehrte ich zurück ins Wohnzimmer.

»Sie möchte ein paar moderne Schimpfwörter lernen«, sagte meine Großmutter und zeigte auf ihre Freundin. »Ich dachte, du weißt da bestimmt was.«

Ich unterdrückte ein Lachen, und weil ich keiner von beiden zu nahe treten wollte, fragte ich, was sie unter einem Schimpfwort verstünden. Als sie sagten, dass sie »Ach, du Scheiße!« wirklich schlimm fänden, beschloss ich, sie nicht mit den Worten zu konfrontieren, auf die ich regelmäßig zurückgriff ... Als wir schließlich unseren Tee getrunken hatten, gestanden mir beide, dieses schlimme Wort mit »Sch«, wie es meine Großmutter nannte, zu benutzen. Aber das natürlich nur, wenn sie allein waren oder sie niemand hörte. So gesehen war ich froh, der Freundin meiner Großmutter nicht den Gebrauch von »Schwanzlutscher«, »Wichser« oder »Arschloch« empfohlen zu haben.

Als ich ging, nahm sie mich beiseite. Ich musste ihr schwören, ihr ein paar »anständige« Flüche beizubringen. Ich willigte ein, und sei es nur, um ihren herrlichen Akzent bei den Worten »Fick dich, du Wichsärr!« zu hören. Das Wort »Schwanzlutschärr« werde ich ihr jedoch vorenthalten. Manche Dinge sollten dann doch den ordinären Mündern junger Leute vorbehalten bleiben.

Donnerstag, 12. Oktober

Es folgt ein ganz normales Gespräch mit meiner Mutter:

Meine Mum (laut aus ihrem Arbeitszimmer): Stell dir vor, angeblich kann ich einen größeren Penis bekommen.

Ich (im Nebenzimmer, Twitter auf meinem Handy aktualisierend): Tatsächlich?

Meine Mum: Ja. Es gibt da diese Tabletten, weißt du? Und wenn ich die nehme, wird mein Penis größer.

Ich: Das ist ja erstaunlich!

Meine Mum: Soll ich welche kaufen?

Ich: Auf jeden Fall: Das klingt nach einer einmaligen Gelegenheit.

Meine Mum: Glaubst, dass ich gar keinen Penis habe, spielt dabei irgendeine Rolle?

Ich: Das solltest du lieber nicht erwähnen. Sonst wirst du noch diskriminiert.

Meine Mum: Verdammte Spammer!

Ich liebe meine Mum.

Freitag, 13. Oktober

Als ich gestern bei meinen Eltern war, hatte ich ein ganz furchtbares Erlebnis, das fast noch schlimmer war als meine damalige Sexblog-Beichte. Aber nur fast.

Ich zeigte meiner Mum Fotos von meiner Großmutter, die ich vor wenigen Tagen gemacht hatte.

»Also, wenn du auf diesen Knopf hier drückst, kannst du dir die Bilder ansehen«, sagte ich und gab ihr meine Digitalkamera. Danach ging ich in die Küche.

Wenige Minuten später kehrte ich mit einer Kanne frischem Tee zurück.

»Was schaust du dir da an?«, fragte ich, als ich merkte, dass sie immer noch meine Bilder durchsah.

»Och, nichts Besonderes«, erwiderte sie.

Ich beugte mich über den Tisch, sah auf den Computerbildschirm und rechnete mit den Aufnahmen, die ich von meiner Großmutter gemacht hatte. Doch zu meinem Entsetzen waren es Bilder von meinem Trip nach New York, den ich Anfang des Jahres gemacht hatte. Im Bruchteil einer Sekunde begriff ich, dass sie auch alle anderen Bilder gesehen haben musste, die ich seitdem in meiner Kamera gespeichert hatte. Sie hatte mich also eingeölt gesehen, mit Brüsten, die aus einem engen Latexkleid hervorblitzten, während ich Stilettos mit über zehn Zentimeter hohen Absätzen trug – ein

Selbstporträt, das ich einfach so zum Spaß gemacht hatte. Plötzlich wurde mir ganz schlecht.

Ich entriss ihr die Kamera und machte sie aus.

»Hast du dir alle angeschaut?«, kreischte ich.

Sie nickte. »Ja.«

»Du hast also … alles gesehen?«

Sie wurde rot. »Ja.«

»Alle meine Bilder.«

»Ja.«

Innerlich tobte ich. Nach außen hin biss ich die Zähne zusammen und versuchte mich in Schadensbegrenzung. »Nun, die waren nicht für dich bestimmt. Ich habe dir nur gesagt, dass du die Bilder von Oma angucken sollst. Die anderen sind privat, du hättest sie dir nicht ansehen dürfen.«

»Tut mir leid«, sagte sie leise.

»Lass uns nicht mehr darüber reden.«

»Das wäre sicherlich besser«, pflichtete sie mir bei.

Wir tranken schweigend unseren Tee, und kurz darauf machte ich mich auf den Heimweg. Erst als ich mir die Kamera später genauer ansah, stellte ich fest, dass ich im Grunde noch glimpflich davongekommen war: Auf der Speicherkarte befanden sich noch ganz andere, weitaus kompromittierendere Fotos – nicht zuletzt das, was ich vom erigierten Penis meines New Yorker Fickfreunds gemacht hatte. Dass einen die eigene Mutter in Reizwäsche sieht, ist eine Sache, aber dass sie sich auch noch die Wichsvorlage ihrer Tochter anschaut … Pfui Spinne!

Ich muss wohl nicht extra erwähnen, dass ich die Fotos inzwischen gelöscht habe. (Natürlich nicht, ohne sie vorher auf meinem Computer gesichert zu haben.)

@

Dass meine Mutter mich dermaßen spärlich bekleidet gesehen hat, hat mich auf noch etwas ganz anderes gebracht: Wenn eine Frau ihrem Sexualpartner erlaubt, erotische Fotos von ihr zu machen, werden diese vielleicht irgendwann im Internet auftauchen – normalerweise ohne ihr Wissen.

Wie viele Frauen habe ich über die Jahre mit einigen Männern übers Internet kommuniziert. Nichts Ungewöhnliches, bloß eindeutige E-Mails und pikante Live-Chats und so. Bei einigen scheint das zu einem ganz normalen Tag im Büro zu gehören (zumindest hat man mir das so erklärt). Wie dem auch sei, und bei solchen »Begegnungen« kommt irgendwann zwangsläufig der Moment, in dem der eine Fotos vom anderen sehen will. Je nachdem, ob man über eine seriöse Partnerbörse oder einen schmuddeligen Sex-Chatroom kommuniziert, bestehen die ausgetauschten Bilder aus einem Porträt (sprich aus Kopf und Schultern, also ganz ohne Körperflüssigkeiten oder Schweißflecken), oder aber das Bild zeigt den Betreffenden vom Hals an abwärts. Über Letzteres mache ich mir gerade so meine Gedanken.

Wenn sich ein Mann veranlasst sieht, mir ein Foto von seinem Schwanz zu schicken, erwarte ich auch das Bild von einem Schwanz. Möglichst von einem erigierten Schwanz, der scharf und nicht verwackelt ist. Wenn er dann noch von der Hand seines Besitzers gehalten wird, ist das umso besser, wegen des erotischen Kontexts.

Was ich auf den Tod nicht leiden kann, sind Bilder vom Schwanz eines Typen, an dem auch noch eine Frau dranhängt. Ihr wisst schon, was ich meine: Sie kniet vor ihm und lutscht seinen Schwanz. Sie hat sich vorgebeugt, und er nimmt sie von hinten. Sie liegt auf dem Rücken, und er holt sich über ihrem Bauch einen runter. Alle Frauen auf diesen Bildern sind eindeutig identifizierbar. Nicht nur ihr Körper wird öffentlich zur Schau gestellt, sondern häufig auch noch ihr Gesicht.

Daran stören mich genau zwei Dinge – nicht zuletzt aus egoistischen Motiven: Wenn ich mithilfe eines Fotos masturbieren will, möchte ich mir vorstellen können, es selbst mit dem Typen darauf zu treiben, und nicht mit einer Stellvertreterin konfrontiert werden. Privatfotos sind etwas ganz anderes als Pornographie. Der Kontext ist privater, deshalb fällt es einem auch schwerer, sich in die Szenerie hineinzuversetzen.

Folgendes halte ich jedoch für sehr viel schwerwiegender: Jedes Mal, wenn ich frage, wer die Frauen auf den Fotos sind, heißt es: »Ach so, das ist bloß meine Ex.« Und wenn ich dann nachbohre und wissen will, ob sie mit der Verwendung seiner Fotos einverstanden ist, lautet die Antwort: »Mach dir darüber keine Sorgen, sie weiß nichts davon.«

Und sie ahnt tatsächlich nichts. Immer wieder habe ich Fotos bekommen, auf denen Männer auf irgendeine Art Sex mit ihren Ex-Freundinnen haben. Meine Festplatte ist voller Bilder von mir unbekannten Frauen: von Frauen, deren leicht identifizierbare Bilder frei verfügbar im Internet zirkulieren.

Wetten, dass keine der Frauen dieser Verwendung ihrer Bilder zugestimmt hat? Als ihr jeweiliger Freund im Eifer des Gefechts vorschlug, »diesen einzigartigen Moment festzuhalten«, sind sie bestimmt nicht auf die Idee gekommen, dass ihr Partner die Bilder irgendwann zum Chatten, Masturbieren oder Ficken im Internet verwendet. Die meisten Frauen wären bestimmt entsetzt, wenn sie über diese Verwendung ihrer Bilder Bescheid wüssten.

Dabei dürfte uns das eigentlich nicht groß wundern: Ständig sind wir von so vielen Bildern von Frauen in unterschiedlichsten Nacktheitsstadien umgeben, mit denen alles verkauft wird – angefangen von Zeitschriften bis hin zu Autos –, dass der Frauenkörper als sexualisiertes Allgemeingut fast schon selbstverständlich ist. Warum sollten Männer da noch um Erlaubnis fragen, wenn sie Erotikfotos verwenden, wo doch die Massenmedien aus genau denselben Bildern Profit ziehen?

Wie soll man auf dieses Dilemma reagieren? Meiner Meinung nach gibt es darauf nur eine einzige Antwort: Wenn frau nicht riskieren will, dass ihre Erotikfotos im Internet landen, darf sie niemals welche von sich machen lassen. Und das ist wirklich mein voller Ernst! Ich weiß, dass das schwerfällt, wenn man seinen Schwanz in sich spürt, total aufgegeilt und verliebt und noch alles Friede, Freude, Eierkuchen ist. Wenn er dann noch sagt: »Mann, würde mich das jetzt antörnen, ein Foto davon zu haben! Komm, ich hol die Kamera«, denkt man doch: »Na ja, wir lieben uns, niemand sonst wird es jemals zu Gesicht bekommen, warum eigentlich nicht?« Auf keinen Fall überlegt man da: »Was, wenn wir uns trennen? Was wird dann aus den Bildern?« Aber genau das sollte man stets im Kopf behalten: Wenn es zur Trennung kommt, werden verdammt viele dieser Bilder ihren Weg ins Internet finden, davon bin ich fest überzeugt.

Deshalb habe ich niemals zugelassen, dass ein Partner oder Lover Erotikfotos von mir macht (bis auf ein Bild, das allerdings nur meinen Hintern zeigt und auf dem mich niemand wiedererkennen kann). Im Moment bin ich ganz besonders erleichtert, dass ich das niemandem erlaubt habe: Es ist auch so schlimm genug, dass die Leute meine intimsten Gedanken und Details aus meinem Sexleben kennen. Sichtbare Beweisstücke dafür müssen wirklich nicht sein!

Natürlich mag es die eine oder andere Frau geben, der es völlig egal ist, wenn Privataufnahmen, die sie in verschiedenen sexuellen Erregungszuständen zeigen, im Internet zirkulieren. Aber ich gehe doch davon aus, dass sich die meisten Frauen bei diesem Gedanken mehr als nur unwohl fühlen.

Allen Frauen, deren Bild jedoch auf diese Art missbraucht wurde, möchte ich an dieser Stelle sagen, dass ich es immer abgelehnt habe, dieses Arschloch von eurem Ex zu ficken. Das mag zwar kein großer Schritt in Sachen Emanzipation und Gleichberechtigung sein, führt aber immerhin dazu, dass der Kerl weniger Sex bekommt. Und das ist meiner Meinung nach schon einmal ein Schritt in die richtige Richtung!

Samstag, 14. Oktober

Der gestrige Abend war wirklich merkwürdig. Zuerst hatte ich einen Termin mit einem Filmproduzenten, der ganz wild darauf ist, mein Buch auf die große Leinwand zu bringen. Das war natürlich höchst aufregend! Wer hätte je gedacht, dass eine mickrige Set-Runnerin wie ich, die ihren Job in der Filmindustrie verloren hat, eines Tages nach Soho eingeladen wird, um über die Möglichkeit zu sprechen, dass ihr Leben verfilmt wird? Ich bin völlig aus dem Häuschen und hoffe wirklich sehr, dass etwas daraus wird. Das wäre endlich mal ein bisschen positives Karma für mein Leben!

Direkt nach diesem Termin traf ich mich mit Tim auf das eine oder andere Bier. Nach drei oder vier Gläsern stellte ich mich gerade für eine neue Runde an, als der Barmann etwas Unfassbares zu mir sagte.

»Ich kenne dich!«, verkündete er, während er mir meinen Kreditkartenbeleg reichte.

»Wie bitte?« Ich war verwirrt: Mir kam er kein bisschen bekannt vor.

»Dein Name«, sagte er und zeigte auf den Beleg in meinen Händen. »Ich habe deinen Namen wiedererkannt. Du bist die Autorin von *Immer nur das eine*, stimmt's?«

Äh, ja, verstehe. Ich nickte und biss mir nervös auf die Unterlippe.

Er lächelte mich an. »Ich wusste es! Ich wusste, dass du es bist, sobald ich deinen Namen las. Ich liebe dein Blog!«

Ich spürte, wie ich rot wurde, und wusste nicht recht, was ich darauf sagen sollte. »Danke!«, stammelte ich. »Das ist wirklich nett von dir.«

Er war noch nicht fertig. »Ich finde es schrecklich, was dir zugestoßen ist, Aber sei stolz auf das, was du geschrieben hast! Mir gefällt, dass du dein Blog fortführst, obwohl man dich geoutet hat:

Das beweist, dass du dich nicht für Sex schämst. Und dass diese Botschaft draußen ankommt, finde ich wirklich wichtig.«

Wie nett, so etwas zu sagen! Ich war sprachlos vor Dankbarkeit. Er lächelte mich an, und ich entspannte mich.

»Wie dem auch sei«, sagte er. »Ich will dich nicht aufhalten, aber würdest du mir ein Autogramm geben? Das würde mir viel bedeuten.«

Ich war verblüfft. Mein Autogramm? Beinahe hätte ich laut aufgelacht: Er hatte mich doch glatt für einen echten Promi gehalten! Doch ich lachte nicht, weil er ganz ernst war, und weil mich seine freundlichen Worte berührt hatten. Da hatte ich eine spontane Idee:

»Wie wär's, wenn ich dir ein Exemplar meines Buches signiere?« Aus meiner Handtasche zog ich das Buch hervor, das ich zu meinem Termin mitgenommen (dem Produzenten aber nicht gegeben hatte, da dieser über ein eigenes Exemplar verfügte). Ich schlug es auf. »Wem soll ich es widmen?«

Jetzt war er an der Reihe, rot zu werden. »Äh, für Clark bitte. Wow, danke!«

Ich schrieb eine kleine Bemerkung und zögerte, bevor ich meinen Namen daruntersetzte. Welchen Namen sollte ich verwenden? Zoe oder Abby? Ich entschied mich für Letzteres – das erschien mir angemessener. »Zoe« wäre irgendwie zu privat gewesen. Als ich ihm das Buch gab, grinste er breit.

»Gut«, sagte er. »Die nächste Runde geht auf mich.« Er griff nach einer Tequilaflasche hinter sich und schenkte mir zwei große Gläser ein, die er mir in die Hand drückte.

Ich bedankte mich, und er lächelte erneut. Ich ging zu Tim hinüber und erzählte ihm von dem Vorfall: Er war ebenfalls geplättet.

Nachher gehen wir noch auf eine Informatiker-Party. Nicht gerade mein Fall, denn ich kenne nicht viele aus der Branche. Aber dort gibt es süße Nerds, und so gesehen bin ich gern mit von der Partie, während Tim Kontakte knüpft.

Sonntag, 15. Oktober

Stellt euch vor, ihr seid auf einer Party und schlürft betrunken kostenlosen Whiskey, als gäbe es kein Morgen, als sich ein sexy Nerd neben euch setzt und mit euch plaudert. Ehe ihr euch's verseht, berühren sich eure Beine. Er flüstert euch ins Ohr, dass er morgen früh den Flieger nehmen muss, und fragt: »Willst du mitkommen und den Abend noch so richtig auskosten?« Daraufhin sagt ihr grinsend Ja und stolpert mit in sein Hotel, wo ihr wie besessen fickt. Ihr fragt euch, wie es sein kann, dass ihr mit diesem fantastischen Mann im Bett gelandet seid. Danach fährt er zum Flughafen, und ihr liegt noch mit einem satten Grinsen in seinem Hotelbett, das ihr wenige Stunden später verlasst. Anschließend googelt ihr seinen Namen und entdeckt, dass er nicht nur irgendein sexy Nerd, sondern auch noch eine Internetberühmtheit ist.

Ja, genau!

Da muss wirklich Schicksal gewesen sein!

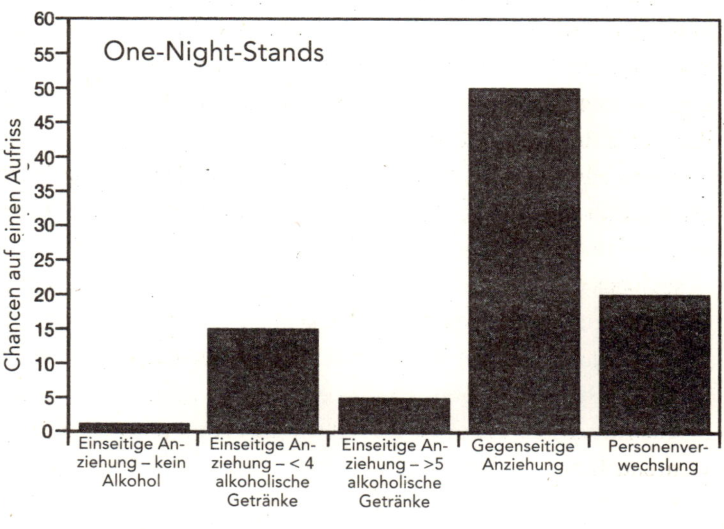

Samstag, 21. Oktober

Heute war ich bei Kathy zum Mittagessen. Es ist das erste Mal, dass wir uns sehen, seit ich geoutet wurde. Aber statt mir einfach etwas zu essen aufzutischen, erpresste sie mich damit, dass ich ihr Sex-Tipps geben müsse – ansonsten würde sie mir nichts zu essen anbieten. Kathy ist eine ausgezeichnete Köchin – und eine beinharte Verhandlerin.

»Los, raus mit der Sprache!«, forderte sie, nachdem sie mir fast zwanzig Minuten damit in den Ohren gelegen hatte.

Mit knurrendem Magen stöhnte ich: »Ehrlich, da gibt es nicht viel, was ich dir über Blowjobs verraten kann.«

»Du musst etwas wissen, das mir weiterhelfen kann.«

»Ach, komm schon, ich bin schließlich keine Sex-Expertin!«

»Du hast ein ganzes Buch über dein Sexleben geschrieben!«

Ich seufzte. »Aber darin ging es nicht ausschließlich um Sex und die Beschreibung körperlicher Vorgänge, sondern auch um Psychologie und Politik. Ich habe schließlich keine Erotikfibel geschrieben ...«

»Das schon, aber es wird viel gefickt ...«

Wo sie recht hatte, hatte sie recht. »Ja, aber ...«

Kathy sah mich mit ihrem besten Hundeblick an. »Bitte, gib mir nur ein paar wenige Tipps! Ich brauche sie. Stell dir vor, ich wäre eine Leserin deines Blogs. Du hast jede Menge für deine Leser geschrieben – warum willst mir dann nicht weiterhelfen?«

Sie hatte mich schachmatt gesetzt. Ich nahm noch einen großen Schluck Wein. »Na gut. Aber bitte ohne Geldzurückgarantie, falls es nicht funktioniert. Das ist nur rein subjektiv und beruht auf meinen persönlichen Erfahrungen.«

Sie grinste mich erwartungsvoll an. »Ich höre.«

Ich schluckte nervös. Es ist nicht weiter schwer, unter einem Pseudonym über Sex zu schreiben. Aber offen und bis ins kleinste Detail mit einer Freundin darüber zu reden, ist etwas ganz anderes.

»Gut. Meine erste Regel bei Blowjobs lautet, dass sie gar nicht nass genug sein können.«

»Nass?«

»Ja. Du musst ihren Schwanz auf die nasseste, schmutzigste Weise schlotzen. Männer scheinen das zu lieben – zumindest die, mit denen ich zusammen war. Du darfst dich also nicht schämen, wenn dir die Spucke übers Kinn läuft. Es geht auch nicht darum, ob dein Lippenstift verschmiert oder nicht: Es geht darum, dass ihr Schwanz in deinem nassen Mund herumflutscht, verstanden?«

Sie nickte eifrig.

»Wenn du einen trockenen Mund hast, solltest du darauf achten, dass stets ein Glas Wasser in Reichweite steht. Das sorgt dafür, dass du nicht austrocknest und dein Mund feucht bleibt. Außerdem hat es den Vorteil, dass es deine Zungentemperatur ändert, was die Sensibilität in seinem Schwanz erhöht. Eine Win-win-Situation.«

»Das gefällt mir. Erzähl weiter, los, ich muss das wissen!«

»Äh, na gut, das war die Regel Nummer eins. Regel Nummer zwei lautet: Immer ein Überraschungselement einbinden. Das funktioniert immer.«

»Wie meinst du das? Einfach auf ihn zugehen und ihm aus heiterem Himmel einen Blowjob anbieten?«

Ich lachte. »Na ja, etwas Spontaneität kann nie schaden, wenn es um Sex geht, aber das meinte ich nicht. Ich habe von der Technik gesprochen: Überrasche ihn mit etwas Unerwartetem.«

»Zum Beispiel …?«

»Wenn er erwartet, dass du fest an ihm saugst, machst du genau das Gegenteil. Stimuliere ihn, indem du nur seine Eichel leckst. Und wenn du gerade sanft an seinem Penisschaft knabberst, schiebst du ihn dir plötzlich tief in den Mund. Oder du sorgst generell für so viel Abwechslung, dass er nie weiß, was als Nächstes kommt.

Küss seine Schenkel, lutsch an seiner Eichel, kneif in seine Nippel, halt Blickkontakt und lächle ihn an, streichle seinen Penisschaft, liebkose seine Eier, leck sein Perineum, reibe mit seinem Schwanz über deine Titten – egal, was.«

Kathy nickte langsam. »Ich verstehe. Also es nicht nur beim Lutschen belassen.«

»Genau: Das ist langweilig – für dich ebenso wie für ihn. Und genau das erwartet er: Das Lutschen, meine ich. Das ist der Unsinn, den man in Pornos sieht – lutsch, lutsch, lutsch, und der Kopf geht auf und ab wie verrückt: Aber die Realität sieht anders aus, denn darum geht es gar nicht – zumindest nicht für mich. Wer gut lutschen kann, kann so gut wie nichts falsch machen. Aber wer die Prozedur sinnlich gestaltet und für ausreichend Abwechslung sorgt, wer nie tut, was er erwartet, kann seinen Orgasmus lange hinauszögern. Außerdem ist seine ganze Leistengegend voller Nervenenden. Indem du ihm ständig neue Empfindungen bescherst, feuern so viele Lustneuronen in seinem Hirn, dass er gar nicht mehr weiß, wo ihm der Kopf steht. Mit anderen Worten: Du sorgst dafür, dass er einen richtig Steifen bekommt.«

Kathy kicherte. »Das gefällt mir. Aber ich kann es kaum erwarten, die nächste Regel zu hören. Es gibt noch eine, stimmt's?«

»Ja. Aber die nächste ist schwer in Worte zu fassen. Ich muss dir das zeigen.«

Ich sah mich nach einem schwanzähnlichen Gegenstand um. Nachdem ich schon in Erwägung gezogen hatte, mir mein klebriges Handy in den Mund zu stecken, entschied ich mich lieber für zwei Finger. Das war mir lieber, außerdem würden sie vermutlich nicht so viel schädliche Strahlung absondern.

»Also gut: Du bist eifrig dabei, der Mund ist feucht, die Lippen sind über die Zähne geschoben, du lutscht usw. ...«

Sie nickte.

»Dein nächster Schritt besteht darin, den Zungen-Kitzler© einzuführen.« Zu Demonstrationszwecken leckte ich an der Unterseite meiner Finger. »Am besten, du machst es um die Schwanzspitze, um das Penisbändchen herum. Das Geheimnis besteht darin, das Tempo, den Druck und die Dauer zu variieren. Stell dir vor, du würdest ihn kitzeln – schließlich soll dieses Überraschungselement die größtmögliche Wirkung erzielen.«

Kathy ahmte mein Züngeln an ihren eigenen Fingern nach. »Ich glaube, ich habe verstanden.«

»Du leckst ihn so sanft oder begierig wie einen Lutscher – beides fühlt sich gut an.«

Sie grinste. »Ausgezeichnet. Wie lautet die nächste Regel?«

»Also, jetzt wird es ein wenig kompliziert. Das mit dem Lutschen und dem Zungen-Kitzler hast du verstanden, oder?«

»Ja.«

»Jetzt kombinierst du beides.«

Kathy runzelte die Stirn, die Finger noch tief in ihrem Mund. »Das kann ich nicht!«, sagte sie und zog sie heraus. »Beides gleichzeitig geht nicht.«

»Oh doch!«, versicherte ich ihr. »Steck dir die Finger wieder in den Mund. Gut, und jetzt vorsichtig lutschen. Geht das?«

Sie nickte langsam.

»Und jetzt beweg deine Zunge dabei rauf und runter. Lass sie kreisen, aber hör nicht auf, weiterzulutschen.«

Kathys Augen begannen zu funkeln, und sie zog ihre Finger wieder heraus. »Ich hab's! Ich hab's, verdammt noch mal! Meine Güte, ich wette, die Kerle werden ganz verrückt davon! Du bist wirklich ein verdammtes Genie. Ich kann es kaum erwarten, das alles an David auszuprobieren!«

Ich lachte. »Immer mit der Ruhe, denn wir sind noch nicht fertig. Bist du bereit für den nächsten Schritt?«

Sie nickte erneut, diesmal noch eifriger.

»Gut, sobald du das mit der Mund-Zungen-Kombination beherrschst, musst du vertikale Bewegungen einführen, und zwar so.« Ich lutschte an meinen beiden Fingern und nickte mit dem

Kopf wie eine demente Taube, die versucht, ein Samenkorn aus meinem Schoß zu picken.

Kathy ahmte mich erfolgreich nach und grinste. »Das ist toll. Und dann?«

»Nun, das ist etwas kompliziert, das kann man nicht lange durchhalten. Aber es ist einen Versuch wert – und sei es auch nur für eine Minute: Er wird begeistert sein.«

»Los, raus mit der Sprache!«

»Gut. Jetzt musst du eine horizontale, kreisförmige Bewegung einführen.«

Sie starrte mich an. »Wie bitte?«

»Den Twist. Und zwar so.« Ich lutschte an meinen Fingern, wackelte mit der Zunge, bewegte den Mund auf und ab und drehte dann den Kopf von links nach rechts.

»Du machst Witze!«, sagte sie verzweifelt.

»Nein, wirklich, versuch's doch mal! Schau, dreh den Hals ein wenig.« Ich nahm ihren Kopf und versuchte, ihn zur Seite zu drehen. Nachdem ich meine ganze Überredungskunst aufgeboten hatte, schaffte sie die Drehung ohne meine Hilfe. Ich zog mich zurück und sah ihr zu, wobei ich die Bewegung ebenfalls vollführte. Wenn man uns jetzt sehen könnte!, dachte ich: Zwei erwachsene Frauen, die sich die Finger in den Mund gesteckt haben, fest daran lutschen, mit ihren Zungen wackeln, den Kopf auf und ab bewegen und gleichzeitig den Hals verdrehen. Wenn Männer nur wüssten, welchen Aufwand wir betreiben, nur um ihnen einen guten Blowjob zu verschaffen!

»Verdammte Scheiße!«, sagte Kathy und schnappte nach Luft. »Das ist toll, du hast wirklich an alles gedacht. Ich muss das unbedingt ausprobieren ... Wo hast du diese Sachen bloß gelernt?«

»Sagen wir mal so: Ich habe lange experimentiert ...«

Mittwoch, 25. Oktober

Nachdem ich heute einen wirklich furchtbaren Kommentar zu meinem Blog vorgefunden habe, stelle ich mir die Frage, die ich mir schon vor einem Jahr gestellt habe: Stimmt irgendwas nicht mit mir, nur weil ich so sexbesessen bin?

Sogar der Craigslist-Typ hatte mich eines Abends damit aufgezogen und mich als »sexsüchtig« bezeichnet.

»Hattest du jemals eine Partnerin, die wirklich auf Sex stand?«, fragte ich. »Warst du schon mal mit einer Frau zusammen, die immer Lust hatte und sich bei jeder Gelegenheit auf dich gestürzt hat? Die es echt geliebt hat, mit dir zu schlafen?«

»Natürlich«, erwiderte er.

»Dachtest du, dass irgendetwas mit ihr nicht stimmt?«

Er schwieg lächelnd. »Nein, ehrlich gesagt war das toll. Sie hatte einen stark ausgeprägten Sexualtrieb.«

»So wie ich.«

Genau das sollte ich mir immer wieder vor Augen führen. Steht eine Frau auf Sex, scheint man das irgendwie krank zu finden und hält sie für nicht normal, für eine Schlampe oder – wie in meinem Fall – für sexsüchtig. Warum dürfen wir Frauen nicht einfach gerne Sex haben und ihn genießen, ohne dass man uns gleich als »Schlampe«, »Hure« oder »sexsüchtig« brandmarkt? Warum muss zwangsläufig etwas nicht mit uns stimmen, nur weil wir offen aussprechen, welche Bedürfnisse, Sehnsüchte und Wünsche wir haben?

Der Kommentar, den ich vor Kurzem erhielt, unterstreicht diese Haltung nur.

»Schon bevor sie von den Medien geoutet wurde«, begann die Kommentatorin, »lasen ich und mein Freund Zoes Blog. Danach waren wir uns einig, dass er von einem Mann verfasst wurde.«

In all den Jahren habe ich diese Anschuldigung immer wieder

gehört. Normalerweise bringt sie mich zum Lachen, aber sie macht mich auch wütend: Warum soll ein unverblümt geschriebenes Sexblog nicht von einer Frau stammen?

Die Kommentatorin fuhr fort: »Zu diesem Schluss kamen wir, weil Zoe bei den meisten sexuellen Begegnungen lächerlich viele Orgasmen hat. Wirklich übertrieben viele! Oft schon bei der ersten sexuellen Begegnung mit einem Partner.«

Ich werde das auch gar nicht abstreiten, ganz einfach, weil es stimmt. Ja, ich komme leicht zum Höhepunkt. Na und? Muss ich deswegen ein Mann sein?

»Wenn du nicht gerade eine SEHR beneidenswerte Frau bist«, fuhr sie fort, » – so beneidenswert, dass schon die bloße Berührung durch einen Mann reicht, um dir einen Orgasmus nach dem anderen zu bescheren, ist so etwas einfach nicht möglich. Das ist eine reine Männerfantasie, wie man sie auch in den erotischen Kurzgeschichten billiger Pornohefte findet. Darin will man uns weismachen, dass alle diese (höchst talentierten) Männer schon beim ersten Mal (!) ganz genau wissen, was sie tun müssen.«

Und genau in diesem Punkt irrt sich diese Leserin meines Blogs: Denn dass ich oft und mühelos zum Orgasmus komme, hat nur wenig mit den Fähigkeiten meines Liebhabers zu tun. Sondern NUR etwas damit, dass ich meinen Körper bekanntermaßen gut kenne und weiß, wie ich mich zum Höhepunkt bringen kann.

Es war nicht immer leicht für mich, zum Orgasmus zu kommen. Wie so viele Frauen hatte ich jahrelang überhaupt nie einen Höhepunkt. Und als ich dann endlich merkte, wie es geht, klappte es mit einem Mann immer noch nicht, sondern nur, wenn ich masturbierte. Was also hat diesen Umschwung herbeigeführt? Nun, dass ich mich sehr oft selbst befriedigt habe.

Genau so steht das auch in meinem Blog und meinem Buch. Nicht ein einziges Mal habe ich behauptet, dass meine Orgasmusfähigkeit auf die Casanova-Qualitäten des Mannes zurückzuführen ist. Ich war mit Männern im Bett, die schon nach drei Minuten Rein-Raus kamen. Mit Männern, die ihre Finger schnell und schmerzhaft in mich hineinstießen – ja mit Männern, deren Erektion maximal ein bis zwei Minuten dauerte. Und wisst ihr was? Ich bin bei allen gekommen, ganz einfach deswegen, weil ich wusste, wie ich zum Orgasmus komme. Also kümmerte ich mich darum, dass ich die dafür notwendige Stimulation von meinem Partner (oder von mir selbst) erhielt.

Das heißt nicht, dass ich nicht auch fantastische Liebhaber hatte. Sie haben mich nicht nur gelehrt, mich selbst mehr zu lieben, sondern waren so sinnlich und erotisch, dass ich schon beim Küssen ganz feucht wurde. Manchmal stimmt eben einfach die Chemie, und dann ist der Sex einfach magisch. Doch ohne meine Fähigkeit, mich zu entspannen – und zwar körperlich wie seelisch –, hätte ich immer noch dieselben Orgasmusprobleme wie mit Anfang zwanzig. Was ich beschreibe, ist also nicht erfunden, sondern entspricht meinen tatsächlichen Erfahrungen – deshalb war es ja auch so schlimm für mich, geoutet zu werden!

Die Kommentatorin war allerdings noch nicht fertig: »Was wollte sie eigentlich damit bezwecken? Wollte sie einen Ratgeber schreiben, der den männlichen Einwohnern Londons erklärt, wie man sie am besten zum Orgasmus bringt?«

Sie hatte rein gar nichts kapiert. Anscheinend gehört sie zu denjenigen, die den Mann für ihren Orgasmus verantwortlich machen. Oder aber ihr fehlt das Selbstbewusstsein, ihre Bedürfnisse einzufordern, und sie ist unfähig, die furchtbare Unsicherheit abzulegen, die sich nur negativ auf Sex auswirkt (»Findet er mich dick?«; »Hält er mich für eine Schlampe, wenn ich schon bei der ersten Verabredung mit ihm ins Bett gehe?«; »Kann ich ihn nicht gut genug mit der Hand befriedigen?«).

Als ich mit meinem Blog alias Buch anfing, kam ich mir vor wie ein Freak: wie die einzige Frau auf der Welt, die keine Angst davor hat, ihre Begeisterung für Sex in Worte zu fassen. In dieser Hinsicht fühlte ich mich mutterseelenallein auf der Welt. Als Frau schien ich zwangsläufig Orgasmusschwierigkeiten oder eine verklemmte Einstellung zu Sex haben zu müssen. Oder aber ich war gezwungen, Tangas zu tragen, ostentativ mit den Brüsten zu wackeln und mich eines überdurchschnittlichen Selbstbewusstseins zu rühmen. Ich selbst fühle mich keiner dieser Gruppen zugehörig und war es leid, meine weibliche Sexualität in solche Klischees pressen zu lassen. Wo waren die Frauen, die Sex lieben und sich dagegen wehren, deshalb gleich als »Schlampe« abgestempelt zu werden? Wo waren die Frauen, die sich wohl in ihrem Körper fühlen, ohne damit Geld verdienen zu wollen? Wo waren die Frauen, die begreifen, dass sexuelle Befreiung nicht bedeutet, für den *Playboy* zu posieren. Sondern, dass sie so viel Sex haben können, wie sie wollen, ohne dafür von ihren Partnern und der Gesellschaft verurteilt zu werden?

Inzwischen weiß ich, dass ich nicht die Einzige bin, die das so sieht. Die Tausende von E-Mails und Kommentaren, die ich bekommen habe, beweisen das genaue Gegenteil: Es gibt sehr viele Frauen, die immer nur das eine im Kopf haben. Und das ist unser gutes Recht: Niemand sollte sich deswegen wie ein Freak fühlen müssen.

Ich mag sexbegeisterter sein als die meisten Frauen, aber deshalb bin ich noch lange nicht die Einzige mit solchen Gedanken oder Erfahrungen. Ich bin bloß diejenige, die darüber schreibt und es aller Welt mitteilt. Auch wenn die Leute nie wissen sollten, dass ich hinter dem Blog und dem Buch stecke.

Sonntag, 29. Oktober

Bei all den Angriffen, denen ich online ausgesetzt bin, sollte ich vielleicht Folgendes in meinem Blog schreiben, um die Dinge ein für alle Mal zu klären:

Ich möchte ausschließlich nach meinem Äußeren beurteilt werden.

Ich liebe es, wenn Männer mich attraktiv finden, denn das ist das Einzige, was zählt.

Ich fühle mich bestätigt, wenn Männer mit mir ins Bett wollen: Je mehr, desto besser!

Ich finde es toll, dass mein Aussehen wichtiger ist als meine Errungenschaften.

Ich möchte den jungen Mädchen beibringen, dass sie nur einen Schönheitschirurgen brauchen, um ihren Weg zu machen. Sie müssen der Schwerkraft und dem Alter etwas entgegensetzen, denn sonst wird sie kein Mann mehr anschauen!

Ich wünschte, mehr Frauen würden begreifen, dass sie sich nur etwas mehr herausputzen müssen, um Erfolg im Beruf zu haben. Es kommt bloß darauf an, von Männern begehrt zu werden! Und jede, die das Gegenteil behauptet, ist eine hässliche Emanze, die mal wieder gründlich durchgefickt werden muss.

Ich halte Katie Price für ein feministisches Vorbild. Geld mit dem eigenen Körper verdienen? Das nenne ich Selbstbewusstsein! So sieht der moderne Kampf für Gleichberechtigung aus! Alle Frauen sollten daran teilnehmen.

Ich versage mir gern schöne Dinge, denn Frauen sollten Märtyrerinnen sein.

Ich habe einmal heimlich ein Stück Kuchen gegessen, aber ich versuche, mich zusammenzureißen: Wenn ich den Nachtisch weglasse, werde ich schlanker und damit attraktiver für Männer. Außerdem: Wer sagt denn, dass es langweilig ist, von seinem Gewicht besessen zu sein?

Ich vermeide es möglichst, bei einer Verabredung Sex zu haben. Man hat nämlich Macht über die Männer, wenn man ihrem Drängen nicht nachgibt.

Ich bestehe darauf, dass Männer die Rechnung übernehmen, dann fühle ich mich weiblicher. Dass ich mehr verdiene als sie, spielt dabei keine Rolle. Männer zahlen, und Frauen machen die Beine breit: Das liegt nun mal in der Natur des Menschen.

Ich finde, Frauen sind selbst schuld, wenn sie vergewaltigt werden. Dann sollen sie sich halt nicht so aufreizend anziehen. Die armen Männer wissen doch gar nicht mehr, wo ihnen der Kopf steht, wenn sie einen Frauenkörper sehen. Da ist es doch nicht ihre Schuld, wenn sie sich nicht mehr beherrschen können. Gegen das Testosteron kommt »mann« einfach nicht an!

Ich täusche sämtliche Orgasmen vor, weil ich will, dass sich meine Partner für fantastische Liebhaber halten.

Wenn Belle de Jour in ihren *Intimen Aufzeichnungen eines Londoner Callgirls* ihre Vagina mit Gleitcreme aufpeppen kann, damit alle ihre Kunden glauben, sie wäre sexuell erregt, können wir das auch!

Ich liebe es, wenn Leute »sexy« sagen und »weiblich« meinen. Ich liebe es auch, dass die Perspektive bei der Vermarktung von Sex immer männlich und heterosexuell oder weiblich und bisexuell ist. Denn Frauen haben einfach kein Interesse an Fotos von nackten Männern: Wir finden es natürlich viel toller, andere Frauen anzuschauen!

Ich finde es großartig, dass Pornos stets aus männlicher Perspektive gedreht werden. Denn als Frau habe ich selbstverständlich kein Interesse daran, alles mal aus weiblicher Sicht zu sehen.

Ich muss mich nicht selbst befriedigen, ich bin schließlich kein Mann! Außerdem könnte ich damit meine Liebhaber eifersüchtig machen.

Ich brauche keine Orgasmen. Kuscheln ist viel, viel schöner, außerdem haben Frauen einfach keinen so starken Sexualtrieb wie Männer. Was ist eigentlich gleich wieder ein Orgasmus?

Ich mag es, Frauen ein gestörtes Verhältnis zum Sex nachzusagen, wenn sie die ausbeuterische Vermarktung ihrer Sexualität ablehnen.

Ich möchte die Ratschläge aus »*Pornostar: Die Autobiographie*« beherzigen, da ich in sexueller Hinsicht genauso selbstbewusst sein will wie Jenna Jameson. Außerdem muss ich meine Technik im Orgasmusvortäuschen noch verbessern. Das machen schließlich alle Frauen.

Aber ob meine Leser dann wohl begreifen, dass das ironisch gemeint ist? Irgendwie habe ich da so meine Zweifel ...

NOVEMBER

Mittwoch, 1. November

Ich habe soeben mit einem australischen Radiosender telefoniert. Ich kann es immer noch nicht fassen, dass sich die Leute so für mich interessieren. Jeden Tag bekomme ich Interviewanfragen. Noch vor einem Jahr arbeitete ich sechzehn Stunden am Tag am Filmset, jetzt scheine ich meine gesamte Zeit damit zu verbringen, mit den Medien zu sprechen oder Artikel zu schreiben. Ich werde sogar gebeten, öffentliche Vorträge zu halten. Nie hätte ich gedacht, dass sich mein Leben mal so entwickelt! So wie es aussieht, habe ich das Beste aus meiner Situation gemacht, und als Autorin freue ich mich auf meine weitere Karriere. Ich wünschte, ich könnte das auch über mein zukünftiges Liebesleben sagen …

Donnerstag, 2. November

Das Problem, eine Sexbloggerin zu sein, besteht darin, dass einem der Ruf vorauseilt. Gar nicht mal dahingehend, dass alle denken: »Was für eine Schlampe, die geht ja wirklich mit jedem ins Bett!« (auch wenn ich nach wie vor entsprechende Kommentare erhalte), sondern dass die Leute ganz bestimmte Erwartungen an mich haben.

Wenn ich also über Freunde und Bekannte Männer kennenlerne und als die Sexbloggerin vorgestellt werde, die immer nur das eine im Kopf hat, gibt es darauf genau zwei Reaktionen: entweder eine sexuell aufdringliche (was häufig nicht sehr angebracht ist) oder eine extrem zurückhaltende. Erstere ist weniger ein Problem: Seit mein Pseudonym aufgeflogen ist, bin ich ironischerweise gar nicht mehr so sehr an unverbindlichem Sex interessiert. Der ein oder andere Mann macht mir manchmal online oder offline Avancen, und obwohl mir das natürlich schmeichelt, gehe ich nicht darauf ein. Diese Männer interessieren sich für die Frau, die immer nur das eine im Kopf hat, aber nicht für mein wirkliches Ich.

Noch schlimmer finde ich es, wenn die Kerle mir ganz verschüchtert gegenübertreten. Ganz so, als könnte ich ihnen nach dem Handschütteln gleich an die Hose gehen, ja, als hätte ich nichts Besseres zu tun, als sie sofort anzumachen oder über sie zu schreiben. Diese Männer denken, dass ich nur ein rein sexuelles Interesse an ihnen habe. Und wenn sie keinen Sex mit mir wollen, wahren sie eine Art Sicherheitsabstand (auch wenn sie mich mögen). Da ich nicht wissen kann, ob mich ein Typ einfach bloß nett findet und mich anspricht, weil er sich für mich interessiert, oder ob er nur Abby Lee seiner Sammlung hinzufügen will, erleichtert das die Kommunikation nicht gerade. Ich weiß gar nicht mehr, wie ich mich noch verabreden soll!

Als ich mich vor einer Woche mit einem Mann namens Jay unterhielt, den ich über Fiona kennengelernt hatte, sagte er wie nebenbei, er habe mein Buch nicht gelesen. Er musste mir dann versprechen, es auch nicht zu tun. »Warum?«, fragte er. »Da steht doch nichts drin, was dir peinlich sein müsste! Jeder von uns hat Sex.«

»Ja«, erwiderte ich, »das stimmt. Aber ich möchte, dass mich ein Mann auch von dieser Seite ganz normal kennenlernt. Und zwar indem er sich mit mir, mit Zoe, beschäftigt, und nicht mit meinem Buch. Ich möchte, dass man sich unter gleichen Bedingungen kennenlernt.« Daraufhin nickte er und versprach mir, das Buch nicht zu lesen. Höchstwahrscheinlich hat er die Anspielung nicht verstanden, dass ich ihn tatsächlich gerne kennenlernen würde, und zwar ganz unabhängig von meinem Buch. Wir sprachen über das öffentliche Leben im Gegensatz zum Privatleben und über die Folgen, die es hat, eine »Internetberühmtheit« zu sein. Ich saß da, sah ihm in die Augen und fragte mich, wie es wohl wäre, ihn zu küssen. Hoffentlich merkte er nicht, dass ich mich ein bisschen in ihn verknallt hatte! Ich weiß, das ist lächerlich – trotzdem!

Und genau das ist mein Problem: Ich kann gar nicht mehr ich selbst sein, mein altes, flirtendes Ich. Die extrovertierte Zoe, die jemanden kennenlernen möchte, weil sie ihn interessant findet. Und ich kann erst recht nicht mehr mein altes, sexuelles Ich sein. Die Typen, die glauben, dass ich nur mit ihnen ins Bett will, verunsichern mich so, dass es mir inzwischen schon schwerfällt, mich mit Männern zu unterhalten: Ich versuche dermaßen verzweifelt, nicht als die Sexbloggerin wahrgenommen zu werden, dass ich gar nicht mehr in der Lage bin, mit ihnen zu kommunizieren.

Folgendes dürfte das ganz gut illustrieren:

Ich, bevor ich geoutet wurde:

Ich: He, lass uns mal zusammen essen gehen!

Er: Abendessen?

Ich: Ja genau, du weißt schon, in ein Lokal, wo man essen und reden kann? (Ich stupse ihn an und lächle.) Ich habe gehört, das soll Spaß machen.

Dann geschieht Folgendes:

a) Er (grinsend): He, gern! Wann denn?
b) Er (das Gesicht verziehend): Danke, aber ich habe eine Freundin.

Und dann:

a) Ich (grinsend): Toll. Nächste Woche?
b) Ich (verlegen): Na ja, man wird ja noch fragen dürfen.

Heute stellt sich die Situation folgendermaßen dar:

Ich: Äh, würdest du gern mal mit mir zum Abendessen gehen?
Er: Abendessen? Hahahaha.
Ich (mich um eine neutrale Körpersprache bemühend, die alles andere als sexuell aufgeladen ist): Ja, du weißt schon, was essen gehen und sich bei einem Glas Wein nett unterhalten.
Er (stirnrunzelnd): Zoe, du willst also mit mir zum Essen gehen. Im Ernst? Nur wir zwei beide?
Ich (errötend, stotternd und seinen Blicken ausweichend): Ja. Natürlich nur als gute Freunde, ich will nicht, dass du was anderes denkst. Also, es würde mich wirklich freuen. Aber wahrscheinlich willst du das gar nicht. Wahrscheinlich stehst du nur auf schöne Frauen. Du bist natürlich ein netter Kerl und äh, sehr gut aussehend und alles, aber ich rede hier nur von einem Abendessen, ganz ohne Stress. Du brauchst also keine Angst zu haben, dass ich gleich über dich herfalle oder so. Auch wenn ich das nur zu gern tun würde, bist du mir viel zu wichtig für einen One-Night-Stand. Außerdem möchte ich dich richtig kennenlernen, weil ich dich tatsächlich interessant finde. Ich dachte, es könnte nett sein, einmal zu zweit auszugehen und … Ach, vergiss es, wahrscheinlich ist es dir peinlich, mit mir essen zu gehen. Außerdem würden unsere Bekannten dann sofort anfangen zu tratschen, woraufhin du gleich abgestempelt wärst. Zumal du es wahrscheinlich sowieso nur aus Neugier tun würdest. Bestimmt interessierst du dich nicht wirklich für eine Frau, deren Sexleben dermaßen öffentlich geworden ist. Am besten, wir tun so, als hätte dieses Gespräch niemals stattgefunden. Ich schnappe mir das Taxi da drüben und bin schon unterwegs …

Ich scherze natürlich, aber so weit ist das auch wieder nicht von der Realität entfernt. Ich weiß wirklich nicht, wie ich diese Ängste überwinden soll. Ich würde Jay gern sagen, dass ich ihn interessant finde, mich in seiner Gesellschaft wohlfühle und ihn gern näher kennenlernen würde. Er soll auch wissen, dass ich ihn attraktiv finde. Und obwohl ich gern mit ihm ins Bett hüpfen und ihn bis zur Besinnungslosigkeit ficken würde, möchte ich nicht, dass er mich nur als Abby Lee seiner Sammlung hinzufügt.

Ich will, dass er herausfindet, dass ich mehr bin als nur mein Buch oder Blog, ja, dass ich noch andere, viel liebenswertere Seiten habe als die Frau, die immer nur das eine im Kopf hat. Und ich würde mich wirklich zu gern mit ihm verabreden, aber ich weiß nicht, ob ich (schon) den Mut dazu aufbringe.

Dienstag, 7. November

Nachdem ich mit meinem Freund Tim darüber geredet habe, habe ich beschlossen, den Stier bei den Hörnern zu packen und Jay in einer Mail zu fragen, ob er mit mir essen gehen will. Es geht hier schließlich nur um ein Abendessen! Ich schickte die Mail allerdings zuerst an Tim, um zu hören, was er davon hielt.

Ich: Ist die Mail zu eindeutig?
Er: Nein, aber aggressiv.
Ich: Verdammt! Echt? So ein Mist!
Tim: Du bist die große böse Sexbloggerin. Obwohl wir wissen, dass du eine ganz durchschnittliche, normale Frau bist, fühlen sich viele Männer von dir eingeschüchtert.
Ich: Ach du liebe Zeit! Ich weiß nicht mehr, was ich machen soll, ehrlich!
Tim: Quatsch, du bist bloß neurotisch. Wach auf!
Ich: Tut mir leid, aber das kann ich nicht.

Ich kann das wirklich nicht. Ich habe immer noch eine Wahnsinnsangst davor, mich zu verabreden, dabei ist das doch gar nicht so kompliziert! Ich möchte ihn doch nur fragen, ob er sich mit mir verabreden will.

Mit Tims Hilfe entschärfte ich die E-Mail und schickte sie ab. Drückt mir die Daumen, dass ich eine Antwort bekomme!

So sieht eine moderne Frau aus!

1. Zahlt eure Rechnung immer selbst, wenn ihr verabredet seid (oder revanchiert euch wenigstens beim nächsten Mal). Sonst nehmt ihr den Mann nur aus und führt eine altmodische, sexistische Tradition fort, die nichts mehr mit der modernen, finanziell unabhängigen Frau des 21. Jahrhunderts zu tun hat.
2. Sorgt dafür, dass ihr anschließend noch genügend Geld übrig habt, um ein Taxi zu nehmen: Manchmal ist es äußerst praktisch, schnell verschwinden zu können. Und wenn ihr doch vorhaben solltet, eure Verabredung näher kennenzulernen, ist nichts unromantischer als eine Fahrt mit dem Nachtbus: Die bringt euch ganz gewiss nicht in Stimmung!
3. Habt immer Kondome dabei, man weiß schließlich nie, welche Stimmung noch aufkommen wird. (Und wenn man um drei Uhr morgens nach einem Automaten oder einer offenen Apotheke suchen muss, kann das äußerst frustrierend sein.)
4. Sagt, was ihr wollt! Eine Frau des 21. Jahrhunderts sollte Spaß im Bett haben. Männer können nicht Gedanken lesen: Besser, ihr seid selbstbewusst genug, um zu sagen, was ihr euch wünscht – denn dann bekommt ihr es höchstwahrscheinlich auch! (Wenn das auch nichts hilft, stoßt ihr seine Hand weg und macht es euch selbst: So haben beide was davon!)
5. Belohnt euch! Statt euch einen Spa-Besuch oder eine Maniküre zu gönnen, solltet ihr lieber mal einen Erotik-Shop für Frauen aufsuchen, euch einen anständigen Vibrator kaufen und euch damit ein wenig die Zeit vertreiben. Solche Selbsterkundungen können euch noch sehr zupasskommen – und eure zukünftigen Partner werden es euch danken! Eine Win-win-Situation, also.

Samstag, 11. November

Jay meldete sich in der Tat. Zum Glück willigte er in eine Verabredung ein. Ich machte einen richtigen Luftsprung, als ich seine E-Mail las. Aber leider war unser Treffen eine einzige Katastrophe. Nicht, dass er etwas Falsches gesagt hätte, ihn entlarvte eher, was er nicht sagte.

Manchmal hasse ich es, dass ich die Körpersprache meines Gegenübers so gut lesen kann. Oft wünsche ich mir, ich könnte die Leute völlig unvoreingenommen betrachten, ohne zu merken, ob sie sich für mich interessieren (oder eben nicht). Es wäre schön, Zeit mit jemandem zu verbringen, ohne zu wissen, was der wippende Fuß, der abgewandte Blick oder die hängenden Mundwinkel bedeuten.

Aber stattdessen nehme ich all das in mir auf, analysiere und interpretiere es. Meine grauen Zellen laufen auf Hochtouren, genauso wie meine Intuition.

Ich merke es fast immer, wenn ein Mann meine Gesellschaft genießt: Denn dann spricht sein Körper Bände, sogar in bekleidetem Zustand. Und ich merke es fast immer, wenn das Gegenteil der Fall ist: Sein Körper verrät ihn, egal welche Komplimente er mir macht.

Anstatt mir Hoffnungen auf Jay zu machen, habe ich längst akzeptiert, dass seine Körpersprache kein Interesse signalisierte. Ich bin mir sicher, dass ich nichts mehr von ihm hören werde.

Ein weiterer Korb, verdammt! Auch wenn es blöd ist, muss ich mich doch fragen, ob ich zur größten Langweilerin geworden bin, die jemals online war.

Sonntag, 12. November

Ich suche nach einer Methode, mein Blog zu schreiben, ohne wirklich etwas zu verraten. Also ohne etwas zu sagen, das missverstanden werden kann oder – was noch viel schlimmer ist – mich als die Neurotikerin entlarvt, die ich eigentlich bin.

Manchmal lese ich Texte aus meinem Archiv und zucke zusammen. Es ist die emotionale Verletzlichkeit, die mir peinlich ist, weniger meine sexuelle Unverblümtheit. Es fällt mir viel leichter zuzugeben, dass ich Schwänze mag, als zu gestehen, dass ich mich nach echter Nähe sehne. Das, was man hier lesen kann, spiegelt mich natürlich nicht zur Gänze wider: Selbstverständlich bin ich viel angreifbarer, als ich wirke. Ich habe Schwächen, die ich hier nicht verrate, und kann mich manchmal wegen Kleinigkeiten völlig zum Deppen machen. Aber das kann ich unmöglich alles in meinem Blog beschreiben. Leider, möchte ich manchmal sagen.

Früher hätte ich einfach alles aufgeschrieben, und sei es noch so irrational. Früher fühlte ich mich im Internet dermaßen geborgen, dass ich dort mein Herz ausschüttete. Doch jetzt, wo mir so vieles durch den Kopf geht, ohne dass mir mein einstiges kathartisches Ventil noch zur Verfügung steht, weiß ich gar nicht mehr wohin mit meinen Neurosen. Ich fühle mich regelrecht von meinen Sorgen aufgefressen.

Als ich vorhin mit einem Freund chattete, klagte ich ihm mein Leid, vieles nicht mehr in meinem Blog schreiben zu können: Zu viele Menschen aus meinem engsten Umfeld lesen es, ja, schlimmer noch, sogar Männer, die ich gerne näher kennenlernen würde. »Schwächen machen einen zwar einerseits attraktiver«, sagte mein Freund vorsichtig. »Trotzdem möchte man nicht, dass alle Welt weiß, wie verkorkst man wirklich ist. Nicht, bevor man weiß, wie man seine Schwächen selbst in den Griff kriegen kann.« Natürlich hat mein Freund recht: Es gibt eine Zeit und einen Ort, wo man zugeben kann, dass es neben der schwanzanbetenden, selbstironischen und lebenslustigen Persönlichkeit noch eine andere, bedürftigere und unsichere Zoe gibt. Aber dieser Ort ist ganz bestimmt nicht das Internet.

An Tagen wie heute, wo mich aus unerfindlichen Gründen die überflüssigsten Zweifel plagen und ich aus einer Mücke einen Elefanten mache, würde ich meine Gedanken nur zu gern schriftlich formulieren, um etwas Distanz zu ihnen zu bekommen und zu erkennen, wie irrational sie eigentlich sind. Denn das sind sie bestimmt, schließlich gehöre ich normalerweise eher zu den Menschen, für die das Glas nicht halb leer, sondern immer halb voll ist.

Aber auch ich habe mal einen schwachen Moment, und derzeit könnte ich wirklich wieder etwas Bestätigung gebrauchen. Nur um zu wissen, dass es völlig normal ist, sich manchmal ein wenig verloren vorzukommen.

Montag, 13. November

Nach der enttäuschenden Verabredung mit Jay habe ich das Gefühl, wieder ganz von vorn anfangen zu müssen. Internet-Bekanntschaften kommen derzeit nicht infrage, und über die Arbeit lerne ich auch keine Männer mehr kennen, seit ich nicht mehr in der Filmindustrie arbeite. Meine Freunde sind ebenfalls tabu. Welche Möglichkeiten bleiben mir da noch?

Ich weiß es nicht. Ich weiß nur, dass meiner derzeitigen Lust auf Sex noch ein viel tieferes, unerfülltes Bedürfnis zugrunde liegt. Es wird wirklich höchste Zeit, dass ich mal jemand Besonderes kennenlerne.

Doch bis es so weit ist, würde es mir schon reichen, die Nacht mit jemandem zu verbringen, dem ich vertraue. Deshalb habe ich beschlossen, mich wieder bei Jamie zu melden. Wir waren mal kurz zusammen, bevor ich geoutet wurde, so lange, bis er wieder zu seiner Ex zurückkehrte. Jetzt ist er nicht nur wieder Single, sondern weiß auch über das Buch und all das Bescheid. Er hat sehr gelassen darauf reagiert und verurteilt mich nicht dafür. Ich weiß nicht, ob wir wieder da anknüpfen können, wo wir aufgehört haben. Ich weiß nur, dass es mich im Moment äußerst glücklich machen würde, in seinen Armen zu liegen.

@

Von: Jamie
An: Zoe
11:03
Hallo! Natürlich habe ich Lust auf ein Treffen, morgen wäre toll. Aber dürftest du nicht bald Bauchkrämpfe bekommen wegen deiner Tage? Sollen wir unsere Verabredung noch mal verschieben?
Das heißt nicht, dass ich mich davor drücke, im Gegenteil: Ich freue mich auf dich! Ich stelle mir gerade vor, wie du dich mies fühlst und versuchst, tapfer zu sein, ja, dich am liebsten mit einer Decke und einer heißen Wärmflasche aufs Sofa legen würdest …

Von: Zoe
An. Jamie
11:07
Meine Tage kommen irgendwann zwischen heute und Freitag, daher mein Vorschlag, dass wir uns morgen treffen (ich wollte dich bloß vorwarnen). Höchstwahrscheinlich kommen sie Do/Fr, der Schmerz wird anschließend bloß heftiger anstatt weniger – leider!
Damit du als Mann einen ungefähren Überblick hast:
Montag (keine Blutung): leichte Schmerzen (in Brüsten und Bauch), Niedergeschlagenheit, Geilheit

Dienstag (keine Blutung): leichte Schmerzen (in Brüsten und Bauch), Niedergeschlagenheit, extreme Geilheit
Mittwoch (Keine Blutung): mittelstarke Schmerzen (in Brüsten, Bauch und Waden), Deprimiertheit, Selbstbefriedigung zur Aufmunterung notwendig
Donnerstag (eventuell Blutung): heftige Schmerzen (in Brüsten, Bauch und Rücken), Schmerzmittel notwendig, schlechte Laune, Selbstbefriedigung zur Aufmunterung notwendig
Freitag (Blutung): heftigste Schmerzen (in Bauch und Rücken), Maximaldosis Schmerzmittel notwendig, schlechte Laune, Selbstbefriedigung zur Schmerzlinderung notwendig
Samstag (2. Tag der Blutung): allerheftigste Schmerzen (in Bauch, Rücken und Kopf), Maximaldosis Schmerzmittel notwendig, heiße Wärmflasche auf dem Bauch, Decke und Sofa, Whiskey, Weinen, unfähig zur Selbstbefriedigung, zu starke Schmerzen
Sonntag (3. Tag der Blutung): mäßige Schmerzen (im Bauch), eventuell Schmerzmittel, Tee, jede Menge Selbstbefriedigung.
Wie du siehst, geht es mir (noch) gut – zumindest so lange, bis die Blutung einsetzt. Ich bin bloß etwas aufgedunsen und übersensibel. Wenn du also keine Probleme damit hast, dass Brüste und Bauch etwas ballonförmig aussehen, bleibt es bei morgen, einverstanden?

Von: Jamie
An: Zoe
11:12
Hehehe.
Ich habe sieben Jahre mit einer Frau zusammengelebt: Ich weiß, was es bedeutet, wenn Frauen ihre Tage haben. Morgen passt mir prima. Und mit geschwollenen Brüsten kann ich auch leben!

Von: Zoe
An: Jamie
11:17
Ich bin mir sicher, dass du mit meinen Brüsten leben kannst. Ich weiß nur nicht, wie ich sie in meinem BH verstauen soll. Wenn ich mich morgen verspäte, dann deswegen. Oder weil ich kurz vor Verlassen des Hauses noch mal Hand an mich legen musste ...

Dienstag, 14. November

Wir starrten beide auf den großen nassen Fleck auf dem Bett.

Ich runzelte die Stirn. »Was ist denn das?«

Jamie schüttelte den Kopf. »Keine Ahnung.«

»Hast du ins Bett gespritzt? Böser Junge«, sagte ich und grinste ihm verführerisch zu.

»Das war ich nicht. Ich trage immer noch das hier.« Er zeigte auf sein Kondom. »Außerdem bin ich nicht gekommen.«

»Du bist nicht gekommen?«

»Nein, du hast meinen Schwanz rausgepresst, als du deinen heftigen Höhepunkt hattest, schon vergessen?«

Ich biss mir auf die Unterlippe und schämte mich für die Heftigkeit meines Orgasmus. Denn mir fiel wieder ein, dass das beim letzten Mal, als wir Sex gehabt hatten, genauso gewesen war. Plötzlich kam ich mir sehr egoistisch vor. Keine besonders nette Art, sich für einen guten Fick zu bedanken!

»Das tut mir leid, ich werde es sofort wiedergutmachen.« Ich streckte die Hand und strich mit den Fingerspitzen über seine Hüfte.

»Jetzt gleich?«

»Oh ja.« Ich grinste.

Er beugte sich zu mir hinab und küsste mich.

»Selbst wenn ich gekommen wäre: So eine Pfütze hätte ich niemals hinterlassen.«

Er klopfte auf den dunklen Fleck auf dem Laken. Ich setzte mich auf die Fersen und musterte das Laken. Der nasse Fleck war riesig, er maß beinahe 30 mal 30 Zentimeter. Ich legte meine Hand darauf und war schockiert: Der Stoff war regelrecht durchtränkt und patschnass.

»Was ist denn das?«

»Was?«

»Fühl mal. Es ist patschnass.«

Er legte seine Hand darauf. »Wow!«

»Warte mal ...« Ich schaute zwischen meinen Beinen nach. Kein Blut, meine Tage waren noch nicht gekommen. Da fiel mir etwas anderes ein: »Hast du mir nicht erzählt, dass du ein Glas Wasser verschüttet hast? Meine Güte, du bist ja noch ungeschickter als ich – du hast es geschafft, es über das Bett zu schütten!«

»Ich habe Wasser verschüttet, aber nicht auf dem Bett. Ich habe ein Glas umgestoßen. Da, schau!« Er zeigte auf den Boden, und ich spähte über das Bett hinaus: Auf den Bodenfliesen gab es eine kleine Pfütze, das jetzt leere Glas stand direkt daneben.

»Du hast das Wasser also nicht über dem Bett verschüttet?«

»Nein, genau das sagte ich doch gerade.«

»Im Ernst?«

»Im Ernst.«

»Wo kommt das Wasser dann her?«

»Ich glaube, aus dir.«

»Quatsch.«

»Komm schon! Es gibt keine andere Erklärung dafür!«

»Das kann nicht sein.«

Er beugte sich vor und schnupperte an dem nassen Fleck. »Nun, Pipi ist es nicht, falls du dir deswegen Sorgen machst.«

Ich beugte mich vor, roch selbst daran und staunte, dass er völlig geruchlos war. So als hätte tatsächlich jemand ein Glas Wasser aufs Bett geschüttet. Plötzlich wurde ich misstrauisch.

»Du verarschst mich doch nicht, oder?«

»Wie meinst du das?«

»Na, dass du mir Angst machst, indem du heimlich ein Glas Wasser aufs Laken schüttest.«

Er seufzte. »Nein, ich verarsche dich nicht. Warum sollte ich? Und wie? Du hast das Bett doch nicht einen Moment verlassen.«

Ich zuckte die Achseln. »Keine Ahnung. Versprich mir, dass das kein Scherz ist.«

»Ich verspreche es dir. Ehrlich, ist es wirklich so schwer zu glauben, dass du das Laken nass gemacht hast?«

»Ja, allerdings.«

»Du hast mich rausgepresst und damit auch diese Flüssigkeit. Eine andere Erklärung gibt es dafür nicht. Was ist so schlimm daran?«

»Na ja, zum einen glaube ich das nicht. Ich bin nun mal eine geborene Skeptikerin. Zum anderen halte ich nichts von der Theorie, dass Frauen ejakulieren.«

»Nicht einmal, wenn du den wissenschaftlichen Beweis dafür direkt vor der Nase hast?«

Ich zuckte die Achseln.

»Schau, der Fleck ist genau dort, wo du gelegen bist.«

Er befahl mir, mich wieder aufs Bett zu legen, und ich gehorchte. Dabei fiel mir auf, dass sich der nasse Fleck direkt unter meinem Schritt befand. Ich kam mir vor wie von Kreidekonturen umgeben, wie die Leiche an einem Mordschauplatz. Nur, dass es hier keine Kreide gab, die für den Tod stand, sondern einen nassen Fleck – den flüssigen Beweis für meinen Orgasmus.

Ich kniete mich wieder hin und schüttelte ungläubig den Kopf.

»Du hast also noch nie ejakuliert?«

»Nein! Und glaub mir, ich habe es wirklich versucht, mit jedem verdammten Sexspielzeug und mit jedem Finger, den du dir nur vorstellen kannst. Da ich ziemlich leicht und oft komme, nahm ich an, dass das mit der weiblichen Ejakulation bloß ein Mythos ist, den die Pornoproduzenten erfunden haben. Oder aber, dass ich rein körperlich nicht dazu in der Lage bin.«

»Nun, offensichtlich hast du dich in beiden Fällen getäuscht.«

Ich sah ihn verlegen an. »Anscheinend schon.«

»Das war wirklich ein intensiver Orgasmus, den du da hattest ...«

Ich nickte und dachte an den Moment vor einer halben Stunde zurück: Ich hatte den Kopf im Kissen vergraben, die Augen geschlossen und unkontrolliert geweint.

»Ich kann es kaum fassen, dass du so geweint hast. Ich hatte Angst, dir wehzutun.«

»Nun, du hast mir auch wehgetan«, sagte ich und fuhr über die schmerzhaft geschwollenen Striemen auf meinem Hintern, den er wiederholt versohlt hatte. »Aber das war nicht der Grund für meine Tränen. Es gab eigentlich gar keinen Grund dafür.«

Doch während ich das sagte, fragte ich mich, ob da nicht doch etwas in mir war, das rauswollte. Bei Jamie fühlte ich mich zum ersten Mal seit Monaten in Sicherheit. Mit ihm konnte ich mich endlich entspannen. Und das nicht nur körperlich, sondern auch seelisch. Das war wirklich ein überwältigender Moment gewesen.

»Na ja«, fuhr ich fort. »Wahrscheinlich hat mein Körper einfach nur auf diese intensive – und dringend benötigte – Entspannung reagiert ...«

»Indem du geweint, meinen Schwanz rausgepresst und ejakuliert hast«, kicherte er.

»Anscheinend schon. Meine Güte, war das merkwürdig ...«

»Aber schön.«

»Und wie!«

Er entfernte das Kondom, und ich kletterte zurück ins Bett. Ich kuschelte mich an ihn und spürte, wie sich sein steifer Schwanz an mich drängte.

Plötzlich wurde mir bewusst, wo er lag. Ich versuchte, ihn von dem nassen Fleck hinunterzuziehen. »Du liegst auf meinem nassen Fleck, oder? Das ist nicht fair.«

»Ach, mach dir keine Sorgen, das stört mich nicht.«

»Du bist wirklich ein Gentleman! Erst werde ich gefesselt, ausgepeitscht und enorm befriedigt, und dann muss ich nicht einmal auf meinem nassen Fleck liegen. Großartig!«

Er lachte, und wir küssten uns.

»Dir ist schon klar, dass ich das nie mehr tun werde, oder?«

»Warum denn nicht?«

»Wenn nicht noch einmal dieselbe Planetenkonstellation auftritt oder so, ist die Chance, dass dasselbe noch mal passiert, mehr oder weniger gleich null.«

»Nun, wir werden sehen!«, meinte er und drängte sich an mich.

»Na, wenn du meinst ...«

Mittwoch, 15. November

Ich bin so froh, dass es mit Jamie perfekt funktioniert hat: Als wäre gar keine Zeit vergangen und als hätten wir einfach dort weitergemacht, wo wir vor einem Jahr aufgehört hatten – nämlich bei ausgezeichnetem Sex. Es tut so gut, sich ganz entspannt in seine Arme kuscheln zu können: Im Gegensatz zu den Typen, mit denen ich in letzter Zeit im Bett gelandet bin, vertraue ich Jamie nämlich. Und genau das brauche ich jetzt: das Gefühl, in Sicherheit zu sein. So vieles aus meinem Leben geriet an die Öffentlichkeit, dass es guttut, mal etwas ganz für sich zu behalten. Etwas sehr Intimes, Zärtliches. Schön ist auch, dass Jamie so ein toller Liebhaber ist: Das fördert die Entspannung ungemein.

So sieht ein guter Liebhaber aus

- Intelligenz – Das hängt vom jeweiligen Mann ab. Ich war mit Kerlen im Bett, die so langweilig waren, dass ich es kaum erwarten konnte zu gehen (allerdings erst nach meinem Orgasmus). Und es gab welche, die so faszinierend waren, dass wir uns noch in der Missionarsstellung weiter unterhielten. Mit beiden Typen habe ich gern geschlafen (nur dass echte Langweiler keine zweite Chance bekommen).
- Kultureller/religiöser Hintergrund – Aufgeschlossenheit ist wichtiger. Ich hatte Männer verschiedener Nationalitäten, sowohl in der Heimat als auch im Ausland. Der einzige Unterschied bestand in ihrem Akzent, als sie sagten: »Ich will mit dir schlafen.«
- Persönlichkeit – Subjektive Vorlieben sind unerheblich. Ich habe mit selbstbewussten, extrovertierten, dynamischen, aber auch mit leisen, schüchternen, nervösen Männern geschlafen: Nackt und im Bett waren alle gleich.
- Schönheit – Ein guter Liebhaber muss natürlich rundum schön sein. Ich war mit Männern im Bett, die meine Freundinnen für abgrundtief hässlich hielten, aber auch mit Männern, die als Model gearbeitet haben. Im Bett machte das keinen Unterschied: Ein geiler Mann ist und bleibt ein geiler Mann – seine Liebeskünste haben nichts mit seinem Aussehen zu tun.
- Schwanzgröße – irrelevant: Ehrlich. Ich habe Schwänze gehabt, die so klein wie mein Daumen und andere, die beinahe so groß wie mein Unterarm waren – sowie alle Größen dazwischen. Obwohl ich Ersteren kaum spürte und Letzterer verdammt wehtat, erfüllten die anderen ihren Zweck höchst befriedigend.
- Soziale Stellung/Beruf – unwichtig. Ich habe mit Männern aus allen Steuerklassen geschlafen: vom Straßenkehrer bis hin zum Sohn eines millionenschweren Botschafters. Ihr Geld oder ihr Mangel daran hatte nichts mit ihren Liebeskünsten zu tun.

Wenn das alles keine Merkmale sind, die einen guten Liebhaber ausmachen, welche sind es dann?

Die Chemie muss stimmen – es muss einfach prickeln. Manche Männer haben Eigenschaften oder Interessen, die ihr attraktiv findet. Vielleicht genießt ihr es auch, mit ihnen zusammen zu sein. Aber wenn das gewisse Etwas fehlt – die Schmetterlinge im Bauch –, kann man den Sex gleich vergessen.

Wenn ich die Wahl zwischen einem erfahrenen Liebhaber und einem ungeschickten Kandidaten habe, der mir aber ins Ohr flüstert: »Meine Güte, machst du mich scharf!«, sodass ich schon bei seiner bloßen Berührung feucht werde, nehme ich natürlich nicht »Mr Loverlover«. Ich bin der Meinung, dass man (wenn nötig) jedem Mann beibringen kann, eine Frau zu befriedigen. Aber wenn die Chemie nicht stimmt, lässt man es lieber bleiben. Das klingt vielleicht brutal, ist aber so. Bei jedem guten Liebhaber, den ich hatte, stimmte die Chemie zwischen uns. Bei den anderen kam ich nicht so intensiv oder so oft zum Höhepunkt (unter Umständen sogar gar nicht).

Fazit:

Ich finde, wir Jungs und Mädels sollten etwas lockerer mit der Frage umgehen, ob wir nun gut im Bett sind oder nicht – und den Sex stattdessen einfach genießen!

Denn wenn die Chemie stimmt, ist der Sex irgendwann so atemberaubend, dass alles andere in Vergessenheit gerät.

Donnerstag, 16. November

Mir fällt gerade wieder ein, dass Jamie mir gestern Abend das Gesicht abgeleckt hat.

Es geschah natürlich nicht irgendwo: Wir waren beide nackt bei ihm zu Hause, sodass davon auszugehen war, dass Speichel getauscht wird. Doch dass mir seine Zunge übers ganze Gesicht fuhr, irritierte mich doch ein wenig. Ich bin zwar eine aufgeschlossene, abenteuerlustige Frau, aber mit Gesichtslecken kenne ich mich nicht aus und finde es auch nicht wirklich toll.

Dass er noch dazu treuherzige dunkelbraune Hundeaugen hat und ich den Großteil der Nacht auf allen vieren zubrachte, machte das Ganze auch nicht besser.

Doch zum Glück wurde ich gleichzeitig von seinen flinken Fingern abgelenkt. Und davon, dass Jamie – nachdem er mir das Gesicht vollgesabbert hatte – seine nasse Zunge auch noch ganz woanders zum Einsatz brachte.

Und das gefiel mir schon deutlich besser.

@

Wollt ihr wissen, wo sich all die gut aussehenden Männer über dreißig verstecken?

Anscheinend joggen sie alle abends in meinem Park.

Ziemlich praktisch, finde ich.

Na gut, ein Großteil von ihnen ist wahrscheinlich schwul (und wird deswegen leider keine Lust auf einen flotten Dreier mit mir und einem anderen haben). Außerdem sind sicherlich nicht viele von ihnen Single. Aber wenn man zwei und zwei zusammenzählt (und eine Frau wie ich muss zwischen Wahrscheinlichkeit und Zufall unterscheiden können) und weiß, dass ich gestern Abend über zwanzig sexy Männer joggen sah, dürften rein rechnerisch mindestens drei davon hetero, Single und somit verfügbar sein: Das dürfte frau eigentlich locker genügen (sei es nun gleichzeitig, hintereinander oder wie auch immer).

Das Dumme ist nur, dass man schlecht stehen bleiben und einen Kerl ansprechen kann, wenn …

… man in die entgegengesetzte Richtung läuft.
… nass geschwitzt und puterrot im Gesicht ist.
… sich in den eigenen iPod verheddert hat.

Also, lieber sexy dunkelhaariger Typ mit Brille und lieber süßer Blonder. Tut mir leid, dass ich nicht stehen geblieben bin und euch angesprochen habe: Ich war noch ganz damit beschäftigt, meinen Lauf zu beenden. Aber danke, dass ihr beide angehalten und mich angelächelt habt, und das auch noch, als ich schon ein ziemliches Stück entfernt war: Das hat meinem Ego echt gutgetan – etwas, das ich momentan wirklich gut gebrauchen kann.

Und jetzt, da ich weiß, wie viele tolle Männer abends in meinem Park joggen, werdet ihr mich bestimmt öfter zu Gesicht bekommen. Sagen wir, nächste Woche um dieselbe Zeit, meine Herren?

Samstag, 18. November

Vorfall Nummer 958 in einer ganzen Reihe peinlicher Momente, die ich jüngst erlebt habe:

Dieser hier bestand in einem Telefonat mit meiner Mutter, das sie mit folgendem Satz einleitete: »Bitte erklär mir, was BDSM ist.« Und mit folgendem beendete: »Na ja, wenn beide Partner das so wollen und sie dadurch jeweils zum Orgasmus kommen, soll es mir recht sein.«

Ich weiß nicht, wen dieses Gespräch mehr schockierte: sie oder mich.

Sonntag, 19. November

Nach dem Sex erwartet man normalerweise nicht, überall Blut vorzufinden. Aber das heißt nicht, dass man nie blutet: Welche geile Frau, die sich sicher war, ihre Tage nicht mehr zu haben, und die es kaum erwarten konnte, sich begeistert auf einen Schwanz zu stürzen, hat nach dem Sex nicht schon mal eine Blutlache auf Laken (oder Sofa) entdeckt? Oder vielleicht auch Blutspritzer, die auf ein heftiges Auspeitschen zurückzuführen sind? Ich selbst finde allerdings, dass jemand etwas GRÜNDLICH FALSCH macht, wenn ich mehr als nur ein paar leichte Striemen auf dem Hintern habe.

Wenn man also morgens aufwacht und frische Blutspuren auf Laken und Bettdecke vorfindet, obwohl man erst in einigen Wochen mit seinen Tagen rechnet, muss man mehr als nur fest versohlt worden sein. Nachdem man überprüft hat, dass man weder aus einer Körperöffnung noch aus einer Wunde blutet, ist es nur normal, dass man etwas verwirrt ist. Zumindest ich war das, denn irgendwas – oder irgendwer – hatte eindeutig geblutet.

»Ich glaube, ich weiß, woher das Blut kommt«, hatte Jamie am Vorabend aus dem Bad gerufen.

»Ach ja? Woher denn?«, rief ich, wobei ich immer noch gemütlich unter der Decke im Bett lag.

»Von meinem Rücken«, erwiderte er. »Du hast einen meiner Leberflecke regelrecht abgerissen.«

Ich zog meine Hand unter der warmen Decke hervor und betrachtete meine Finger: Meine Nägel waren wie immer ziemlich kurz geschnitten (damit kann man sich besser selbst befriedigen* und auch besser die Popos der Jungs erkunden). Wie hatte ich ihn da so schlimm verletzen können?

»Echt?«, fragte ich, als er zurück ins Schlafzimmer kam.

»Ja«, erwiderte er. »Keine Sorge, das ist nicht weiter schlimm.«

Ich befahl ihm, sich umzudrehen, damit ich einen Blick auf seinen Rücken werfen konnte. Ich war entsetzt, was von seinem Leberfleck übrig geblieben war: ein blutendes, zerfetztes Etwas.

»Oh Gott! Das tut mir leid! Er sieht aus, als würde er gleich abfallen. Lass mich ein Pflaster draufkleben und dafür sorgen, dass sich die Wunde nicht infiziert.«

Gleich darauf kam ich mit einem Pflaster zurück und klebte es vorsichtig auf die kleine Wunde auf seinem Rücken.

»Ich fühle mich furchtbar«, sagte ich. »Ich kann nicht fassen, dass ich dich verletzt habe! Wie habe ich das bloß hingekriegt?«

»Ich glaube, du hast deine Nägel tief in mich gegraben, und zwar jedes Mal, wenn du kamst.«

Ich runzelte verwirrt die Stirn. »Aber das muss doch wehgetan

* Deshalb kann ich auch Pornos nicht ausstehen, in denen Darstellerinnen mit langen Acrylfingernägeln vorkommen: Sie sind das Gegenteil von realem – gutem – Sex und beweisen nur, dass das Gezeigte gestellter Schwachsinn ist.

haben? Warum hast du nichts gesagt oder mich davon abgehalten?«

Er lächelte. »Es hat wehgetan, aber du hast solche Lust empfunden, dass es das bisschen Schmerz wert war.«

»Danke, ich habe es definitiv genossen. Aber mir war nicht klar, dass ich dir währenddessen derart zusetze!«

Er zuckte die Achseln. »Mach dir deswegen keine Gedanken – in der Hitze der Leidenschaft ...«

»Na gut«, sagte ich und küsste ihn sanft. »Aber nächstes Mal werde ich versuchen, den Schaden zu begrenzen.« Und dich auch nicht mit dem Fleckentferner und deiner Bettwäsche allein lassen.

Dienstag, 21. November

Nachdem ich meinem Partner den Rücken aufgerissen hatte, fielen mir heute Abend auf einer Lesung in Islington viele attraktive Hände auf.

Für mich sind Hände mit das Attraktivste an einem Mann, nach seinem Gesicht, seinen Augen und seinem Mund. Aber das heißt nicht, dass die Handgröße irgendetwas mit der Penisgröße zu tun hat. Das ist ein Mythos, der durch nichts begründet ist (und glaubt mir, ich habe viel geforscht auf diesem Gebiet). Normalerweise interessieren mich Maße nicht besonders: Beim Sex geht es mir nur darum, so genommen zu werden, wie ich es mir vorstelle. Und das möglichst auch noch, wann ich es mir vorstelle – und schon bin ich glücklich.

Aber bei Händen ist das etwas völlig anderes: Ich bin eine Handfetischistin, ich liebe Hände. Die Größe, Form und Behaarung einer Männerhand kann bewirken, dass ich mich völlig desinteressiert abwende (Leonardo DiCaprio: igitt!) oder sie am liebsten sofort bespringen würde (Zachary Quinto: hm, lecker!).

Ich weiß, dass ich in dieser Hinsicht voller Vorurteile bin – ich interessiere mich nämlich nur für große Hände mit langen, kräftigen Fingern. Und wenn sie dann noch behaart sind, gibt das Extrapunkte. Hat ein Mann schöne Hände, macht mich das heiß, dann will ich sofort seine Finger in mir spüren.

Doch als ich dort unter zahlreichen Anfang Dreißigjährigen saß, fiel mir auf, wie viele Männer fantastische Hände haben. Ich war umgeben von lauter Kerlen mit großen, kräftigen Händen. Von Fingern, die wie dafür gemacht schienen, mich zu penetrieren. Angesichts der unglaublichen Fülle ansprechender Hände war ich regelrecht schockiert und fragte mich: Haben Bücherwürmer die erotischeren Hände? Ich weiß, dass die Männer, die mir in der Vergangenheit weiche Knie bescherten, durchaus gern Bücher lasen – und ihre Hände waren ausnahmslos fantastisch. Kann es sein, dass es da einen Zusammenhang gibt zwischen dem Männertyp, der zu einer Lesung erscheint, und seinen Händen? Braucht »mann« große Finger, um auf Bücher zu stehen? Oder ist das nur eine voreilige Schlussfolgerung, die sich durch nichts beweisen lässt? Vielleicht sollte ich der Sache nachgehen und nach empirischem Beweismaterial Ausschau halten …

Solche Nachforschungen sollte man allerdings nicht gleich bei der ersten Verabredung betreiben: Wenn ich einen Mann gleich nach seiner Lieblingslektüre und nach seinen Händen frage, hält er mich bestimmt für verrückt. Andererseits könnte das eine gute Methode sein, Idioten von Anfang an auszusortieren. Denn ein Fan des *Top Gear*-Moderators Jeremy Clarkson wird mich ganz bestimmt nicht zum Höhepunkt bringen – nicht einmal, wenn er göttliche Finger hat.

Mittwoch, 22. November

Soziale Netzwerke sind so eine Sache: Gleich nach dem ersten Treffen freundet man sich auf Facebook an. Man folgt sich auf Twitter und fügt sich gegenseitig als Flickr-Kontakt hinzu. Schon bald liest man das Blog des jeweils anderen, teilt Links und Fotos, von denen man hofft, dass sie den anderen interessieren. Man schaut sich begeistert private Einträge auf Tumblr an und grinst, wenn man sieht, dass ein eigener Vorschlag geposted wurde. Man wird angeschrieben, um einen Kommentar zu einem hübschen Flickr-Foto von sich abzugeben. Man spickt das eigene Blog mit Andeutungen, in der Hoffnung, dass der andere sie versteht – und er tut es auch. Man kommuniziert direkt über Twitter und reserviert die @-Antworten* für andere, weniger enge Freunde. Man spielt online mehrere Partien Scrabble miteinander, und Anspielungen finden den Weg in die kleine Chatbox. Facebook-Flirts greifen auf gmail über, und man tauscht sich mithilfe des Instant Messengers über das Leben, die Liebe und den Sex aus. Man verbringt Monate damit, regelmäßig zu chatten, zu twittern oder sich E-Mails zu schicken, im Internet zu spielen und zu flirten. Das ist aufregend, macht Spaß und weckt Hoffnungen, es entsteht so etwas wie eine gegenseitige Anziehung. Alle diese Kommunikations- und Kontaktmöglichkeiten sorgen dafür, dass man sich einander verbunden fühlt, auch wenn viele Kilometer zwischen einem liegen.

Und das ist wunderbar – bis die Kommunikation abreißt.

Wo man früher fast täglich eine E-Mail vorfand, ist jetzt gar nichts mehr, der Posteingang bleibt leer. Der andere loggt sich nicht mehr im gmail-Chat ein (oder nur »unsichtbar«), und auch das Chatten hat ein Ende. Man kann seine Tweets verfolgen, aber es fehlen die privaten, frechen Direktnachrichten. Man stellt fest, dass der andere Flickr aktualisiert hat, aber keine Kommentare mehr zu den eigenen Fotos abgibt.

Er hört auf, einem Links, Bilder und Artikel zu schicken, und

* Mit dem @-Symbol und dem Benutzernamen kann man andere auf Twitter direkt ansprechen. Gleichzeitig macht man damit jedoch den Inhalt der eigenen Nachricht öffentlich. Wenn man sich nur nett unterhält, ist das kein Problem. Aber nicht, wenn man sexuelle Anspielungen benutzt, weil sie dann mitsamt dem eigenen Namen für immer auf Google zu finden sind …

man zögert, ihm welche zu schicken. Man hinterlässt Anspielungen für ihn in dem eigenen Blog, aber es kommt keine Reaktion. Man sieht, dass er Facebook aktualisiert hat, aber keine scherzhaften Bemerkungen liegen im Posteingang. Die organisierte Scrabble-Partie bleibt ungespielt.

Früher, als es noch keine sozialen Netzwerke gab, zuckte man nur die Achseln, wenn jemand die Kommunikation einstellte: Schließlich würde derjenige schon zum Hörer greifen, wenn er Kontakt halten wollte. Aber heute, wo es das Internet gibt, ist man so an das laute Geplapper und an die (falsche?) Nähe der sozialen Netzwerke gewöhnt, dass man die plötzliche Abwesenheit und das Verstummen eines Menschen, mit dem man regelmäßig privat Kontakt hatte, verrückterweise als ohrenbetäubend empfindet. Es ist jetzt eine Woche her, seit ich das letzte Mal etwas von Jamie gehört habe – was im Internet ungefähr dem Zeitraum eines Jahres entspricht: Und das ist eindeutig zu lang für zwei Menschen, die regelmäßig Sex miteinander haben.

Donnerstag, 23.November

Ich habe endlich beschlossen, den Stier bei den Hörnern zu packen und Jamie eine E-Mail zu schicken. Darin schlug ich ihm vor, mal eine ganze lange Nacht miteinander zu verbringen, anstatt uns nur kurz in seiner Wohnung zu treffen. Er reagierte begeistert, was mich freut (und auch ziemlich erleichtert). Ich war in den letzten Tagen sehr aufgeregt: Ich wollte etwas ganz Besonderes organisieren, schließlich ist bald Weihnachten. Also habe ich ihm gestern kurz geschrieben und den Ort und den Zeitraum genannt, den er sich, von heute Abend bis morgen früh, freihalten soll. Er reagierte mit neugieriger Begeisterung, aber ich weigerte mich, mehr zu verraten.

Heute Morgen schickte ich ihm eine Mail mit weiteren Anweisungen. Im Anhang befand sich eine Wegbeschreibung mit der geschätzten Fahrzeit sowie mit seiner gewünschten Ankunftszeit. Doch den endgültigen Bestimmungsort ließ ich weg: Ich wollte, dass es eine richtige Überraschung wird. Der letzte Punkt auf der Liste mit Anweisungen war ein Befehl:

»Sieh zu, dass du in Bestform und mit einem Lächeln auf den Lippen erscheinst. Ich warte auf dich.«

Und ob ich das tat!

Ich überließ nichts dem Zufall: Mein in der Filmindustrie erworbenes Organisationstalent kam voll zur Geltung: Ich wollte für die perfekte Umgebung sorgen.

Als ich in dem Hotel in West-London eincheckte, hinterlegte ich eine sorgfältig ausgewählte Karte für ihn, die ich sogar noch mit etwas Parfüm von mir (Vanille) eingesprüht hatte, bevor ich sie in den dazugehörigen Umschlag steckte. Alles, was jetzt noch fehlte, um die Spannung zu steigern, waren die Zimmernummer und der beigefügte Schlüssel. Daran hing ein Zettel, auf dem stand: »Ich bin oben und warte auf dich.« Ich hinterlegte den Umschlag am Empfang und lächelte in mich hinein, während ich den angenehm beleuchteten Flur entlanglief und mir vorstellte, wie er auf den Umschlag reagierte.

Das Zimmer war beeindruckend: dezente Beige- und Brauntöne, große Fenster vom Boden bis zur Decke, und ein so großes Bett, dass zehn Personen darin Platz gehabt hätten. Aber ich plante keine wilde Sex-Orgie: Wir würden allein sein.

Ich vertrieb mir die Zeit, indem ich den Champagner kalt stellte, Gläser holte und das Mineralwasser kühlte. Ich zündete meine Lieblingsräucherkerzen an (Lavendel) und steckte sie bündelweise in die Pflanzenübertöpfe. Ich wählte sanfte Musik aus, dimmte das Licht, klopfte die Kissen auf und legte auf beiden Nachttischen Kondome und Gleitcreme bereit, damit wir sie jederzeit in Reichweite hatten. Ansonsten würden wir nichts mehr brauchen, ich hatte an alles gedacht. Aber noch musste ich ein paar letzte Handgriffe vornehmen, und zwar an mir selbst.

Tipps fürs Flirten in sozialen Netzwerken

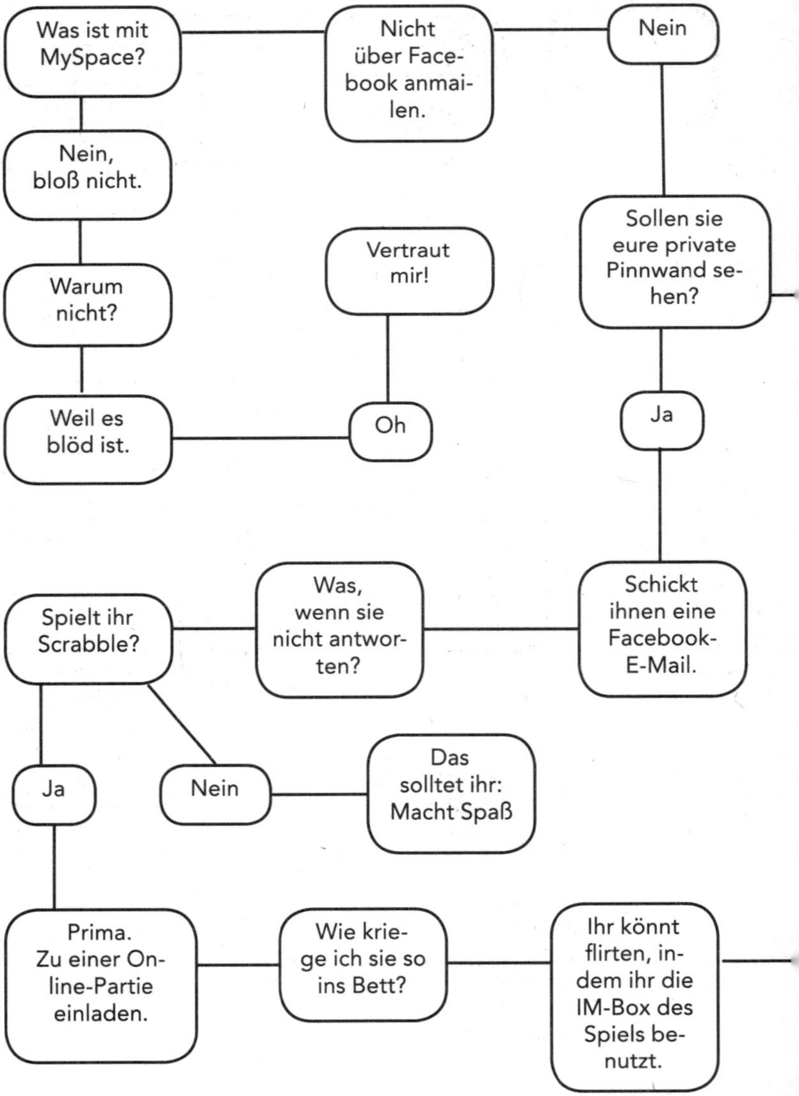

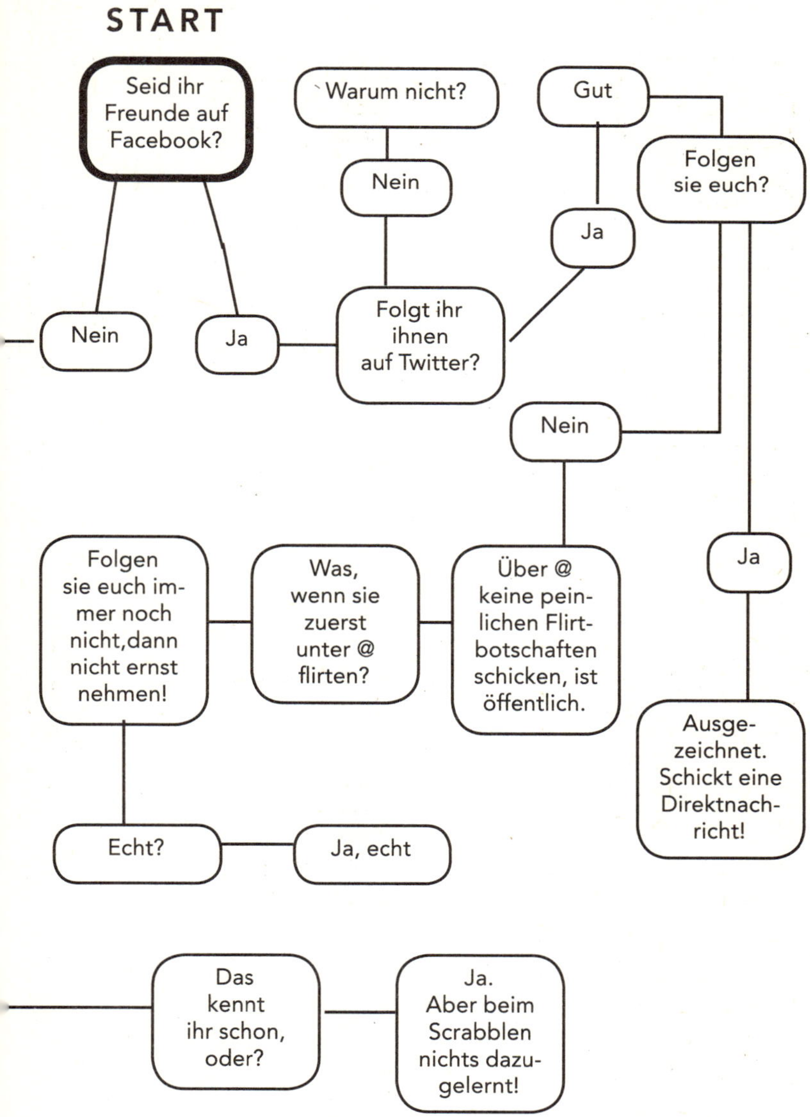
START
Seid ihr Freunde auf Facebook?
Nein
Ja
Warum nicht?
Nein
Folgt ihr ihnen auf Twitter?
Gut
Ja
Folgen sie euch?
Nein
Ja
Über @ keine peinlichen Flirtbotschaften schicken, ist öffentlich.
Was, wenn sie zuerst unter @ flirten?
Folgen sie euch immer noch nicht, dann nicht ernst nehmen!
Ausgezeichnet. Schickt eine Direktnachricht!
Echt?
Ja, echt
Das kennt ihr schon, oder?
Ja. Aber beim Scrabblen nichts dazugelernt!

Ich legte ein Dessous-Set, bestehend aus einem schwarzen Spitzen-BH, passendem Höschen und Strapsen aufs Bett sowie ein paar schwarze Seiden-Overknees. Auf dem Boden standen meine schwarzen »Nimm-mich«-Leder-Peep-toes, die ich nur zu ganz besonderen Anlässen aus dem Schrank hole: Endlich wurden sie mal ausgeführt! Ich griff nach dem BH, streifte mir die Träger über die Schultern und versuchte, meine Brüste in die Cups zu zwängen. Mist, sie waren mittlerweile ein wenig zu klein für mich, also quoll mein Busen zwangsläufig hervor. In diesem Fall war das vielleicht gar nicht mal das Schlechteste – außerdem würde ich den BH bestimmt nicht lange anbehalten. Mit äußerster Vorsicht streifte ich anschließend die Seidenstrümpfe über und befestigte die Strapse. Als Nächstes kam das Höschen dran, was mich in ein Dilemma stürzte: Sollte ich es über dem Strapsgürtel anziehen, was doof aussieht, aber bedeutet, dass man es leicht und schnell wieder ausziehen kann, um a) Pipi zu machen und b) Sex zu haben? Oder sollte ich es unter dem Strapsgürtel tragen und a) gut aussehen, aber b) damit nur über einen höchst frustrierenden Finger-/Schwanz-Zugang verfügen? Ich kam mir vor wie eine absolute Anfängerin … und entschied mich für Ersteres, da ich eine schwache Blase habe – und eine Vorliebe fürs Vögeln.

Auf wackeligen Beinen stellte ich mich vor den Spiegel und betrachtete mich darin. Mir gefiel, was ich sah: die Art, wie die Wäsche meine Haut bedeckte und meine Figur vorteilhaft zur Geltung brachte. Daraufhin fühlte ich mich wahnsinnig erotisch, geil und erregt. Gleichzeitig war ich aus irgendeinem Grund nervös. Ich hatte Angst, dass das letzte Puzzlesteinchen trotz sorgfältigster Planung vielleicht doch nicht passen könnte, ja, dass ich vielleicht gar nicht zu diesem Szenario passte. Es war weniger die Angst, ihm könnte mein Anblick nicht gefallen, oder wir könnten keinen Spaß zusammen haben. Sondern eher die Tatsache, dass meine Lust auf ihn so offensichtlich war, wenn ich ihn in ein Hotel einlud und dort in Reizwäsche auf ihn wartete. Dass mein Bedürfnis nach Sex mit ihm dermaßen leicht durchschaubar war, verunsicherte mich plötzlich. Während ich mich im Spiegel betrachtete, fragte ich mich, ob die selbstbewusste, sexuell anziehende Frau darin wirklich ich war oder nur ein Abklatsch davon: Abby Lee. Und obwohl ich die auch bin, wollte ich sie vor Jamie nicht sein: Ich wollte ich sein, Zoe.

Mist! Mir blieb keine Zeit mehr für so eine theorielastige, psychoanalytische Innenschau: Das war nicht der richtige Moment für Selbstzweifel. Ich war spitz und wollte mit ihm schlafen. Und ich wusste, dass ich das sehr bald tun würde. Also zupfte ich Strümpfe und Strapse ein letztes Mal zurecht, legte mich aufs Bett und wartete. Bald würde ich den Schlüssel im Schloss hören, der sein Eintreffen verkündete. Und bis dahin würde mein Herz erwartungsvoll klopfen.

Freitag, 24. November

Ich kann es einfach nicht fassen! Von allen Orten auf dieser Welt musste ich ausgerechnet in dem Hotel, in dem ich mit Jamie übernachtete, erkannt werden!

Am frühen Morgen, als sich Jamie noch von mir erholte, ging ich kurz auf den Flur, um noch etwas Eis zu holen. Dabei begegnete ich einem der Hotelportiers.

Wir begrüßten uns mit einem höflichen »Hallo«, und ich wollte mich gerade abwenden und auf unser Zimmer zurückkehren, als er noch etwas sagte.

»Hören Sie, ich weiß, wer Sie sind.«

»Wie bitte?« Ich drehte mich zu ihm um.

Der Hotelportier grinste mich verlegen an. »Ich weiß, wer Sie sind.«

»Ich?« Was wollte er schon groß von mir wissen? Dass ich so ungeschickt bin, dass ich über meine eigenen Füße stolpere (selbst wenn ich keine hohen Absätze trage oder betrunken bin)? Dass ich dazu neige, unverschämt zu rülpsen, wenn ich zu viel Whiskey intus habe? Oder dass ich soeben mehrere Orgasmen hatte und jetzt sexuell befriedigt bin? Was genau wusste er?

Er nickte langsam. »Sie, das Buch, alles.«

»Oh.« Ich biss mir verlegen auf die Unterlippe und fühlte mich plötzlich sehr unwohl. Auch, dass ich dort kurz nach dem Koitus nur mit einem Bademantel bekleidet vor ihm stand, entging mir nicht. »Äh, wieso denn das?«

»Ich habe den Namen wiedererkannt, unter dem Sie das Zimmer reserviert haben.«

»Meinen Namen? Aber ...«

»Wir lesen hier alle Zeitung. Ich wusste, dass ich Ihren Namen schon mal irgendwo gesehen hatte ...«

»Oh, verstehe.«

»Dann haben der Manager und ich ihn gegoogelt«, fuhr er fort. »Und danach war uns alles klar.«

Stöhnend schlug ich die Hände vors Gesicht. »Sie haben mich gegoogelt?! Das heißt, Sie wissen alles?«

»Ach, keine Sorge, wir sind hier so einiges gewohnt. Ehrlich gesagt finde ich toll, was Sie tun.«

Errötend winkte ich ab. »Danke, ich bin nur ... äh ... ein bisschen überrumpelt, weil Sie meinen Namen wiedererkannt haben.«

»Na ja, wir schauen uns immer die Gästeliste an, um zu gucken, ob jemand Wichtiges dabei ist. Ihr Name kam mir bekannt vor, und wie sich herausstellte, hatte ich recht.« Er klang fast schon triumphierend.

»Offensichtlich.« Ich trat nervös von einem Bein auf das andere und fragte mich, wie viel von dem Blog er wohl gelesen – und welches Bild er sich daraufhin von mir gemacht hatte.

»Wie dem auch sei, ich habe meiner Freundin Carrie erzählt, dass Sie bei uns übernachten, und sie war völlig aus dem Häuschen: Sie hat Ihr Buch dreimal gelesen und findet es großartig.«

»Wirklich?«

»Ja. Ich soll Sie fragen, ob Sie ihr Buch signieren würden. Ich kann es Ihnen aber nicht vor morgen Abend bringen.«

»Nun, ich habe noch ein Exemplar auf meinem Zimmer – ich könnte das für sie signieren, wenn Sie möchten.« (Der Vorfall mit dem Barmann neulich brachte mich auf die Idee, ständig ein Exemplar dabeizuhaben.)

»Würden Sie das wirklich tun?«

»Natürlich. Es ist mir ein Vergnügen. Ich bin gleich wieder da.«

Kurz darauf kehrte ich mit dem signierten Buch zurück und gab es ihm.

»Sie wird sich riesig darüber freuen: Das wird sie glücklich machen.«

»Nun, dass sie mein Buch dreimal gelesen hat, hat mich glücklich gemacht – und wie!« Ob er es ernst meinte, weiß ich nicht, aber meine Worte kamen wirklich von Herzen.

Nie hätte ich mir vorstellen können, dass mein Sexblog anderen solche Freude macht. Ich fühle mich sehr geehrt deswegen.

@

Nachdem ich das Eis geholt hatte, musste ich mich dringend etwas frisch machen. Also sprang ich direkt unter die hoteleigene Powerdusche. Ach, war das herrlich! Nachdem mich der Massagestrahl ein wenig geweckt hatte, eilte ich zurück ins Schlafzimmer, wobei ich leicht stolperte, weil meine Beine so wehtaten – zweifellos deshalb, weil ich sie stundenlang fest um Jamie geklammert hatte.

Als ich um die Ecke bog, staunte ich, dass er bereits fertig angezogen auf dem Bett saß. Der Reißverschluss seiner Jacke war bis obenhin zugezogen, und seine Reisetasche war gepackt.

»Äh, hör mal, macht es dir was aus, wenn ich jetzt gehe?«, sagte er verlegen. »Ich muss wirklich zurück.«

Diese Frage traf mich unvorbereitet, und plötzlich wurde mir meine Nacktheit unangenehm bewusst, obwohl unsere nackten

Körper noch wenige Minuten zuvor ineinander verschlungen gewesen waren. Ich lief quer durchs Zimmer bis zum Spiegel und betrachtete unser Spiegelbild: Der Kontrast meiner Nacktheit zu seinem bekleideten Körper sprach Bände. Vielleicht hatte ich alles falsch interpretiert. Vielleicht hatte sich die Verknalltheit, die er letztes Jahr für mich empfunden hatte, längst wieder gelegt.

Ich zögerte kurz und wusste nicht, was ich sagen sollte.

»Na gut. Von mir aus«, sagte ich, nachdem ich mich wieder gefasst hatte. Ich nahm meine Unterwäsche von der Kommode, drehte mich um und sah ihn an. Er stand sofort auf, kam auf mich zu und küsste mich auf die Wange, bevor er zur Tür ging.

»Bis bald!«, sagte er, die Hand bereits auf dem Türknauf.

»Ja«, erwiderte ich, und mein gezwungenes Lächeln war genauso angespannt wie die Atmosphäre im Zimmer.

Kurz darauf war er verschwunden – ich würde also allein aus dem Hotel auschecken müssen.

Nach wie vor nackt sah ich zum Bett hinüber. Das Einzige, was noch an unsere leidenschaftliche Nacht erinnerte, waren das zerwühlte Laken und die verstreuten Kissen. Fast fühlte ich mich dazu gedrängt, das Bett zu machen – so als könnte das Glätten der Laken die ganze Situation glätten. Dann merkte ich, dass ich immer noch Höschen und BH in Händen hielt, und beschloss, mich stattdessen anzuziehen. Schnell streifte ich beides über und betrachtete mich erneut im Spiegel. Ich sah, wie sich unter meinem BH der Brustkorb ausdehnte und wieder zusammenzog, wie sich meine Atmung beschleunigte. Mit jedem heftigen Ausatmen spürte ich, wie die Wut in mir wuchs. Mir ging Folgendes durch den Kopf: Er war gegangen und hatte mich zum Abschied gerade mal auf die Wange geküsst. So als hätte unser Fick-Marathon niemals stattgefunden.

Ich hatte keinen romantischen Abschied erwartet. Bei unserem Hotelbesuch ging es in erster Linie ums Ficken und weniger um emotionale Bindungen. Aber sein flüchtiger Kuss auf die Wange hatte sich so kalt und unpersönlich angefühlt. Dabei war er nur wenige Stunden zuvor so leidenschaftlich gewesen, hatte sein Gesicht zwischen meinen Beinen vergraben und seine Finger tief in mir gehabt, während seine Lippen intensiv an meinen Brüsten saugten. Doch jetzt hatte es nicht mal für einen Kuss auf den Mund gereicht.

Es passiert mir nur selten, dass unverbindlicher Sex so endet. Die meisten Lover fassen mir wenigstens an den Po und knutschen mich, bevor sie gehen. Wenn nicht noch mehr: War ich noch nackt, konnte ich mir durchaus noch Hoffnung auf ein paar ihrer Finger am richtigen Ort machen, vielleicht sogar auf einen Quickie, bevor wir uns endgültig verabschiedeten. Aber dass eine lange, leidenschaftliche Nacht mit einem flüchtigen Kuss auf die Wange beendet wird, ist wirklich kein gutes Zeichen. Und da ich Jamie mehr als ein Jahr kannte, machte mich dieser übereilte Abgang stinksauer.

Aber die Wut richtete sich weniger gegen ihn, sondern gegen mich selbst. Dass er gegangen und mich allein gelassen hatte, hatte mich tief enttäuscht – und dieses Gefühl macht mich wütend auf mich selbst.

Nicht, dass ich das Recht gehabt hätte, wegen seines Abschieds wütend zu sein – wir hatten unverbindlichen Sex, mehr nicht. Aber ich genoss seine Gesellschaft tatsächlich, sonst wäre ich auch nicht so oft mit ihm ins Bett gegangen. Einerseits, weil der Sex fantastisch war. Andererseits, weil er so anders war als andere Männer: Seine Männlichkeit beinhaltete eine Sensibilität, die ich sehr attraktiv finde. Jamie tröstete mich und verurteilte mich nie – er nahm mich stets so, wie ich bin. Ihm musste ich nie etwas vorspielen.

Natürlich habe ich mir auch Gedanken gemacht, ob mehr aus uns werden könnte. Aber vieles spricht dafür, dass wir kein besonders gutes Paar abgeben. Wir haben sehr unterschiedliche Erwartungen an das Leben. Trotzdem hatte ich mir vorgestellt, ihn in nächster Zeit öfter zu treffen. Es wäre schön gewesen, mal für mehrere Monate mit jemandem zusammen zu sein. Zum ersten Mal seit Langem hatte ich mich gefragt, ob ich ihn gern öfter um mich hätte. Ob ich bereit wäre, ihn in mein Leben, in meine unaufgeräumte Wohnung und so weiter zu lassen.

Bis er mich in dem Hotelzimmer allein zurückließ, war mir wahrscheinlich gar nicht klar gewesen, was ich mir noch alles von ihm erhofft hatte. Und wie verletzt ich wäre, wenn er diese Hoffnungen enttäuschte. Doch angesichts der traurigen Realität musste ich wohl akzeptieren, dass meine Wünsche nicht auf Gegenseitigkeit beruhten.

Als ich mich so im Spiegel ansah, kam ich mir mehr als dumm vor. Es war dumm von mir gewesen, mich so verwundbar zu machen und erwartet zu haben, dass wir mehr als nur gute Fickfreunde sein könnten. Noch dümmer kam ich mir allerdings vor, weil ich mich von ihm zurückgewiesen fühlte.

Als ich da also in BH und Höschen mit Muskelkater vom vielen Ficken vor dem Spiegel stand, während Kondome und Gleitcreme über den Nachttisch verstreut waren, erkannte ich, wie absurd diese Situation war. Ich musste laut lachen. Auf jeden Fall hatte ich eine tolle Nacht gehabt.

Nachdem ich mich geschminkt und frisiert hatte sowie in meine Schuhe geschlüpft war, verließ ich das Zimmer. Ich betrat die Hotel-Lobby, in der massenweise Medienfuzzis Zeitung lasen und Kaffee tranken. Während ich zahlte, bemerkte ich einen gut aussehenden Kerl in den Dreißigern, der neben der Rezeption saß und hinter seinem *Guardian* hervorschielte. Er lächelte mich an, und ich grinste schüchtern zurück. Fast wäre ich auf ihn zugegangen und hätte ihn angesprochen. Unter anderen Umständen hätte ich das vielleicht auch getan, denn er war auf jeden Fall mein Typ. Aber da mein Selbstbewusstsein gerade etwas angeknackst war, fühlte ich mich nicht danach, mit einem Fremden zu flirten.

Außerdem wusste ich nicht genau, ob nicht doch noch irgendwo an mir Spuren der letzten Nacht waren. Und wenn es in der Liebe eine Regel gibt, dann die, dass man keinen Mann anmacht, wenn man noch das Sperma eines anderen am Körper kleben hat.

Also griff ich nur nach meiner Handtasche und verließ das Hotel hoch erhobenen Hauptes, während mir die Sonne direkt ins Gesicht schien.

Samstag, 25. November

Seit Neuestem versuche ich, mich heimlich zu verabreden, sprich, ich habe nichts davon in meinem Blog erwähnt. Früher war das Blog ein Ort, an dem ich mein Liebes- und Sexleben offen und ehrlich wiedergab. Aber das geht jetzt nicht mehr, wo alle meine Ex-Lover, Freunde, Kollegen und Bekannten – ja, vor allem meine potenziellen neuen Verabredungen still und leise mein Archiv durchforsten. Also habe ich es mit heimlichen Verabredungen versucht.

Meine Lieblingsoption – nämlich die, jemanden über meine Freunde kennenzulernen – kommt allerdings nach wie vor nicht infrage. Und auch meine andere Alternative, Männer kennenzulernen, nämlich über das Internet, hat sich als ein mit Ängsten und Sorgen gepflasterter Weg erwiesen. Ich sah mich gezwungen, das Flirten im Internet einzustellen, weil mich viel zu viele als Abby Lee identifiziert haben. Das Medium selbst hat sicherlich auch dazu beigetragen: Auf der Straße würde man mich vielleicht nicht ansprechen, aber weil ich eine »Internet-Berühmtheit« bin, kennen viele Computerfreaks meinen Namen oder mein Gesicht.

Wenn ich also jemandem begegnete, der mich als Abby wahrnahm und nicht als Zoe, habe ich mich sofort wieder zurückgezogen. Und das heißt, dass Online-Dating nicht mehr für mich funktioniert.

Damit will ich nicht sagen, dass jeder Mann, der mein Online-Profil sah, zwei und zwei zusammenzählte und erriet, dass ich die Sexbloggerin bin. Aber bei vielen war es so, und das genügt, dass ich mich nach meiner früheren Anonymität zurücksehne. Jedes Mal, wenn ich mein Profil auf einer Partnerbörse hochlud, bekam ich innerhalb weniger Tage mehrere Mails, in denen ein und dasselbe stand:

»Du bist doch die Frau, die immer nur das eine im Kopf hat! Ich habe im Internet/in der Zeitung von dir gelesen, habe dich im Fernsehen gesehen/im Radio gehört!«

Danach habe ich mich jedes Mal so nackt und verletzlich gefühlt, dass ich mein Profil sofort aus dem Netz genommen und Tränen der Verzweiflung geweint habe.

Ein paar Mal hat mir auch ein Typ gemailt, ohne mein Pseudonym zu erwähnen, aber auch das hat zu nichts geführt. Ja, es kommt durchaus vor, dass die Profil-Fotos beim jeweils anderen auf Gegenliebe stoßen. Dass man ein bisschen über E-Mails flirtet, ja, vielleicht sogar vorschlägt, sich mal auf einen Drink zu treffen. (Man muss schließlich herausfinden, ob der andere den Fickenswert-Faktor© besitzt oder nicht, und dafür muss man sich leibhaftig gegenüberstehen.) Es kommt auch vor, dass man sich rauschend unterhält, und die Chemie stimmt ... bis irgendwann das Unvermeidliche passiert:

Er: Und, was machst du so beruflich?
Ich: Oh, ich schreibe, aber nichts Besonderes. Erzähl mir lieber was über deine Arbeit als Jurist/Banker/Vertriebler/Architekt/Informatiker.

(Es vergeht einige Zeit, in der ich a) herausfinde, was für ein Mensch der andere ist und ob er lebt, um zu arbeiten oder eher arbeitet, um zu leben, und b) erleichtert bin, weil ich noch einmal von mir ablenken konnte. Aber kurz darauf ...)

Er: Was schreibst du eigentlich?
Ich: So dies und das, nichts was dich interessieren dürfte. He, hast du gestern Abend *Charlie Brooker's Screenwipe* im Fernsehen gesehen?

Er: Ich weiß Bescheid.

Ich: Wie bitte?

Er: Ich weiß, dass du die Frau bist, die immer nur ...

Ich: Hä?

Er: Abby Lee. Ich habe das Buch und das Blog gelesen. Ich habe dich an deinem Profil erkannt. Ich bin ein Riesenfan von dir.

Ich (wie ein Kaninchen im Scheinwerferlicht): Oh, verstehe.

Darauf folgt ein kurzes Intermezzo, bei dem mir besagter Mann nette Sachen sagt, um mich zu beruhigen. Zum Beispiel, wie sehr er die Blog-Lektüre genossen hat und dass er mich gern wiedersehen würde. Währenddessen versuche ich, mir meine Panik nicht anmerken zu lassen, plane aber bereits die Flucht.

Andere würden vielleicht sagen, dass ich die Situation doch ausnutzen und mich freuen soll, dass es coole, sexy und intelligente Männer gibt, die ...

a) ... über all meinen Sex Bescheid wissen und mich trotzdem nicht verurteilen

b) ... dem Sex selbst aufgeschlossen gegenüberstehen

c) ... Interesse daran haben, mich näher kennenzulernen.

Wenn ich ohnehin nichts Ernstes von ihnen will, könnte ich sie doch einfach meiner Liste mit Eroberungen hinzufügen. Ein bisschen unverbindlicher Sex mit einem Leser – was ist schon dabei?

Genau zwei Dinge, und zwar:

@ Wie soll ich mich im Bett entspannen, wenn ich annehmen muss, dass sich der andere nur für mich interessiert, weil ich über mein Sexleben geschrieben habe?

@ Die meisten Männer dürften Angst haben, »nicht so gut wie die anderen« zu sein, über die ich geschrieben habe. Ich wiederum müsste die ganze Nacht darüber nachdenken, welche Enttäuschung ich wohl für sie bin, im Vergleich zu meiner angeblichen sexuellen Berühmtheit.

Und bei ernsthafterem Interesse: Wie soll ich mir jemals sicher sein, dass sie aufrichtig daran interessiert sind, eine gleichberechtigte Beziehung aufzubauen?

Nicht, dass ich meine Leser für irgendwie merkwürdig halte – im Gegenteil! (bis auf die hasserfüllten Gestörten, natürlich) Aber wie soll man einander entdecken und kennenlernen, wenn der Mann bereits alles Mögliche über mich weiß, ich aber nichts über ihn? Wenn ich einem Typen gegenüberstehe, der noch vor unserer ersten Begegnung meine ganze sexuelle Biographie kennt, schüchtert mich das eher ein, statt mich zu entspannen.

Ich empfinde es als großes Kompliment, dass die Jungs die Blog-Lektüre genießen. Ich fühle mich geehrt, dass sie mich näher kennenlernen wollen. Aber in letzter Zeit fühle ich mich bei dem Versuch, mich in meinem immer surrealeren Leben zurechtzufinden, so verletzlich, dass ich einfach nicht die Kraft habe, mich in dem Haifischbecken der Partnerschaftsbörsen zu behaupten. Das hat dazu geführt, dass ich mich wie ein ewiger Single fühle, der sein Leben lang ungefickt und ungeliebt bleiben wird. Dabei sehne ich mich doch so nach einer echten Beziehung!

Ich überlege, nach New York zu gehen: Ich liebe diese Stadt und habe in den letzten Jahren viel Zeit dort verbracht. In den Staaten dürfte kaum jemand etwas von meinem Blog oder Buch gehört haben, sodass dort wenigstens gleiche Ausgangsbedingungen herrschen. Außerdem glaube ich, dass Briten angesichts einer Sexbloggerin viel eher nervös an die Decke starren als die New Yorker. Briten haben ein eher unentspanntes Verhältnis zu Sex. Entweder sie rufen: »Ja, weiter so, du geile Sau!«, oder aber sie stigmatisieren einen und haben eine ablehnende, kritische Haltung. Dazwischen gibt es nicht viel. Ich staune immer noch über die Wortwahl, mit der mich die Medien – und andere – beschrieben haben, und das nur, weil ich von meinem Sexleben erzählt habe!

New York ist da ganz anders: Als ich das letzte Mal dort war, bekam ich an einer Straßenecke eine Gratiszeitung in die Hand gedrückt. Darin stand ein Artikel, der so unverblümt war wie kaum einer meiner Texte. Kurz staunte ich darüber, dann war ich erleichtert: Das beweist, dass die New Yorker eine viel fortschrittlichere Einstellung zur Sexualität haben als die Briten. Ich kann mir nicht vorstellen, im Londoner *Evening Standard* einen Artikel zu entdecken, in dem zur gegenseitigen Masturbation geraten wird.

Das Tollste an New York sind allerdings die Männer. In einer Stadt, in der sich die Leute mit mehreren Kandidaten hintereinander verabreden und sich nur auf eine Person einlassen, wenn sie auch treu sein wollen, ist man Sex und Verabredungen gegenüber natürlich deutlich aufgeschlossener.

Vielleicht sollte ich einen Flug nach New York buchen. Bald beginnt ein neues Jahr, und ich habe einen neuen Beruf: Da wird es doch höchste Zeit, dass auch ein neuer Mann in mein Leben tritt ,oder etwa nicht?

DEZEMBER

Mittwoch, 6. Dezember

Heute Abend traf ich Sarah, eine alte Freundin aus Filmtagen, die ich nicht mehr gesehen habe, seit sie letztes Jahr ein weiteres Kind bekam. So vieles in unserem Leben hat sich verändert ...

Irgendwann im Laufe des Abends, nach reichlich Wein und Filmklatsch, steuerte das Gespräch auf seinen natürlichen Höhepunkt zu: auf Sex.

»Los, erzähl schon!«, flüsterte ich verschwörerisch. »Hat sich dein Sexualtrieb sehr verändert?«

Sarah hob das Glas und nahm einen großen Schluck Wein. »Ja. Und wie!« Sie grinste mich an.

»Zum Guten oder zum Schlechten – los, sag schon!«

»Na ja, sagen wir mal so: Wir fickten, bis die Wehen kamen.«

Ich seufzte erleichtert auf. »Gott sei Dank! Ich dachte schon, du würdest zu den Frauen gehören, die jede Lust auf Sex verlieren.«

»Von wegen, ganz im Gegenteil! Ich konnte gar nicht genug davon kriegen. Ich glaube, ich habe Arthur völlig erschöpft, so oft habe ich ihn besprungen.«

Wir lachten, und ich schenkte uns nach.

»Ich bin wirklich erleichtert, dass du das sagst«, gestand ich ihr. »Ich hatte Angst, dass ... na ja, dass ich gar keinen Sex mehr haben will, wenn ich irgendwann einmal schwanger bin. Für mich ein entsetzlicher Gedanke!«

Sarah legte sanft ihre Hand auf die meine. »Schätzchen, so wie ich dich kenne und nach dem, was ich in deinem Blog gelesen habe, wird es dir niemals so gehen. Dein Problem wird eher darin bestehen, einen Mann zu finden, der mit dir mithalten kann, statt umgekehrt.«

Ich kicherte über Sarahs deutliche Worte und wurde plötzlich ganz traurig. Ich merkte, dass ich mir genau so jemanden wünschte: Jemanden, der eine Familie mit mir gründen ... und mich regelmäßig bis zur Besinnungslosigkeit vögeln will. Werde ich diesen Mann jemals finden?

Sarah riss mich aus meinen trüben Gedanken, indem sie sich vorbeugte und mir leise etwas ins Ohr flüsterte. So leise, dass ich sie bitten musste, das Gesagte zu wiederholen. »Die Schwangerschaft macht einen ganz feucht«, gurrte sie leise, aber triumphierend.

»Wie bitte?« Ich war ein wenig verwirrt. Meinte sie, dass man sich dann täglich mit Binden bewaffnen muss? Ich sah sie fragend an.

Sarah grinste. »Man wird verdammt feucht«, wiederholte sie. »Es sprudelt förmlich aus einem heraus! Im Ernst«, fuhr sie fort. »Ich tropfte ständig, weil ich die ganze Zeit geil war. Zum Glück war Arthur entzückt, sonst wäre mir noch die Sicherung meines Vibrators durchgebrannt.«

Wir lachten erneut, und ich nahm noch einen Schluck Wein, den ich mir über mein ganzes Oberteil prustete, vor lauter Kichern.

»Er ist also immer noch gut oder? Ich meine, der Sex ist immer noch gut?«

»Dass ich so feucht war, hat ihm sehr gefallen. Aber wenn ich ehrlich sein soll, hätte ich es etwas trockener lieber gehabt«, gestand Sarah. »Es gab keinerlei Reibung mehr, wenn du verstehst, was ich meine. Im letzten Trimester hätte er mir genauso gut einen Finger reinstecken können. Mehr konnte ich auch nicht spüren.«

»Was hast du getan? Wie bist du zum Höhepunkt gekommen?«

»Oh, ich habe einfach dafür gesorgt, dass wir Löffelchen lagen und er mich von hinten oder von der Seite nahm. Gleichzeitig habe ich meinen Magic-Wand-Vibrator benutzt. Keine Angst, ich habe immer dafür gesorgt, dass ich komme!«

»Das will ich doch hoffen! Und nach der Geburt – ist dir die Lust auf Sex da vergangen?«

»Na ja, wenn man da unten genäht ist, nachdem etwas von der Größe einer Wassermelone aus einem herausgeflutscht ist, fällt es schwer, noch viel zu empfinden. Außer wahnsinnigen Schmerzen – das allerdings nur eine Woche lang.«

»Und dann?«, fragte ich mit wachsender Beunruhigung.

»Na ja, ich hatte keine große Lust auf Penetration.«

Mir sackte das Herz in die Hose. Es stimmte also: Kaum ist man Mutter, hat man keine Libido mehr. Na toll, da kann ich ja gleich mein Todesurteil unterschreiben!

Sarah nahm noch einen Schluck Wein. »Aber sanfte Streicheleinheiten haben sich da unten sehr gut angefühlt.«

Ich atmete hörbar aus. Gott sei Dank! »Und wie lange hat es gedauert, bis du wieder richtig gefickt hast, wenn ich fragen darf?«

»Etwa drei Wochen, allerdings ohne die vielen Blowjobs, die ich ihm bis dahin angedeihen ließ.«

Ich lachte erneut. »Weißt du was? Du bist wirklich eine Frau nach meinem Geschmack!«

Plötzlich spürte ich eine große Zuneigung für Sarah, und wir standen uns so nahe wie noch nie. Von allen meinen Freundinnen ist sie diejenige, mit der ich am unverblümtesten über Sex reden kann, und dafür liebe ich sie. Nur schade, dass wir uns jetzt, da sie außerhalb Londons wohnt, so selten sehen.

Wir plauderten noch, bis ihr Mann Arthur kam und sie abholte. Ich sah zu, wie sie ihr schlafendes Baby entzückt küsste, und winkte ihr zum Abschied, als sie sich allesamt ins Auto zwängten. Als ich sah, wie die frischgebackene Familie in der Nacht verschwand, wurde ich doch ein bisschen melancholisch.

Samstag, 9. Dezember

Kathy hat mich in das Cottage in Norfolk eingeladen, das sie und David übers Wochenende gemietet haben. Dankbar habe ich ihr Angebot angenommen.

»Wie hast du geschlafen?«, fragte sie heute Morgen beim Frühstück.

»Na ja, ich hatte ein paar äußerst lebhafte Träume, aber ansonsten habe ich ausgezeichnet geschlafen: Es tut so gut, mal aus dem Lärm und Dreck Londons rauszukommen. Vielen Dank, dass ich hier sein darf!«

»Du bist uns immer willkommen«, sagte sie lächelnd und schenkte mir ein Glas Orangensaft ein.

Ich kaute eine Weile auf meinem Toast und hatte ein plötzliches Déjà-vu-Erlebnis.

»Oh mein Gott, jetzt fällt mir mein Traum wieder ein! Sylar aus der Fernsehserie *Heroes* kam darin vor.«

»Sylar, soso«, sagte Kathy grinsend. Bestimmt erinnerte sie sich an das Gespräch, das wir am Vorabend in angetrunkenem Zustand geführt hatten. Darin hatte ich ihr ausgiebigst meine Verknalltheit in die Figuren Sylar und Peter Petrelli gestanden. Ich hing eine Weile meinem Traum nach, während mich lebhafte Erinnerungen heimsuchten.

»Mist.«

»Wie bitte?« Kathy sah von ihrem Kaffee auf.

»Das war wirklich ein Wahnsinnstraum ...«

»Wieso? Was ist passiert?«

»Sylar wollte wie immer alle umbringen – und sammelte dafür alle seine Kräfte. Ich musste ihn so schnell wie möglich ablenken: Menschenleben standen auf dem Spiel.«

»Was hast du getan?«

Ich errötete und sah mich verlegen nach David um. Zum Glück

war er noch unter der Dusche, also konnte ich sie detailliert einweihen.

»Äh, ich überzeugte ihn davon, dass er mich ficken will.«

Kathy lachte. »Und, hat es funktioniert?«

»Na ja … Ich setzte mich rittlings auf ihn und spürte seinen harten Schwanz in meinem Schritt. Er schien sich also durchaus für die Idee erwärmen zu können.«

»Und dann?«

»Er war gerade dabei, seine Telekinese anzuwenden, also flogen Gegenstände durchs Zimmer. Es war folglich nur noch eine Frage der Zeit, bevor er mich – und alle anderen – umbrachte. Aber irgendwie gelang es mir, ihn davon zu überzeugen, dass das gar nicht in seinem Interesse lag.«

»Wie denn?«

»Äh … Indem ich auf ihm rumrutschte, bis er zum Orgasmus kam. Das schien ihn abzulenken.«

»Ha, das kann ich mir vorstellen! Und du?«

»Oh, ich bin natürlich auch gekommen. Und während ich ihn ritt, gelang es den anderen, zu fliehen. Die Geschichte ging also noch mal gut aus.«

»Das war ja eine ganz besondere Gabe, die du da im Traum hattest! Eine Art übernatürliche Kraft.«

»Wie? Wie bei einem von den *Heroes* meinst du?«

»Ja: Deine Geheimwaffe gegen die bösen Mächte.«

»Die Frau, die immer nur das eine im Kopf hat, rettet die Welt von Fick zu Fick. Ha! Das wäre wirklich eine Wunderwaffe!«

Wir prusteten unseren Orangensaft quer über den Tisch und kicherten, bis ein in sein Handtuch gewickelter David ins Zimmer kam. Er sah uns nur stirnrunzelnd mit gespielter Entrüstung an und verschwand gleich wieder.

Wir frühstückten und lachten weiter, und ich war wunschlos glücklich: Ich hatte nicht nur die Verschnaufpause, die ich so dringend brauchte, sondern konnte auch endlich offen mit meiner

Freundin über alles reden, was ich mir so zum Thema Sex denke. Und das war wie eine Art vorgezogenes Weihnachtsgeschenk für mich.

Mittwoch, 13. Dezember

Ich kann es nicht fassen, Harry ist wieder in der Stadt! Gestern Abend rief er an und sagte, er hätte in London noch dringend etwas Berufliches zu erledigen. Ich freue mich so, dass er da ist, ich habe ihn wirklich vermisst.

Heute haben wir uns kurz auf einen Kaffee getroffen. Er hat mich ausgefragt und wollte wissen, wann ich das nächste Mal nach New York komme. Hoffentlich schon sehr bald …

Nach ungefähr drei Kaffee hörte ich, dass eine SMS einging. Ich fragte mich, von wem die wohl sein könnte, und wühlte in meiner Handtasche nach dem Handy.

»Zwei Telefone?«

Harry schielte in meine Tasche.

»Wofür um alles in der Welt brauchst du zwei Handys?«, fragte er ungläubig.

»Ach so. Na ja, das hier ist mein Privathandy«, sagte ich und zog es hervor, nur um festzustellen, dass die SMS von meiner Bank stammte. »Ich habe seit vierzehn Jahren dieselbe Telefonnummer: nicht gerade fortschrittlich, oder?«

»Das geht schon in Ordnung, nur das Handy ist etwas klobig«, bemerkte Harry. »Es sieht aus wie ein Ziegelstein.«

Ich zuckte die Achseln. »Aber es hat einen schnellen Internetzugang und Instant Messaging …«

»Und das andere?«

Ich hielt ein anderes, kleineres Handy hoch. »So. Das hier ist mein ›Abby‹-Handy.«

»Dein ›Abby‹-Handy?«, unterbrach er mich. »Also eine Art

Batman-Handy? Wenn jemand darauf anruft, wird Abby Lee aktiv?«

Ich lachte. »Ja, so ähnlich: Dieses Handy nutze ich beruflich. Unter seiner Nummer rufen mich Medienleute und Journalisten an, wenn sie etwas von mir wollen. Das habe ich mir angeschafft, als mein Buchvertrag zustande kam und ich Angst um meine Anonymität hatte: Mit einer anderen Telefonnummer war es einfach unkomplizierter, mit dem Verlag zu kommunizieren.«

»Und unter Pseudonym.«

Ich nickte. »Ich brauchte ein wenig Zeit, bis ich mich daran gewöhnt hatte, Abby genannt zu werden. Anfangs kam ich mir ganz unwirklich vor, wenn ich das Pseudonym benutzte. Aber heute verwende ich es, ohne darüber nachzudenken.«

»Und, hat es funktioniert?«

»Was?«

Harry zeigte auf die beiden Handys. »Dass du die beiden Persönlichkeiten mithilfe der Handys auseinanderhalten konntest.«

Ich dachte kurz nach. »Eine Zeitlang schon. Ich hatte ein Privathandy für mein normales, alltägliches Ich und das Abby-Handy für mein geheimes Blogger-Ich. Aber als mein Pseudonym aufflog, kam die Presse an beide Nummern – sowie an die von meinem Festnetzanschluss. Und da klingelten sämtliche Telefone gleichzeitig.«

»Das muss wirklich furchtbar gewesen sein.«

Ich nickte. »Ich bin total ausgeflippt, war völlig unvorbereitet. Ehrlich, Harry, ich hatte Angst, ich bekomme einen Nervenzusammenbruch. Ich wusste nicht mehr, wer dran war, wem ich noch trauen konnte. Irgendwann ging ich gar nicht mehr ans Telefon.«

Wir nippten schweigend an unseren Kaffeetassen.

»Eine Zeitlang hatte ich sogar drei Handys«, gestand ich ihm.

Harry runzelte die Stirn. »Erklär es mir, du begehrte Frau.«

Ich versetzte ihm einen leichten Stoß vor die Brust. »Na ja, vorübergehend hatte ich noch eine dritte Identität.«

Harry schüttelte den Kopf. »Du spinnst wirklich total.«

Ich war noch nicht fertig. »Irgendwann nannte ich mich auch noch ›Katie‹. Weil ich nicht wollte, dass die Leute, mit denen ich mich traf oder die ich fickte, rausbekommen, dass ich die Sexbloggerin bin. Deshalb erschuf ich eine weitere Identität. Auf diese Weise konnte ich anonym bleiben. Und wenn ich beschloss, über die Männer zu schreiben, und sie mich aufgrund meines Blogs wiedererkannt hätten, hätten sie nicht meinen echten Namen und meine echte Telefonnummer gehabt.«

»Du bist ja paranoid!«

»He, Mund halten! Das gab mir Sicherheit und verschaffte mir den ein oder anderen Fick …«

»So ein Leben unter Pseudonym hat anscheinend auch Vorteile…«

»Eine Weile war das tatsächlich so, aber dann trennte ich mich wieder von ›Katie‹. Es wurde einfach zu kompliziert, mir die vielen Namen zu merken und die Leute ständig zu belügen. Mittlerweile habe ich es aufgegeben, das auseinanderzuhalten. Dass sämtliche Details meines Privatlebens an die Öffentlichkeit gelangten, war schlimm. Aber es hatte auch sein Gutes: Zumindest muss ich jetzt niemanden mehr belügen. Ich kann mich entspannt zurücklehnen, weil Freunde und Verwandte über alles Bescheid wissen.«

Harry nickte zustimmend, und plötzlich hatte ich wieder ein schlechtes Gewissen, weil ich ihm das alles so lange verheimlicht hatte.

»Du bist eben ein echter Technikfreak!«, witzelte er und zeigte auf meine beiden Handys. Ich war ihm dankbar, dass er das Thema gewechselt hatte.

»Ich würde zwar nie behaupten, dass ich mich gut mit Technik auskenne. Aber bei einem Test auf Facebook war ich zu 83 Prozent ein Nerd. Irgendwas muss das ja bedeuten …«

»Oder vielleicht der Umstand, dass du ständig mit zwei Handys, einem Laptop und einem iPod unterwegs bist«, sagte Harry, während er in meine Tasche schielte.

»Vergiss die Kondome nicht.«

»Wieso? Falls du beim nächsten New-York-Besuch einen fantastischen Nerd triffst, der nichts dagegen hat, dass du eine ständige Verbindung ins Internet hast?«

»Ganz genau.«

Harry kennt mich nur zu gut – und er hat mal wieder voll ins Schwarze getroffen. Vor allem, was die Sache mit New York angeht.

Sonntag, 17. Dezember

Seit wann das so ist, weiß ich nicht, aber anscheinend ist es heute für Londoner Männer völlig normal »Du bist reif!« zu sagen, wenn sie einen ansprechen. Und zwar völlig ironiefrei.

»Tatsächlich?«, erwiderte ich und wich vor dem Mann zurück, der mich auf einer Party, auf der ich gestern Abend mit Fiona war, mit genau diesen Worten ansprach. Der Kerl war mir dermaßen auf die Pelle gerückt, dass ich seinen (schlechten) Atem riechen konnte. Ein Abstand von dreißig Zentimetern ist eindeutig zu wenig, wenn man sich keine Minute lang unterhalten hat. Und das Verletzen der Intimzone ist auch nicht gerade eine geeignete Methode, wenn man einen guten Eindruck hinterlassen will.

»Ja, tatsächlich«, fuhr er fort.

Unwillkürlich dachte ich: Aber ich trage doch ein braves Kleid und eine lange Strickjacke. Wie kann da irgendwer behaupten, ich wäre »reif«? Dann dachte ich: Egal, was ich anhabe – man kann die sexuellen Absichten eines Menschen schließlich nicht nach seinem Outfit beurteilen (eine Ausnahme könnte es geben: Alle Männer mit weit aufgeknöpftem Hemd wollen unbedingt mit einem ins Bett). Zu guter Letzt dachte ich: Ich habe mit diesem Typen kein bisschen geflirtet. Ich habe keinerlei sexuelles Interesse an ihm gezeigt, und auf meinem Namensschild steht »Zoe« und nicht »Hallo, ich bin die Frau, die immer nur das eine im Kopf hat. Im Moment bin ich wirklich geil, wie wär's, wenn du mir deinen Schwanz vorführst?« Außerdem: Was fiel ihm ein, mich so unverschämt anzumachen?

»Ist das so?«, erwiderte ich. »Das ist etwas vermessen von dir, findest du nicht?«

»Nun, ich bin ein Mann, was hast du denn erwartet?«

Dass du kein Depp bist!, hätte ich am liebsten gesagt. Ich seufzte laut. »Ja, und ich bin eine Frau. Was willst du mir damit sagen?«

»Wir haben alle so unsere Bedürfnisse«, sagte er grinsend und trat noch einen Schritt näher.

»Genau, und ich will hier weg!«, konterte ich und brachte so viel Abstand wie möglich zwischen uns, nicht ohne dabei leise »Wichser!« zu murmeln.

So ein dämlicher Blödmann! Dabei bin ich wirklich nicht beson-

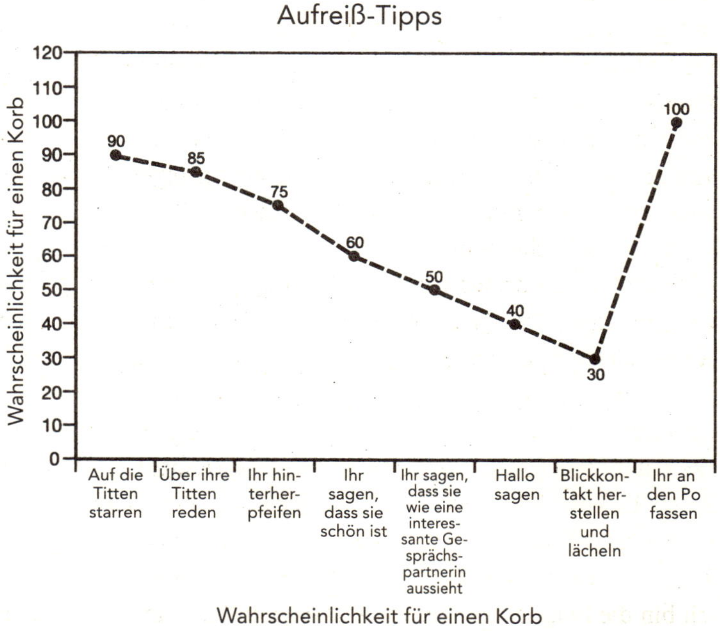

ders schwer anzumachen. Hätte sich der Typ nur vorgestellt und gefragt: »Welcher Typ aus *Buffy* ist dir lieber: Angel oder Spike?«, hätte er mitten ins Schwarze getroffen. (Die Antwort lautet natürlich: »Beide.«) Aber anscheinend haben Londoner Männer nicht die geringste Ahnung. Ich bin sie leid, und ich bin diese Stadt leid: Ich würde sagen, es wird höchste Zeit, diesen Flug zu buchen.

JANUAR

Mittwoch, 10. Januar

Ich schreibe das hier in einem Flugzeug nach New York City. Im Grunde ist das nicht weiter verwunderlich: Die Reise in meine Lieblingsstadt war einfach unausweichlich. Ich glaube, ich fange an, London zu hassen – ja, sogar Großbritannien. Vielleicht brauche ich einfach etwas Distanz von meinem chaotischen Leben der letzten Monate. Schon wenn ich durch die Straßen meiner Heimatstadt laufe, werde ich deprimiert. Kein Wunder, dass auch mein Liebesleben einer Generalüberholung bedarf. Und das klappt nicht, wenn ich noch länger in London bleibe.

Vielleicht müssen sich auch gar nicht mal die Männer ändern. Vielleicht muss ich mich einfach nur an die neue Situation anpassen. Trotzdem gefallen mir die Einstellung und der Look der New Yorker weitaus besser als die der Londoner. Gleichzeitig bin ich selbstkritisch genug, um zu wissen, dass ich mich auch ändern muss, wenn ich das neue Leben anfange, das ich mir so wünsche.

Das letzte Jahr war extrem hart für mich – sowohl psychisch als auch beruflich. Dabei habe ich gelernt, dass mir Ehrlichkeit und Aufgeschlossenheit am wichtigsten sind. Dadurch, dass ich unter Pseudonym ein Blog und ein Buch über mein Sexleben schrieb, konnte ich mit Millionen von Menschen kommunizieren. Die damit verbundenen Heimlichkeiten distanzierten mich gleichzeitig von meinen Freunden und Verwandten. Ihr Vertrauen zurückzugewinnen, war eine ziemliche Herausforderung für mich.

Ich bereue es allerdings nicht, Blog oder Buch geschrieben zu haben: Wenn ich E-Mails von Frauen bekomme, in denen steht, dass meine Texte ihnen zu mehr Selbstbewusstsein beim Sex verholfen haben, war es mir das alles wert. Zu wissen, dass nur eine einzige Frau ihr Sexleben dadurch verbessern konnte, macht mich überglücklich. Doch in all dem Chaos gab es auch glückliche

Momente: zum Beispiel, als ich mein Werk bei WHSmith auf dem Büchertisch entdeckte. Da machte mein Herz einen Riesensprung vor lauter Freude. Und zu hören, dass meine Familie stolz auf mich ist, war ebenfalls fantastisch.

Aber dass ich meinen Job verloren habe, in den ich so viel investiert hatte, und sämtliche Freundschaften auf den Prüfstand gestellt wurden, rief doch die Frage in mir wach, wonach ich eigentlich suche, was ich mir wünsche und was mir wichtig ist. Dass ich geoutet wurde, zwang mich, über mein Leben nachzudenken. Obwohl ich dadurch in eine Lage gebracht wurde, die ich mir selbst nie ausgesucht hätte, half es mir, meine Einstellung zu Sex und Beziehungen zu überdenken. Ich finde immer noch nicht, dass Frauen Sex nur innerhalb von festen Beziehungen genießen dürfen, denn das ist einfach Unsinn. Genauso wenig glaube ich, dass der Lebensinhalt einer Frau ausschließlich darin bestehen sollte, die Liebe und Mr Right zu finden.

Doch inzwischen bin auch ich an einem Punkt angelangt, an dem ich weiß, dass ich nicht nur körperliche, sondern auch emotionale Bedürfnisse habe. Ich möchte mein Leben – ja, sogar meinen Erfolg, wenn man ihn denn überhaupt so nennen kann – gern mit einem Partner teilen: Ich glaube, ich bin jetzt so weit, dass ich mich auch langfristig auf jemanden einlassen kann. Ich suche nach einem potenziellen Heiratskandidaten.

Ob ich ihn nun in New York finden werde, weiß ich nicht – Hauptsache, ich weiß, wonach ich suche: nach einem intelligenten, aufrichtigen, liebevollen Kerl, der aufgeschlossen genug ist, um mit meiner Internet-Infamie leben zu können, nerdig genug, um meine ganzen Gadgets zu ertragen (sei es nun mein Technik-

und/oder mein Sexspielzeug), und der noch dazu geil genug ist, regelmäßig mit mir schlafen zu wollen. Wenn er dann ab und an auch noch Lust auf einen flotten Dreier hat, sage ich auch nicht Nein.

Frau wird ja wohl noch träumen dürfen!

Mein Idealmann

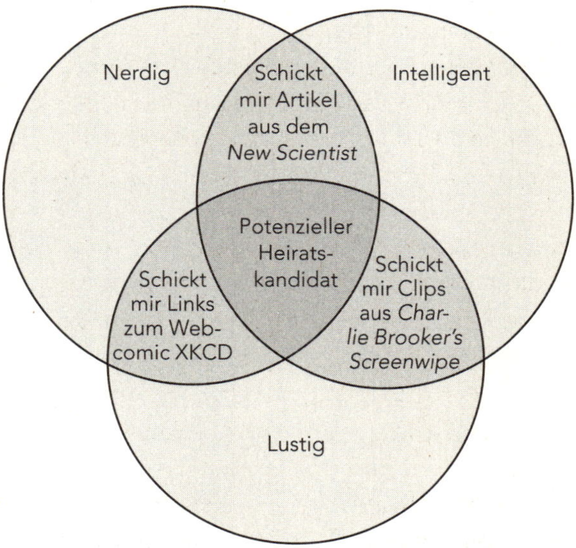

DANKSAGUNG

Ich weiß den Rat, die Vorschläge und vor allem die Engelsgeduld der fantastischen Mitarbeiter von Pan Macmillan sehr zu schätzen.

Mein besonderer Dank gilt Ingrid Connell, Natasha Martin, Helen Guthrie, Naomi Berwin und Toni Byrne für ihre wertvollen Beiträge zu diesem Buch.

Ein großes, ja riesiges Dankeschön geht an meinen Agenten Simon Trewin von United Agents, der all das überhaupt erst ermöglicht hat, sowie an Ariella Feiner für ihre Unterstützung.

Dank schulde ich auch David Bloom: Danke, dass du stets eingesprungen bist, wenn ich dich brauchte (aber dabei zum Glück vorsichtiger warst als ich).

Bedanken möchte ich mich auch bei allen meinen Freunden, Kollegen und Bekannten, die mich unterstützt haben: Eure Hilfe und eure Loyalität bedeuten mir unsagbar viel. Wenn ihr euch in dem vorliegenden Buch wiederfindet, dann wisst ihr hoffentlich auch warum: weil mir so viel an euch liegt.

Danken möchte ich auch Mike Atkinson, Sasha Frieze, Darren Shrubsole, Darryl Chamberlain, Diamond Geezer, Gordon McLean, Jonathan Swerdloff und zahllosen anderen Bloggern und Internet-Freunden von damals.

Mein besonderer Dank gilt Alex Marsh, weil er immer ein offenes Ohr für mich hatte und meine Launen ertrug. Bedanken möchte ich mich auch bei Steve Sparshott, meinem äußerst geduldigen

Prüfstein, der mir meine unorthodoxe Zeichensetzung niemals übelgenommen hat.

Ich bin dankbar und unheimlich stolz, die Tochter solcher Eltern zu sein: Sie haben mich mit ihrer Liebe, ihrer Unterstützung und ihrem Rat niemals im Stich gelassen, und ich kann ihnen gar nicht genug danken, dass sie ohne Wenn und Aber zu mir gehalten haben. Trotzdem hoffe ich nach wie vor, dass sie nach diesen Danksagungen nicht weiterlesen.

Zu guter Letzt möchte ich noch allen meinen Dank und meine Anerkennung aussprechen, die mein Blog und das Buch gelesen, mir ihre Kommentare und E-Mails geschickt und mich über Twitter und Facebook kontaktiert haben. Vor allem jenen Bloggern, die sich schützend vor mich gestellt haben, als ich so richtig in der Tinte saß. Ich bin euch unendlich dankbar für eure liebevolle Unterstützung!

Martha Grimes